I0597714

UN SOUTIEN POUR CORA

LE REFUGE, TOME 4

SUSAN STOKER

DU MÊME AUTEUR

<u>Autres livres de Susan Stoker</u>

<u>Le Refuge</u>

Un soutien pour Alaska

Un soutien pour Henley

Un soutien pour Reese

Un soutien pour Cora

Un soutien pour Lara (6 Feb)

Un soutien pour Maisy (1 Oct)

Un soutien pour Ryleigh

<u>Sauvetage à Eagle Point</u>

Un sauveteur pour Lilly

Un sauveteur pour Elsie

Un sauveteur pour Bristol

Un sauveteur pour Caryn

Un sauveteur pour Finley

Un sauveteur pour Heather (2 Jan)

Un sauveteur pour Khloe (7 Mai)

<u>Silverstone</u>

Pour la confiance de Skylar

Pour la confiance de Taylor

Pour la confiance de Molly (1 Décembre)

<u>Delta Force Deux</u>

Un refuge pour Gillian

Un refuge pour Kinley

Un refuge pour Aspen

Un refuge pour Jayme

Un refuge pour Riley

Un refuge pour Devyn

Un refuge pour Ember

Un refuge pour Sierra

<u>*Hawaï : Soldats d'élite*</u>

Un paradis pour Élodie

Un paradis pour Lexie

Un paradis pour Kenna

Un paradis pour Monica

Un paradis pour Carly

Un paradis pour Ashlyn

Un paradis pour Jodelle

<u>Mercenaires Rebelles</u>

Un Défenseur pour Allye

Un Défenseur pour Chloé

Un Défenseur pour Morgan

Un Défenseur pour Harlow

Un Défenseur pour Everly

Un Défenseur pour Zara

Un Défenseur pour Raven

<u>Ace Sécurité</u>

Au Secours de Grace

Au Secours d'Alexis

Au Secours de Bailey

Au Secours de Felicity

Au Secours de Sarah

<u>Forces Très Spéciales Series</u>

Un Protecteur Pour Caroline

Un Protecteur Pour Alabama

Un Protecteur Pour Fiona

Un Mari Pour Caroline

Un Protecteur Pour Summer

Un Protecteur Pour Cheyenne

Un Protecteur Pour Jessyka

Un Protecteur Pour Julie

Un Protecteur Pour Melody

Un Protecteur pour l'avenir

Un Protecteur Pour Les Enfants de Alabama

Un Protecteur Pour Kiera

Un Protecteur Pour Dakota

<u>Forces Très Spéciales : L'Héritage</u>

Un Sanctuaire pour Caite

Un Sanctuaire pour Brenae

Un Sanctuaire pour Sidney

Un Sanctuaire pour Piper

Un Sanctuaire pour Zoey

Un Sanctuaire pour Avery

Un Sanctuaire pour Kalee

Un Sanctuaire pour Jane

Delta Force Heroes Series

Un héros pour Rayne

Un héros pour Emily

Un héros pour Harley

Un mari pour Emily

Un héros pour Kassie

Un héros pour Bryn

Un héros pour Casey

Un héros pour Wendy

Un héros pour Mary

Un héros pour Macie

Un héros pour Sadie

Un héros pour Annie

Autre

Un moment suspendu : Recueil de nouvelles

AUDIO

Un paradis pour Élodie

1

Dans la queue avec une douzaine d'hommes, Pipe regardait droit devant lui en écoutant le maître de cérémonie faire frémir le public avec sa présentation de l'homme qui allait être mis aux enchères.

Et pour la centième fois, il se demandait comment il avait pu se laisser entraîner là-dedans. Se retrouver sous les feux de la rampe, c'était littéralement son cauchemar qui devenait réalité. Pipe avait passé une si grande partie de sa vie dans l'ombre que son sang se figeait à l'idée de se retrouver sur scène devant tant de monde.

Mais ses amis Brick, Tonka et Spike avaient une femme et une famille dont ils devaient s'occuper. Et parmi les propriétaires restants du Refuge, Pipe avait littéralement tiré la courte paille... et il se retrouvait là.

Bientôt, l'animateur allait le présenter. Il enregistrerait les offres des spectatrices prêtes à payer pour dîner avec lui. C'était ridicule.

C'est pour la bonne cause, se rappela-t-il.

Et c'était la seule raison de sa présence à Washington DC : récolter de l'argent en faveur des anciens combattants.

Il regarda le type qui se pavanait sur la scène, jouant avec le public qui adorait chacune de ses poses et ses roulements de muscles. Pipe eut l'idée fugace que l'homme se croyait peut-être dans un club de strip-tease ou quelque chose du genre, avant que le maître de cérémonie n'annonce avec enthousiasme que les enchères étaient terminées.

La femme qui l'avait remporté poussa un petit cri et se tourna vers ses amies, qui la serrèrent dans leurs bras en sautillant d'excitation. Pipe s'interdit... *in extremis* de lever les yeux au ciel. La femme avait gagné un dîner, pas un petit ami ou un mari, ou quoi qu'elle pense obtenir.

Il était cynique, c'était un fait. Raison de plus pour que ce soit Owl qui soit là-haut, pas lui.

Eh bien... non. Pas Owl. Son ami et copropriétaire du Refuge était trop introverti. Il se méfiait encore de la plupart des gens après avoir été retenu en captivité, des années auparavant, lorsque son hélicoptère avait été abattu.

Tous les hommes avec lesquels Pipe travaillait étaient cabossés à leur manière. C'était d'ailleurs l'une des raisons pour lesquelles il se trouvait ici en ce moment. Il voulait collecter des fonds pour d'autres anciens combattants comme ses amis et lui, qui avaient tout donné pour leur pays et s'étaient retrouvés psychologiquement brisés en retour. Ce n'était pas qu'il pense les pouvoirs en place aux États-Unis – ou, dans son cas, en Grande-Bretagne – ingrats envers les services rendus par leurs militaires. Pour la plupart d'entre eux. Mais c'était une tâche herculéenne que de diriger un pays, de s'occuper de ceux qui servaient à l'heure actuelle et de suivre les centaines de milliers d'hommes et de femmes qui étaient retournés à la vie civile.

D'où des événements tels que cette mise aux enchères

caritative. Il s'agissait de collecter des fonds pour aider les anciens combattants qui tentent de se réadapter après leur service. Pipe et ses amis pouvaient compter les uns sur les autres et sur le Refuge, mais de nombreuses personnes ne bénéficiaient d'aucun soutien.

En fin de compte, c'était pour cela que Pipe était là. Il se sentait mal à l'aise, pas à sa place, et n'était absolument pas ravi de se montrer devant une salle remplie d'hommes et de femmes trop bien habillés qui le jugeaient sur la base de critères superficiels. Il savait ce qu'ils verraient. Un homme aux cheveux trop longs, à la barbe trop touffue, avec des tatouages sur les mains et les doigts, ce qui, pour nombre d'entre eux, signifiait qu'il avait fait de la prison. C'était le pire des clichés, et il en avait fait l'expérience trop souvent pour en avoir tenu le compte.

Oui, il portait un smoking, mais il était évident pour tout le monde qu'il n'avait rien à faire ici. Ni de près ni de loin. Ces gens ne lui accorderaient pas une heure de leur journée s'ils le voyaient dans la rue ou dans une épicerie. En fait, ils traverseraient probablement la route ou quitteraient l'allée du magasin pour éviter de se trouver près de lui. C'était vraiment ironique.

Mais il avait promis de le faire, de représenter le Refuge, dans l'espoir d'attirer l'attention sur leur activité au Nouveau-Mexique, et il n'allait pas revenir sur sa parole.

Bien trop rapidement, l'homme devant lui quitta la scène pour rejoindre la femme qui avait payé une fortune afin de profiter de quelques heures en sa compagnie. Et maintenant, c'était au tour de Pipe.

Comme il était bien trop tard pour se soustraire à cette farce, il s'avança dans le cercle tracé sur le sol de la scène, où ils avaient tous reçu la consigne de se tenir lorsque leur tour viendrait. Contrairement à l'homme qui l'avait précédé, Pipe ne sourit ni ne minauda lorsqu'on le présenta. Il fixa le public, les tempes en sueur, alors qu'il imaginait quelqu'un dans l'assistance, un ennemi qu'il ne verrait pas à cause des projecteurs braqués sur son visage. Et l'homme pointerait un fusil sur son front.

— Notre célibataire suivant est Bryson Clark, Pipe pour les intimes. Il a quarante-deux ans. C'est l'un des sept propriétaires du célèbre centre de villégiature Le Refuge, au Nouveau-Mexique. Je sais que vous avez tous entendu parler de cet établissement extraordinaire qui s'adresse aux personnes souffrant de SSPT. Ses collègues copropriétaires et lui sont de fervents défenseurs de nos militaires, hommes et femmes. M. Clark a été membre du tristement célèbre Special Air Service au Royaume-Uni, et il propose d'escorter quiconque aura la chance de remporter ces enchères à l'Inn at Little Washington. Comme vous le savez certainement tous, l'Inn est le premier et le seul restaurant de notre région à avoir décroché trois étoiles au Michelin et une étoile verte supplémentaire. La nourriture y est sans égale et l'atmosphère y est intime et chaleureuse, puisque le restaurant n'accueille pas plus de douze convives à la fois. Alors, qui veut commencer les enchères ?

Pendant un moment, la salle resta silencieuse, et Pipe eut l'espoir que peut-être – oui, peut-être –, personne n'enchérirait sur lui et qu'il pourrait se sortir indemne de cette situation ridicule. Contrairement à beaucoup de personnes dans sa situation, il y voyait l'issue idéale. Il ne se sentirait ni humilié ni rejeté s'il ne recevait aucune offre... il serait soulagé.

Mais une femme au premier rang cria alors :

— Mille dollars.

L'offre n'était pas vraiment impressionnante, étant donné que les six hommes qui l'avaient précédé étaient partis pour une somme s'étageant entre deux et sept mille dollars, mais la possibilité de s'éclipser sans avoir à inviter une inconnue à dîner s'éteignit en même temps que l'offre de la jeune femme.

Même en plissant les yeux à cause de la lumière qui l'aveuglait, Pipe ne voyait pas très bien la femme... jusqu'à ce qu'elle s'approche de la scène. Elle n'était pas très grande, d'après ce qu'il pouvait voir, et elle avait de longs cheveux bruns. Vêtue d'une robe simple qui lui arrivait à mi-cuisse, elle n'était pas coiffée de façon alambiquée, contrairement aux autres femmes de l'assistance, et elle ne portait pas de bijoux tape-à-l'œil. C'était juste une femme dans une petite robe noire. Si elle n'avait pas lancé son offre, il aurait plutôt pensé qu'elle essayait de passer inaperçue. Il ne l'aurait probablement pas remarquée si elle n'avait pas ouvert la bouche.

— Un bon début pour ce courageux Britannique. Qui est prêt pour deux mille ? lança le présentateur pour tenter d'amadouer la salle.

Il y eut quelques offres supplémentaires, mais la première femme continua à surenchérir de cent dollars chaque fois.

Plus Pipe observait cette femme en robe noire, plus il était intrigué. Il ne savait pas exactement ce qui suscitait son intérêt – peut-être son apparence discrète dans une salle pleine de paillettes, ou ses enchères calmes et déterminées –, mais soudain, il était dans son camp. Il voulait qu'elle gagne pour pouvoir apprendre à connaître l'une des rares femmes de la salle qui avaient l'air... normale.

Et ce genre de réaction n'était pas normal pour *lui*. Il avait pratiquement renoncé au sexe opposé. Et à connaître ce que certains de ses amis avaient récemment trouvé. Mais il ne pouvait nier que la femme en robe noire l'intéressait...

et quelque chose au fond de lui, qu'il avait longtemps cru mort, se réveilla et s'intéressa à la situation.

Pipe n'aurait pas vu ce qui se passa ensuite s'il n'avait pas observé la femme en robe noire avec autant d'attention. Une autre femme – grande et magnifique rousse, portant des talons de dix centimètres et une robe vert forêt qui moulait son corps tout en courbes – s'approcha de la brune et la bouscula si brutalement qu'elle faillit tomber à la renverse.

— Dix mille, lança la rouquine, l'air ennuyé.

Le présentateur s'anima, car c'était l'enchère la plus élevée de la soirée. Pipe, qui ne quittait pas la brune des yeux, vit l'abattement se peindre sur son visage, avant qu'elle ne se morde la lèvre et baisse les yeux. Ses épaules s'affaissèrent légèrement... signe que l'enchère était trop élevée pour qu'elle puisse faire une nouvelle offre.

La rousse la considéra avec un sourire narquois, sans même regarder la scène.

Pipe fronça les sourcils, confus. Pourquoi avait-elle enchéri sur lui si elle ne semblait pas le moins du monde intéressée par l'objet de cette dépense considérable ? Il regarda la rousse se pencher et glisser quelques mots à l'autre femme, qui fronça les sourcils et se détourna brusquement, pour se frayer un chemin à travers la foule et s'éloigner de la scène.

Ce fut seulement alors que la rousse leva les yeux, un sourire satisfait sur les lèvres.

Pipe sentit le dégoût ruisseler en lui. À l'évidence, elle n'avait fait qu'enchérir pour que l'autre ne gagne pas. Ce qui signifiait que les deux femmes se connaissaient probablement, que leurs relations étaient mauvaises.

Il se rendit compte qu'il s'intéressait beaucoup trop à la dynamique entre ces deux-là. Mais il n'arrêtait pas de se rappeler le regard plein d'espoir de la brune lorsqu'elle avait brièvement remporté les enchères... et son abattement quand elle avait réalisé que le montant avait dépassé ses moyens.

— Il semble que la gagnante soit Mme Eleanor Vanlandingham. Félicitations ! Passez un excellent moment autour de ce dîner !

Le maître de cérémonie fit signe à Pipe de quitter la scène par la gauche. Tout en s'exécutant, il ne put se sortir de la tête la femme en robe noire, qui paraissait tellement en décalage dans cette salle. Comment il le savait ? Mystère. Il se fondait surtout sur son apparence, exactement comme les gens le faisaient avec lui. Mais il était rare qu'il se trompe dans ses évaluations. C'était une compétence importante pour un soldat des Forces spéciales, et c'était toujours sur lui que son équipe s'appuyait pour déterminer si l'on pouvait faire confiance à un informateur ou non.

Il ne pensait pas non plus se tromper dans son évaluation de cette femme... Pourtant, elle avait des milliers de dollars à dépenser dans une vente aux enchères.

Une telle dichotomie intriguait Pipe. Qu'elle se démarque à ses yeux à lui précisément pour les raisons qui l'empêchaient de se démarquer aux yeux des autres. Et cette étincelle de... quelque chose... se ralluma. C'était un sentiment étranger, pourtant il n'avait aucune intention de l'ignorer.

Il devait en savoir plus sur la femme à la robe noire. Elle n'avait peut-être pas gagné ce rendez-vous, mais il allait se mettre à sa recherche dès qu'il descendrait de scène... et il déterminerait pourquoi il était si attiré par elle.

2
———

Cora Rooney dut faire appel à tout son orgueil et toute sa force pour ne pas éclater en sanglots. Elle avait planifié cette soirée avec tant de soin. Lorsqu'elle avait appris que l'un des propriétaires du Refuge serait à Washington pour une vente aux enchères de charité, elle avait été ravie. Comme la plupart des gens, elle connaissait l'existence de ce centre de soins pour les personnes souffrant de SSPT. De nombreux articles avaient été écrits dessus – et sur ses propriétaires – lors de son ouverture, et aujourd'hui encore, plus de cinq ans après, ils continuaient à être interviewés et à bénéficier d'une large couverture médiatique en raison de la générosité dont ils faisaient preuve, qu'il s'agisse de leur temps et leur argent.

Elle avait été suffisamment bouleversée pour dépenser une partie de ses économies durement gagnées afin d'acheter un billet pour le gala de ce soir. Elle aurait préféré ne pas avoir à le faire, car elle voulait garder chaque centime pour son objectif principal, mais le gala était un moyen d'arriver à une fin... à savoir, l'opportunité d'une conversation avec l'un des anciens soldats des Forces spéciales qui possédaient le Refuge.

C'était une décision désespérée. Elle avait contacté des enquêteurs privés, qui demandaient tous trop d'argent pour s'occuper de son cas. Les sociétés de sécurité privée étaient à exclure, pour la même raison. Cora avait même cherché sur Internet à consulter un ancien policier ou un agent du FBI, mais les rares personnes qu'elle avait trouvées lui avaient hérissé le poil, et pas dans le bon sens du terme. S'ils étaient prompts à offrir leur aide, comme tous les autres, ils exigeaient des milliers de dollars d'avance. Ce qui l'incitait à penser qu'il s'agissait d'escrocs.

S'il y avait eu un autre moyen d'obtenir de l'aide sans avoir à dépenser de l'argent qu'elle n'avait pas, Cora aurait sauté dessus. Mais elle n'avait plus le choix. Même si le représentant du Refuge avait finalement refusé de l'aider, elle aurait au moins pu se dire qu'elle avait tout essayé.

En pensant à la raison de sa présence à cette vente aux enchères, elle sentit son cœur se serrer.

Lara.

Elle connaissait sa meilleure amie depuis l'adolescence, c'est-à-dire depuis plus de vingt ans. Lara avait été la seule fille de l'école à essayer de se lier d'amitié avec Cora lorsqu'elle était arrivée au lycée. Cora n'était pas du tout à sa place dans cette école réservée aux rejetons des classes supérieures. Placée en famille d'accueil, sans vêtements de marque, mais avec une attitude hostile qu'elle portait comme un bouclier, elle s'attendait à ce que tout le monde la déteste d'emblée. Elle n'avait pas vraiment tort sur ce dernier point... sauf concernant Lara.

Lara Osler lui avait littéralement sauvé la vie. Elle avait passé outre son manque d'argent, son absence de parents et sa méfiance envers tout et tout le monde, et l'avait simplement prise sous son aile, sans se soucier des moqueries de ses camarades derrière son dos.

Elles étaient opposées à bien des égards. Lara mesurait un mètre quatre-vingts, Cora un mètre soixante-cinq. Elle avait des cheveux bruns ternes, ceux de Lara étaient d'un blond brillant. Cora était effrontée et n'hésitait pas à dire ce qu'elle pensait. Lara était beaucoup plus diplomate, presque timide. Malgré cela, Lara tombait rapidement amoureuse des hommes, convaincue chaque fois que celui-là pourrait lui apporter le bonheur, alors que Cora était trop méfiante pour offrir plus qu'une nuit à la plupart d'entre eux.

Elles étaient comme l'huile et l'eau, mais, curieusement, elles s'étaient immédiatement entendues. Malgré leurs différences, ou peut-être à cause d'elles, Cora et Lara étaient devenues les meilleures amies du monde. Cora devait tout à Lara.

Voilà pourquoi elle avait acheté une robe et des talons de cinq centimètres et tenté de se maquiller pour participer à cette soirée chic.

Et elle avait échoué.

Pour commencer, elle n'était pas sûre d'avoir assez d'argent pour remporter la mise sur l'homme du Refuge. Les six mille dollars qu'elle avait réunis tant bien que mal étaient la somme la plus importante qu'elle ait jamais eue sur son compte en banque. Et elle dépenserait chaque centime pour aider Lara, même si personne d'autre qu'elle ne pensait qu'elle avait réellement besoin d'aide. Alors, quand la plupart des offres gagnantes s'étaient situées dans sa fourchette de prix, elle avait commencé à penser qu'elle pourrait avoir une chance.

Les enchères avaient ralenti à cinq mille dollars et, pendant une seconde, Cora avait cru réussir. Remporter le cocotier. Elle allait pouvoir aider son amie.

Mais Eleanor Vanlandingham était apparue, l'avait pratiquement flanquée par terre. Dès qu'elle avait réalisé qui se tenait à ses côtés, Cora avait deviné que sa Némésis du lycée allait tout gâcher... et elle avait eu raison. Elle n'avait jamais compris pourquoi cette femme la détestait tant. Elle avait été garce au lycée, et elle l'était toujours, vingt-deux ans plus tard. Elles ne se croisaient pas souvent, mais quand c'était le cas, rien de bon n'en sortait.

Comme ce soir.

Il n'avait fallu que deux petits mots à Eleanor pour réduire à néant le plan de Cora. Dix mille dollars, c'était bien plus que ce qu'elle pouvait se permettre de dépenser... plus que ce qu'elle avait sur son compte. Elle avait échoué. Elle n'aurait pas la possibilité de s'entretenir avec M. Clark, ne pourrait pas tenter de le convaincre de l'aider.

Cora avait envie de pleurer... elle qui n'était pas du genre à le faire. Ça ne l'avait jamais aidée, seulement amenée à se sentir étouffée et faible, et ça lui donnait une mine de merde.

Ce n'était pas comme si Eleanor avait jamais eu la moindre envie de sortir avec cet homme. Il n'était pas son genre. Pas le moins du monde. Trop rugueux aux entournures, trop de tatouages. Pas assez joli garçon. Pas millionnaire. La liste n'en finissait pas.

Mais cela n'avait pas d'importance. Eleanor n'allait tout simplement pas laisser Cora gagner ce dont elle avait si désespérément envie.

Elle soupira tout en traversant la foule presque sans rien voir. Il fallait qu'elle sorte de là. Hors de question qu'elle donne à Eleanor la satisfaction de la voir pleurer.

Parvenue dans le vestiaire situé au fond de la grande salle de bal, elle se dirigea vers les toilettes au bout d'un petit couloir et s'enferma dans l'une des cabines où elle s'appuya contre le mur en essayant désespérément d'empêcher le désespoir de l'envahir.

Elle était tellement sûre de pouvoir convaincre Bryson Clark de l'aider. Tout ce dont elle avait besoin, c'était d'une heure ou deux en sa compagnie. Pour plaider sa cause. La police ne l'avait pas crue. Les parents de Lara avaient rejeté ses inquiétudes sans même les considérer, et elle avait épuisé toutes ses autres options. Mais Cora restait intimement persuadée que son amie était en danger. Un ancien soldat des Forces spéciales pourrait facilement atteindre Lara. Lui parler. Découvrir si elle était en sécurité ou non.

Prenant une profonde inspiration, Cora se redressa. Eleanor avait peut-être ruiné ses projets pour ce soir, mais il lui restait encore six mille dollars. Elle prendrait l'avion pour le Nouveau-Mexique, se rendrait au Refuge en personne et verrait si elle pouvait parler à l'un des propriétaires de l'endroit. Il aurait mieux valu qu'elle puisse réserver l'une des cabanes afin de se faire passer pour une visiteuse, mais c'était impossible. Ils étaient complets sur des mois.

Cora ne savait même pas pourquoi elle était aussi obsédée par les hommes qui dirigeaient le Refuge. Ils n'étaient plus dans l'armée. Ils souffraient tous de SSPT à des degrés divers. Ils étaient propriétaires d'un centre de villégiature, pas des mercenaires à embaucher. Pourtant, dès qu'elle avait visité leur site Internet, vu leurs photos et lu leurs biographies, quelque chose chez ces hommes avait touché une corde sensible en elle. Ils avaient tous souffert, néanmoins ils faisaient tout ce qu'ils pouvaient pour aider les autres. Et d'après les reportages qu'elle avait lus sur ce qui était arrivé à certaines des femmes qui vivaient et travaillaient au Refuge, ces hommes semblaient avoir un faible pour les demoiselles en détresse.

Alors peut-être, peut-être seulement, qu'ils seraient prêts à se pencher sur la situation de Lara. Cela valait la peine d'essayer. Cora ferait tout ce qu'il faudrait pour aider son amie.

Elle avait renoncé à se rendre directement à Phoenix pour essayer de voir Lara elle-même, parce qu'elle avait le sentiment que ce serait un échec cuisant. Elle n'avait ni la force ni les compétences nécessaires pour réussir. Non, elle avait besoin de quelqu'un comme M. Clark ou l'un des hommes qui travaillaient au Refuge.

Ayant conclu qu'un séjour là-bas serait plus efficace que tenter de remporter ces enchères, Cora plongea la main dans son sac et entreprit de se changer. Elle n'avait jamais été du genre à s'attarder sur les mauvais côtés de sa vie, sans quoi, elle n'aurait jamais été capable de fonctionner. Sa vie n'avait pas été facile, aussi ne comprenait-elle vraiment pas pourquoi elle s'était attendue qu'il en aille différemment ce soir.

Elle enfila rapidement le jean, le tee-shirt, le vieux sweat-shirt confortable et les baskets qu'elle avait apportés, et fourra la robe noire et les talons dans le sac. Elle n'était pas assez stupide pour retourner dans son quartier pourri vêtue d'une tenue aussi chic. Avant même de pouvoir dire « ouf », elle se ferait descendre par l'un des nombreux trafiquants de drogue ou des voyous qui rôdaient dans le métro à la recherche de victimes.

Elle utilisa les toilettes pour faire bonne mesure, puisqu'elle était là, puis sortit de la cabine. Après s'être lavé les mains, Cora poussa la porte et remonta le couloir qui la ramenait à la salle de bal. Son plan était de s'esquiver sans se faire remarquer. L'attention de l'assistance était toujours tournée vers la vente aux enchères en cours sur la scène. Mais bien sûr, comme tous ses plans soigneusement élaborés ce soir-là, celui-là aussi tourna à l'échec.

Eleanor Vanlandingham et deux de ses fidèles Barbie l'attendaient lorsqu'elle pénétra sous les lumières tamisées de la salle de bal.

Bien sûr, Eleanor était magnifique dans la robe vert foncé qu'elle avait passée. Les deux garces qui l'accompagnaient, Valentina et Scarlett, étaient également parfaites, en robes noires sans bretelles presque assorties et talons de dix centimètres. Leur maquillage était appliqué à la perfection sur leurs visages injectés de Botox. Valentina affichait ses courbes qui remplissaient sa petite robe noire comme un sosie de Marilyn Monroe, tandis que Scarlett était à l'opposé, filiforme comme un mannequin de défilés.

Une belle triplette en apparence, mais pourrie jusqu'à la moelle, saisissant toutes les occasions de piétiner ceux qu'elles considéraient comme des inférieurs... c'est-à-dire à peu près tout le monde.

Eleanor ne laissa pas à Cora l'occasion de parler : elle se borna à aligner les insultes dont elle était coutumière, dès qu'elle ouvrait la bouche. Si les mots avaient été des couleurs, ceux d'Eleanor auraient été noirs.

— Ouais, c'est ça, salope, retourne dans ton trou de merde. Je ne sais pas comment tu as eu un ticket pour le truc de ce soir, mais tu n'as rien à faire ici.

— C'est marrant, parce que mon argent a la même couleur que le tien, El, répliqua Cora en redressant les épaules.

Maintenant qu'elle portait des vêtements dans lesquels elle était plus à l'aise, elle se sentait plus sûre d'elle. Comme si elle avait renfilé son armure.

— Quel argent ? ricana Eleanor. Ta robe vient de chez

Walmart, et les chaussures que tu avais ? Tu les as achetées chez Payless ?

Valentina et Scarlett gloussèrent comme si Eleanor venait de sortir la réplique la plus hilarante qui soit.

Cora refusait de se sentir honteuse au motif que les suppositions d'Eleanor sur l'endroit où elle avait acheté ses vêtements et ses chaussures étaient avérées. Elle avait économisé pour dépenser son argent sur des choses plus importantes.

— Pourquoi tu es aussi horrible ? demanda Cora. Mince, après ton bac et en vieillissant, on aurait pu penser que tu cesserais d'être méchante et de te comporter en garce snobinarde. Mais non, ça fait vingt ans, et tu n'as fait qu'empirer. Le monde ne tourne pas autour de toi, El.

— Arrête de m'appeler comme ça, grogna Eleanor en s'approchant.

Cora resta sur ses appuis. Il était hors de question qu'elle recule devant cette garce. Si elle tenait à se battre ici et maintenant, Cora était prête. En fait, elle le souhaitait même. Eleanor se ferait botter les fesses devant tout le monde, comme elle le méritait. Elle se débarrasserait de cette snob avec ses talons et sa robe moulante en un clin d'œil. Et elle pourrait même s'attaquer à Laurel et Hardy à côté d'elle. Tout ce dont elle avait besoin, c'était qu'Eleanor fasse le premier pas.

Elle avait appris à ses dépens que le statut d'agresseur ne donnait jamais de bons résultats après une bagarre... mais si elle ne faisait que se défendre, c'était une autre histoire.

Sauf que bien sûr, Eleanor n'utiliserait pas la force physique. Son arme était les mots.

— Tu es une raclure et ça ne changera pas, Cora, siffla Eleanor. Tu devrais avoir honte. Tout le monde se moquait de toi ce soir, les gens se demandaient ce que tu fichais là, qui avait commis l'erreur de te vendre un billet. Même si c'est le seul moyen que tu as trouvé pour qu'un homme te regarde à deux fois, tu ne pouvais pas t'imaginer remporter une vente aux enchères. À la seconde où on t'a vue, on a décidé que si tu enchérissais sur quelqu'un, tu serais la perdante que tu es déjà.

Le vieux sentiment de rejet frappa Cora de plein fouet. Aucune de ses familles d'accueil n'avait voulu la garder, si bien qu'elle avait été ballottée de foyer en foyer, d'école en école. Il lui avait donc été impossible de se faire des amis. Des personnes en qui elle avait cru lui avaient tourné le dos dès que quelqu'un de plus intéressant s'était présenté.

Sauf Lara. Cora avait longtemps eu du mal à lui faire confiance, mais Lara n'avait jamais renoncé, malgré tout ce qu'elle avait dit ou fait pour l'éloigner d'elle. Son amie l'avait soutenue à maintes reprises, l'avait aidée à trouver un emploi lorsqu'elle en avait désespérément besoin, l'avait invitée à vivre avec elle lorsqu'elle avait été à deux doigts de vivre dans la rue.

Repoussant la douleur suscitée par les paroles d'Eleanor, Cora la foudroya du regard.

— Va te faire foutre, lâcha-t-elle entre les dents serrées.

— Oh oui, c'est élégant, rétorqua Eleanor en levant les yeux au ciel. Tellement classe. Tu ferais mieux de crever en fait, ajouta-t-elle. Personne ne t'aimait au lycée, et personne ne t'aime maintenant. Tu es bizarre, moche et pathétique !

Ces mots-là ne faisaient pas mal. Aucun n'était une nouveauté dans la bouche d'Eleanor. Cela faisait des années qu'elle déblatérait les mêmes conneries. De plus, Cora était bel et bien bizarre, assez quelconque pour être considérée comme moche par beaucoup de gens, et elle avait été pathétique plus souvent qu'à son tour au fil des ans.

— Pourquoi tu es ici, Eleanor ? demanda-t-elle. Ce n'est

pas comme si tu te souciais de quelqu'un d'autre que toi-même. Les anciens combattants sans abri, nos héros militaires accros à la drogue et à l'alcool, qui ont besoin d'une aide psychiatrique, ce n'est pas ton truc. Je n'arrive pas à croire que tu veuilles donner de l'argent à ces gens-là.

Eleanor ricana.

— Tu as raison... pour une fois. J'en ai rien à foutre d'eux. Ce sont tous des minables qui se servent de leur soi-disant SSPT comme d'une béquille pour quémander de l'argent et des services gratuits de la part du gouvernement. S'ils trouvaient du travail comme nous tous, ils n'auraient pas besoin qu'on leur fasse l'aumône.

— Comme si tu avais un travail, ne put s'empêcher de marmonner Cora.

— Je suis influenceuse, connasse. J'ai plus de followers que tu ne peux l'imaginer. Tu sais combien d'argent je gagne par jour ? Avec chaque vidéo que je poste, je pourrais acheter le trou à rats où tu vis, conclut Eleanor avec un petit sourire narquois.

Machine 1 et Machine 2 à ses côtés opinèrent à l'unisson.

— Ce n'est pas un travail, répliqua Cora.

— Ah bon ? protesta Eleanor. Je me crève la paillasse pour être belle. Pleine d'esprit. Drôle. Trois choses que tu n'es pas et que tu ne seras jamais.

— Tu as raison. Je préfère être une bonne personne. Charitable. Une amie loyale. Quelqu'un sur qui les gens peuvent compter. Et toi, tu n'es rien de tout cela.

— Comme si j'en avais quelque chose à foutre, ironisa Eleanor en tournant brusquement la tête.

Cora était fatiguée. Et elle en avait assez d'échanger des piques avec Eleanor. Cette femme ne changerait pas. Jamais. Et Cora devait réfléchir à la suite des événements. Voir si elle pouvait se procurer un billet d'avion pas cher pour le

Nouveau-Mexique, se dégoter un hôtel bon marché près du Refuge, trouver un moyen d'entrer dans la propriété et d'obtenir dix minutes pour parler à l'un des propriétaires.

— D'accord, concéda-t-elle en haussant les épaules. Peu importe. Au moins, tes dix mille dollars seront utiles, même si ton cœur est aussi noir que ton âme.

— Ce que tu peux être naïve, s'esclaffa Scarlett.

— Stupide, renchérit Valentina.

Cora fronça les sourcils.

— À propos de quoi ?

— Je ne donnerai d'argent à personne.

— Mais tu dois le faire. Tu as remporté l'enchère.

— Et alors ? Personne ne peut me forcer à payer. Je voulais juste surenchérir sur toi. Y a pas mort d'homme. D'ailleurs, si tu t'imagines que j'ai la moindre envie de m'approcher de ce monstre avec ses tatouages, tu débloques. Pas question que je salisse ma réputation en étant vue avec quelqu'un qui ressemble à un membre de gang. Non. Je me contenterai de verser quelques larmes et de faire semblant d'être confuse en constatant que je ne trouve pas mon chéquier. Puis j'ignorerai leurs relances pour récupérer l'argent. Ce n'est pas comme s'ils allaient l'utiliser comme ils ont promis de le faire. Il ira directement dans la poche d'un PDG.

Cora vit rouge. Quelle salope ! Elle songea à se diriger vers la table où l'argent était collecté et leur donner ses six mille pour essayer de couvrir ce qu'Eleanor refusait de payer... mais elle avait besoin de chaque centime de cet argent pour se rendre au Nouveau-Mexique.

— Tu iras directement en enfer, cracha-t-elle. Et cet homme sur la scène vaut cent fois plus que toi. Il a risqué sa vie pour son pays. Il s'est mis en danger. Il a souffert pour essayer d'aider les autres. Est-ce que tu as jamais fait quoi que ce soit pour quelqu'un d'autre que toi-même ? Que dalle. Tu juges les gens sur leur apparence, alors que tu es la personne la plus laide qui ait jamais existé. Ses tatouages, sa barbe et ses cheveux longs ne font pas de lui un membre de gang ni une personne violente, tout comme ton absence de tatouages ne fait pas de toi une citoyenne honnête. Personnellement, je trouve ses tatouages très sexy. Ils me disent que c'est un homme qui se fout de ce que pensent les autres. Les gens comme toi, qui le méprisent à cause d'un peu d'encre sur sa peau. C'est toi qui salirais sa réputation si on le voyait avec toi.

Eleanor leva les yeux au ciel.

— Tu es une pauvre conne, Cora. Tu n'as aucune idée de la façon dont les choses fonctionnent dans mon monde. Retourne dans le caniveau, là où est ta place.

Cora serra les poings. Cela faisait longtemps qu'elle n'avait pas eu d'altercation physique avec quelqu'un, et elle avait bien envie de frapper cette salope au visage. Mais cela ne changerait rien à la situation. À bien des égards, Eleanor avait raison. Elle n'avait rien à faire ici. Dans sa robe et ses chaussures bon marché, avec une âme authentique.

Elle avait des milliers de choses à dire, mais ça ne servirait à rien. Eleanor et ses imbéciles d'amies étaient ce qu'elles étaient. Des garces méchantes qui pensaient vraiment que le monde tournait autour d'elles. Elles n'allaient pas changer et certainement pas parce qu'elle leur aurait dit ce qu'elle avait sur le cœur.

Les paroles de Lara sur la nécessité de s'élever au-dessus de ceux qui cherchaient à la rabaisser à leur niveau retentirent dans sa tête et Cora se tourna vers la sortie.

Pour s'arrêter net en voyant deux hommes qui se tenaient à une dizaine de mètres.

Elle les reconnut sur-le-champ. Il s'agissait de Bryson,

l'homme sur lequel elle avait enchéri sans succès, et de Callen Kaufman qui, d'après le site Internet du Refuge, était surnommé Owl.

Elle les regarda, confuse. Que faisaient-ils ? Et depuis combien de temps étaient-ils là ?

Puis elle rougit, se souvenant qu'elle portait un jean et un sweat-shirt miteux.

Eleanor se retourna pour voir ce qu'elle regardait, et Cora la sentit changer de comportement : elle avait remis son masque et souriait aux hommes, tout en se déhanchant de manière séduisante.

— Oh ! Bonjour, messieurs. Je suis tellement excitée à l'idée de notre rendez-vous, minauda-t-elle.

Cora était dégoûtée. D'Eleanor, de la vente aux enchères et de l'humanité en général. Elle en avait assez. Eleanor avait gagné, comme toujours. Bryson pouvait sortir avec cette sorcière et l'épouser, elle s'en moquait. Il y avait d'autres hommes au Refuge, et qui répondraient tout aussi bien à ses besoins.

Bien sûr, elle ne ressentait pas pour eux la même attirance que pour Bryson, mais tant pis.

Elle n'allait pas s'avouer qu'elle était attirée par l'homme sur lequel elle avait enchéri. Elle avait étudié sa courte biographie sur le site web du Refuge, jusqu'à la mémoriser, puis elle avait creusé, trouvant autant d'informations que possible à son sujet sur Internet. Sur une photo en particulier, les tatouages de ses bras étaient bien visibles. Il ne ressemblait en rien à ses amis, ce qui intriguait Cora. Il était un peu spécial et ça l'avait toujours attirée. Elle ne voulait pas d'un joli garçon. Elle voulait quelqu'un qui incite les gens à changer de trottoir lorsqu'ils le croisaient. Quelqu'un qui ne supporterait pas qu'on lui raconte des balivernes.

Quelqu'un qui avait l'air de pouvoir, et de vouloir protéger sa femme.

Levant intérieurement des yeux au ciel, Cora se dirigea vers la sortie. La romance, ça n'était pas pour elle. Elle n'était pas le genre de femme que les hommes trouvaient séduisante, ce qui lui avait été martelé plus d'une fois dans sa vie. De toute façon, elle n'avait pas besoin d'avoir un homme sur qui compter. Ils n'avaient fait que la décevoir. Elle avait eu assez de pères et de frères adoptifs pour s'en convaincre.

Il n'y avait qu'une seule personne dans sa vie qui ne l'avait jamais laissée tomber. Lara. Et Cora ferait désormais tout ce qu'il faudrait pour l'aider.

3

―――――

Pipe serra les dents si fort qu'il redoutait de s'en casser une. Il n'arrivait pas à croire ce que disait cette salope rousse.

Il n'avait même pas reconnu la femme en jean et sweat-shirt jusqu'à ce que la rousse en dise assez pour qu'il réalise qu'il s'agissait de la femme à la robe noire. Celle qui avait enchéri sur lui.

Son sang se glaça en entendant les propos horribles que la rousse – Eleanor, apparemment – tenait sur les vétérans. Ce qu'elle pensait vraiment d'eux. Il savait qu'elle n'était pas la seule à être de cet avis, mais il ne s'attendait pas à rencontrer une personne de ce genre ici ce soir ni à ce qu'elle surenchérisse.

Et lorsqu'elle avait déclaré n'avoir aucune intention de payer l'argent promis, la coupe avait été pleine. Les muscles contractés, il s'était retrouvé à deux doigts de démolir cette garce.

— Doucement, Pipe, souffla Owl en lui prenant le bras.

— Tu t'occupes de ça pour moi ? dit-il à son ami.

— Bien sûr. Je veillerai à ce que les organisateurs sachent qu'elle n'a aucune intention d'honorer son offre, ce qui te dispensera de l'inviter à dîner. Je ferai don de la somme au nom du Refuge. Vas-y. Rattrape l'autre femme.

Pipe aurait dû être surpris qu'Owl devine exactement l'orientation de ses pensées, mais non. Ils n'avaient peut-être pas servi ensemble, ils travaillaient côte à côte depuis des années.

— Merci, mec.

— Tais-toi, fit son ami en resserrant un instant ses doigts autour du bras de Pipe. Pour info... elle me plaît bien.

Il désigna la femme d'un signe de tête : Cora, comme l'avait appelée la salope, venait d'atteindre les portes de la salle de bal.

Quelque chose se relâcha en Pipe quand il entendit l'approbation de son ami. Cela n'avait aucun sens, si ce n'était que l'opinion d'Owl lui importait. Sur un signe de tête, il prit quand même une seconde pour décocher un regard menaçant à Eleanor, puis se détourna et s'élança vers la sortie, où Cora avait disparu.

Pipe était censé remonter sur scène après les dernières enchères, pour l'annonce finale de la somme réunie et le discours de clôture, mais il se moquait d'être parti plus tôt. Il ne pouvait pas perdre de vue la femme qui non seulement l'avait défendu et semblait se soucier sincèrement des anciens combattants qu'elle était venue soutenir, mais qui l'attirait étrangement depuis qu'il l'avait vue pour la première fois, debout près de la scène, l'air si peu à sa place.

Il devait lui parler. Découvrir pourquoi elle semblait si désireuse de remporter un rendez-vous avec lui. Il devait connaître son histoire.

Sans trop savoir pourquoi, il avait l'étrange conviction que si elle s'éclipsait, il perdrait quelque chose de précieux.

En regardant à droite et à gauche dans le hall devant la salle de bal, Pipe ne vit aucun signe de Cora. Vu la vitesse à laquelle elle marchait, il comprenait d'instinct qu'il n'avait que quelques secondes pour décider de la direction à prendre pour la retrouver. Gauche ou droite ?

Droite. Vers l'entrée de l'hôtel. Son petit doigt lui disait que Cora ne séjournait pas dans cet établissement de luxe.

À son grand soulagement, son instinct s'avéra juste : lorsqu'il tourna dans le couloir, il aperçut Cora à l'autre extrémité, en train de parler à un homme qui se tenait à l'entrée de l'hôtel. Il lui souriait et, alors que Pipe se dirigeait vers eux, il vit Cora sortir un billet de sa poche arrière, qu'elle tendit au groom.

Ce pourboire ne fit que redoubler le respect que Pipe avait déjà pour elle.

Il avait entendu toute la conversation des deux femmes, et la seule chose sur laquelle cette garce d'Eleanor avait raison, c'était la qualité des vêtements portés par Cora. Il n'était pas un expert, mais même lui savait que sa robe de tantôt n'était pas de marque. Le jean et le sweat-shirt qu'elle portait à présent semblaient confortables et avaient été souvent portés. Certes, elle avait pas mal enchéri sur lui, mais il avait l'impression que chaque centime avait été durement gagné.

Pipe accéléra le pas et partit au petit trot vers elle. Il fit suffisamment de bruit pour que Cora et le portier se tournent vers lui. L'homme s'avança devant Cora comme pour la protéger, ce que Pipe apprécia. Il n'allait pas lui faire de mal, loin de là, mais aucun des deux ne pouvait en être certain.

Il ralentit en approchant et tendit précautionneusement les mains, pour qu'ils voient bien qu'il n'était pas armé. Ce qui n'était pas tout à fait vrai, mais il ne portait pas non plus d'objets susceptibles de les blesser.

— Cora, c'est ça ? demanda-t-il.

Elle eut l'air surprise. Puis méfiante.

— Oui ?

— Je suis Pipe, comme vous le savez sans doute. Je peux vous raccompagner ?

Au lieu d'avoir l'air soulagée ou impressionnée, elle parut deux fois plus méfiante.

— Pourquoi ?

— Parce qu'il est tard. Et qu'il fait nuit. Et vous ne devriez pas être seule dehors.

— Je suis capable de prendre soin de moi, répliqua-t-elle en levant légèrement le menton.

À sa grande surprise, Pipe trouva son entêtement rafraîchissant. Peut-être parce qu'il avait côtoyé trop de femmes, ce soir, qui gloussaient au moindre de ses propos. Il détestait les femmes qui minaudaient, et il avait l'impression que celle-ci aurait préféré mourir plutôt que de jouer les timides devant un homme.

— Soit. Alors dans ce cas, vous pourriez me fournir un alibi pour ficher le camp d'ici, au lieu de retourner dans cette salle de bal et de dire ou de faire quelque chose que je regretterai avec cette salope qui ne voit aucun problème à arnaquer les anciens combattants qui ont risqué leur vie pour leur pays.

Elle le fixa un long moment avant de demander :

— Vous avez entendu ce qu'elle a dit ?

— J'ai tout entendu, répondit Pipe.

Il vit le désarroi et l'embarras dans ses yeux, puis elle carra les épaules.

— Sans vouloir vous vexer, je dirais que vous, dans ce smoking, vous me rendriez plus vulnérable que si j'étais seule, lâcha-t-elle avec une lueur amusée dans les yeux.

Sans hésiter, Pipe se débarrassa de sa veste de smoking. Il arracha le nœud papillon ridicule qu'il avait autour du cou et les tendit au portier, probablement habitué aux excentricités des gens fortunés qui assistaient aux événements de cet hôtel huppé. L'homme les prit sans moufter. Pipe défit ensuite les boutons du haut de son élégante chemise blanche, puis retira ses boutons de manchette, qu'il glissa dans sa poche et retroussa ses manches, pour dévoiler les tatouages qui ornaient ses deux bras. Enfin, il se passa une main dans les cheveux et ébouriffa ses mèches.

— Je ne peux rien faire pour les chaussures qui brillent, mais c'est peut-être mieux comme ça ?

Il sentit des picotements lui courir sur la peau lorsqu'elle l'examina. Il ne décelait aucun jugement dans ses yeux, il avait plutôt l'impression qu'elle l'appréciait davantage dans cette tenue que dans ses vêtements de luxe.

— Je n'habite pas dans le coin, l'avertit-elle. Il va falloir prendre le métro.

Pipe haussa les épaules.

— Pas dans le coin, tant mieux. Ça me donnera plus de temps pour me calmer.

Pendant quelques secondes, il crut qu'elle allait refuser, arguer qu'elle était parfaitement capable de rentrer chez elle toute seule, ce dont il ne doutait pas. Il avait l'impression que cette femme pouvait faire tout ce qu'elle voulait sans l'aide de personne. Mais sans parvenir à s'expliquer pourquoi, il tenait à veiller sur sa sécurité, à être quelqu'un sur qui elle pourrait s'appuyer, même si ce n'était que le temps de cette soirée. Pendant qu'il la ramènerait chez elle.

— D'accord, concéda-t-elle après une longue pause.

Le soulagement inonda les veines de Pipe. C'était une sensation surprenante. Depuis qu'il avait quitté l'armée, il était comme en sommeil, la plupart du temps. S'il s'était fait tatouer, c'était le plus souvent pour ressentir quelque chose, ne serait-ce que momentanément. Même s'il s'agissait de la douleur causée par une aiguille. Il en était venu à penser qu'il resterait coincé pour toujours dans cet étrange néant.

Mais sans qu'il sache comment, cette femme avait réussi en quelques secondes là où des années de thérapie et de tatouages avaient échoué… Elle avait brisé la glace qui enveloppait tout son être sans même essayer.

C'était à la fois déroutant et excitant.

Pipe se tourna vers le portier.

— J'ai un pote, il s'appelle Owl… pardon, Callen Kaufman. Cheveux roux… une barbe. Il ressemble un peu à Ed Sheeran. Si vous pouvez lui donner ma veste et ma cravate, il vous en débarrassera.

— Vous logez ici, monsieur ? Je pourrais les remettre au personnel de la réception qui les rapportera dans votre chambre.

— Non, répondit-il. Cela pose problème ?

— Pas du tout. Je vais trouver votre ami.

— Merci.

— C'est mon travail, assura le portier.

Pipe aurait pu s'en contenter, mais il insista.

— Non, ça ne rentre pas dans vos attributions. Pas vraiment. Et j'ai bien vu la façon dont vous vous êtes tenu devant Cora pour la protéger, quand je me suis approché. Ce n'est pas facile de travailler dans le secteur du service. Je le sais, puisque j'y suis moi-même. J'apprécie votre aide et votre souci de faire en sorte que cette femme rentre chez elle en toute sécurité.

Il sortit son portefeuille et en tira un billet de cinquante dollars qu'il tendit à l'homme.

Le portier eut l'air surpris, mais il prit le pourboire. Il adressa un signe de tête à Pipe.

— Merci.

Pipe lui rendit son signe de tête, puis se tourna vers Cora.

Elle le regardait avec une expression confuse. Était-ce son comportement civilisé qui la surprenait autant ? Il avait l'impression que oui. Ce qui le mit hors de lui.

— Prête ? demanda-t-il en désignant la rue.

Elle sursauta, comme surprise de l'avoir entendu parler, puis hocha la tête et se tourna vers la porte. Le portier l'ouvrit immédiatement et leur tint le battant.

— Soyez prudents, lança-t-il alors qu'ils sortaient dans la nuit.

Cora tourna à gauche et commença à marcher à vive allure. Pipe allongea immédiatement le pas afin de se retrouver à sa droite, le long de la chaussée animée. Ils marchèrent en silence pendant une minute ou deux avant qu'elle ne lève les yeux vers lui.

Pipe mesurait au moins trente centimètres de plus que Cora, mais pour une raison bizarre, elle lui paraissait plus grande que nature. Elle marchait avec assurance, ses yeux balayant constamment son environnement immédiat. Il ne put s'empêcher de sourire lorsqu'elle refusa de s'écarter à l'approche de deux hommes qui arrivaient à leur rencontre. Ils faillirent la percuter de plein fouet avant de dévier sur la droite pour la contourner. Manifestement, ils étaient habitués à ce que les femmes leur laissent la priorité sur le trottoir, ce qui était extrêmement sexiste et misogyne, mais tellement ancré dans les mentalités que tout le monde l'acceptait.

Tout le monde sauf Cora, apparemment.

Pipe baissa les yeux et croisa son regard, avant qu'elle ne reporte son attention sur le trottoir devant elle. Son intuition, comme quoi elle s'apprêtait à lui dire quelque chose, ne l'avait pas trompé. Elle se mit à parler quelques instants plus tard. Rapidement et par à-coups, comme si, faute de ne pas parvenir à dire ce qu'elle voulait à la seconde même, elle risquait de se dégonfler et de ne rien dire du tout.

— Je suis venue ce soir pour enchérir sur vous et uniquement sur vous. Je me suis renseignée à votre sujet en ligne. Sur vos amis et vous. Je sais que vous êtes copropriétaire du Refuge, au Nouveau-Mexique. Que vous êtes des gars des Forces spéciales. Je sais que vous, vous étiez dans les SAS, et j'ai même lu les articles de presse sur Alaska Stein, Jasna McClure et Reese Woodall, sur ce que chacune d'elles a traversé. J'ai économisé chaque centime que j'ai pu pour remporter cette enchère.

— Pourtant, c'est la salope qui a gagné, conclut Pipe sur un ton catégorique, un peu inquiet qu'elle semble en savoir autant sur lui et ses amis.

Cora partit d'un petit rire amer.

— Elle me déteste depuis le lycée. Elle ferait n'importe quoi pour m'empoisonner la vie.

— Pourquoi ?

— Pourquoi elle me déteste ? Euh... parce que c'est une garce ? suggéra Cora en haussant les épaules.

— Non, je me fous d'elle. Mais pourquoi vous, précisément ?

Cora s'immobilisa et Pipe se retourna pour la regarder. Elle prit une grande inspiration.

— J'ai besoin de votre aide, lâcha-t-elle.

— Pour quoi faire ? demanda Pipe.

Au lieu de répondre, Cora soupira et détourna le regard.

— Mince, marmonna-t-elle. Ça ne se passe pas comme je l'avais prévu.

Il retint un sourire.

— Comment c'était censé se passer, selon vous ?

— Vous posez beaucoup de questions, lui reprocha-t-elle.

Pipe haussa les épaules et réalisa qu'il s'amusait bien, en fait. Il n'avait pas anticipé que ce voyage puisse s'avérer amusant, mais sa rencontre avec cette femme était plus plaisante que tout ce qu'il avait connu depuis longtemps. Elle était si inhabituelle, et chacune de ses paroles ne faisait que piquer sa curiosité.

— Oui, c'est vrai, admit-il. Mais ce n'est pas moi qui suis prêt à dépenser cinq mille dollars pour aller dîner avec moi simplement pour me demander de l'aide.

— Six, marmonna-t-elle.

— Pardon ?

— J'avais six mille dollars, avoua-t-elle en le regardant dans les yeux. Et si j'avais pu en trouver plus, j'aurais dépensé plus.

— Qu'y a-t-il de si important pour que vous soyez prête à dépenser autant ? demanda Pipe.

— Il ne s'agit pas d'une chose, mais d'une personne, rectifia Cora.

Étonnamment, Pipe se sentit déçu. Si Cora était prête à dépenser autant d'argent sur quelqu'un, c'était qu'elle devait l'aimer.

— Bon, dit-il, je pense que nous devrions avoir cette conversation ailleurs, pas sur un trottoir en pleine nuit.

Comme si elle pouvait lire dans ses pensées et voir qu'il avait mentalement reculé d'un pas, Cora s'approcha et lui posa la main sur le bras.

— Ce n'est pas ce que vous croyez, insista-t-elle.

— Je ne sais pas de quoi vous parlez.

— Elle s'appelle Lara Osler. C'est ma meilleure amie. La seule personne au monde à qui je fais confiance de tout mon cœur. Elle a des problèmes et personne ne m'écoute.

Personne ne me croit. Ni ses parents ni les flics. Ils pensent tous que je suis folle, que je suis juste contrariée parce qu'elle a quitté la ville et que je ne peux plus squatter chez elle. Mais je ne ferais jamais un truc pareil. Squatter, je veux dire. Elle m'a aidée autrefois, je ne le nie pas, mais elle est littéralement la seule personne au monde qui se soucie de moi, et je refuse de croire qu'elle est partie sans un mot.

Il y avait du désespoir et de l'honnêteté dans le ton de Cora. Pipe tiqua. Elle s'inquiétait sincèrement pour son amie et la croyait en danger. Elle était suffisamment anxieuse pour sortir de sa zone de confort et assister à une vente aux enchères pour célibataires, dans le seul but de lui parler. Le moins qu'il puisse faire, c'était de lui accorder un peu de son temps. Mais pas ici. Il n'aimait pas l'obscurité, surtout dans une ville qu'il ne connaissait pas.

— Venez, dit-il en lui posant une main dans le dos pour l'inciter à se remettre en marche.

Elle obtempéra sans protester, même si elle fronça les sourcils.

Ils longèrent quelques pâtés de maisons jusqu'à ce que Pipe trouve ce qu'il cherchait. Lorsqu'elle voulut se diriger vers l'entrée du métro, il l'orienta vers la gauche.

— Pipe ?

Il ne put s'empêcher de sourire. Il aimait qu'elle l'appelle ainsi. Brick et les autres préféraient peut-être que leurs femmes utilisent leurs prénoms, mais il ne s'était jamais senti en phase avec « Bryson ». D'aussi loin qu'il se souvienne, il s'appelait Pipe, et il trouvait normal qu'elle utilise son surnom.

— Ce n'est pas The Inn at Little Washington, mais vu nos vêtements, c'est sans doute un peu plus approprié, expliqua-t-il en désignant le restaurant ouvert vingt-quatre heures sur vingt-quatre qui se trouvait au coin de la rue.

Cora s'arrêta à nouveau, et Pipe fut obligé de l'imiter. Elle le regarda, incrédule.

— Quoi ? Vous voulez manger ailleurs ? demanda-t-il.

— Non, c'est bon. C'est juste que... vous m'emmenez manger ?

— Oui.

— Pourquoi ?

— Vous vouliez me parler. Je suis là, prêt à vous écouter.

— Pourquoi ? insista-t-elle, cette fois dans un murmure.

Pipe décida d'être franc avec elle.

— Parce qu'il y a quelque chose chez vous qui respire l'honnêteté. Je me méfie un peu que vous en sachiez autant sur moi et mes potes, mais ce que vous avez dit à propos de votre amie, c'est ce que je ressens envers les hommes avec qui je travaille au Refuge. Si quelque chose leur arrivait, je ferais n'importe quoi pour m'assurer qu'ils sont en sécurité. Je ne vous promets rien d'autre qu'un repas gratuit, mais je suis assez intrigué pour vouloir en savoir plus.

Cora, visiblement émue, ferma les yeux un instant. Puis les rouvrit brusquement et le fixa, suspicieuse.

— Je ne coucherai pas avec vous.

Pipe fronça les sourcils, confus.

— Je ne me rappelle pas vous l'avoir demandé.

— Beaucoup d'hommes s'en dispensent.

Pendant quelques secondes, Pipe ne comprit pas... puis il s'énerva.

— Vous inviter à dîner ne me donne pas le droit de coucher avec vous. Ce n'est pas un droit de baiser, ni pour moi ni pour personne.

— Désolée, dit-elle, sans avoir l'air de regretter ses propos. Je devais juste m'assurer que nous étions sur la même longueur d'onde.

Pipe était furieux que Cora ait une si piètre opinion des hommes.

Non, ce n'était pas ça. Il était surtout furieux que les hommes lui aient donné une raison de penser de telles choses.

Si quelqu'un avait besoin d'une personne de confiance, c'était bien cette femme. Et il voulait être cette personne pour elle. Il savait sans l'ombre d'un doute qu'une fois qu'elle aurait laissé entrer quelqu'un dans son cœur, comme son amie Lara, elle défendrait ce chanceux jusqu'à la mort si nécessaire.

Elle était le genre de femme qu'il avait toujours voulu à ses côtés. Quelqu'un qui n'aurait pas peur d'être avec lui, qui le défendrait, qui l'aimerait pour ce qu'il était. C'était bien dommage qu'il ne soit pas de Washington. Enfin, ce n'était pas comme si Cora était intéressée.

Mais ensuite… il se souvint de la façon dont elle l'avait défendu face à cette salope d'Eleanor, alors qu'elle ne le connaissait même pas.

« *Ses tatouages, sa barbe et ses cheveux longs ne font pas de lui un membre de gang ni une personne violente, tout comme ton absence de tatouages ne fait pas de toi une citoyenne honnête. Personnellement, je trouve ses tatouages très sexy. Ils me disent que c'est un homme qui se fout de ce que pensent les autres. Les gens comme toi, qui le méprisent à cause d'un peu d'encre sur sa peau. C'est toi qui salirais sa réputation si on le voyait avec toi.* »

— Nous sommes sur la même longueur d'onde, grommela-t-il d'un ton bourru.

Le soulagement qu'elle manifesta l'agaça encore plus, mais lui donna aussi envie de la rassurer. De lui dire qu'elle pouvait lui faire confiance, qu'il l'aiderait. Toutefois, il se tut, car il ne savait pas s'il pourrait l'aider. Il avait besoin de plus d'informations. Une fois qu'il connaîtrait la situation, il déciderait de la marche à suivre.

Ils se dirigèrent vers la porte du restaurant, que Pipe lui ouvrit. La serveuse qui vint les accueillir le regarda et se raidit légèrement. À quoi trouvait-elle à redire ? Aux tatouages sur toute la longueur de ses bras, à ses cheveux longs et à sa barbe touffue, ou peut-être à toutes ces choses combinées, juxtaposées au pantalon de smoking, aux chaussures vernies et à la chemise boutonnée ?

— Une table pour deux, s'il vous plaît, déclara Cora avec fermeté, en se penchant légèrement vers lui.

Sans réfléchir, il passa un bras autour de sa taille tout en gardant un visage aussi dénué d'expression et peu menaçant que possible.

Il vit la serveuse se détendre un peu.

— Suivez-moi, leur dit-elle.

Elle les conduisit à un box au fond de la salle, loin des fenêtres, ce qui convenait parfaitement à Pipe. Il voulait toute l'attention de Cora, et ici, au fond de la salle, où la lumière était un peu plus faible, il l'aurait.

— Cette idiote ne se rend pas compte que si les choses tournaient mal pendant que nous sommes ici, vous seriez la personne la plus susceptible de courir à son secours.

Cora secoua la tête avec un soupir.

Une fois de plus, sa propension à le défendre fit sourire Pipe : une souris protégeant un éléphant, mais il savait au plus profond de lui que sa loyauté serait la plus grande récompense qu'il pourrait jamais obtenir.

Ils discutèrent de tout et de rien en regardant les menus, puis passèrent commande à la serveuse. Quand elle se fut éloignée, Pipe posa ses avant-bras sur la table et se pencha.

— Vous vouliez dîner avec moi pour me raconter votre

histoire et me demander de l'aide pour votre amie. Nous y sommes. Parlez-moi. Racontez-moi tout.

Il était intéressant de noter qu'elle lui avait semblé nerveuse jusqu'à présent. Elle avait tripoté sa serviette, siroté l'eau apportée par la serveuse, comme si elle avait besoin de quelque chose pour s'occuper. Mais maintenant qu'il lui demandait de parler de son amie, elle se défaisait d'un peu de sa nervosité. Reproduisant sa posture à lui, elle s'appuya sur la table et commença à parler.

4

———

— Pour expliquer, je dois revenir en arrière, déclara Cora à l'homme qui lui faisait face.

Elle n'arrivait pas à croire qu'elle était là, en train de dîner avec la personne même qu'elle avait à moitié pistée depuis qu'elle avait appris sa venue à Washington. Elle s'était préparée à payer cher ce moment, et sans trop savoir comment, grâce à la méchanceté d'Eleanor – laquelle serait furieuse si elle apprenait que sa grande bouche avait donné à Cora exactement ce qu'elle voulait, plutôt que de le lui faire passer sous le nez –, elle se retrouvait assise dans un *diner* graisseux, sans rien débourser, et avait peut-être l'occasion de venir en aide à Lara.

— J'ai rencontré Lara quand j'avais quinze ans. J'avais encore changé d'école, et les choses n'allaient pas bien pour moi dans ce nouvel établissement. Je ne m'intégrais pas... ce qui n'était pas vraiment une surprise, car il était rare que je m'intègre où que ce soit, mais là, au lycée Harrison, je ne m'intégrais vraiment pas.

— Pourquoi ? demanda Pipe.

— Les élèves étaient pour la plupart issus de familles

riches. De celles qui ont des liens politiques. Moi, je n'étais personne. Une fille en famille d'accueil, ballottée d'une maison à une autre. J'étais très susceptible, je me foutais de ce qu'on pensait de moi et, honnêtement, je n'étais pas très maligne.

— Permettez-moi d'en douter, répliqua Pipe avec un petit sourire.

Cora étudia l'homme, toujours un peu étonnée de se retrouver au restaurant avec lui. Ses cheveux étaient plus longs sur le devant, une boucle lui tombait même sur le front. Sa barbe et sa moustache fournies étaient un peu négligées. Il avait le nez long et étroit, des pommettes hautes, et des yeux sombres fixés sur elle avec une intensité un peu déconcertante. Elle savait instinctivement que cet homme remarquait tout, ce qui l'intriguait et l'effrayait à la fois.

Ses deux bras étaient couverts de tatouages, qu'elle entrevoyait derrière les quelques boutons ouverts de sa chemise blanche. Certaines personnes en auraient été rebutées, mais pas Cora. Ces tatouages lui allaient bien.

— Cora ? insista-t-il.

Réalisant qu'elle l'avait fixé sans rien dire, Cora sentit le rouge lui monter aux joues. Il fallait qu'elle arrête de reluquer son interlocuteur.

— Je ne cherche pas à me dénigrer, je dis simplement la vérité. J'étais une élève médiocre au lycée. Certes, être ballottée d'établissement en établissement chaque fois que je changeais de famille d'accueil n'a pas aidé, mais tout de même. Quoi qu'il en soit, j'étais là depuis une semaine et les élèves populaires, comme Eleanor, m'avaient déjà prise pour cible. Je m'en moquais. Comme j'avais l'habitude d'être malmenée, j'avais appris à ignorer les insultes et les tentatives pour me rabaisser. Mais ce jour-là, à l'heure du déjeuner, Lara en a visiblement assez entendu. Elle m'a défendue. Elle a dit à Robbie McCallister de se mettre la tête dans un seau de bouse de vache. Mot pour mot, précisa Cora avec un petit rire affectueux. Trop gentille pour jurer correctement. Et elle ressemble à un ange. Grande, blonde, des yeux bleus, minces... tous les garçons étaient amoureux d'elle, et Robbie a tout de suite battu en retraite. Ensuite, elle s'est assise à côté de moi et, lorsque l'attention s'est détournée de nous, elle s'est mise à trembler un peu. J'ai cru qu'elle faisait une crise d'épilepsie ou quelque chose comme ça. Mais elle m'a assuré qu'il s'agissait simplement d'une réaction différée. Elle déteste être au centre de l'attention. Ça la fait littéralement paniquer. Ce qui est ironique, car son physique magnifique est comme un phare que tout le monde regarde. Quoi qu'il en soit, pour essayer de l'aider, je lui ai parlé de trucs stupides, j'ai juste jacassé, jusqu'à ce qu'elle se sente un peu mieux. Finalement, elle m'a tendu la main et dit : « Bonjour, je suis Lara Osler. Ta nouvelle meilleure amie. » Elle plaisantait, mais on était loin de se douter de ce que cela allait devenir. On a passé les deux années et demie suivantes du lycée à repousser les garces qui faisaient la loi et, depuis, on s'entend comme larrons en foire.

Les mots paraissaient faibles, sachant la proximité qui était désormais celle de Cora et Lara. Il ne s'était rien passé dans leur vie que l'autre n'ait su... jusqu'à récemment. Et Cora ne pouvait pas, ne voulait pas, croire que Lara était simplement passée à autre chose. Elles étaient les meilleures amies du monde depuis plus de vingt ans. Une amitié pareille ne disparaissait pas simplement à cause d'un homme.

— Aucune de nous n'est sortie avec quelqu'un au lycée. Je n'avais aucun intérêt pour les connards qui me couraient après parce qu'ils pensaient que j'étais une fille facile, et Lara était trop timide, trop concentrée sur ses bonnes notes. On passait tous nos moments libres ensemble, ce qui était une aubaine. Après avoir obtenu son diplôme, Lara est partie à l'université et j'ai déménagé avec elle. J'ai trouvé un emploi qui nous permettait de subvenir à nos besoins. On a pris un petit appartement minable, et tout allait bien. Lorsqu'elle a décroché son diplôme d'éducatrice pour jeunes enfants, elle a trouvé un poste dans une école maternelle près de chez nous. J'ai occupé plusieurs emplois différents, tandis qu'elle continuait à obtenir des augmentations de salaire et de plus en plus de responsabilités. Au bout de quelques années, on a décidé qu'il était temps de trouver chacune son propre logement. J'étais d'accord, même si je savais qu'il me serait difficile de payer le loyer seule. Mais je voyais bien que Lara voulait vraiment déployer ses ailes. Elle sortait enfin un peu, tout comme moi, et j'avais l'impression que c'était ce qu'on était censées faire... vous savez, grandir, trouver un travail, avoir son propre logement. Tout s'est bien passé pendant un certain temps. Jusqu'à ce que mon crétin de propriétaire décide de se pointer chez moi à 2 heures du matin pour..., ajouta-t-elle en mimant des guillemets avec ses doigts, « vérifier les piles de mon alarme incendie », et se retrouve à regarder le canon de mon pistolet. Il n'était pas très content. Le lendemain matin, après le départ des flics et quelques heures de sommeil, j'ai trouvé un avis d'expulsion sur ma porte.

— C'est illégal, grogna Pipe.

Cora haussa les épaules.

— Bien sûr, mais qui allait me défendre ? Ce n'était pas comme si j'avais les moyens d'engager un avocat ou quoi que ce soit d'autre. Et personne dans l'immeuble n'allait prendre ma défense parce qu'ils avaient autant besoin d'un endroit pour vivre que moi. Cela étant, Lara n'a pas hésité à m'héberger. J'ai dormi sur son canapé pendant près de six mois, et jamais, pas une seule fois, elle m'a fait sentir que je la dérangeais...

— Pour quelqu'un qui a été en famille d'accueil, reprit Cora, sourire aux lèvres, après une courte pause, vous n'avez pas idée de l'importance de cette situation. J'ai fini par trouver un nouvel endroit où vivre et j'ai déménagé à nouveau. Bien sûr... quelques mois plus tard, j'ai perdu mon travail. Ma patronne m'avait trouvée à son goût, et comme je ne voulais pas sortir avec elle, elle a trouvé une raison pour me licencier.

Pipe gronda. Cora leva les yeux et fut surprise de voir à quel point il avait l'air en colère. Sans réfléchir, elle tendit la main et lui saisit le bras.

— Ce n'est pas grave.

— Si, c'est grave, répliqua-t-il, les dents serrées.

— Le monde est ainsi fait, dit-elle avec un petit haussement d'épaules.

Pipe posa sa main sur celle qu'elle avait laissée sur son bras. Se penchant un peu plus en avant, il secoua la tête.

— Je n'ai jamais été renvoyé d'un travail pour ne pas avoir répondu à l'intérêt de quelqu'un. Je n'ai jamais vu un propriétaire débarquer dans mon appartement en plein milieu de la nuit.

— Vous êtes un homme, répliqua-t-elle aussitôt. Et vous avez des amis. Je pense que Ned – c'était le nom de mon propriétaire – savait que je ne recevais pas grand monde à part Lara. Pas de famille, d'autres amis, un petit ami, ce genre de choses. J'étais une cible facile et il le savait. Idem pour ma patronne. Les gens sentent quand quelqu'un n'a pas un réseau pour le soutenir. Surtout dans cette ville. Bien sûr que personne ne s'en prend à vous, Pipe. Même sans vos tatouages de dur à cuire, vous dégagez la confiance de qui n'hésitera pas à envoyer les connards se faire voir.

Il continuait à froncer les sourcils.

Et sans savoir pourquoi, Cora tenait vraiment à l'apaiser.

— J'ai été une enfant placée en famille d'accueil. On ne voulait pas de moi. J'ai eu quatorze foyers d'accueil, et aucune famille n'a jamais voulu me garder pour de bon. Je n'étais pas une mauvaise gamine, je ne causais pas d'ennuis, mais on finissait toujours par me renvoyer.

Elle releva le menton devant la tristesse qui s'était peinte sur le visage de Pipe.

— C'est bon. Je vais bien, insista-t-elle sèchement. J'ai survécu et j'avais Lara. Je ne vous raconte pas ça pour que vous ayez pitié de moi, mais pour que vous compreniez vraiment que Lara était ma famille. Elle l'est toujours, d'ailleurs. Je ferais littéralement n'importe quoi pour elle. Elle est mon roc depuis que j'ai quinze ans. Même elle ne soupçonne probablement pas ce qu'elle représente pour moi. Elle est la sœur que je n'ai jamais eue, et je ne serais pas ici aujourd'hui si elle n'avait pas été là.

Sur un soupir, elle poursuivit :

— Continuons cette piteuse histoire. Lorsque j'ai été licenciée, elle m'a trouvé un emploi dans l'école maternelle où elle travaillait. Elle en était alors la directrice. Elle m'a embauchée comme aide-enseignante, autrement dit l'échelon le plus bas de leur personnel, mais j'ai refusé de la laisser tomber. Et il s'est produit une chose amusante…

Elle laissa sa phrase en suspens.

— Quoi ? demanda Pipe.

Cora réalisa alors qu'il lui tenait toujours la main. Sa large paume enveloppait la sienne, qu'elle avait toujours posée sur son bras à lui.

— Je me suis rendu compte que j'aimais ça, travailler

avec les enfants. J'avais été serveuse, strip-teaseuse, voiturière, et des centaines d'autres trucs... mais j'avais trouvé ma voie. Les enfants aussi jeunes ne se soucient pas de la couleur de votre peau, de votre orientation sexuelle, de votre poids ou de votre taille, du fait que vous ayez une famille ou non... tout ce qui les intéresse, si vous êtes gentil avec eux. S'ils se sentent en sécurité en votre présence. Non seulement Lara m'a soutenue au lycée, mais elle m'a aussi donné un toit quand j'en avais besoin, elle m'a nourrie, et ensuite elle m'a fourni un travail que j'aime plus que je ne l'aurais jamais cru possible. Et maintenant, elle a besoin de mon aide, mais personne ne veut m'écouter.

Sa voix se brisa sur les derniers mots.

— Moi, je vous écoute, dit doucement Pipe.

Levant les yeux vers lui, Cora le dévisagea un long moment.

— Parlez-moi, ordonna-t-il. Pourquoi pensez-vous qu'elle est en danger ? Où est-elle ?

Cora ouvrit la bouche, mais la serveuse revint à ce moment-là.

— Alors, lança-t-elle d'un ton enjoué, est-ce que je peux vous apporter autre chose ?

Obligée de lâcher Pipe, Cora s'assit tandis que la serveuse disposait les assiettes sur la table.

— Non, merci, répondit-elle.

— C'est parfait, convint Pipe.

— Très bien. Bon appétit, et si vous avez besoin de quoi que ce soit, n'hésitez pas.

Cora examina la nourriture devant elle, mais elle avait complètement perdu l'appétit.

— Mangez, lança Pipe d'une voix bourrue.

Elle leva les yeux vers lui.

Il lui désigna son assiette d'un signe de tête.

— Vous vous sentirez mieux.

— En fait, ça risque de me faire vomir, marmonna-t-elle.

Pipe pinça les lèvres.

— À quand remonte votre dernier repas ?

Elle tenta de se rappeler si elle avait déjeuné ce jour-là et se rendit compte qu'elle avait été si nerveuse et préoccupée par la vente aux enchères qu'elle avait fait l'impasse.

— Au petit-déjeuner ? répondit-elle.

Le mot était sorti comme une question plus que comme une véritable réponse.

— Vous avez besoin de calories, dit Pipe d'une voix plus douce.

— Je me sens coupable de manger quand je ne peux pas m'empêcher de me demander si Lara va bien. Si on la nourrit.

Pipe se crispa.

— Regardez-moi, dit-il d'un ton que Cora n'avait jamais entendu auparavant, plus dur, plus autoritaire. Lara voudrait-elle que vous vous affamiez juste parce qu'elle ne mange pas à sa faim ? Voudrait-elle vraiment que vous souffriez comme elle ?

Elle ne put s'empêcher de lever son regard vers le sien.

— Non, chuchota-t-elle.

— Bien. Alors, mangez, Cora. On parlera après. Et si je peux aider votre amie, je le ferai.

Elle écarquilla les yeux.

— Vraiment ? ne put-elle s'empêcher de demander.

— Oui.

— Mais vous ne connaissez pas la situation. Je peux me tromper. Si ça se trouve, elle va très bien.

Pipe la fixa si longtemps que Cora se tortilla sur son siège.

— Vous ne vous trompez pas, lâcha-t-il enfin.

Elle ferma les yeux, s'efforçant de comprendre ce qui se passait. Personne ne l'avait crue. Ni les flics, ni la famille de Lara, ni leurs collègues. Tous l'avaient soupçonnée d'être jalouse, de réagir de façon excessive ou tout simplement de se fourvoyer. Or elle savait qu'il n'en était rien.

L'e-mail extrêmement court que Lara avait envoyé aux Ressources humaines pour une demande de congé était vraiment louche, même si personne n'avait semblé y trouver à redire. Lara ne serait jamais partie sans l'en informer d'abord. Cora le savait pertinemment.

Et cet homme, cet inconnu, l'avait crue sans même avoir entendu ce qui s'était passé.

— Mangez, répéta Pipe, un peu plus délicatement.

Cora rouvrit les yeux et regarda le sandwich à la dinde qu'elle avait commandé. Soudain affamée, elle attrapa la bouteille de ketchup qui se trouvait sur la table et en aspergea son sandwich. Elle en versa également sur ses frites.

En levant les yeux, elle vit Pipe lui sourire. Le changement que ce sourire opérait sur son visage était stupéfiant. Comme si un homme complètement différent était assis en face d'elle.

— J'en déduis que vous aimez le ketchup, dit-il.

— Je n'aime pas, j'adore, nuança-t-elle. Le ketchup améliore le goût de tous les aliments. Quand j'étais petite et obligée de manger de la nourriture que je n'aimais pas, le ketchup la rendait supportable. Quand j'étais seule et à court d'argent, j'en mettais sur à peu près n'importe quoi et je me sentais plus rassasiée.

Il fronça les sourcils, mais Cora se contenta de sourire.

— C'est bon, Pipe. Vraiment. J'ai survécu. Beaucoup de gens ont été dans une situation bien pire que la mienne. Et le ketchup, honnêtement, c'est le condiment le plus parfait au monde.

Il n'avait pas l'air très convaincu, mais il se saisit du hamburger qu'il avait commandé, sans sauce ni condiment, et en prit une grande bouchée.

Ils mangèrent en silence. Lorsqu'elle eut presque terminé son repas, Cora se sentit sourire.

— À votre avis, qu'est-ce qu'on nous aurait servi dans votre restaurant chic ? Je veux dire, si j'avais gagné et que nous nous y trouvions ?

En réponse, Pipe posa son hamburger et attrapa son téléphone. Cora fronça les sourcils, perplexe. Il pianota un moment sur l'appareil, avant de retrousser les lèvres.

— D'après leur site web, « carpaccio d'agneau en croûte d'herbes des Champs Élysées avec glace à la salade César, ou roulade d'agneau en croûte de noix de pécan farcie aux champignons, avec moutarde et pruneaux à l'eau-de-vie.

Cora ne put s'empêcher de froncer le nez.

— Vous savez ce que c'est ?

— Non, répondit Pipe avec désinvolture.

— Qu'est-ce que c'est que cette glace à la salade César ? Et eau-de-vie ou pas, les pruneaux ne sont pas mon idée d'un bon repas.

Cette fois, il gloussa.

— Je suis d'accord, convint-il en remettant son téléphone dans sa poche. Je suis bien plus content de mon burger, et je ne pense pas que du ketchup sur les pruneaux les aiderait à se débarrasser de leur eau-de-vie.

Cora gloussa. À l'instant où le son sortit de sa bouche, elle se sentit coupable. Elle était en train de passer un moment merveilleux, de manger un excellent sandwich, alors qu'elle n'avait aucune idée de ce que Lara était en train de vivre.

— Non, dit Pipe, les sourcils froncés.

— Je n'y peux rien. Je m'inquiète tellement pour elle.

Pipe repoussa son assiette sur le côté et chercha à lui prendre la main. Cora la lui abandonna. Il lui en effleura le revers du pouce tandis qu'il reprenait :

— Je ne connais pas votre amie, mais pour vous avoir inspiré une telle loyauté, je sais qu'elle doit être une personne extraordinaire. Et elle est plus coriace que vous ne le pensez.

— Vous ne la connaissez pas. Elle n'est... pas comme moi, objecta Cora sans conviction. Je n'ai pas peur de dire ce que je pense. Elle est gentille. Douce. Je vous ai déjà dit qu'elle ne sortait avec personne au lycée, mais même après, elle n'a pas eu beaucoup de petits amis, même si elle voulait désespérément trouver son prince charmant. Elle voit toujours le meilleur chez les gens, et ils profitent souvent d'elle. Elle n'aime pas faire des vagues, que ce soit dans une relation ou dans sa vie professionnelle. Je pense que c'est comme ça que Ridge l'a séduite. Il se la jouait gentleman. Mais il n'en était pas un. Si je me fie à ce que j'ai vu.

Pipe la fixa durant un long moment avant de plonger la main dans sa poche. Il en sortit son portefeuille et jeta quelques billets de vingt dollars sur la table. Puis, sans un mot, il se leva et attrapa Cora par le coude.

Elle fut trop surprise pour résister lorsqu'il l'invita à se relever. Attrapant son sac, il le lui mit sur l'épaule. La main toujours sous son coude, il se dirigea vers la porte. Lorsqu'ils furent sur le trottoir, il tourna à droite, ce qui les faisait revenir sur leurs pas.

— Pipe ? demanda Cora. Où allons-nous ? Le métro est dans l'autre sens.

— À mon hôtel, répondit-il brièvement.

Cora s'arrêta net, prenant suffisamment Pipe au dépourvu pour que sa main glisse de son bras.

— Je vous ai déjà dit que je ne coucherais pas avec vous, grogna-t-elle.

La déception lui nouait le ventre. S'était-elle vraiment trompée sur cet homme ?

Pipe se passa une main dans les cheveux, ce qui les ébouriffa encore plus.

— Je ne suis pas doué pour ce genre de trucs, Cora.

— Quels trucs ? demanda-t-elle, confuse.

— Planifier. Comprendre les situations. Je suis les gros bras. On m'envoie faire le sale boulot. Mes camarades sont plus doués pour régler les détails avant la mission. Je ne sais pas ce que vous allez me dire à propos de votre amie, mais mon instinct me souffle qu'il vaudrait mieux qu'Owl soit là... le gars qui est venu à Washington avec moi.

Cora acquiesça.

— Callen Kaufman. Ancien pilote d'hélicoptère de la Night Stalker. Leur appareil a été abattu au Moyen-Orient, à son copilote, Jack « Stone » Wickett, et à lui – Jack qui est également copropriétaire du Refuge. Ils ont été détenus pendant deux semaines, au cours desquelles les terroristes les ont torturés et filmés.

Pipe cligna des yeux. Puis sourit.

— Vous êtes une vraie harceleuse, plaisanta-t-il.

Si Cora ne put s'empêcher de lui rendre son sourire, elle le refoula rapidement.

— Il faut que je sache si vous pouvez vraiment m'aider à trouver et à sauver Lara.

Toute trace d'amusement disparut du visage de Pipe.

— Si vous pensez vraiment qu'elle a besoin d'être secourue d'où qu'elle soit, et que nos compétences sont nécessaires, faites-moi confiance, vous ne demanderez pas mieux qu'Owl entende votre histoire. Il n'a pas autant d'expérience que nous sur le terrain, mais il est intelligent. Il sera utile d'avoir son avis.

Chaque fibre de son être criait à Cora de faire confiance à l'homme en face d'elle. Il n'avait été que délicatesse et courtoisie. Il n'avait pas à la raccompagner. Il n'avait pas à l'inviter à dîner. Pourtant il était là. Cependant... elle ne croyait pas un seul instant que Pipe soit incapable de planifier seul une mission de sauvetage.

— D'accord, concéda-t-elle après une longue pause.

C'était son objectif depuis qu'elle avait appris la présence de l'un des propriétaires du Refuge à la vente aux enchères. Elle voulait parler à l'un d'entre eux, plaider sa cause. Expliquer la situation à deux membres du Refuge au lieu d'un était plus que ce dont elle avait rêvé.

Ils continuèrent à marcher et s'arrêtèrent dans un hôtel situé juste au bout de la rue où avait eu lieu la vente aux enchères. Ce n'était pas très chic. Un hôtel appartenant à une chaîne dans lequel Cora elle-même descendait parfois lorsqu'elle voyageait, ce qui n'arrivait pas souvent.

Pipe ouvrit la porte et la conduisit par un escalier roulant jusqu'au restaurant désert du premier étage, vers une table à l'arrière. Il s'assit et l'enjoignit à l'imiter.

— Euh, est-ce qu'on a le droit de se trouver ici ? s'enquit Cora, nerveuse, en regardant autour d'elle les tables vides et la pièce plongée dans la pénombre.

— Tout va bien, lui assura Pipe. Je ne vais pas vous emmener dans ma chambre, ce serait vous manquer de respect, ajouta-t-il en tapant un message sur son téléphone.

Cora s'étonna de le voir focalisé sur l'écran devant lui. Beaucoup d'hommes n'auraient pas hésité à l'emmener dans leur chambre, même s'ils n'avaient pas l'intention de la draguer. D'après son expérience, les hommes n'avaient absolument pas conscience de ce que les femmes devaient faire pour garantir leur sécurité. Ce n'était pas qu'ils étaient antipathiques, mais eux ne s'inquiétaient pas quand ils traversaient un parking isolé, montaient dans un ascenseur avec un homme, grimpaient une cage d'escalier vide, se retrouvaient seuls au milieu de la nuit, faisaient le plein d'essence et un million d'autres scénarios de la vie quotidienne.

Mais elle n'aurait probablement pas dû sous-estimer Pipe. Il n'était pas comme la plupart des hommes, et c'était précisément pour cela qu'elle avait voulu son aide.

— Owl est en route, lui annonça-t-il.

— Je ne comprends toujours pas pourquoi vous pensez sa présence nécessaire.

— Je vous l'ai dit, je ne suis pas doué pour la planification.

— Je n'en crois pas un mot, répliqua Cora avec fermeté. Vous n'auriez pas été dans les SAS si vous étiez nul pour ce genre de choses.

Pipe haussa les épaules.

— Vous seriez surprise. Les militaires du monde entier sont les mêmes. Ils ont besoin de fantassins. D'hommes et de femmes prêts à donner leur vie si nécessaire, sans poser de questions. Comme dans toute organisation, il y a ceux qui excellent dans la réflexion et ceux qui sont meilleurs dans l'action.

Cora fronça les sourcils.

— Et vous prétendez avoir été un robot sans cervelle, qui s'est contenté d'exécuter les ordres ?

Il sourit.

— Pas exactement.

— Vous êtes au courant, maintenant, que j'ai fait des

recherches sur vos amis et vous, reprit-elle, voulant qu'il comprenne pourquoi elle était là avec lui.

— Oui, vous avez été assez limpide là-dessus.

— Je ne pense pas, non. Pipe, je vis à Washington, DC. Vous savez combien il y a de militaires dans le coin ? Des généraux ? Des Forces spéciales ? Même des agents de sécurité privés, des gens qui ont passé des années à assurer la sécurité du président des États-Unis, putain. Non pas que je les connaisse personnellement, mais j'aurais pu dépenser mes six mille dollars pour en engager un ou plusieurs. Pourtant, je ne l'ai pas fait. Et vous savez pourquoi.

Elle avait maintenant toute l'attention de Pipe.

— Primo, parce que les personnes que j'ai contactées ne voulaient que mon argent. Ils ne semblaient pas se soucier de Lara en tant que personne. Mais surtout parce que je voulais le meilleur. Quelqu'un qui prenne les choses aussi à cœur que moi. Qui me croirait quand je lui dirais que ma meilleure amie a des problèmes. Pas quelqu'un qui empocherait mon argent, ferait deux-trois recherches merdiques sur elle, peut-être un peu de reconnaissance, et me dirait ensuite qu'il ne peut pas m'aider.

— Comment savez-vous que je me comporterai autrement ?

— À cause d'Alaska, répondit doucement Cora. Et de Jasna. Et de Reese. Vos amis et vous... vous êtes des protecteurs. Pas seulement envers les hommes et les femmes qui séjournent au Refuge, mais tous les gens que vous aimez. J'ai lu tout ce qui concerne la façon dont vous avez mis en œuvre vos compétences pour aider les femmes qui vivent maintenant avec vous là-bas. Et même si vous ne nous connaissez pas, ni Lara ni moi, j'ai instinctivement su sans le moindre doute que vous feriez tout ce qu'il faut pour m'aider à la ramener à la maison.

Pipe la fixa si longtemps que Cora eût bien du mal à ne pas gigoter sur son siège. Mais elle releva un peu le menton et refusa de céder au malaise qui se diffusait dans ses veines. Elle avait passé sa vie à être jugée, et elle se moquait bien de l'opinion de cet homme, du moment qu'il acceptait d'aider Lara.

Refusant d'admettre qu'elle se mentait à elle-même, Cora attendit qu'il réagisse.

— Je ne peux rien vous promettre, lâcha-t-il enfin.

— Je sais.

— Et nous ne sommes plus dans l'armée. Nous sommes des civils. Nous ne pouvons pas vraiment utiliser des fusils, des grenades et la puissance du gouvernement pour enfreindre les lois.

— Je le sais aussi. Je ne vous demande pas de faire cela. Tout ce que je vous demande, c'est d'utiliser les tactiques que vous avez apprises pour m'aider à revoir mon amie, et peut-être la sortir du pétrin.

— Et vous êtes sûre qu'elle est dans le pétrin ? insista Pipe.

Heureuse qu'il n'ait pas l'air sceptique, seulement curieux, elle acquiesça fermement.

— Cent pour cent sûre.

Voyant qu'il ne répondait rien, Cora ajouta, un peu désespérée :

— Et j'ai toujours mes six mille dollars. Vous pouvez les utiliser pour acheter des billets d'avion, du matériel ou tout ce dont vous aurez besoin.

— Si on décide de vous aider, on le fera gratis, déclara Pipe sans hésiter.

Cora ne savait pas trop quoi répondre. Il n'avait aucune idée de ce qu'elle avait fait pour réunir cette somme. Qu'il la lui laisse signifiait énormément. Elle pourrait l'utiliser pour faire soigner Lara, pour les installer dans une autre ville... Tout ce qu'il faudrait pour s'assurer que son amie aille bien après ce qu'elle aurait traversé.

Et c'était bien ce qu'il y avait de plus terrifiant : Cora ignorait complètement ce qui était arrivé à Lara. Si ça se trouvait, elle allait bien, vivait en parfaite sécurité, traitée avec gentillesse.

Elle grimaça mentalement. Elle n'y croyait pas un instant. Quoi que son amie vive, ce n'était pas bon. Cora n'avait aucun doute là-dessus.

Un bruit de pas la fit sursauter et elle se tourna vers l'entrée du restaurant. Au lieu de l'employé qu'elle s'attendait à voir froncer les sourcils, elle découvrit Owl, l'homme qu'elle avait vu plus tôt dans la soirée, en train de se diriger vers eux.

— Il ressemble vraiment un peu à Ed Sheeran, remarqua-t-elle.

— Si vous voulez être dans ses petits papiers, n'en parlez sous aucun prétexte, lui glissa Pipe avant de se lever et de saluer son ami.

Owl tira une chaise de l'un des côtés vides de la table carrée et la salua d'un signe de tête.

— Vous êtes donc la fameuse Cora.

— Et vous êtes Owl, répliqua-t-elle.

Il sourit.

— Lui-même, convint-il avant de se tourner vers Pipe. Tu n'as pas raté grand-chose. Le maître de cérémonie était un poil mécontent que tu ne sois pas là, mais comme ils ont récolté plus de cent mille dollars pour les anciens combattants, il s'en remettra.

— Et la garce ?

— Elle s'est enfuie avec ses amies tout aussi garces, répondit Owl en haussant les épaules.

— Tu lui as bien fait comprendre que je ne l'emmènerais pas dîner ? demanda-t-il.

Owl sourit.

— Je ne pense pas que ce dîner ait jamais fait partie de son plan.

— C'est vrai. Qu'est-ce qu'elle a dit, déjà ? demanda Pipe en se regardant Cora. « Pas question que je salisse ma réputation en étant vue avec quelqu'un qui ressemble à un membre de gang. » C'est ça ?

— Je ne me souviens pas des paroles exactes, mais le sens y est, admit Cora.

C'était un mensonge. Elle se souvenait exactement des insultes d'Eleanor à l'encontre de Pipe : celui-ci avait une mémoire infaillible.

Une fois de plus, elle douta de son affirmation selon laquelle il n'était pas un bon planificateur. Quelqu'un doté d'une mémoire aussi fiable devait être un atout dans la planification d'une opération top secrète.

— Quoi qu'il en soit, elle est partie, j'ai payé son enchère, tout va bien, reprit Owl. Maintenant... c'est quoi, le problème ?

Pipe regarda Cora. Ces deux paires d'yeux braquées sur elle étaient un peu intimidantes, mais elle fit ce qu'elle faisait toujours. Elle redressa les épaules et refusa de laisser transparaître son embarras.

— Mon amie Lara a été kidnappée par son soi-disant petit ami, et j'ai besoin d'aide pour la libérer et la ramener chez elle.

5

———————

Pipe ne fut pas complètement surpris de la déclaration de
Cora. Il s'était douté qu'il s'agissait de quelque chose
comme ça, d'après le peu qu'elle avait lâchéun peu plus tôt.

— Continuez, l'encouragea-t-il.

Il était impressionné par la femme assise en face de lui.
L'accusation qu'elle portait était sérieuse, et il supposait que
s'il existait la moindre preuve de ce qu'elle avançait, la
police aurait déjà agi. Mais malgré l'absence de ces preuves,
elle s'entêtait, au lieu d'abandonner, de rentrer chez elle et
de reprendre le cours de sa vie. Elle était intimement
persuadée de ce qu'elle disait, c'était plus qu'évident.

— Il y a environ trois mois, Lara a rencontré un type.
Pour moi, c'était trop gros pour être une coïncidence. Ils se
sont croisés dans le café où elle va tous les matins. Je lui ai
répété plus d'une fois qu'elle devrait changer de routine de
temps en temps. Ne pas aller au même endroit à la même
heure tous les jours, ne pas prendre le même chemin pour
rentrer chez elle, arrêter d'aller à l'épicerie tous les
dimanches à 10 heures du matin, ce genre de choses. Mais
Lara a toujours été un peu naïve. En tout cas, elle est

revenue au travail tout excitée, parce qu'elle avait rencontré un grand et beau ténébreux. Au bout de quelques jours, elle passait tout son temps libre avec lui. Il disait tout ce qu'il fallait et se montrait apparemment très généreux. Il la couvrait de cadeaux, ce qu'elle adorait. Elle vient d'une famille riche, donc elle a grandi en ayant tout ce qu'elle voulait. Non qu'elle soit gâtée, loin de là, mais elle n'a jamais vraiment connu la misère. Je pense que les petits cadeaux de ce type, censés prouver qu'elle comptait pour lui, étaient très flatteurs à ses yeux.

Cora s'interrompit, et Pipe put voir qu'elle repensait à ses propres périodes creuses. Il serra les mains sur ses genoux. Il détestait imaginer les souffrances que cette femme avait endurées. L'obligation dans laquelle elle s'était trouvée d'être dure et de se débrouiller seule depuis l'enfance. Le système des familles d'accueil n'était pas facile, et il se souvenait de la douleur dans sa voix, lorsqu'elle avait parlé du rejet dont elle avait été l'objet de la part de ses familles d'accueil.

— Je voulais faire sa connaissance, mais chaque fois qu'on prévoyait une rencontre, ses plans changeaient brusquement. Et pas seulement une fois ou deux, ça s'est répété encore et encore pendant des semaines. Pourtant, Lara continuait à chanter ses louanges. Et pour être honnête... il semblait tout simplement trop parfait. Beau, riche, complètement dévoué à mon amie au bout de quelques jours seulement... Je ne veux pas dire qu'elle ne pourrait pas attirer un tel homme, elle en mérite certainement un. Mais quand j'ai fait des recherches sur les réseaux sociaux, il n'y avait pas grand-chose. Et le peu que j'ai trouvé, c'étaient des photos de lui avec de belles femmes, ou posant seul devant des voitures et des bateaux de luxe. Je sais bien que les réseaux sociaux ne sont pas la vraie vie, mais il n'y avait rien qui me fasse penser qu'il était autre chose qu'un playboy, et surtout pas un bon parti pour Lara. J'ai aussi trouvé un peu bizarre qu'elle soit tombée amoureuse de quelqu'un qui ne restait pas dans les parages. Apparemment, il voyage beaucoup et il était là pour un projet de son père. Cela ne semble pas être la meilleure configuration pour une relation à long terme, surtout quand le travail de Lara est ici. Je me méfiais déjà de ses sentiments pour elle, mais quand il a décommandé pour la cinquième fois, alors qu'on était censés aller boire un verre, j'ai compris que quelque chose clochait. La plupart des hommes qui veulent plus qu'une aventure occasionnelle ont envie de rencontrer les amies de leur femme, non ? Lui, il faisait tout pour éviter de me rencontrer. Ça ne me plaisait pas, mais Lara a continué à lui trouver des excuses et à me rassurer en me disant qu'il voulait effectivement me rencontrer, mais que le timing n'était pas le bon. À ce stade, elle était éperdument amoureuse de ce type, et elle avait de grosses étoiles dans les yeux. Il a finalement accepté un dîner avec nous, peu avant que Lara ne disparaisse. Croyez-moi, je voulais honnêtement lui accorder le bénéfice du doute, parce que Lara ne tarissait pas d'éloges à son sujet et qu'elle était raide dingue de lui. Mais ce dîner n'a dissipé aucune de mes inquiétudes. En fait, ça m'a confortée dans l'idée qu'il s'agissait d'une véritable ordure.

— Comment ça ? s'étonna Pipe.

— Il a évité de croiser mon regard, même quand il m'a serré la main. Son téléphone n'arrêtait pas de recevoir des notifications et des textos, et il n'a pas lâché son fichu appareil pour nous parler, à Lara ou à moi. Il a fait quelques blagues déplacées et inappropriées, et il a subtilement rabaissé Lara. Elle ne l'a même pas remarqué, mais moi si. Je connaissais bien le truc, avec des parents d'accueil qui faisaient la même chose, alors j'ai tout de suite compris son manège : un jeu de pouvoir. Tout ce qu'il faisait et disait était une question de contrôle. Et pour couronner le tout, lorsque notre serveuse s'est approchée de la table, il n'a pas pu détacher son regard de ses seins. Ce type me donnait la chair de poule et je détestais tout ce qui le concernait. Je n'arrivais pas à croire que Lara n'ait rien remarqué. Bien sûr, juste avant l'arrivée de nos plats, il a reçu un autre message et annoncé à Lara qu'il était désolé, mais qu'il devait partir. Sans expliquer pourquoi, il s'est levé et il a fichu le camp.

— Dites-moi qu'il a quand même payé votre repas en partant ? marmonna Owl.

— Bien sûr que non, fit Cora en ricanant. Je voyais bien que Lara était bouleversée par son départ, mais elle a prétendu que tout allait bien. Elle m'a dit qu'il était très occupé et qu'il travaillait sur des dossiers importants. Quand nous sommes rentrées chez elle... on s'est disputées, murmura-t-elle. Je lui ai dit que ce n'était pas un type bien, qu'il allait la blesser. Lara élevait rarement la voix, surtout avec moi. Mais elle m'a crié dessus ce soir-là. Elle m'a dit que j'étais juste jalouse, qu'elle n'allait pas laisser mon amertume gâcher la meilleure chose qui lui soit arrivée. Ça m'a fait mal. Je ne pense pas qu'on se soit jamais disputées comme ça auparavant. Et je n'étais pas jalouse. Si elle avait trouvé un homme qui l'aime sincèrement, comme elle méritait d'être aimée, je les aurais poussés l'un vers l'autre. J'aurais fait tout ce qui était en mon pouvoir pour les aider. Mais ce type... non. Il était égocentrique, immature et coureur de jupons, et je ne voulais pas qu'il fréquente ma meilleure amie.

— Quel est son nom ? demanda Owl.

— Ridge. Ridge Michaels. J'ai essayé de faire d'autres recherches sur lui, mais la plupart des infos que j'ai trouvées en ligne concernaient ses riches parents. J'ai découvert dans quel lycée il avait été scolarisé, et j'ai vu une tonne de photos de lui en smoking, à des tas d'événements chic, mais rien de vraiment substantiel.

— Vous pouvez le décrire ? demanda Pipe.

— Bien sûr. Il est plus jeune que nous, peut-être une trentaine d'années. Il est grand, à peu près de la même taille que Lara, soit un mètre quatre-vingts et quelques. Cheveux bruns courts et yeux marron. Il a dû se faire casser le nez, à un moment ou à un autre, parce qu'il l'a un peu tordu. Il est bâti, musclé, pas du tout gros. Le soir de notre dîner raté, il était habillé de façon décontractée avec un pantalon marron aux plis parfaits et un polo. Il avait l'air d'un homme d'affaires prospère, mais...

Elle s'interrompit.

— Mais quoi ? insista Pipe.

Cora secoua la tête.

— Vous allez trouver ça stupide.

— Non, protestèrent les deux hommes en même temps.

Cora esquissa un soupir avant de soupirer.

— Je ne suis pas sûre qu'il travaille vraiment. D'après Lara, il serait propriétaire d'une sorte de société dans la tech... Elle n'était pas bien sûre... mais il n'avait pas l'air de savoir utiliser certaines des fonctions de son propre téléphone. Lara a dû lui montrer comment régler la taille des caractères quand il s'est plaint de ne pas pouvoir lire ses textos. Quoi qu'il en soit, notre dispute a eu lieu un vendredi soir. Je ne lui ai pas parlé de tout le week-end, j'étais encore trop bouleversée de la voir traiter mes inquiétudes avec désinvolture. Elle ne m'écoutait même pas. Le lundi matin, j'avais hâte de la voir. De m'excuser, même si je ne pensais pas avoir à le faire. Je voulais avoir une conversation raisonnable sur Ridge. Expliquer pourquoi j'étais préoccupée et lui faire comprendre que mon malaise provenait de l'affection que je lui portais et de mon inquiétude pour elle. Mais elle ne s'est pas pointée au travail.

Cora regarda Owl, puis Pipe.

— Vous devez comprendre que Lara s'absente très rarement du travail, et seulement si elle est malade, parce qu'elle ne veut pas transmettre de maladie aux enfants. Elle vit et respire par son travail, et elle a accumulé dans les trois mois de vacances en retard. J'ai tout de suite deviné que quelque chose ne tournait pas rond. Le bureau m'a dit qu'il n'y avait pas lieu de s'inquiéter, qu'un courriel avait été envoyé samedi matin au service des Ressources humaines pour l'informer qu'elle prenait un congé. J'ai tout de suite compris que c'étaient des conneries. Lara ne partirait pas sans m'en parler.

— Mais vous vous étiez disputées, lui rappela Owl.

Cora secoua la tête avec véhémence.

— Non ! Je veux dire, oui, mais il est complètement impossible que Lara ait quitté son travail sans avoir bien préparé les choses. Elle est trop responsable. Je lui ai immédiatement envoyé un texto, et elle m'a répondu, mais d'une façon qui ne lui ressemblait pas du tout.

— Comment ça ? demanda Pipe.

Cora détourna brièvement le regard.

— Elle n'a pas utilisé de ponctuation, répondit-elle à voix basse, avant de se redresser, devant le regard sceptique d'Owl. Et avant que vous ne me disiez que ce n'est pas une preuve, je vous rappelle que vous ne connaissez pas Lara comme moi. Elle avait toujours les meilleures notes en anglais, au lycée. Et à l'université, elle a continué à avoir des A dans toutes les matières exigeant des réponses rédigées. Je vais vous montrer, conclut-elle presque désespérément.

Elle sortit son téléphone portable et cliqua sur quelques

boutons avant de presque lancer l'appareil à Pipe. Il le prit et fit défiler les messages sur l'écran.

— Si vous revenez en arrière, vous verrez qu'avant de prendre ce soi-disant congé, elle utilisait des points, des virgules, des points d'exclamation aux endroits adéquats. Sa ponctuation est toujours parfaite. Elle y met un point d'honneur, et je la taquine là-dessus depuis des années. Mais dans ses textos les plus récents, il n'y a rien. Cela ne lui ressemble pas du tout.

Pipe dut admettre qu'elle n'avait pas tort. Il tendit le téléphone à Owl.

— Je suis allée voir les flics. Ils m'ont dit que c'était une femme adulte et qu'elle pouvait décider sur un coup de tête de prendre des vacances avec son petit ami si elle le souhaitait. Les messages qu'elle m'a envoyés ont suffi pour qu'ils concluent qu'elle allait bien. Ils m'ont envoyée paître, comme si je n'étais rien d'autre que paranoïaque. Mais ce n'est pas le cas. Ce Ridge l'a kidnappée. Il l'empêche de me parler. Et j'ai une peur bleue qu'il lui fasse quelque chose d'horrible, si ce n'est déjà fait.

— Quand cela s'est-il produit tout ça ? Depuis combien de temps est-elle partie ? voulut savoir Owl.

— Un mois et demi, chuchota Cora. Il l'a depuis presque deux mois.

Pipe ne voulait pas poser la question suivante, mais il fallait bien en passer par là.

— Vous avez la preuve qu'elle est toujours en vie ? Vous lui avez parlé ?

— Elle est vivante. Du moins, elle l'était il y a deux semaines. J'ai plus ou moins menti en envoyant un texto disant que la police de Phoenix frapperait à leur porte si elle ne m'appelait pas, si je ne pouvais pas voir ou entendre par moi-même qu'elle allait bien. J'ai fouillé dans son appartement – et non, je n'éprouve aucun remord – et j'ai trouvé une adresse qui serait celle de Ridge en Arizona. Le téléphone a sonné deux heures plus tard. C'était Ridge. Fumasse. Il m'a dit qu'il porterait plainte pour harcèlement si je n'arrêtais pas. Je lui ai répondu que tant que je n'aurais pas parlé à Lara, je n'arrêterais jamais. Il a allumé FaceTime et Lara était là. Ils étaient assis ensemble sur un lit. Elle n'était pas elle-même, lâcha Cora d'une voix tremblante.

— C'est-à-dire ? insista Owl.

— Elle avait l'air... éteinte. Je me suis excusée abondamment pour notre dispute, même si j'avais plus que jamais l'impression d'avoir raison. Elle parlait d'une voix blanche. Monotone. Son regard ne cessait de s'éloigner de l'écran. Mais elle a accepté mes excuses et m'a annoncé qu'elle était heureuse et n'avait aucune intention de revenir à Washington. J'ai paniqué. Elle a passé toute sa vie ici. Elle aime son travail. Ses parents vivent ici. Mais surtout, elle semblait si apathique en me tenant ce discours. Comme si elle n'était pas vraiment là. C'était Lara, mais pas elle... si ce que je dis a un sens.

Pipe acquiesça.

— Puis Ridge a ramené la caméra sur lui, m'a dit que maintenant que j'avais vu Lara et que je savais qu'elle allait bien, je devais les laisser vivre leur vie. Il m'a dit d'arrêter de me mêler de ce qui ne me regardait pas et il a raccroché.

— Et donc, qu'est-ce que vous attendez de nous ? s'enquit Owl.

Cora se tourna vers lui.

— Que vous alliez la chercher, répondit-elle sans hésiter.

Owl fronça les sourcils.

— On ne peut pas la kidnapper comme ça.

— Je sais ! Je connais la théorie. Mais une partie de moi le veut quand même. Il lui fait du mal. Je le sais. La personne que j'ai vue sur cette vidéo n'était pas mon amie. On aurait dit qu'elle était droguée ou quelque chose comme ça. Et elle me protège. Je n'ai aucun doute là-dessus. Je pense que Ridge l'a menacée pour qu'elle me tienne ce genre de propos.

— Vous ne pouvez pas vraiment savoir que..., objecta Pipe.

— Si ! le coupa Cora sans ménagement, avant de prendre quelques profondes inspirations pour se calmer. Écoutez... Lara et moi, on a regardé un film ensemble, une fois. Une femme avait été kidnappée et retenue en otage par son petit ami mafieux. Lorsque sa mère a finalement pu la voir, elle lui a adressé un message secret pour lui faire comprendre qu'elle n'était pas là de son plein gré. Le film était horrible. Vraiment ringard et stupide. Mais on l'a quand même regardé jusqu'à la fin... puis on a discuté de ce qu'on ferait si on se retrouvait un jour dans une situation de ce genre.

Elle se leva, comme si elle avait besoin de brûler son énergie nerveuse. Elle fit quelques pas derrière sa chaise en se tordant les mains.

— Bien sûr, on a toutes les deux déclaré qu'on ne serait jamais aussi stupides, mais on s'amusait, on supposait que ça n'arriverait jamais. On a même imaginé un signal. Quelque chose qu'on serait les seules à connaître, et pendant notre conversation, elle m'a donné ce signal. Je ne suis pas folle, Pipe. Je ne suis pas jalouse de mon amie. Elle a des problèmes et je suis la seule à m'en soucier. Ses parents sont ravis qu'elle ait enfin trouvé un homme. La police pense qu'elle est avec lui de son plein gré. Mais ce n'est pas le cas !

Cora hurlait presque en achevant sa tirade.

Pipe détestait la voir si bouleversée, même s'il admirait cet acharnement à défendre son amie.

Il se moquait de l'apparence des gens. Il se fichait de leur compte en banque. Ce qui lui importait, c'était leur loyauté. Le manque de loyauté était la raison pour laquelle il avait finalement quitté les SAS. Il avait vu trop de ses supérieurs – censés assurer la sécurité des hommes sous leur commandement – prendre des décisions favorables à leur carrière au lieu de protéger les hommes et les femmes sur le terrain. Et il avait travaillé avec beaucoup de gens plus préoccupés par leur propre sécurité que par celle des soldats se battant à leurs côtés.

Il savait qu'il souffrait de TSPT après tout ce qu'il avait vu et fait. Pas autant que certains de ses amis du Refuge, mais il était néanmoins ravi de ne plus être régulièrement placé dans une position impliquant une grêle de balles. Ou de ne plus être obligé de vérifier si quelqu'un avait un lance-roquettes pointé sur son hélicoptère. Il avait été loyal envers l'armée, mais le désintérêt que manifestaient certains pour la vie des soldats sous leur responsabilité l'avait profondément affecté.

Les six autres propriétaires du Refuge étaient les amis les plus loyaux qu'il ait jamais connus, et il avait enfin l'impression d'avoir trouvé sa place dans le monde. Le spectacle de Cora se battant bec et ongles pour son amie, son extrême loyauté envers elle, alors que la plupart des indices semblaient indiquer que Lara était avec ce Ridge de son plein gré, lui fit chavirer le cœur.

— C'était quoi, ce signal ? demanda Owl.

Jetant un coup d'œil à son ami, Pipe remarqua qu'il se penchait vers Cora comme s'il pouvait lui soutirer des informations rien qu'en la fixant. Il était aussi visiblement tendu. Plus que Pipe ne l'avait jamais vu auparavant.

Puis le déclic se produisit. Owl avait lui-même été otage. Il savait exactement ce que ressentait Lara... si elle était vraiment retenue contre son gré.

Pipe n'était pas sûr de ce qu'il pensait en ce moment. Oh, il était tout à fait certain que, pour Cora, son amie était en danger, mais il restait à savoir si ce danger existait bel et bien.

Cora prit une profonde inspiration et fit de son mieux pour recouvrer son calme. Elle serra à deux mains la chaise devant elle et croisa le regard d'Owl.

— Elle s'est gratté l'oreille avec l'auriculaire, répondit-elle d'une voix calme, alors même qu'elle leur avait hurlé dessus, quelques instants plus tôt.

Pipe fronça les sourcils.

— Comme ça, expliqua Cora, en joignant le geste à la parole.

Elle leva la main et enfonça son auriculaire dans son oreille, avant de lui faire effectuer une petite rotation.

— C'était rapide, mais je sais que je l'ai vu. Et croyez-moi, ce n'est pas un geste que Lara fait normalement.

Ce n'était pas grand-chose... mais Pipe commençait à la croire. Quelles étaient les probabilités pour que Lara utilise le signal dont elles étaient convenues, si elle n'était pas en danger ?

— Tout ce que je vous demande, c'est d'aider à la faire sortir de cette maison de Phoenix. Je suis persuadée que si je me présente et frappe à la porte, Ridge me refusera l'entrée. J'essaierais bien de me faufiler, mais j'ai regardé l'adresse sur Internet et j'ai vérifié la vue satellite. C'est une immense propriété. Il a probablement des caméras, des chiens et des câbles de déclenchement ou quelque chose comme ça. Je n'arriverais jamais à m'approcher assez, je finirais comme Lara et on serait toutes les deux foutues. Vous, vous avez de l'entraînement. Vous pouvez entrer et sortir d'un endroit sans que personne ne le sache. À partir de là, je m'occuperai d'elle. Vous n'aurez même pas besoin de nous faire sortir de la ville. Je jure que je ne vous embêterai plus si vous arrivez à l'exfiltrer de cette maison.

Elle lança à Pipe un regard suppliant.

— Je ne suis pas folle. Et chaque jour qui passe sans qu'elle soit là…

Sa voix s'éteignit à nouveau et elle s'affaissa, la tête rentrée dans les épaules tandis qu'elle continuait à s'agripper à la chaise.

— Lara est la seule famille que j'aie jamais eue, ajouta-t-elle au bout d'un moment, d'une voix basse. Et je ne l'abandonnerai pas, déclara-t-elle en relevant la tête pour les regarder. Si vous ne m'aidez pas, je trouverai une autre solution. Mais j'ai l'impression que vous êtes mon meilleur espoir. Je peux vous payer, insista-t-elle à l'intention d'Owl. J'ai toujours les six mille dollars que j'avais l'intention d'utiliser à la vente aux enchères pour parler à Pipe. Je sais que c'est loin d'être suffisant, mais si vous me dites votre prix, je vous rembourserai. Même si je dois y passer le reste de ma vie, je vous donnerai ce que vous demanderez.

Pipe n'aimait pas le désespoir qu'il percevait dans sa voix. C'était inquiétant et tout simplement… injuste. Et au plus profond de lui, son instinct le poussait à y remédier.

— Vous pouvez nous laisser un moment, Pipe et moi ? lui demanda Owl.

Elle acquiesça et se détourna aussitôt, pour se diriger à l'autre bout du restaurant désert et regarder par les fenêtres. Son dos était si rigide que toute tension supplémentaire sur ses épaules semblait en mesure de la briser en mille morceaux.

— Qu'est-ce que tu en penses ? demanda doucement Owl.

Pipe se tourna vers son ami.

— Elle dit la vérité.

— Je suis d'accord. Mais je ne suis pas sûr de ce qu'on peut faire. Parce qu'on ne peut pas aller à Phoenix et prendre d'assaut la maison, déclara-t-il.

— Pourquoi pas ?

Ses propres mots le surprirent, mais il ne les retira pas.

Owl leva un sourcil.

— Je ne suggère pas qu'on la kidnappe. Si on met assez de pression sur ce Ridge, en allant chez lui tous les jours par exemple, il finira par nous laisser la voir.

— Ou bien il pourrait appeler les flics et prétendre qu'on est des intrus et qu'on les harcèle, lui et sa petite amie, comme il a menacé de le faire avec Cora, objecta Owl.

— On a besoin de plus d'informations, conclut Pipe au bout d'un moment.

Owl acquiesça.

— On ne sait même pas si Ridge est le vrai nom de ce type.

Pipe acquiesça à son tour.

— Et si l'amie de Cora est vraiment retenue contre son gré... on ne peut pas lui tourner le dos.

Pipe n'était pas surpris de la réflexion d'Owl. Plus que tout autre, il ne pouvait fermer les yeux sur une personne prise en otage. Il savait ce que l'on ressentait. Stone et lui avaient vécu l'enfer, et rien ne l'empêcherait d'aider quiconque se trouvait dans une situation similaire.

— Je suis d'accord, dit-il à son ami.

— Tu penses qu'elle acceptera de rester à Washington pendant qu'on s'occupe de la situation en Arizona ?

Pipe eut un petit rire.

— Aucune chance.

— Oui, c'est ce que je pensais. Je vais appeler Stone, lui dire ce qui se passe et qu'on aura probablement une invitée avec nous. Je passerai peut-être un coup de fil à Tex, histoire de voir s'il peut aussi s'intéresser à ce Ridge.

Pipe acquiesça et se tourna vers Cora. Les bras enroulés autour de sa taille, comme pour ne pas s'effondrer, elle n'avait pas bougé. On aurait dit que le poids du monde reposait sur ses épaules. Il éprouvait comme un besoin désespéré de porter ce fardeau à sa place.

— On se retrouve dans le hall demain matin, dit-il à Owl. Je vais voir si je peux la convaincre de rester à Washington et de nous laisser partir en reconnaissance, mais si elle refuse et insiste pour venir avec nous, elle devra repasser prendre des affaires chez elle.

— Ça me paraît bien. Envoie-moi un message si elle vient avec nous, et je m'occuperai de lui trouver un billet pour le Nouveau-Mexique.

Owl se racla la gorge et Pipe se tourna vers son ami.

— On est tous dans le coup, n'est-ce pas ?

— Absolument, confirma-t-il en hochant la tête. Tu n'as pas entendu l'histoire de la façon dont Lara et elles sont devenues amies. Elle était dans une famille d'accueil, et elle est sortie du système sans que personne ne veuille l'adopter. Lara s'est liée d'amitié avec elle au lycée et, depuis, elles sont très proches. Elles sont comme des sœurs, donc si Cora affirme que Lara est en danger... eh bien, je commence à la croire.

— Tu as raison, je n'ai pas entendu cette histoire. Mais ce n'était pas nécessaire. L'inquiétude et l'affection qu'elle a pour son amie sont faciles à voir. En plus, après ce qui a failli arriver en Alaska, l'idée que quelqu'un d'autre puisse vivre cela... ça me retourne l'estomac.

Pipe acquiesça, tout en grimaçant.

— D'accord. Je te laisse lui dire ce qu'il en est. Préviens-moi si tu rencontres des difficultés, sinon on se voit demain matin, déclara Owl.

— Bien reçu, répondit Pipe en adoptant le langage militaire.

Jusqu'à présent, tout s'était déroulé de manière plutôt décontractée. Il avait commencé la soirée en espérant pouvoir satisfaire sa curiosité, à savoir apprendre pourquoi Cora voulait tant remporter cette vente aux enchères. Maintenant qu'Owl et lui avaient décidé de vérifier officiellement la situation de Lara, les choses semblaient plus formelles et plus urgentes.

Sur un petit signe de tête, il prit congé d'Owl et, sans attendre qu'il se dirige vers les ascenseurs, il s'approcha de Cora.

Elle se retourna à son approche. Ses bras toujours autour de sa taille dans une posture défensive, elle leva le menton comme pressentant une mauvaise nouvelle.

— On part demain matin. Owl et moi, on va consulter nos amis au Refuge et bâtir un plan pour aller en Arizona et parler à votre amie.

Cora écarquilla les yeux, puis ses épaules s'affaissèrent, ce que Pipe interpréta comme du soulagement.

— Vous me croyez ? chuchota-t-elle.

Pipe la fixa un long moment avant d'acquiescer.

Elle ferma brièvement les yeux, puis releva la tête vers lui.

— Personne d'autre ne l'a fait, lâcha-t-elle d'un ton torturé.

— Vous connaissez votre amie mieux que quiconque. Si vous dites qu'elle a des problèmes, pourquoi ne vous croirais-je pas ?

— Parce qu'il n'y a pas de preuves ? Parce qu'elle m'a dit qu'elle allait bien ? Parce qu'une femme veut forcément qu'un homme riche lui tourne la tête et l'emmène vivre dans le luxe ?

Malgré l'amertume de son ton, Pipe ne s'offusqua pas.

— Je me suis fié à mon instinct plus souvent qu'à mon tour. Et il ne m'a jamais laissé tomber. Si vous dites qu'elle a des problèmes, elle en a, décréta-t-il en haussant les épaules. Y a-t-il une chance que vous restiez ici, à Washington, pendant que je vais chercher Lara ?

Cora parut effarée.

— Quoi ? Non ! Je viens avec vous !

Pipe ne put ravaler le petit sourire qui se dessina sur ses lèvres.

— Qu'y a-t-il de si drôle ? demanda-t-elle, sur la défensive.

— Désolé, rien. J'avais le sentiment que vous voudriez nous accompagner.

— Bien sûr que je viens avec vous ! Ma meilleure amie a peut-être été kidnappée par son trou du cul de petit ami. Il n'est pas question que je reste ici pendant que vous allez la trouver.

Pipe acquiesça. L'anticipation lui tenaillait les tripes. Loin de lui l'idée d'être fâché qu'elle les accompagne au Nouveau-Mexique. Il ne demandait pas mieux que de passer plus de temps avec elle. D'apprendre à mieux la connaître. Non que cela puisse donner quoi que ce soit... Elle vivait à Washington et il n'avait pas l'intention de quitter le Refuge. Mais cela faisait longtemps qu'il n'avait pas été attiré par une femme comme par Cora.

— D'accord, lâcha-t-il. Je vais vous raccompagner chez vous pour que vous puissiez faire vos valises. J'ai deux lits dans ma chambre à l'hôtel. Ce serait plus simple si vous passiez la nuit ici, mais si vous ne vous sentez pas à l'aise avec cette idée, je peux passer vous prendre chez vous demain matin, puis on rejoindra Owl pour aller à l'aéroport.

Cora acquiesça, tout en se tournant vers la sortie du restaurant.

— Vous n'êtes pas obligé de me ramener chez moi. Je suis une grande fille et j'ai pris le métro toute ma vie sans aucun problème.

— Je sais que je ne suis obligé de rien, mais si vous croyez que je vais vous laisser partir toute seule en pleine nuit, vous n'avez pas fait autant de recherches sur moi que je le pensais.

Elle parut sur le point de sourire, puis recouvra son sérieux.

— N'allez surtout pas penser que je suis une petite chose fragile incapable de prendre soin d'elle-même. Je n'ai jamais eu personne sur qui m'appuyer avant, à part Lara, et vu ce que je traverse en ce moment – je suis énervée et frustrée par la situation –, je peux plus que gérer n'importe qui d'assez stupide pour s'en prendre à moi ce soir.

— Vous avez quelqu'un d'autre sur qui vous appuyer maintenant, murmura Pipe en lui désignant la sortie. Venez, sortons d'ici.

Elle le fixa un moment, sans que Pipe ait la moindre idée de ce qu'elle pensait. Elle était très douée pour cacher ses émotions quand elle le voulait.

Finalement, elle acquiesça et passa devant lui.

Il l'entendit alors murmurer :

— Merci.

Un mot prononcé avec une telle douceur et un tel sérieux que Pipe en fut troublé. Il avait été remercié de nombreuses fois, par le passé, mais jamais une expression de gratitude ne lui avait semblé aussi sincère.

6

____

Cora était assise à côté de Pipe dans le métro, sa cuisse contre la sienne, et elle ne se souvenait pas de s'être sentie aussi en sécurité. D'habitude, lorsqu'elle utilisait les transports en commun, surtout à cette heure-ci, elle était sur les nerfs, vigilante. Mais avec Pipe à côté d'elle, son air de dur à cuire et son visage renfrogné, les gens se tenaient à bonne distance.

Elle aurait ri si elle n'avait pas été aussi préoccupée par Lara.

Il était difficile de croire que les choses avaient si bien tourné. Lorsqu'elle avait quitté son domicile plus tôt dans la soirée pour se rendre à la vente aux enchères, elle n'avait aucune idée de ce qui allait se passer. Si elle remporterait l'enchère concernant Pipe, quand ils étaient censés aller dîner. Et puis, la croirait-il ou penserait-il qu'elle n'était qu'une folle paranoïaque, désespérée et sans le sou ?

Elle détestait penser du bien d'Eleanor Vanlandingham, mais cette femme lui avait rendu un fier service ce soir en se montrant odieuse comme à son habitude.

Ils demeurèrent silencieux dans le métro jusqu'à ce qu'ils approchent de sa station.

— On descend au prochain arrêt, annonça-t-elle à Pipe.

Il acquiesça, se leva et lui tendit la main.

Cora dut fixer ses doigts tatoués un peu trop longtemps, car avant qu'elle puisse lui prendre la main, il l'avait glissée dans sa poche comme s'il était gêné.

Elle voulut s'excuser. Lui dire qu'elle n'avait rien contre le fait de lui prendre la main, mais qu'elle n'avait pas l'habitude d'être aidée. Elle n'était pas le genre de femme que les autres, les hommes en particulier, se mettaient en quatre pour aider. Elle n'était pas du genre à flirter ou à être timide, et ne passait certainement pas pour vulnérable. Elle s'habillait afin d'être à l'aise, ne se maquillait pas, ne cherchait pas à user de ses appâts féminins pour obtenir ce qu'elle voulait... non qu'elle n'en ait pas. Dans cette ville en particulier, son attitude ne passait pas bien. Les gens cherchaient toujours à y impressionner les autres, et si vous ne jouiez pas le jeu, vous n'étiez pas pris en compte.

Mais cet homme ne semblait pas se soucier du fait qu'elle était venue à un événement chic vêtue d'une robe achetée dans un grand magasin et d'escarpins bon marché. En fait, il ne l'avait pas regardée différemment après qu'elle avait enfilé son jean et son sweat-shirt.

Prenant sa décision en une fraction de seconde, Cora tendit la main, saisit le bras de Pipe et s'en servit pour s'aider à rester en équilibre dans le wagon du métro qui oscillait encore. Il contracta immédiatement ses muscles, utilisant sa musculature abdominale pour l'aider.

— Merci, marmonna-t-elle.

Ils sortirent dans la station de métro presque déserte qui desservait son appartement et se dirigèrent vers les escaliers. Cora s'arrêta en voyant Milton, le sans-abri qu'elle connaissait depuis des années. Il passait généralement les nuits les plus froides dans la station. Elle s'arrêta à côté de lui et sentit le regard de Pipe la transpercer alors qu'elle s'accroupissait près de l'homme.

— Salut, Milt, dit-elle doucement.

L'homme, qui ne devait pas être beaucoup plus âgé qu'elle, se tourna. En la voyant, il sourit et se redressa.

— Cora. C'est chouette de te voir. Qu'est-ce que tu fais dehors si tard, tu ne devrais pas…

Ce qu'il allait dire mourut sur ses lèvres lorsqu'il aperçut Pipe derrière elle.

— C'est Pipe. C'est mon ami, dit-elle à Milton. Il me raccompagne chez moi.

Milton se retourna vers Cora pour constater avec méfiance :

— Je ne l'ai encore jamais vu.

— Je sais. Il va m'aider à retrouver Lara, expliqua-t-elle à voix basse.

Elle avait parlé de Lara à Milton à quelques reprises, généralement lorsqu'elle lui apportait de la nourriture. Il savait que Cora était inquiète, qu'elle pensait que Lara avait été kidnappée. Milton était peut-être un sans-abri malodorant et souvent ivre, c'était un homme bon et elle le considérait comme un ami. Elle ne connaissait pas son histoire ni les raisons qui l'avaient conduit à vivre dans la rue, mais comme elle avait parfois eu l'impression d'être à deux doigts de se retrouver dans la même situation que lui, elle ne l'avait jamais jugé.

Milton fixa Pipe et plissa les yeux.

— Prends soin d'elle, lui lança-t-il dans un grognement menaçant.

Au lieu de rire ou de lever les yeux au ciel en entendant la vaine menace dans la voix de Milton, Pipe hocha la tête une fois. Le respect qu'il inspirait à Cora augmenta encore. Peu de gens prêtaient attention aux hommes et femmes sans-abris, dont la population semblait augmenter d'année en année à Washington. La différence entre les nantis et les démunis de cette ville, et de nombreuses villes du pays devenait de plus en plus évidente.

Cora haussa une épaule et ramena son sac à dos devant d'elle pour en tirer la fermeture. Elle passa la main dans l'enveloppe blanche qui se trouvait sous la robe et les chaussures qu'elle avait portées plus tôt dans la soirée. Elle en sortit quelques billets qu'elle tendit à Milton.

— Tiens.

Il cligna des yeux, surpris.

— Non, protesta-t-il en secouant la tête, sans chercher à prendre l'argent.

— S'il te plaît, Milton. Prends ça. Je serai absente pendant un certain temps, et je m'inquiète pour toi, maintenant que la météo refroidit.

— C'est trop, s'entêta-t-il. Je sais que tu ne peux pas te le permettre.

— Si, mentit Cora.

— Non.

— Si.

Ils se fusillèrent un moment du regard avant que Milton ne soupire.

— Tu ne vas pas laisser tomber, c'est ça ?

— Non. S'il te plaît, prends cet argent. Sinon je vais être stressée. Alors j'arrêterai de manger et je me fondrai dans le néant, plaisanta-t-elle.

Milton leva les yeux au ciel, mais s'empara de l'argent.

— Je ne voudrais pas ça, marmonna-t-il.

— Merci, déclara Cora.

Puis elle se pencha en avant et l'embrassa sur la joue. Il

sentait mauvais et son visage était sale, mais elle s'en fichait. C'était un homme bien qui méritait qu'on s'occupe de lui et qu'on lui donne de l'affection. Ils s'étaient rencontrés lorsqu'il était intervenu, un jour où elle s'était fait harceler par deux autres sans-abris. Il l'avait sauvée et ils étaient devenus amis.

— Sois prudente, lança Milton d'un ton solennel.

— Promis, répondit Cora en souriant à Milton. Prêt ? ajouta-t-elle en se tournant vers Pipe.

Le visage indéchiffrable, il acquiesça.

Ils se dirigèrent à nouveau vers les escaliers du métro. Une fois dans la rue, Pipe demanda :

— Combien lui avez-vous donné ?

— Deux cents dollars. Il va probablement tout dépenser en alcool dans les prochains jours, mais ça ne me dérange pas.

— Combien lui donnez-vous habituellement ? demanda Pipe.

Cora lui jeta un coup d'œil.

— Comment savez-vous que je lui ai déjà donné de l'argent ?

Il haussa un sourcil en guise de réponse.

Elle soupira.

— Cinq dollars environ. Assez pour qu'il puisse acheter un café et un sandwich au coin de la rue, marmonna-t-elle.

— Hmmmm.

Cora ne savait pas ce que signifiait ce bruit. S'il pensait que c'était trop peu, ou s'il pensait que Milton ne méritait pas qu'on lui donne de l'argent. Mais elle n'était pas désolée. Il suffisait de quelques crises dans une existence pour que n'importe qui soit susceptible de se retrouver à sa place.

Elle les conduisit jusqu'à son immeuble, et lorsqu'ils furent entrés, elle se tourna vers Pipe.

— Il ne me faudra que quelques minutes pour faire mes valises.

Il la fixa d'un autre regard qu'elle ne sut interpréter. Puis il dit :

— Je vais vous escorter.

Cora secoua la tête.

— Non, c'est bon. Ça va aller.

Mais il n'en démordait pas.

— Il est 1 heure du matin et rien de bon n'arrive après minuit. Je vous accompagne, Cora.

Elle sentit sa poitrine se serrer.

— Sérieusement. Attendez-moi juste dans le hall.

— Non.

Ils se fusillèrent du regard, alors que la panique la gagnait. Pipe ne pouvait pas monter. Hors de question qu'il voie son appartement. Même si elle le connaissait à peine, elle savait qu'il ne serait pas content.

— De quoi avez-vous peur ?

Elle carra le dos.

— Rien, s'empressa-t-elle de répondre.

Pipe planta ses yeux dans les siens.

— Vous mentez.

Si quelqu'un d'autre lui avait parlé ainsi, Cora aurait piqué une crise. Non seulement il l'accusait d'être une poule mouillée, mais aussi une menteuse. Or, la vérité, c'était qu'il avait parfaitement raison sur les deux points. Elle ne voulait vraiment pas que cet homme voie son appartement.

Alors que Pipe et elle s'engageaient dans un combat acharné, elle réalisa qu'il n'allait pas céder. Il était déterminé à la protéger, ce qui lui paraissait étrange en soi, et il ne se laisserait pas décourager par ce qu'elle dirait. Cette obstination était l'une des choses qui l'aiderait à atteindre

Lara. Mais elle commençait à comprendre que ce n'était pas bon pour sa propre tranquillité d'esprit.

Elle détourna finalement le regard et pivota vers les ascenseurs.

— Très bien, grommela-t-elle d'un ton agressif.

Au crédit de Pipe, il ne pavoisa pas devant sa capitulation. Il resta simplement à côté d'elle pendant qu'ils attendaient l'arrivée de l'ascenseur. Ils gagnèrent son étage en silence. Elle apprécia qu'il ne commente pas les nombreuses lumières éteintes dans son couloir, ni la mauvaise odeur de la moquette, ou le manque général d'entretien de l'endroit.

Ce n'était pas le Taj Mahal, c'était certain, mais elle avait un toit au-dessus de la tête, et Cora s'en contentait. Après tous les hauts et les bas qu'elle avait connus au fil des ans, et les nombreuses fois où elle avait dû dormir sur le canapé de Lara, elle avait enfin eu l'impression d'avancer lorsqu'elle avait pu à nouveau s'offrir un logement.

Et puis, cette ordure de Ridge Michaels était arrivée.

Prenant une profonde inspiration, elle se tourna vers Pipe lorsqu'ils atteignirent sa porte.

— Vous m'attendez ici ? demanda-t-elle, espérant contre toute attente qu'il accepterait.

Il scruta son visage pendant un moment avant de demander :

— Qu'est-ce que vous ne voulez pas que je voie dans votre appartement, Cora ?

— Rien... C'est juste que... Je ne vous connais pas vraiment, termina-t-elle sans conviction, mentant une fois de plus.

— Vous craignez que je vous fasse du mal ? Que je vous force à faire quelque chose que vous ne voulez pas ? demanda Pipe en reculant d'un pas, pour lui laisser plus d'espace.

Désormais, elle se sentait coupable.

— Non !

Pipe la dévisagea durant quelques secondes, puis hocha la tête avec raideur et détourna le regard.

— Je vais attendre ici.

Cora soupira. Elle ne voulait pas qu'il ait l'impression d'un manque de confiance de sa part.

— Non, c'est bon. Vous pouvez entrer.

Elle se tourna vers la porte, les muscles tendus. Il n'allait pas être content de voir son appartement, mais cela n'avait pas d'importance. Tant que ses amis et lui l'aidaient, peu importait que sa situation soit embarrassante. Elle ne changerait rien à ce qu'elle avait fait, si cela permettait d'aider Lara.

Elle déverrouilla le pêne dormant et prit une grande inspiration avant de pousser sa porte. Elle n'eut pas besoin de regarder derrière elle pour voir si Pipe la suivait ou non. Elle entendit ses pas et le déclic de la porte qui se refermait.

— Je reviens tout de suite, lança-t-elle en se dirigeant vers l'unique chambre à coucher.

Les joues en feu, elle savait que c'était un effet de sa mortification. Elle s'agenouilla dans son placard et ouvrit son sac à dos pour y attraper l'enveloppe qui recelait son argent, ignorant la robe et les chaussures. Ce n'était pas comme si elle en aurait besoin au Nouveau-Mexique ou en Arizona. Elle fouilla dans les piles de tee-shirts, de pantalons et de chemises à manches longues qui se trouvaient sur le sol de son armoire et les empila dans un sac de sport plus grand. Elle prit une poignée de sous-vêtements dans une autre pile, ainsi que des chaussettes et quelques soutiens-gorge supplémentaires.

Après quoi, elle se dirigea dans le couloir avec le sac, vers la salle de bains, refusant de regarder à l'endroit près de la cuisine où se tenait Pipe. Entrant dans la douche, elle prit son shampoing et son après-shampoing, ainsi qu'une fleur de douche. Puis elle rassembla quelques articles de toilette sur le comptoir.

Fidèle à sa parole, elle eut terminé ses valises en moins de cinq minutes. De retour dans la pièce principale, elle croisa enfin les yeux de Pipe.

— Je suis prête, annonça-t-elle.

Comme elle l'avait pensé, il n'avait pas l'air ravi. Mais paraissait aussi très confus.

— Où sont vos meubles, bordel ? demanda-t-il entre ses dents serrées.

En regardant autour d'elle, Cora essaya de voir l'appartement à travers ses yeux à lui. Le seul meuble de la pièce était une étagère abîmée contre l'un des murs, avec des photos d'elle et de Lara et quelques livres de poche qui avaient été lus plus d'une fois. C'était tout. Elle se réjouit un instant qu'il ne soit pas entré dans sa cuisine et qu'il n'ait pas ouvert les placards. Il les aurait trouvés tout aussi vides de vaisselle, d'ustensiles de cuisine ou même d'argenterie.

Suivant le regard de Pipe, elle se retourna vers sa chambre et constata l'absence de meubles. Elle avait un matelas gonflable par terre, qu'elle avait emprunté à Lara quelque temps plus tôt, et c'était à peu près tout.

— Cora ? Sérieusement, c'est quoi ce bordel ? Vous vivez ici ?

Redressant les épaules, sur la défensive, elle acquiesça.

— Oui, j'ai vendu mes affaires pour avoir l'argent nécessaire à la vente aux enchères, expliqua-t-elle, la voix posée.

— Vous avez vendu vos affaires, répéta Pipe.

Cora ne s'était encore jamais sentie aussi humiliée. Mais cela ne dura pas, car elle secoua mentalement la tête. Elle n'avait pas à avoir honte. Elle avait agi ainsi pour aider la seule personne qui l'ait jamais traitée comme un véritable être humain.

— Oui, répondit-elle en relevant le menton.

Pipe se passa une main dans les cheveux devant cet appartement presque vide.

— Je vous aurais bien invité à passer la nuit ici, plutôt que de reprendre le métro jusqu'à votre hôtel, mais… eh bien…

Elle balaya d'un geste maladroit la chambre vide.

En réponse, Pipe la surprit en entrant dans la cuisine.

Cora se raidit en le voyant ouvrir son réfrigérateur et plusieurs de ses placards. Elle attendait son jugement. Qu'il fasse des commentaires sur l'absence de nourriture et le fait qu'elle n'ait rien à cuisiner ou à manger.

Mais il la surprit à nouveau en se retournant vers elle.

— Vous avez tout ce qu'il te faut ?

— Oui.

— Bien. Allons-y.

Il tendit la main et attrapa son sac, qu'il balança sur son épaule tout en désignant la porte d'entrée.

Cora plissa les yeux, s'attendant à ce qu'il s'en prenne à elle. Qu'il lui dise qu'elle était stupide d'avoir vendu tous ses biens pour une ridicule vente aux enchères de célibataires. Pour une simple possibilité de lui parler, sans même une garantie. Mais il n'en fit rien. Il se contenta d'attendre tranquillement qu'elle ferme sa porte derrière elle. Puis il posa une main dans le creux de ses reins tandis qu'ils se dirigeaient vers l'ascenseur.

Ils ne parlèrent pas pendant le trajet de retour à travers la ville. Ni l'un ni l'autre ne dit un mot. Mais Cora remarqua l'attention avec laquelle Pipe scrutait sans cesse leur environnement. Ils étaient arrivés à l'hôtel lorsqu'il reprit la parole.

— Je peux vous trouver une chambre individuelle.

Elle leva les yeux vers lui.

— C'est bon. Je veux dire, si ça ne vous dérange toujours pas que je couche dans votre chambre.

— Je préfère, au contraire, se contenta-t-il de répondre.

Les doigts à nouveau posés dans la courbe de ses reins, il la guida vers la batterie d'ascenseurs.

Cora se sentait nerveuse. Déstabilisée. Sa peau sous son sweat-shirt la picotait à l'endroit où reposait la main de Pipe. Elle était parfaitement consciente qu'il se tenait tout près d'elle. Inspirant profondément, elle réalisa alors que l'odeur de pin qu'elle avait sentie tout au long de la soirée émanait de lui.

Il lui fut soudain difficile de résister à l'envie de poser la tête sur son épaule.

Ils parvinrent à l'extrémité d'un couloir, jusqu'à une pièce située à côté d'une cage d'escalier.

— Owl loge de l'autre côté du couloir, indiqua Pipe en désignant la porte à leur gauche. On choisit toujours des chambres proches des escaliers. C'est plus sûr.

Cora pinça les lèvres. En fait, elle n'était pas du tout surprise. L'anticipation du danger était pratiquement inscrite dans les gènes de ces hommes. C'était l'une des raisons pour lesquelles elle avait pensé que les gars du Refuge seraient parfaits pour l'aider à sauver Lara.

Pipe n'avait pas tort, elle se conduisait comme une espèce de harceleuse. Elle avait lu tout ce qu'elle avait pu trouver sur chacun des hommes. Elle ne connaissait pas les détails des missions auxquelles ils avaient participé dans l'armée, parce qu'elles étaient manifestement classifiées ou top secret, mais elle avait l'impression d'avoir eu un aperçu suffisant de leur caractère en lisant les articles concernant le sauvetage d'Alaska Stein en Russie et les incidents qui s'étaient ensuivis au Refuge lui-même. Puis lorsque Reese Woodall avait été enlevée par des membres d'un cartel colombien et qu'elle avait bien failli passer la frontière. Et en s'appuyant sur ce que les habitants de Los Alamos avaient dit de ces hommes lors de la disparition de Jasna McClure, leur dévouement à la rechercher.

Oui, on pouvait dire qu'elle avait été impressionnée par Pipe et ses amis. Leur niveau d'engagement pour assurer la sécurité des femmes qui vivaient sur le ranch avait amené Cora à penser qu'ils seraient prêts à l'aider également.

Et elle ne s'était pas trompée.

Pipe présenta sa carte-clé en plastique au capteur de la porte et celle-ci s'ouvrit sur un déclic. Il poussa la porte et la lui tendit. Prenant une profonde inspiration et priant pour ne pas s'être trompée dans l'évaluation qu'elle avait faite de Pipe, Cora entra.

La chambre n'avait rien de luxueux. Juste deux grands lits comme il l'avait dit, une commode avec une télévision, une petite chaise inconfortable dans le coin, et une salle de bains typique d'un hôtel. Pipe referma la porte, poussa le pêne dormant et le petit truc au-dessus qui empêchait d'ouvrir la porte, puis passa devant elle jusqu'au lit près de la fenêtre et posa son sac de voyage dessus.

— Vous voulez aller la première à la salle de bains ? demanda-t-il presque nonchalamment.

Cora secoua la tête. Sur un hochement de tête, il se dirigea vers la petite pièce sans rien ajouter.

Lorsqu'il eut refermé la porte, Cora se dirigea vers le lit qui allait manifestement être le sien pour la nuit et s'assit sur le bord. Elle devrait être en train de faire quelque chose, de planifier, de penser à des infos à communiquer à Pipe et aux autres pour les aider à éloigner Lara de Ridge... mais soudain, elle était épuisée. L'inquiétude née du sort de son amie et du stress qui avait été le sien, pendant qu'elle essayait de gagner le plus d'argent possible avant la vente aux enchères l'avaient empêchée de bien dormir.

Cora se laissa tomber sur le dos et ferma les yeux en attendant que Pipe ait fini dans la salle de bains, puis se réveilla en sursaut lorsqu'elle sentit quelqu'un lui toucher le bras.

Elle se jeta sur le côté par réflexe, immédiatement gênée par le caractère excessif de sa réaction, lorsqu'elle vit Pipe reculer, les mains en l'air, comme pour lui montrer qu'il ne lui voulait pas de mal.

— Désolée, marmonna-t-elle en passant une main sur sa nuque. Je ne suis pas fan des gens qui me touchent pour me réveiller. Mauvais souvenirs.

Elle ne fut pas effrayée en voyant Pipe se renfrogner et pousser un grognement. Non, au contraire, elle était... excitée ?

Non, ce n'était pas possible.

Mais si. Cela faisait longtemps que quelqu'un ne s'était pas énervé des difficultés qu'elle avait eues à affronter. Et cet homme n'en connaissait même pas la moitié.

— Quelqu'un vous a fait du mal pendant que vous dormiez ? lâcha-t-il.

— Enfin, pas quand je dormais, mais... après qu'il m'a réveillée, oui, répondit-elle, sans croiser son regard. C'était il y a longtemps. Et non, il n'a pas fait ce qu'il voulait. Je n'ai pas... coopéré.

— Bravo, la félicita Pipe, qui n'avait pas l'air heureux pour autant.

— C'est vrai. Mais ça m'a valu de me faire virer de cette maison-là dès le lendemain, après que ce connard a inventé une histoire, comme quoi j'aurais volé de l'argent dans le sac de sa femme.

— L'enfoiré, grommela Pipe.

Sans savoir pourquoi, Cora sourit.

— Quoi ? Ce n'est pas drôle.

— Je sais, c'est juste... « enfoiré » ?

Il esquissa un sourire.

— Cela fait un moment que je suis aux États-Unis, mais il arrive que mes origines britanniques ressortent parfois.

— Oui.

— Quoi qu'il en soit, je suis désolé de t'avoir touchée sans ta permission. Je m'en souviendrai la prochaine fois. J'ai fini dans la salle de bains.

Cora remarqua alors que Pipe avait quitté le pantalon noir et la chemise blanche qu'il portait toute la soirée et enfilé un pantalon de survêtement gris et un débardeur noir qui laissait voir les tatouages sur ses bras et le haut de sa poitrine.

Mais ce ne furent pas ses tatouages qui attirèrent son attention. Le dessin de son sexe était bien visible sous le pantalon de survêtement, et elle fut ébahie en devinant sa taille. Malgré ses efforts pour ne pas le reluquer, elle avait du mal.

Elle avait eu une vie sexuelle active, mais elle n'avait jamais eu envie d'un homme comme de Pipe en cet instant. Ce n'était pas seulement lié au fait que son membre était d'une taille supérieure à la moyenne, ce n'étaient pas les tatouages... c'était Bryson Clark pris dans son ensemble.

Il avait été furieux en son nom quand il avait entendu Eleanor la couvrir d'insultes, il avait écouté ce qu'elle avait à dire, empathique, protecteur, compréhensif... et généreux. Rien de vraiment surprenant, donc, à ce que Cora prenne conscience de son désir pour lui. Et pas seulement sur le plan sexuel. Elle voulait tout savoir sur lui. Pourquoi avait-il précisément choisi tel ou tel tatouage ? Pourquoi ses yeux étaient-ils pleins des ombres qu'elle y avait vues ? Pourquoi avait-il quitté son pays pour s'installer aux États-Unis ? Comment s'était-il retrouvé impliqué dans le Refuge ? Tout.

— Cora ? fit Pipe, les sourcils froncés. Vous pouvez me faire confiance.

Elle détestait qu'il interprète son silence comme le signe qu'elle hésitait à rester dans la pièce avec lui.

— Je sais, dit-elle en se forçant à détacher son regard de son entrejambe. Je vais aller faire ma toilette maintenant..., ajouta-t-elle sans conviction, en ramassant son sac.

Pipe se glissa dans l'espace entre les deux lits, ce qui lui laissa la place de passer sans risquer de le frôler.

Lorsque Cora eut refermé la porte de la salle de bains derrière elle, elle s'y adossa en soupirant.

— Reprends-toi, se réprimanda-t-elle doucement. Il t'aide à retrouver Lara. C'est tout.

Elle fit rapidement sa toilette, enfila un short et un tee-shirt trop grand et se brossa les dents avant de sortir. Elle laissa son sac de sport à l'intérieur, car elle n'avait pas besoin de quoi que ce soit pour les... – elle jeta un coup d'œil à sa montre – quatre heures de sommeil qu'elle allait avoir.

La chambre était sombre, à l'exception d'un filet de lumière qui filtrait à travers les rideaux qui n'avaient pas été complètement fermés. Cora tira les couvertures et se glissa sous le drap. Elle retapa les oreillers derrière elle et soupira de contentement en se détendant enfin.

Le matelas gonflable, c'était bien, mieux que le sol dur, mais qu'il était bon d'être sur un vrai lit en ce moment !

— Pipe ? Vous dormez ? murmura-t-elle.

— Non. Quelque chose ne va pas ?

— Rien. C'est juste que... je vous remercie.

— Ne me remerciez pas tant que nous n'avons pas retrouvé votre amie, répliqua-t-il.

— Non, sérieusement. Personne d'autre ne m'a écoutée. Ou alors en cherchant à m'extorquer un prix exorbitant pour ne rien faire d'autre que quelques recherches sur Internet. Même si vous ne la trouvez pas. Si elle est... si Ridge a... vous savez. Je vous remercie de votre aide. Je sais que ce n'est pas normal pour vous, et je ne veux pas causer d'ennuis à qui que ce soit. Mais je suis tellement soulagée que vous m'ayez donné une chance de vous raconter mon histoire.

Elle entendit les couvertures du lit à côté d'elle s'agiter, et elle regarda vers l'endroit où elle devinait la silhouette de Pipe. Elle pouvait à peine la voir dans l'obscurité de la pièce, mais elle sentait qu'il la regardait.

— Je vous promets d'aller jusqu'au bout. Je ne sais pas quel sera le résultat, mais je vous donne ma parole que nous découvrirons ce qui est arrivé à votre amie.

Les larmes montèrent aux yeux de Cora. Elle n'était pas du genre à pleurer. Depuis qu'un enfant de l'une de ses familles d'accueil l'avait traitée de pleurnicharde et s'était moqué d'elle, elle avait fait de son mieux pour garder ses larmes pour elle. Mais elle percevait la sincérité dans la voix de Pipe, et cela lui faisait l'effet d'une étreinte des plus douces et des plus chaleureuses.

— Merci, murmura-t-elle.

— Dormez. La journée de demain sera longue.

Cora acquiesça. Elle avait du mal à croire qu'elle se rendait vraiment au Refuge. Elle avait tellement lu sur le sujet qu'elle était impatiente de rencontrer Melba et Scarlet Pimpernickel, l'écureuil aux pattes manquantes, les autres gars et même les femmes. Cora avait du mal à se faire des amis, mais elle avait l'impression qu'Alaska et les autres avaient les pieds sur terre.

Elle s'attendait à rester éveillée, à ressasser sa soirée et ce qui était arrivé à Lara, à s'inquiéter de la suite des événements, mais comme elle sentait au plus profond d'elle-même qu'elle était en sécurité avec Pipe dans l'autre lit, elle sombra dans un sommeil sans rêves quelques instants seulement après avoir fermé les yeux.

7

———

Pipe regardait fixement le dossier du siège d'avion devant lui et grimaça. Trop excité, il n'avait pas beaucoup dormi la nuit précédente. Maintenant, son esprit partait dans mille directions différentes. Il était aussi survolté que d'ordinaire avant une mission, avec toutes les questions qui se bousculaient dans sa tête.

Il avait été choqué par l'état de l'appartement de Cora. De toutes les raisons pour lesquelles elle pouvait rechigner à le laisser voir son intérieur, il n'aurait jamais deviné qu'il s'agissait de sa gêne pour avoir vendu tous ses biens d'un tant soit peu de valeur, afin de réunir assez d'argent pour l'« acheter », lui. Alors même que remporter un rendez-vous avec lui n'aurait pas garanti qu'il l'écouterait ou qu'il accepterait de l'aider. Pourtant, elle l'avait fait.

Si quelque chose pouvait le convaincre que Lara Osler était vraiment en danger, c'était bien cela. La plupart des gens n'iraient pas jusqu'à de telles extrémités pour convaincre quelqu'un du danger que courait leur amie, s'ils n'y croyaient pas eux-mêmes, jusqu'au plus profond de leur âme.

Mais cela soulevait la question de savoir ce qu'ils allaient faire exactement. Oui, ils pouvaient aller en Arizona, frapper à la porte de ce Ridge... mais après ? Forces spéciales ou pas, ce n'était pas comme s'ils pouvaient kidnapper Lara une seconde fois, au cas où elle ne voudrait pas partir. Cora accepterait-elle la décision de son amie et s'en irait-elle sans faire de vagues ? Il en doutait.

Cora se déplaça sur le siège à côté de lui et il se retourna pour la regarder. Ses cheveux bruns étaient ébouriffés autour de ses épaules. Il ne pouvait se défaire du souvenir de ces mêmes boucles étalées sur l'oreiller ce matin. Il avait eu l'impression d'être un sale type lorsque, allongé dans son propre lit, il l'avait regardée dormir, mais il ne pouvait pas ne pas la regarder. Il était à la fois heureux et déconcerté qu'elle lui ait fait confiance si rapidement, la nuit dernière. Il aurait pu lui faire n'importe quoi pendant qu'elle dormait. Il aurait pu la blesser gravement. Et pourtant, elle s'était endormie sans même y réfléchir à deux fois.

Comme si elle avait senti ses yeux sur elle, Cora tourna la tête et croisa son regard.

— Qu'est-ce qu'il y a ? demanda-t-elle un peu gênée.

— Rien. J'ai juste du mal à me faire à l'idée que c'est vraiment en train d'arriver.

Elle s'esclaffa.

— Je crois que vous me volez ma réplique, lui dit-elle avec un petit sourire. Et pour info... hier soir, ce n'était pas très malin de votre part.

Pipe cligna des yeux, confus.

— Quoi ?

— Vous ne me connaissez pas, et pourtant vous me laissez rester avec vous. J'aurais pu prendre votre porte-feuille et toutes vos affaires pendant que vous dormiez. J'au-rais pu vous faire du mal.

Incapable de s'en empêcher, Pipe éclata de rire.

— J'étais en train de penser exactement la même chose à propos de vous, répliqua-t-il honnêtement.

Ils échangèrent un sourire. Puis celui de Cora disparut.

— Vous venez de penser à quoi ? demanda Pipe.

— Lara est probablement effrayée et peut-être maltraitée, et je suis assise ici, en train de passer un agréable moment, et je me sens mal.

— Si Lara est vraiment le genre d'amie que vous avez décrite, elle ne voudrait pas que vous soyez malheureuse, même si elle l'est. Et nous allons la retrouver et faire toute la lumière sur ce qui se passe, promit Pipe en tendant la main pour couvrir la sienne.

Cora lui adressa un sourire triste.

— Je l'espère.

— Je le sais. Vous nous avez pistés, donc vous savez de quoi on est capables, la taquina-t-il.

— Je n'arrive toujours pas à croire que mon plan insensé ait fonctionné. Bon, cela n'a pas fonctionné, mais Eleanor m'a rendu service. Je devrais peut-être lui envoyer des fleurs ou quelque chose comme ça, lâcha Cora avec un petit sourire.

— La seule chose que je ne comprends pas, c'est pourquoi vous vous êtes donné tout ce mal. Bon, je comprends, vous le faites pour Lara, mais pourquoi ne pas nous avoir contactés directement ? demanda Pipe.

Cela faisait un moment qu'il s'interrogeait et il était heureux d'avoir l'occasion de le lui demander.

Cora haussa les épaules.

— Je l'ai fait.

— Quoi ? Quand ?

— J'ai envoyé plusieurs courriels. Ils sont tous restés

sans réponse. J'ai même appelé. J'ai laissé un message, mais personne ne m'a jamais répondu.

Pipe fronça les sourcils. C'était Alaska qui se chargeait des tâches administratives au Refuge, et il ne la voyait pas ignorer un appel à l'aide.

— C'est bon, dit Cora en se penchant vers lui. Ce n'est pas comme si vous étiez obligés d'aider toutes les demoiselles en détresse qui vous contactent. Je suis sûre que vous recevez beaucoup de demandes d'aide, vu vos compétences.

Honnêtement, Pipe n'en avait aucune idée. Il avait fait profil bas au cours des cinq dernières années et n'avait même pas pensé à mettre en pratique dans sa vie civile ce qu'il avait appris chez les SAS. Ses amis l'avaient-ils fait ? Ils possédaient tous des compétences particulières qui pouvaient s'avérer utiles dans certaines situations. Comme pour sauver Alaska et Reese.

— Je vais parler à Alaska, promit-il à Cora.

Laquelle écarquilla les yeux et secoua presque frénétiquement la tête.

— Non ! Surtout pas ! Ce n'est pas grave. Je suis sûre qu'elle avait ses raisons de ne pas répondre.

Pipe pinça les lèvres. Il n'allait pas lui promettre de rester sans rien faire. Sachant désormais que Cora avait contacté le Refuge pour obtenir de l'aide, sans recevoir pour autant de réponse, il voulait savoir pourquoi.

— Génial. Alaska va me détester maintenant, marmonna-t-elle en regardant par le hublot.

— Non, certainement pas. Elle est très accueillante.

Elle ne se retourna pas pour autant vers lui.

— Cora ? insista-t-il.

Lorsqu'elle le regarda enfin, il fut consterné de découvrir des larmes dans ses yeux. Cette dure à cuire était sincèrement bouleversée par l'idée qu'Alaska puisse avoir des ennuis, ou lui en vouloir de l'avoir dénoncée.

— Ça va, maugréa-t-elle en se redressant.

Pipe la voyait presque enfiler une armure pour se protéger du monde extérieur. Et il détestait cela. Il l'avait vue baisser sa garde et était attiré par cette femme. Cora n'avait pas eu la vie facile, et il avait bien l'intention de faire tout ce qu'il pouvait pour l'adoucir.

Elle se tourna à nouveau vers le hublot et Pipe se pencha vers elle sans réfléchir. Glissant les doigts sous son menton, il l'obligea à faire pivoter son visage vers lui.

— Tu veux savoir ce que j'ai pensé la première fois que je t'ai vue ? demanda-t-il, optant soudain pour le tutoiement.

Si elle écarquilla les yeux, elle ne se dégagea pas pour autant de son emprise.

— Non, je ne crois pas.

Il ignora sa réponse et poursuivit :

— J'étais sur cette scène, c'est-à-dire un endroit où je ne voulais pas être. Je portais des vêtements qui me mettaient mal à l'aise et m'empêchaient de me sentir à ma place. Je n'étais pas du tout comme les hommes qui m'avaient précédé, capables de se pavaner sur la scène et de jouer avec le public. Je voulais juste en finir avec tout ça. C'est bizarre... J'avais l'impression d'être à nouveau un gamin, attendant d'être sélectionné dans une équipe de foot à l'école primaire, tout en sachant que je ne le serais pas parce que j'étais nul et que tout le monde était au courant. Même si j'essayais de me dire que je serais ravi si personne n'enchérissait sur moi, car ça me permettrait de rentrer chez moi, je savais qu'au fond de moi, je serais mortifié si j'avais été le seul à ne pas recevoir d'offre. Ensuite, tu surgis, au premier rang, tu me regardes et tu fais une offre. Et ces mille premiers dollars ont été un soulagement.

— Oui, la nana brute de décoffrage, tout sauf sophistiquée dans sa robe Walmart a fait une offre. Je suis sûre que tu t'es senti très soulagé, ironisa-t-elle en levant les yeux au ciel.

— Ce n'est pas ce que j'ai vu. Hier soir, j'ai vu une femme déterminée qui regardait au-delà du smoking, du faste et des circonstances. Tu me regardais, moi, Pipe. Pas Bryson Clark.

Pipe était presque sûr d'être en train de tout gâcher, mais dès son premier regard sur Cora, il avait éprouvé un élan de... reconnaissance. Il avait trouvé quelqu'un qui le comprendrait.

Cela n'avait aucun sens. La plupart des gens le trouveraient ridicule. Mais lorsqu'elle avait surenchéri, un sentiment de désespoir l'avait envahi. Ce qui expliquait pourquoi il l'avait recherchée dans la foule. Elle n'avait peut-être pas obtenu de rendez-vous avec lui, mais il avait quand même eu envie de lui parler. Il voulait connaître son nom.

— Eleanor avait raison, murmura Cora. Je n'avais pas ma place là-bas. Si j'avais gagné, je t'aurais fait honte dans ce restaurant chic. Je n'ai même pas compris la majeure partie du menu que tu as lu. Je suis plutôt du genre à manger des pizzas et des hamburgers. Mes chaussures viennent de chez Payless. Tu sais ce que c'est ?

— Oui, répondit-il.

Elle s'empourpra, mais ne détourna pas pour autant les yeux.

— Je portais une tenue qui m'avait coûté cinquante dollars, alors que toutes les autres personnes présentes avaient probablement dépensé cent fois plus. J'ai toujours

été comme ça. Une marginale qui observe les autres de l'extérieur.

— C'est peut-être ce que tu penses, mais, à mon avis,
lorsque les autres te regardent, ils voient une personne bien
dans sa peau. Qui n'a pas l'impression de devoir se
conformer aux normes de la société. Ils sont jaloux, Cora. Ils
veulent te ressembler. Être libres de se comporter comme ils
ont toujours voulu le faire sans s'en sentir capables.

— Ce n'est pas vrai, protesta doucement Cora.

— Si. D'après toi, pourquoi cette salope d'Eleanor te
traite-t-elle toujours comme quand tu étais au lycée ? Parce
qu'elle est coincée. Pendant que toi, tu es libre de faire ce
que tu veux, sans te soucier de l'opinion des gens qui ne
comptent pas.

Elle le regarda fixement, à l'évidence peu convaincue.

— La femme que j'ai vue depuis cette scène m'a intrigué. Tu n'avais pas peur de me regarder dans les yeux. Tu
poursuivais un but, et cela se voyait clairement. Je peux
apprécier une belle femme, tout comme j'apprécierais une
œuvre d'art ou un joli coucher de soleil. Mais ta loyauté
envers ton amie te distingue. Les obstacles que tu étais
prête à franchir te rendent unique. Je vais te dire également
ceci, et je ne mens pas : je préférerais avoir quelqu'un
comme toi à mes côtés, plutôt qu'une femme susceptible de
me laisser tomber en un clin d'œil pour un parti censé lui
apporter de l'argent, de la célébrité ou du prestige. De
nombreuses femmes adhèrent à l'escroquerie que les
hommes perpétuent depuis des milliers d'années, à savoir
que la beauté est plus importante que tout ce qui a plus de
sens. Mais pas toi. Ta loyauté est plus attrayante que la robe
ou les chaussures les plus chères que l'on puisse porter
devant moi.

Pipe ne savait pas d'où venaient les mots, mais il éprouvait le besoin impérieux de les prononcer. Pour que cette femme connaisse sa propre valeur.

— Pipe, murmura-t-elle.

— Et tu n'as pas à me croire sur parole. Tu pourras demander à Lara quand on la retrouvera. Ou à Milton. La plupart des gens ne lui prêtent probablement aucune attention, parce que sa situation de SDF les met mal à l'aise. Mais pas toi. Tu lui as donné l'argent que tu as gagné en vendant tes biens, même si tu sais qu'il le dépensera probablement en alcool plutôt qu'en nourriture ou pour se payer un endroit chaud où dormir quelques nuits.

— Il m'a sauvée un soir où deux types ivres cherchaient à tirer un coup, chuchota Cora.

— Tu vois ? Une histoire de loyauté, conclut Pipe.

Elle se mordit la lèvre.

— J'ai passé beaucoup de temps à faire des recherches sur le Refuge et les gens qui y vivent et y travaillent. J'ai lu toutes les histoires que j'ai pu trouver sur ce qui est arrivé à Alaska. Elle a l'air d'être quelqu'un que je pourrais vraiment apprécier. Et si tu t'en prends à elle à cause de cette histoire d'e-mails, elle pensera que je cherche juste à vous utiliser, tes amis et toi. Et c'est vrai... mais ce n'est pas à la base pour ça que j'ai décidé d'assister à cette vente aux enchères.

— Pourquoi alors ? demanda Pipe.

— Parce qu'au fond de vous tous, il y a une vraie bonté. Vous n'auriez pas créé le Refuge sinon. Vous auriez créé une sorte de camping de luxe, destiné aux personnes les plus riches du monde, et vous auriez probablement gagné beaucoup plus d'argent. Ne te méprends pas, je trouve formidable que vous gagniez votre vie comme vous le faites, et en aidant les gens du même coup, mais j'ai appris à déchiffrer les gens, à voir leurs véritables intentions. Et en regardant les interviews que vous avez donnés, tes amis et toi, et en lisant les articles, je sais que vous êtes tous des gens bien. Si quelqu'un peut m'aider à retrouver Lara, à un prix dans mes moyens qui, honnêtement, ne sont pas très élevés, c'est vous, les gars.

Elle n'avait pas tort. Pipe était heureux qu'elle les ait si bien percés à jour.

— Alaska n'ira jamais penser que tu n'es là que pour te servir de nous, dit-il à Cora.

Elle fronça le nez, sceptique.

— En aucun cas, insista Pipe.

— Si j'étais mariée à l'homme que j'ai aimé toute ma vie, que je vivais au Refuge et que j'avais l'impression que ma vie commençait pour la première fois... je la cite mot pour mot, là, soit dit en passant : je l'ai lu dans un article en ligne... Je ne voudrais pas que quelqu'un vienne mettre mon petit ami dans une situation où il risquerait de se créer des ennuis ou d'être blessé. Je voudrais le protéger, ainsi que le reste des personnes qui travaillent au Refuge.

Pipe n'avait pas ôté la main qu'il avait placée sous son menton, et il avait envie de continuer à sentir sa peau douce, mais il se força à couvrir la main qu'elle avait posée sur ses genoux.

— Je te donne ma parole qu'Alaska, Henley, Reese et tous ceux qui travaillent au Refuge vont non seulement te serrer dans leurs bras, mais aussi prendre fait et cause pour la raison de ta présence ici. En fait, on devra probablement leur interdire de nous accompagner en Arizona pour récupérer ton amie.

Pipe décelait une pointe de scepticisme dans ses yeux. Mais elle verrait par elle-même. Elle avait raison sur un point cependant... Si Alaska avait sans doute ignoré ses courriels et ses appels téléphoniques, c'était probablement pour protéger Brick et le reste des hommes. Il n'avait aucune idée du nombre de demandes d'assistance qui arrivaient sur leur site Internet. Pour ce qu'il en savait, des dizaines par jour. Il devait être tentant de les ignorer en masse. Plus il y réfléchissait, plus il était sûr d'avoir raison. Il n'en voulait pas à Alaska, pas le moins du monde, mais ce serait probablement une bonne idée que l'un d'entre eux se charge de passer en revue toutes les demandes du même genre. Pour soulager Alaska de ce fardeau.

Sentant le besoin d'alléger la conversation et désireux de voir le stress disparaître des yeux de Cora, ne serait-ce que de façon éphémère, Pipe demanda :

— Tu es déjà allée au Nouveau-Mexique ?

Elle secoua la tête.

— Non. J'ai à peine quitté DC.

— Vraiment ?

— Il n'y a pas beaucoup de gens qui ont envie d'emmener un enfant placé en vacances, et depuis…, poursuivit-elle en haussant les épaules. Je n'ai pas vraiment eu l'argent pour aller quelque part. Je suis allée une fois à Gettysburg et à Antietam, avec Lara. Ce n'était vraiment pas son truc, mais elle cherchait à me faire plaisir. Je trouve cette histoire fascinante, et c'était incroyable de se retrouver sur ces champs de bataille, là où des milliers d'hommes et de femmes se sont battus…

Pipe sourit.

— Je pense que tu vas aimer notre petit coin du monde. Le Refuge est niché dans les montagnes du Nouveau-Mexique septentrional, et l'air y est si pur que je jurerais parfois me trouver sur une autre planète que celle où j'ai grandi, à savoir dans les environs de Londres, au lieu d'être simplement dans un autre pays.

— J'ai hâte. Honnêtement, après avoir lu tant de choses à ce sujet, j'ai l'impression d'y être déjà allée. Mais la réalité va faire voler en éclats les images que j'ai en tête ou vues en ligne.

Elle n'avait pas tort. Le jour où Pipe avait découvert le terrain où ils allaient construire les chalets, il avait su que ce serait un endroit extraordinaire. Et il ne s'était pas trompé.

Ils bavardèrent pendant le reste du voyage, mais, dans la correspondance pour Santa Fe, ils ne purent s'asseoir ensemble. Cela permit à Pipe de réfléchir à la suite des événements.

Cora devrait raconter à nouveau son histoire, cette fois à tous les gars. Il faudrait décider d'un plan d'action… comment se rendre en Arizona et prendre contact avec Lara, si possible, et dans le cas contraire, avec ce Michaels. Ce qui se passerait ensuite dépendrait de ce qu'ils découvriraient sur place… et des informations que Tex leur communiquerait sur Ridge Michaels. Sans savoir pourquoi, Pipe avait le sentiment que ce serait plus compliqué que de frapper à la porte, récupérer Lara et partir.

Owl avait parlé à Stone, la veille au soir, il l'avait informé de ce qui se passait, de l'identité de Cora et de l'heure à laquelle ils seraient de retour au Refuge. Pipe comptait demander à Cora si elle voulait séjourner dans son chalet. Elle avait accepté de partager une chambre d'hôtel avec lui, la veille, et comme il n'y avait pas de chalets disponibles dans l'immédiat, elle sauterait sans doute sur l'occasion d'économiser l'argent d'un motel en logeant chez lui.

Pipe ne pouvait s'empêcher de sourire à cette idée. Lui qui avait trouvé que Spike était fou en offrant à Reese de séjourner chez lui quand elle était venue au Refuge, il comprenait maintenant. L'idée d'être séparé de Cora était troublante… et pas seulement parce qu'il avait le sentiment que s'il la laissait livrée à elle-même, elle se mettrait illico en route pour l'Arizona dans l'espoir de récupérer Lara, avec ou sans son aide.

Sa loyauté était séduisante, cela ne faisait aucun doute, mais cela signifiait aussi qu'elle négligerait sa propre sécurité pour aider son amie. Ce qui n'était pas envisageable, pour lui. Ni pour aucun de ses amis. Ils ne permettraient pas que quelqu'un soit blessé sous leur surveillance.

L'avion atterrit à l'heure à Santa Fe, ils récupérèrent le Challenger de Pipe dans le parking de longue durée et se rendirent sans délai au Refuge. Cora était silencieuse, probablement nerveuse. Assise sur la banquette arrière, elle les laissa causer de tout et de rien, le temps du trajet.

En revanche, plus ils se rapprochaient du Refuge, plus Pipe se sentait à l'aise. Il avait hâte que Cora rencontre ses amis. Et aucun doute sur le fait qu'elle s'intégrerait parfaitement.

8

C'était une catastrophe.

Cora se tenait dans le hall de l'immense pavillon principal du Refuge pendant que Pipe participait à une conversation intense avec ses amis à l'autre bout de la pièce. Après l'avoir accueillie, Alaska, Henley et Reese s'étaient assises à une table sur le côté, et même si elles l'avaient invitée à s'asseoir avec elles, Cora avait l'impression qu'elles se contentaient de faire preuve de politesse.

Elle se tenait donc là, mal à l'aise, au milieu de la pièce, en attendant de voir ce qui allait se passer.

La porte d'entrée du pavillon s'ouvrit et une femme entra, une personne que Cora n'avait pas croisée lors de ses recherches. Brune, des cheveux raides tombant à longueur d'épaules, elle portait un pantalon noir et un tee-shirt arborant « Le Refuge ». Elle salua les trois femmes attablées, puis fronça les sourcils en voyant Cora seule.

À sa grande surprise, elle s'approcha d'elle.

— Bonjour, je m'appelle Ryan. Je travaille ici. Je peux vous aider ?

— Non, ça va. Merci.

Mais Ryan ne se contenta pas de hocher la tête en reculant, comme Cora se l'était figuré.

— Qu'est-ce qui se passe ? demanda Ryan en dirigeant son regard vers les hommes, puis la table des femmes.

— Je suis venue ici avec Pipe et Owl. Ils parlent de moi à leurs amis. De la raison de ma présence ici.

Ryan fronça les sourcils.

— Tu es venue avec Pipe et Owl ?

— Oui, répondit-elle en opinant.

— Ils étaient à Washington pour un événemut, poursuivit-elle.

Cora fit de son mieux pour cacher son amusement.

— En effet.

— Et tu es venue de Washington avec eux ?

— Oui.

— D'accord, il me manque une info, mais peu importe. Je suis nouvelle ici et pas toujours au courant des tenants et aboutissants de cet endroit... ce qui n'est pas grave. Je veux dire, je ne veux pas savoir. Je suis juste femme de chambre, ici. Tu as faim ? J'ai l'intuition que Robert a préparé ses fameux cookies aux pépites de chocolat. C'est pour ça que je suis là, pour en prendre quelques-uns pendant qu'ils sont chauds. Viens, on va aller voir.

Ryan passa son bras sous celui de Cora, comme si elles étaient amies depuis toujours, au lieu de s'être rencontrées une minute plus tôt, et l'entraîna vers une porte à l'autre bout du pavillon.

— Ryan, lança un homme que Cora reconnut comme étant « Tiny », de là où il se trouvait avec Pipe et les autres.

Cora sentit la femme se raidir un instant avant de se retourner, sans lui lâcher le bras.

— Qu'est-ce qu'il y a ? répondit-elle.

— Où allez-vous ? On doit parler à Cora.

— À la cuisine. Chercher des cookies, ajouta-t-elle en faisant un geste impatient et, sans attendre de réponse, reprit sa route vers l'endroit où elles se dirigeaient dès le départ.

— Je devrais peut-être rester s'ils veulent me parler, hasarda Cora.

Mais Ryan continua sur sa lancée, sans même indiquer qu'elle l'avait entendue. Vers ce que Cora supposait être la cuisine.

Elle poussa une porte et l'odeur des biscuits fraîchement sortis du four fut assez forte pour faire gronder l'estomac de Cora. Et bruyamment.

Ryan rayonnait.

— Pareil pour moi. Je suis prête à jurer que Robert glisse une sorte de produit stupéfiant dans ses cookies pour qu'on en redemande. Je ne suis ici que depuis quelques mois, mais j'ai pris au moins trois kilos.

— Tu avais besoin de mettre un peu de viande sur tes os, lança un homme entre deux âges.

Souriant, il regagnait la cuisine depuis ce qui devait être un cellier ou quelque chose comme ça. Cora lui donna entre cinquante et soixante ans.

— Robert, je te présente Cora, fit Ryan dont le sourire s'élargit alors qu'elle s'approchait de lui pour le serrer dans ses bras.

— Je sais. Elle a essayé de remporter Pipe dans la vente aux enchères des célibataires, mais quelqu'un a surenchéri. Quand il a découvert pourquoi elle tenait tant à remporter le gros lot, Pipe l'a ramenée à la maison pour trouver comment les autres et lui pourraient aider à éloigner son amie d'un connard qui l'a emmenée en Arizona et refuse de la laisser partir.

Bouche bée, Cora considéra le chef avec incrédulité.

Comment savait-il tout cela ? Elle n'était là que depuis deux ou trois secondes.

Ryan acquiesça, comme si elle n'était pas surprise le moins du monde, avant de s'esclaffer quand elle eut jeté un coup d'œil à Cora.

— Tu dois comprendre que cet endroit est comme la plus petite des petites villes de ta connaissance. Impossible d'y garder un secret. Enfin, presque impossible. Quoi qu'il en soit, les gars vont se débrouiller. Tu as bien fait de te lier à Pipe. Robert... tu vas nous donner des biscuits, oui ou non ?

L'homme sourit.

— Tu veux ceux de tout à l'heure ou ceux que je viens de sortir du four ?

— Est-ce que c'est une question ? demanda Ryan.

— Bien sûr que oui.

Pourtant Robert ne fit rien pour leur montrer où se trouvaient les biscuits, encore chauds avec un peu de chance.

Les yeux soupçonneux, Ryan mit les mains sur les hanches. Elle scruta Robert d'un œil sagace.

— Est-ce que je t'ai dit que j'avais une combine pour obtenir les gâteaux en forme de sapin de Noël que tu aimes tant... genre, toute l'année ? Je peux les avoir en juillet si je veux.

Robert la regarda, sidéré.

— C'est vrai ? Tu n'es pas en train de me faire marcher pour avoir mes biscuits encore chauds, n'est-ce pas ?

Le regard de Cora allait et venait entre Ryan et Robert.

— Je ne mentirais jamais à propos des gâteaux en forme de sapin de Noël, déclara Ryan, impassible.

— Je veux en être, exigea le cuisinier.

— Et moi, je veux des cookies chauds aux pépites de chocolat, répliqua-t-elle.

Robert se dirigea rapidement vers une boîte posée sur

l'un des comptoirs. Il l'ouvrit et Cora comprit qu'il devait s'agir d'une sorte de chauffe-plat. Il sortit un plateau de biscuits et le posa sur le comptoir, puis il le déplaça vers l'endroit où se tenaient Ryan et Cora.

— Mmmmmm, des biscuits, murmura Ryan avec délectation, tandis qu'elle se penchait pour respirer l'odeur de la friandise moelleuse.

— Je suis du projet gâteaux en forme de sapin, on est d'accord ? demanda Robert avec un sourire en coin.

— Oh que oui, convint-elle en attrapant un cookie. À fond.

Robert esquissa un petit pas de danse bizarre, puis sourit à Cora.

— Allez, vas-y. Vu que tu es amie avec Ryan, tu as droit à des cookies chauds quand tu veux.

Souriante, Cora prit un biscuit et gémit dès qu'elle le croqua. Ryan avait raison, il devait y avoir plus que des œufs, de la farine et du chocolat dans ce biscuit, car à la seconde où elle avala sa première bouchée, elle ne songea plus qu'à en reprendre une autre.

— Je vais m'arranger pour que tu reçoives une boîte de gâteaux Sapins de Noël chaque semaine, promit Ryan au chef.

Lequel rayonnait.

— Disons deux.

— Deux ? répéta la femme de chambre, sourcils haussés.

— Eh bien, j'allais en exiger quatre, mais je mets de l'eau dans mon vin.

Ils éclatèrent tous de rire... et la porte de la cuisine s'ouvrit sur ces entrefaites : Alaska, Henley et Reese entrèrent.

— Qu'est-ce qui se passe ici ? Oh... Une nouvelle fournée de cookies ? demanda Alaska.

Ryan se pencha sur le plateau posé sur le comptoir et

grogna en faisant de son mieux pour les protéger. Cora ne put s'empêcher de glousser devant les pitreries de sa nouvelle connaissance. Finalement, Ryan se releva et fit glisser le plateau vers les autres femmes.

— Je ne sais pas comment tu fais pour toujours deviner quand Robert a préparé une nouvelle fournée de biscuits, marmonna Henley entre deux bouchées.

— C'est vrai ! Nous étions ici et nous ne le savions pas pour autant, renchérit Reese.

Ryan croqua dans son biscuit et mima le geste de fermer sa bouche à l'aide d'une fermeture Éclair.

Tout le monde s'esclaffa.

Cora sentait qu'Alaska la fixait, mais elle se refusait à la regarder. Soudain, une fois de plus, elle se sentait étrangère. Ce fut seulement lorsqu'elle sentit celle-ci s'approcher qu'elle se retourna. Elle releva le menton. Pas question de se recroqueviller. Elle n'avait rien fait de mal.

— Ça va ? demanda doucement Alaska.

Cora dissimula sa surprise. Elle était prête à défendre ses actes, à expliquer pourquoi elle avait demandé de l'aide à Pipe. Elle ne s'attendait pas à ce qu'Alaska ait l'air préoccupé.

— Ça va, répondit-elle.

Henley s'avança.

— On ne sait pas ce qui se passe. Tonka a juste dit que Pipe voulait leur parler pour vous aider, ton amie et toi. Et nous, on peut faire quelque chose pour toi ?

— Combien de temps vas-tu rester ici ? Ça te dirait de visiter les lieux ?

Pour une raison inconnue, leur... gentillesse était presque trop difficile à supporter en cet instant.

— Je ne sais pas. Pas longtemps, j'espère. Pas parce que je ne veux pas apprendre à vous connaître ou voir le Refuge, mais je m'inquiète pour mon amie et je veux la rejoindre au plus vite.

Elle n'avait pas l'intention d'en dire plus, mais Alaska lui tendit la main, la serra fermement, puis l'entraîna vers une petite table sur le côté de la cuisine.

— Assieds-toi, l'invita-t-elle en tirant une chaise.

Les autres femmes – et, étonnamment, Robert aussi – se joignirent à elles. Il y avait beaucoup de monde autour de la petite table, mais c'était confortable.

— Je suis désolée de notre comportement, commença Alaska. On ne voulait pas avoir l'air de te tenir à l'écart, on ne savait pas ce qui se passait, et on ne voulait pas te forcer à t'asseoir avec nous si tu ne voulais pas. Et Pipe n'est pas... il n'est pas... il... Flûte, soupira-t-elle. Il n'est pas du genre à amener des femmes ici. On n'était pas sûrs de la nature de votre relation... au-delà de la situation de ton amie... alors on a juste essayé de respecter ta vie privée. Mais comme Ryan t'a amenée ici et qu'on vous a entendus rire, on n'a pas pu rester à l'écart, admit Alaska avec un sourire penaud.

— Je ne suis pas avec Pipe, déclara Cora. Pas de la façon que vous pensez. J'ai essayé d'acheter un rendez-vous avec lui lors de la vente aux enchères, juste pour avoir une chance de lui parler, mais une ancienne ennemie du lycée a surenchéri. Un peu plus tard, Pipe l'a entendue me parler et s'est offusqué de ce qu'elle disait. Alors je lui ai parlé, puis à Owl, et quelques heures plus tard, on était en route et il m'a dit qu'il m'aiderait à retrouver mon amie.

Elle parlait trop vite, en révélait beaucoup trop à ces étrangers, mais à vrai dire, ils ne lui donnaient pas l'impression d'en être, de ces étrangers. Pas après tous les renseignements qu'elle avait pris à leur sujet. Et elle ressentit en quelque sorte le besoin de combler le silence.

Prenant une profonde inspiration, elle se tourna d'abord vers Reese.

— Je suis contente que tu ailles bien. Je ne sais pas ce que j'aurais fait si j'avais été dans ta situation. J'aurais probablement paniqué. Vu que je ne sais pas du tout nager, je serais probablement morte. Et, Henley, je ne peux même pas imaginer ce que tu as traversé quand ta fille a disparu. Je n'ai pas d'enfants, mais si j'en avais, je suis sûre que j'aurais été dingue. Et Alaska... Bon sang. Tu as été si courageuse. Tu es allée dans tellement d'endroits, vu tellement de choses, que je n'aurais jamais pu faire ce que tu as fait et explorer des pays étrangers toute seule. Je vous admire toutes énormément. Je tiens juste à ce que vous le sachiez. Et je ne suis pas ici pour mettre qui que ce soit en danger. J'ai besoin de l'expertise de Pipe et de ses amis, mais je pense honnêtement que dès que Ridge Michaels verra que je suis déterminée, que j'ai de l'aide dans ma quête pour comprendre ce qui arrive à mon amie, il la libérera sans trop de problèmes.

— Merde alors, lâcha Alaska en se rasseyant, l'air sidérée.

La bouche de Henley s'ouvrit et se ferme, comme si elle essayait de trouver quelque chose à dire.

Reese se contenta de la regarder en clignant des yeux.

Ce fut Ryan qui prit la parole en premier. Un grand sourire aux lèvres, elle déclara :

— Je savais que tu serais à ta place ici à la seconde où je t'ai vue. Les ragots de la petite ville qu'est le Refuge n'ont rien trouvé à raconter sur toi, apparemment.

Cora se sentit rougir. Mince, elle n'aurait pas dû être aussi pressée de faire comprendre à ces femmes qu'elle n'était pas là pour causer des ennuis. Elle semblait toujours dire la mauvaise chose au mauvais moment. Les convenances sociales, ce n'était pas vraiment son truc. Lara était bien meilleure qu'elle dans ce domaine, ce qui expliquait d'ailleurs pourquoi elle laissait généralement à son amie le soin de faire les présentations et la conversation.

— Je vous jure que je ne suis pas une harceleuse, déclara Cora. Pipe m'a accusée en plaisantant d'en être une, mais je devais être certaine que les engager, ses amis et lui, pour kidnapper à nouveau Lara valait la peine de vendre mes meubles. Et j'ai fait beaucoup de recherches sur Internet. Il existe des milliers d'articles sur les hommes qui ont créé cet endroit. Et après tout ce qui vous est arrivé, il y en a encore eu d'autres. Je n'ai pas piraté de bases de données ou quoi que ce soit, je ne saurais même pas comment faire. J'ai juste utilisé Google pour faire mes recherches... Je suis désolée, ajouta-t-elle en se tournant vers Robert et Ryan, je n'ai trouvé aucune information sur vous. Mais si tout ce que vous cuisinez est à moitié aussi bon que vos biscuits, Robert, je ne repartirai peut-être jamais. Je pourrais emménager dans la grange avec Melba et venir ici en cachette au milieu de la nuit pour me gaver. Ou faire la vaisselle comme une sorte de fée de la vaisselle et gagner ma croûte. Et Ryan..., fit-elle avec un haussement d'épaules. Eh bien... je ne te connais pas du tout. Encore une fois, je suis désolée.

— Attends, attends, attends... J'ai l'impression qu'il nous manque un gros morceau d'information, protesta Henley. Tu as vendu tes affaires ?

— Tu as engagé nos gars ? demanda Alaska.

— Pour « kidnapper » ton amie ? lança Reese.

— Je n'arrive pas à croire que vous n'ayez pas entendu parler de Cora et de son amie par vos hommes, intervint Ryan en secouant la tête.

— Parce que toi, tu es au courant ? rétorqua Alaska.

Ryan redevint sérieuse.

— Son amie de toujours, Lara, est sortie avec un certain

Ridge Michaels, et se trouve maintenant en Arizona avec lui. Ils sont partis brusquement et ne parlent plus à Cora, ce qui l'a fait paniquer. Dès qu'elle a appris que Pipe participait à la vente aux enchères, elle a fait toutes les recherches possibles sur lui et le Refuge. Comme elle vous l'a précisé, elle n'a pas gagné, mais Pipe a été suffisamment intrigué pour la retrouver et lui parler. Maintenant, elle est là, et Pipe et les autres sont dehors en train de planifier l'opération, de déterminer comment avoir une fois pour toutes si Lara va bien, ou si elle est retenue contre son gré.

Cora aurait ri des regards choqués des autres femmes si elle n'avait pas été elle-même aussi surprise.

— Ce sont des plus silencieux dont il faut se méfier, s'esclaffa Robert.

— C'est vrai ? Comment sais-tu tout ça ? protesta Henley. Pipe, Owl et Cora ne sont là que depuis vingt minutes !

— Owl a appelé Stone hier soir. Je nettoyais le pavillon et je les ai entendus parler dans le bureau de l'administration. Je n'avais aucune intention d'écouter aux portes, mais je ne pouvais pas vraiment me boucher les oreilles. Stone avait mis le haut-parleur et vous savez qu'il a tendance à parler fort quand il est au téléphone.

— Bon, d'accord, notre ami la Sournoise a les détails, mais pas nous. Si on peut faire quoi que ce soit pour aider, on est tout à fait disposées à le faire, dit Alaska à Cora.

— Tu as vendu tes affaires ? s'entêta Henley, manifestement toujours bloquée sur cet aspect-là.

Cora haussa les épaules.

— C'était juste des objets. Il fallait que je trouve de l'argent pour pouvoir enchérir sur Pipe.

— Du genre, tes appareils électroniques et des objets coûteux ? insista Reese.

Cora se mordit la lèvre.

— Non. Tout. Mes meubles, la télévision, la vaisselle, les couverts, les casseroles, le linge... tout.

Les occupants de la cuisine restèrent silencieux de longues secondes.

— Putain de merde, sérieux ? lâcha Henley.

— Mais ça ne m'a pas suffi pour gagner, constata Cora en fixant la table.

— Parle-nous de ton amie, déclara fermement Alaska.

C'était un sujet avec lequel Cora est plus à l'aise. Elle leur raconta tout, sans rien laisser de côté. Son enfance en famille d'accueil. Lara qui l'avait prise sous son aile et l'avait tirée d'affaire plus d'une fois lorsqu'elle avait eu besoin d'un endroit où vivre. Ses parents, gentils, mais distants, déçus par Lara lorsqu'elle était devenue institutrice au lieu d'essayer d'obtenir un meilleur poste, plus prestigieux.

— Elle est tout pour moi, dit Cora, qui examinait toujours la table comme si c'était la chose la plus intéressante qui soit. Ma meilleure amie et ma famille, tout-en-un. Quand elle a rencontré Ridge, j'ai été sceptique, car elle le dotait de toutes les qualités. Je lui ai dit d'être prudente, mais Lara est une romantique. Toute sa vie, elle a rêvé d'être séduite. Je pense qu'elle commençait à avoir l'impression d'avoir raté quelque chose. D'être trop vieille pour trouver quelqu'un qui l'aime comme elle rêvait d'être aimée. Alors quand Ridge est arrivé et s'est comporté comme l'homme dont elle avait toujours rêvé, elle a été subjuguée et s'est investie presque sur-le-champ. On s'est disputées à son sujet. Deux jours plus tard, elle ne s'est pas présentée au travail et ne répondait plus à mes appels. Elle a envoyé un courriel à l'école pour prendre un congé. Et peu de temps après, j'ai reçu un texto où elle me disait qu'elle allait rester un certain temps en Arizona. Un texto !

Après plus de vingt ans d'amitié. J'ai aussitôt essayé de l'appeler, mais elle n'a jamais décroché. Et les quelques textos que j'ai reçus d'elle ne lui ressemblaient pas du tout. Ils étaient... sans émotion. Et comme je l'ai dit à Pipe, c'étaient des messages sans ponctuation, alors que Lara utilisait toujours des points et des virgules. Elle a toujours eu le cœur sur la main, si bien qu'elle utilise beaucoup d'émojis, de points d'exclamation et de gifs. Les textes que j'ai reçus étaient brefs, sans un seul émoji. La seule fois où Ridge m'a permis de la voir lors d'un appel vidéo, elle m'a dit qu'elle aimait l'Arizona et qu'elle ne reviendrait jamais à Washington. Mais elle m'a aussi fait un signe secret, dont on était convenues pour se dire qu'on avait des problèmes. Même si je suis la seule à le croire de tout mon cœur, je sais qu'elle en a.

— Les gars vont t'aider, non ? demanda Reese.

Cora haussa les épaules.

— Je ne sais pas. C'est ce que Pipe est en train de faire en ce moment. Il discute de la situation avec eux.

— Ils vont t'aider, affirma Alaska sans une once de doute dans la voix.

— Ils ont appelé leur ami technicien ? s'enquit Henley.

Tout le monde la regarda.

— Vous savez, celui qui est intervenu quand Jasna a disparu et que Reese a été enlevée ?

— Mais qui n'a réussi à rien ? précisa Alaska. Parce que bon, il a essayé, mais c'est un mystérieux inconnu qui a eu l'idée d'utiliser la puce de Reese pour suivre sa voiture. Et il a aussi dit aux gars où trouver Jasna.

— Quand Owl a parlé à Stone, celui-ci lui a dit qu'il avait déjà contacté Tex... c'est le nom du technicien, précisa Ryan à Cora. Il fait des recherches sur le petit ami de Lara.

— Bien. Bon, je suppose que tu ne repartiras pas

aujourd'hui. Donc il faut qu'on décide où tu vas loger, dit Alaska, pragmatique.

— Y a-t-il des chalets libres ? demanda Henley.

Alaska soupira et secoua la tête.

— Non. On n'a rien de libre avant des mois. À moins d'une annulation, mais dans ce cas, je vais sans doute remplir la place vacante assez facilement.

— Elle peut s'installer avec Gus et moi, suggéra Reese.

— Je n'ai pas entendu dire que tu avais des nausées matinales sévères et que tu te levais au milieu de la nuit pour vomir ? demanda Henley.

Reese rougit.

— Si, mais...

— Elle peut rester avec nous, déclara Henley avec fermeté.

Alaska rit.

— Comme si rester avec toi et ton préadolescent était une meilleure option.

— Pipe m'a proposé de loger avec lui, intervint Cora.

Tout le monde tourna la tête vers elle.

Puis Alaska sourit.

— Bien. Alors... la messe est dite.

Henley inclina la tête.

— Tu n'es pas ce que j'attendais de Pipe.

Cora fit de son mieux pour ne pas s'offusquer.

— Et s'il te plaît, ne le prends pas mal, s'empressa d'ajouter Henley. Je me suis mal exprimée, c'est juste que Pipe est... un peu rude aux entournures. Et plutôt taiseux.

— On n'est pas ensemble comme vous l'entendez, les interrompit Cora, désireuse de mettre les choses au clair. Il m'aide juste à trouver Lara.

— Oui, oui, continue à te raconter ces balivernes, ironisa Reese. Moi, je ne faisais que séjourner chez Gus pendant la convalescence de mon frère. Et maintenant, je suis mariée, enceinte, et plus heureuse que je ne l'ai jamais été de ma vie.

— On la met dans l'embarras, là, déclara Alaska. Ce qu'il y a entre Pipe et elle, c'est entre eux deux.

— J'aime bien ses tatouages, marmonna Cora en se curant un ongle. Ils lui donnent l'air d'un dur... d'un intouchable. Même si, d'après ce que j'ai appris à connaître de lui jusqu'à présent, il n'est pas comme ça.

— Tu as raison. C'est un nounours, convint Henley.

Robert éclata de rire.

— Non, c'est faux.

Cette fois, tout le monde se tourna vers le cuisinier.

— C'est faux, insista Robert. L'autre jour, l'un des invités parlait d'une femme qu'il avait vue en ville. Tu sais, il faisait ce que beaucoup de mecs font... il parlait de ses seins et disait qu'il aimerait bien se la taper. En l'entendant, Pipe s'est fâché, il lui a reproché de manquer de respect à cette femme et lui a demandé de déguerpir du Refuge. Sur-le-champ.

— Oh, mon Dieu, c'est pour ça que ce type est parti plus tôt ? demanda Alaska. J'ai essayé de savoir si quelque chose n'allait pas, mais il a pincé les lèvres et n'a pas voulu dire grand-chose.

— Parce que Pipe lui a flanqué la frousse, déclara Robert avec satisfaction. Cet homme n'est pas quelqu'un que j'aimerais avoir parmi mes ennemis. Vous, les filles, vous pensez peut-être que c'est un nounours parce qu'il est gentil avec vous et tout, mais c'est un baril de poudre, en fait, et à deux secondes d'exploser... tout ce qu'il faut, c'est la bonne étincelle.

— Est-ce que je devrais lui parler ? demanda Henley, les sourcils froncés.

— Seigneur, non ! s'exclama Robert. S'il voulait que quelqu'un s'occupe de son cerveau, il t'en aurait déjà parlé.

— Je ne joue pas avec le cerveau des gens, maugréa Henley, l'air offensé.

— C'est notre psychologue attitrée, chuchota Reese à Cora.

Elle acquiesça, l'attention toujours fixée sur la fascinante conversation qui se déroulait autour d'elle.

— Je dis simplement que s'il est autant sur le fil du rasoir que tu sembles le penser, ce n'est pas bon, ajouta Henley avec inquiétude.

— À ton avis, pourquoi cet endroit se trouve ici ? demanda Robert. On est tous confrontés aux démons dans nos têtes. Je t'adore, Henley, mais quand je serai prêt à te laisser fouiller dans mon cerveau, je te le ferai savoir. Je suis sûr que Pipe est dans le même cas.

— Tu as raison. Désolée, dit Henley en attrapant le bras de Robert, de l'autre côté de la table.

Il lui tapota la main et lui sourit.

La porte de la cuisine s'ouvrit et Pipe passa la tête.

— Cora ? Ça va ?

Son inquiétude était surprenante. Jetant un coup d'œil autour d'elle, elle vit qu'Alaska s'efforçait de cacher un sourire, Henley regardait Pipe, soucieuse, et Reese regardait Cora, sans doute pour tâcher de voir si elle allait bien, comme le demandait Pipe. Les yeux sur son téléphone, Ryan saisissait un message rapide et Robert s'était levé et déjà au milieu de la cuisine.

— Oui, répondit Cora.

— OK. On aimerait te parler, si tu n'as rien contre.

Cora ne voyait pas pourquoi elle s'y opposerait. Si elle était ici, c'était justement pour essayer de convaincre ces hommes qu'elle ne perdait pas la tête, que Lara était vraiment en danger. Elle acquiesça et se leva.

— Sois gentil, glissa Alaska à Pipe.

— On l'aime bien, ajouta Reese.

— Et on veut aider si on peut, renchérit Henley.

— Oui, si on peut faire quoi que ce soit, fais-le-nous savoir, ajouta Ryan.

Pipe esquissa un sourire.

— Elle est là depuis un quart d'heure et vous la protégez déjà comme des louves ?

Alaska sourit.

— Oui, et son amie aussi.

— C'est vrai. Cora, tu es prête ? dit Pipe.

Impossible de deviner ce qu'il pensait. Était-il contrarié que ces femmes aient offert leur aide et semblé l'apprécier si rapidement ? C'était déroutant pour elle aussi. Ce genre de choses ne lui arrivait pas. Ayant du mal à se faire des amis, elle était tout aussi déconcertée par la volonté de ces femmes de les aider, Lara et elle... alors qu'elles ne connaissaient même pas.

Elle acquiesça, mais avant de rejoindre Pipe, se dirigea vers Robert qui se tenait près de l'évier et rangea la vaisselle dans un lave-vaisselle de taille industrielle.

— Merci, dit-elle doucement. Pour les cookies, et pour... eh bien, pour avoir défendu Pipe.

— Peu importe la rudesse de l'emballage, tout le monde a besoin d'être soutenu de temps en temps, répondit-il dans un grondement sourd. Maintenant, vas-y. Va chercher comment sauver ton amie. Elle aime les cookies aux pépites de chocolat ?

Cora acquiesça.

— Oui. Mais tu sais ce qu'elle préfère ?

— Dis-moi tout.

Elle se doutait bien que même si elle lui nommait le plat le plus difficile qui soit, cet homme trouverait le moyen de le réaliser, si jamais il avait l'occasion de rencontrer Lara. Elle sourit donc largement et dit :

— Les petits gâteaux en forme de sapins de Noël. J'en achète des boîtes et des boîtes pour elle chaque année. Elle les congèle, mais en juin, quoi qu'il arrive, elle est toujours à court.

Robert sourit.

— Une femme selon mon cœur. Quand tu la ramèneras ici, je veillerai à ce qu'une boîte l'attende.

— Merci, murmura Cora.

Puis elle se surprit à se hisser sur la pointe des pieds pour embrasser la joue barbue de Robert. Elle lui serra le bras, prit une profonde inspiration et se dirigea enfin vers Pipe, qui n'avait pas bougé de l'embrasure de la porte.

Il lui offrit son coude et, dès que la porte de la cuisine se fut refermée derrière eux, demanda :

— Qu'est-ce qui se passait ? C'est sûr que ça va ?

Encore une fois, le soin qu'il prenait d'elle lui fit du bien. Même son air renfrogné ne l'effrayait plus.

— Oui, les cookies de Robert sont à tomber. Vous devriez mettre l'info sur votre site.

Pipe esquissa un sourire.

— On ne peut pas déballer tous nos secrets, sinon des harceleurs comme toi risquent de les trouver.

Elle lui rendit son sourire. Puis redevint sérieuse.

— Ils vont m'aider ?

— Ils veulent plus d'informations.

Sa réponse crispa Cora. Elle avait eu de la chance que Pipe accepte de parler à ses amis et l'amène ici, au Refuge. Elle avait espéré qu'il puisse convaincre ses amis de l'aider eux aussi. Mais cet espoir s'amenuisait déjà.

— Ils n'ont pas dit « non », ils sont juste inquiets. Tout comme moi, ajouta Pipe en la regardant fixement.

Cora voulut brièvement se laisser aller au désespoir, mais préféra s'armer de courage. S'ils n'étaient pas prêts à l'aider, elle irait en Arizona. Elle trouverait un moyen de voir Lara quand Ridge ne serait pas là. Elle l'éloignerait de lui. Même si elle devait s'enfuir au Mexique avec son amie, elle le ferait.

Son esprit bouillonnait de toutes les possibilités. Lara avait peut-être subi un lavage de cerveau. Peut-être ne voudrait-elle pas partir. Cora serait alors obligée de la convaincre, voire s'abaisser au niveau de Ridge et de kidnapper son amie.

— Respire, Cora, lui ordonna Pipe.

Elle leva les yeux vers lui, surprise. Elle était tellement perdue dans l'élaboration de plans alternatifs qu'elle avait momentanément oublié où elle se trouvait.

— Lorsqu'ils entendront ce qui se passe de ta propre bouche, ils seront d'accord.

— Et dans le cas contraire ? ne put-elle s'empêcher de demander.

— Alors, on ira en Arizona et on verra ce qu'on peut faire.

Cora le regarda fixement.

— C'est-à-dire ?

— S'ils ne sont pas d'accord, on ira à Phoenix et on verra si on parvient à voir Lara.

— « On », c'est-à-dire qui ? demanda-t-elle. Tu irais à l'encontre des souhaits de tes amis et tu m'aiderais ?

Le regard de Pipe se planta dans le sien.

— Je t'ai dit que j'aiderais, quand on était à Washington, et je ne reviendrai pas sur ma parole. Tu te souviens de ce que je t'ai dit à propos de la loyauté ?

Cora acquiesça.

— Je ne pourrais pas plus te repousser et ignorer ton appel à l'aide que je ne le ferais pour l'un de mes amis d'ici, déclara-t-il en faisant un geste vers ce qui semblait être une sorte de salle de conférence, de l'autre côté du pavillon. Je suis immunisé contre un tas d'artifices utilisés par les femmes pour obtenir ce qu'elles veulent. Mais comme je te l'ai déjà dit, le genre de loyauté que tu as pour Lara, c'est précieux. Et très rare. Je vais t'aider, Cora. Je te donne ma parole.

Elle eut envie de pleurer, de s'agenouiller dans le hall de cet incroyable endroit. Elle n'avait jamais rencontré d'hommes et de femmes comme ceux qu'elle venait de rencontrer. Le personnel du Refuge était gentil. Généreux. Tolérant. Et ouvert à ceux qui avaient besoin d'aide. Elle aimait cela, même si elle se sentait aussi submergée.

— Viens, allons parler aux autres.

Cora acquiesça. L'envie de pleurer se dissipa devant sa détermination croissante. Elle savait qu'elle avait raison. Lara avait des problèmes. Et elle, Cora devait se montrer intelligente, convaincante. Elle devait présenter les faits tels qu'elle les connaissait aux amis de Pipe. Ils la croiraient ou non, mais d'une manière ou d'une autre, elle parviendrait jusqu'à Lara et lui parlerait en personne. Elle découvrirait si son amie se trouvait en Arizona de son plein gré ou si elle avait besoin d'aide pour rentrer chez elle.

9

Faute d'avoir une idée de ce qui s'était passé dans la cuisine pendant qu'il mettait ses amis au courant, Pipe ne parvenait pas à décider si c'était bon ou mauvais. Il n'avait pas aimé l'expression émue de Cora, surtout lorsqu'elle avait parlé à Robert, mais les autres femmes avaient l'air assez détendues. On aurait dit qu'elles étaient contentes d'avoir rencontré Cora. Il aurait pu la prévenir de ce qui arriverait. Il l'avait fait, en réalité. Mais vu son passé, il n'était pas surpris qu'elle ait besoin de voir par elle-même que les autres femmes ne tourneraient pas le dos à l'inconnue qu'elle était.

Certes, il avait été un peu inquiet au début, parce qu'Alaska avait parlé à Cora, puis elle l'avait laissée seule au milieu de la pièce pendant qu'elle allait s'asseoir avec Henley et Reese, mais après que Ryan avait emmené Cora dans la cuisine, elles n'avaient pas tardé à les suivre.

Il avait voulu aller voir pour s'assurer que tout allait bien, mais il devait convaincre ses amis de l'aider. Ils s'étaient enfermés dans la salle de conférence, et il n'avait pas fallu longtemps à Pipe pour comprendre que Cora devait partager elle-même les détails en sa possession. Ses amis seraient en mesure d'entendre et de voir son inquiétude pour Lara. Il n'avait pas pu refuser son aide à Cora, et Pipe était absolument certain que les autres ne le pourraient pas non plus, une fois qu'ils auraient entendu sa version de l'histoire.

Pipe et ses amis n'étaient pas des mercenaires. Ils n'avaient pas créé le Refuge pour qu'il leur serve de couverture afin de continuer à agir comme s'ils étaient encore dans l'armée. Mais ils avaient certaines compétences, c'était indéniable. Ils les avaient utilisées pour rechercher Jasna et courir après Reese. Owl et Stone étaient montés dans un hélicoptère – ce qu'ils n'avaient pas fait depuis des années – pour empêcher que Reese ne soit emmenée de l'autre côté de la frontière.

Et pour être honnête, l'utilisation de ses propres compétences dans le but de sauver une femme innocente d'une situation abusive le tentait énormément, possédait un attrait auquel il ne s'attendait pas. S'il pouvait utiliser ce qu'il avait appris pendant des années en traquant et en tuant de sales types pour aider une civile, ce qu'il avait accompli en service en vaudrait... davantage la peine.

Pipe suivit Cora dans la salle de conférence et lui indiqua une chaise. Elle s'assit et Pipe prit place à côté d'elle.

Brick se racla la gorge.

— C'est un plaisir de te rencontrer, Cora – ça ne te dérange pas que je te tutoie ? – même si j'aurais aimé que ce ne soit dans d'autres circonstances.

Elle acquiesça.

— Pareil pour moi. Avant de commencer, je voudrais dire que je suis très impressionnée par ce que vous avez fait ici. Le monde a besoin de plus d'endroits comme le Refuge. Des endroits où les gens peuvent aller sans craindre d'être mal vus s'ils ont des réminiscences traumatiques. Où ils seront entourés d'autres personnes capables de comprendre leur vécu.

— Merci. Et je suis d'accord. Alors… tu penses que ton amie Lara est retenue contre son gré ? demanda Brick, sans tourner davantage autour du pot.

Pipe grimaça mentalement. La façon dont son ami avait formulé sa question montrait clairement que Cora avait un combat difficile à mener pour que les autres la croient.

Mais au lieu de l'intimider, la question de Brick parut décupler sa détermination à les convaincre. Elle se redressa, les épaules contractées une fois de plus.

— Je ne le « pense » pas. Je le sais. Écoutez, j'ai compris : Lara est une adulte. Elle a le droit de traverser le pays avec qui elle veut. Et si je la pensais vraiment en sécurité et heureuse, je ne dirais rien. Seulement ce n'est pas le cas. Je n'ai aucun doute là-dessus.

— Sur quoi s'appuie ta certitude ? demanda Tiny.

À la surprise de Pipe, au lieu de répondre directement à la question, Cora entreprit de raconter une histoire.

— À dix-sept ans, j'ai été expulsée d'une énième famille d'accueil. Pas à cause de quelque chose que j'aurais fait, mais leur fils de vingt-huit ans devait revenir habiter là, parce qu'il avait été licencié, et il tenait à récupérer son ancienne chambre. Le couple qui m'accueillait n'a pas hésité une seconde. Du jour au lendemain, j'étais de retour aux services sociaux avec mes affaires dans une vieille valise en lambeaux. J'étais gênée et frustrée. Je n'ai parlé de ma situation à personne à l'école, mais Lara a bien vu que quelque chose n'allait pas. Elle a fini par me faire avouer que je me retrouvais une fois de plus sans endroit où vivre. Et comme j'étais sur le point de sortir du système, la situation était encore pire. Ce n'était pas comme si on s'est pressé pour m'accueillir pendant les cinq mois qui me restaient avant ma majorité. J'étais prête à quitter l'école. J'avais perdu tout respect pour les adultes en général. Je n'étais pas très heureuse, j'avais beaucoup de ressentiment et d'amertume en moi. Mais Lara a parlé à ses parents et ils ont accepté que je reste chez eux jusqu'à ce que j'obtienne mon diplôme de fin d'études secondaires. Elle m'a sauvé la vie. J'en suis totalement convaincue. Et ça n'a pas été la seule fois. Chaque fois que j'ai eu des soucis, besoin d'un endroit où rester, d'une amie, elle a été là sans hésiter.

— Elle me donne l'impression d'avoir été une amie géniale... mais ce n'est pas la question que nous nous posons ici, objecta doucement Spike.

Cora prit une profonde inspiration.

— Je suis désolée, je sais. J'essaie juste de vous montrer à quel point on est proches. Lara et moi, on partage tout. Tout. Je sais quand elle est triste, quand elle est heureuse, quand elle est en colère, ce qui n'arrive pas souvent. Je sais ce que cette femme mange tous les soirs. Elle est aussi incroyablement fiable et consciencieuse. Il est impossible qu'elle ait décidé de déménager en Arizona sans prévenir son travail des semaines à l'avance et sans m'en parler d'abord. Elle aurait fait une liste des avantages et des inconvénients, donné un préavis d'au moins un mois à son travail et m'aurait probablement demandé de déménager avec elle. Parce que c'est le genre de personne qu'elle est. Voilà jusqu'où va notre proximité. On se parlait au téléphone tous les jours. Elle m'appelait sur le chemin du travail, puis on s'envoyait des textos tout au long de la journée, et on discutait aussi le soir en rentrant à la maison. On n'a pratiquement pas passé une journée sans se parler depuis qu'on s'est rencontrées. Et maintenant, des semaines se sont écoulées, et je n'ai reçu que quelques textos et un échange vidéo qui a été « modéré » par son petit ami. Je me suis réveillée un jour et elle était partie. Oui, on s'est disputées avant qu'elle ne parte, mais Lara n'est pas rancunière. Je m'attendais à ce qu'elle m'envoie un message d'excuse dès le lendemain matin. Or elle est partie sans un mot. Ni à moi ni à personne. Selon certains, il est possible qu'elle soit tombée éperdument amoureuse et qu'elle ait décidé sur un coup de tête de déménager à l'autre bout du pays sans même en aviser ses parents, mais ces gens ne connaissent pas Lara comme moi. Quelque chose cloche. Et à chaque jour qui passe sans que je lui parle, j'en suis de plus en plus sûre.

Pipe voulait réconforter Cora, mais il avait peur de la voir s'effondrer s'il la touchait. Elle respirait rapidement et jetait des regards si féroces à ses amis que c'en était inquiétant.

Personne ne bronchant, le silence de la pièce n'était troublé que par la respiration saccadée de Cora. Puis elle prit une profonde inspiration et chassa toute émotion de sa voix.

— Avant qu'elle disparaisse, on a eu quelques conversations au sujet de Ridge. Je lui ai fait part de mes réticences. Il ne voulait rencontrer aucun de ses amis, ne semblait pas intéressé par son travail. Il était possessif, mais pas dans le bon sens du terme. Elle n'aimait pas ce que je lui disais, comme quoi j'étais jalouse et amère. Puis elle a disparu. Il l'a éloignée de Washington, de ses amis, de sa famille. C'est ce que font les personnes maltraitantes, non ? Elles privent leur victime de tous ses soutiens. Elles l'isolent.

— On a demandé à un ami très doué en informatique de se renseigner sur Ridge Michaels, lança Stone.

Cora acquiesça.

— J'espère qu'il a réussi à trouver plus d'infos que moi.

— Ridge est en fait son deuxième prénom, qu'il utilise à

l'occasion, sur les réseaux sociaux et, visiblement, dans sa vie privée. Sur le plan professionnel, il utilise son premier prénom : Peter. Il est PDG d'une société de bitcoins. Il a une sœur qui vit en France, mannequin à succès, et ses parents sont très respectés en Californie. Il a trente ans, n'a jamais été marié, pas d'enfants. Son entreprise donne des centaines de milliers de dollars à des associations caritatives chaque année, et il assiste régulièrement à des réunions politiques à la Maison Blanche. Enfin... c'est son père qui donne et permet à Michaels d'être invité aux noubas politiques.

Cora dévisagea Stone, puis se rassit en poussant un soupir incrédule.

— Comment se fait-il que je n'aie pas découvert ça lorsque j'ai fait mes recherches ? marmonna-t-elle.

— Apparemment, il sépare sa vie professionnelle de sa vie privée, répondit Brick. D'après ce qu'on a pu trouver, rien ne dit que ce type est un kidnappeur sous couverture. C'est apparemment un homme d'affaires honnête qui a l'intention de vivre avec ton amie. La famille Michaels possède un grand domaine dans la région de Phoenix et emploie au quotidien une dizaine de personnes. Il est très peu probable que tous ces gens – domestiques, cuisiniers, paysagistes, chauffeurs et gardes du corps – soient tous impliqués dans un plan infâme visant à retenir Lara en otage.

— Il n'y a pas non plus de raison pour qu'il fasse une chose pareille, ajouta Tonka. Il a eu plusieurs petites amies au fil des ans, et aucune ne lui a reproché sa violence ou de mauvais traitements.

Pipe, qui observait Cora, remarqua que sa lèvre inférieure trembla un instant avant qu'elle secoue lentement la tête.

— Je n'y crois pas, murmura-t-elle.

— Peut-être que Lara a trouvé son prince charmant,

suggéra doucement Owl. Tu as dit toi-même qu'elle était romantique.

Cora laissa échapper un petit grognement et se leva si vite que sa chaise tomba à la renverse et heurta le sol avec fracas.

— Non ! s'exclama-t-elle, serrant les poings le long du corps.

Après quoi, elle ferma les yeux et prit une profonde inspiration, destinée à lui faire recouvrer son calme.

Lorsqu'elle ouvrit les yeux quelques instants plus tard, Pipe constata qu'elle était toujours bouleversée, mais qu'elle avait repris le contrôle de ses émotions.

— Vous vous trompez. Vous avez tous tort, décréta-t-elle, avec une déception manifeste.

— À propos de quoi ? Des informations qu'on a trouvées en ligne ? demanda Brick.

— Non, elles sont probablement authentiques. Vous avez tort de penser que Lara est avec ce Ridge parce qu'elle pense avoir trouvé le grand amour. Elle a dû penser être amoureuse, je ne le conteste pas, mais elle n'est pas le genre de femme à ficher le camp sans rien dire à personne. Lara a des problèmes. Je me fiche de ce que votre ami a pu trouver en ligne. C'est peut-être un homme d'affaires irréprochable, n'empêche que Peter Ridge Michaels la retient en otage pour une raison que j'ignore. Et si je suis la seule personne à le croire, qu'il en soit ainsi. J'apprécie votre hospitalité et je pense que vous faites du bon travail ici. Je vais vous laisser tranquilles et vous pourrez continuer à faire ce que vous faites. Merci pour les services que vous avez rendus à notre pays... et au tien aussi, ajouta-t-elle en regardant Pipe.

Ses yeux étaient si pleins des larmes contenues qu'elle brisait le cœur de Pipe.

— Assieds-toi, dit Brick.

Ce n'était pas une requête.

Tournant vivement la tête vers lui, Cora resta un long moment immobile. Puis elle se pencha lentement, prit la chaise et se rassit. Elle ne s'approcha pas de la table, cependant, mais se percha sur le bord du siège, comme pour pouvoir s'enfuir à tout moment.

— Comme je l'ai dit, rien de ce qu'on a pu trouver indique qu'il retient ton amie contre son gré... mais d'après mon expérience, personne n'est aussi irréprochable que Michaels semble l'être, acheva Brick.

Pipe regarda son ami avec surprise. Au cours de la brève conversation qu'il avait eue avec les autres, personne n'avait laissé entendre qu'il remettait en cause l'image du bon gars que Tex avait pisté sur le net.

— D'après les dires de Pipe, j'ai cru comprendre que tu t'étais renseignée sur nous ? demanda Brick à Cora.

Elle acquiesça.

— Tu sais donc ce qui est arrivé à Alaska.

Elle hocha de nouveau la tête.

— Si elle n'avait pas réussi à m'appeler pendant qu'elle était en Russie, si elle n'avait pas réussi à piéger le connard qui l'avait enlevée, elle ne serait pas là. Je ne serais pas l'homme que je suis aujourd'hui. Alors... qu'est-ce que tu veux qu'on fasse exactement ?

Cora eut bien du mal à déglutir.

— Aidez-moi à la trouver. Assurez-vous qu'elle va bien.

— On a l'adresse de la propriété que la famille Michaels possède en Arizona. La retrouver ne devrait donc pas poser de problème, déclara Brick.

— On n'est pas des mercenaires dont on loue les services, ajouta Spike. Ni des gardes du corps.

— On est juste une bande d'anciens militaires qui possèdent une retraite dans les bois, expliqua Tiny. On ne peut pas vraiment traverser les frontières de l'État avec des AK47 et des lance-roquettes et prendre d'assaut sa maison, acheva-t-il avec un petit sourire.

Cora regarda ses mains et ses épaules se relâchèrent.

— Oui, je sais.

— C'est une situation délicate, poursuivit Brick. Mais pour ce que ça vaut… on pense que les choses ne sont pas tout à fait blanc-bleu.

Elle jeta un coup d'œil à Brick, où Pipe put voir briller l'espoir.

— Tu sembles avoir impressionné Pipe, et crois-moi, ce n'est pas facile. C'est par loyauté et parce que j'ai confiance en mon ami que j'accepte de t'aider.

— Merci, murmura Cora.

— Ne me remercie pas encore. Je veux bien t'accorder le bénéfice du doute, et je crois que tu connais probablement ton amie mieux que quiconque… mais comme Spike l'a dit, on n'est ni des gardes du corps, ni des mercenaires, ni des spécialistes de la sécurité. On ne va pas en Arizona à titre officiel. On fera ce qu'on pourra pour t'aider à voir Lara, mais si elle-même dit que tout va bien, on ne pourra rien faire d'autre. C'est compris ?

Cora acquiesça.

— Des volontaires pour accompagner Mme Rooney ? s'enquit Brick avec un petit sourire.

— Moi, répondit Pipe sans hésiter.

Le sourire de Brick s'élargit.

— Sans déconner.

— Moi aussi, intervint Owl.

— Si Owl y va, moi aussi, déclara Stone en haussant les épaules.

Pipe ne fut pas surpris. Les deux hommes étaient très proches. La mort à laquelle ils avaient échappé dans un accident d'hélicoptère, puis leur capture en tant qu'otages et les tortures qu'ils avaient subies avaient forgé un lien indéfectible.

— OK. Stone, je te confie la responsabilité de l'opération, déclara Brick.

Pipe fronça les sourcils. Ce n'était pas comme s'ils étaient une équipe de Forces spéciales, dont Brick serait le chef. D'un autre côté, il était la force motrice de leur présence à tous au Nouveau-Mexique.

— Tu es moins impliqué émotionnellement dans la situation que Pipe et Owl, puisqu'eux, ils ont rencontré Cora à Washington. J'attends de toi que tu sois la voix de la raison, que tu restes neutre émotionnellement. Si tu penses qu'il y a quelque chose de louche, tu nous en feras part et on décidera de la marche à suivre. Et toi, ajouta-t-il en fixant Cora du regard, ne fais rien qui puisse mettre mes amis en danger. Ou toi-même. Ou Lara, d'ailleurs. Tu veux savoir si elle va bien ? Alors c'est le plan. Parle-lui, seule si possible, et vois ce qu'elle pense vraiment. Si elle aime ce Michaels, tu vas devoir apprendre à gérer le fait qu'elle vive maintenant à l'autre bout du pays. D'accord ?

— Mais si ce n'est pas le cas ? Et si Ridge la retient prisonnière ? insista Cora.

Brick fronça les sourcils et soupira.

— On verra à ce moment-là comment l'exfiltrer.

Cora parut soulagée.

— D'accord. Mais si je peux me permettre une suggestion...

— Bien sûr, s'esclaffa Spike.

— Il serait peut-être bon que vous commenciez à réfléchir à un plan pour l'exfiltrer dès maintenant... vous savez... au cas où.

La plupart des hommes autour de la table gloussèrent.

— Ne t'inquiète pas, on le fera. Est-ce que quelqu'un t'a dit que tu étais vraiment têtue ? demanda Brick.

Elle sourit.

— Lara.

Brick opina.

— Bien. Je pense que vous pourrez partir après-demain.

— Attends, quoi ? Pourquoi pas maintenant ? s'indigna Cora, sans plus aucune trace d'humour.

— Parce qu'on doit se préparer, expliqua Stone. Il nous faut le plan du domaine, déterminer le meilleur schéma d'action. On a besoin de plus d'informations.

Cora soupira de frustration. Il était évident qu'elle n'était pas satisfaite de ce retard, mais elle semblait comprendre qu'elle avait obtenu ce qu'elle voulait, à savoir leur aide, et que si elle insistait trop, elle risquait de tout perdre.

— On va voir si Tex peut nous fournir des images satellites du domaine et un calendrier des allées et venues des personnes qui y travaillent. Peut-être qu'on aura de la chance, qu'on établira la routine de Michaels, ou qu'on verra Lara sortir se promener, développa Tonka.

Il était resté silencieux, la plupart du temps, mais ça n'avait rien d'inhabituel pour lui.

— J'aimerais bien savoir si Lara va prendre un café, se rend à la salle de sport, fait du yoga tous les matins ou quelque chose du genre, pour qu'on puisse l'attraper loin de la propriété, déclara Stone.

Cora renifla.

— Elle déteste le café et elle est allergique à la musculation.

— Oui, naturellement, lâcha Stone avec un sourire.

Pipe n'avait pas dit grand-chose pendant la discussion, mais il était désormais incapable de se taire.

— On va aller au fond des choses, Cora, lui promit-il.

Elle se tourna vers lui. Il vit l'inquiétude dans ses yeux, mais elle se contenta de hocher la tête. Le respect qu'il avait pour elle augmenta. Ce qu'ils faisaient n'était pas vraiment dangereux, du moins il ne le pensait pas, mais elle devrait contrôler ses émotions si elle voulait que Lara lui parle. Ce ne serait pas une mince affaire pour Cora. Il en était certain.

— OK, donc... Cora, ça ne te dérange pas de loger chez Pipe ? demanda Tiny. Il a dit qu'il t'offrait sa chambre d'amis pendant ton séjour ici. On te proposerait bien l'un des chalets, mais on est complet.

— C'est très bien. Je n'ai pas les moyens de me payer vos chalets de toute façon, avoua-t-elle avec un petit sourire.

— Ce n'est pas ce que j'ai entendu dire, répliqua Spike en souriant. Il m'a semblé entendre que tu avais six mille dollars à ta disposition.

— Oh, mais c'est pour vous payer, vous, déclara-t-elle avec le plus grand sérieux. C'est dans mon sac, que j'ai laissé dans la voiture. Je peux aller le chercher maintenant et...

— Non, l'interrompit Brick. Tu n'as pas entendu Spike quand il a dit qu'on n'était pas des mercenaires payés ou des gardes du corps ?

— Si, mais...

— Il n'y a pas de mais. On ne veut pas de ton argent. Fin de la discussion.

— Surtout pas après qu'on a appris que tu avais vendu toutes tes affaires pour te le procurer, ajouta Tonka.

— Y a-t-il une chance que tu puisses tout récupérer, d'ailleurs ? demanda Spike.

— Ou acheter des choses mieux, nuança Stone, avant de rougir. Enfin, je ne sais pas ce que tu avais, donc c'était peut-être stupide de dire ça.

— Attends, tu as la somme en liquide ? Tu ne devrais pas te trimballer avec autant d'argent sur toi, la gronda Owl.

— On peut l'échanger contre un chèque de banque, proposa Brick.

Le regard de Cora passait d'un gars à l'autre. Elle paraissait un peu choquée par la sollicitude dont elle faisait l'objet, et cela mettait Pipe en rogne. Personne ne devrait s'étonner à ce point de la gentillesse des gens.

— J'en aurai besoin pour nous ramener, Lara et moi, à Washington, quand je l'aurai éloignée de ce connard, lâcha finalement Cora.

Pipe ne put s'empêcher de sourire. Elle était vraiment sûre de pouvoir convaincre son amie de rentrer à Washington. Il espérait juste que ce serait aussi facile qu'elle le souhaitait.

— Non, ce n'est pas toi qui t'en chargeras, la détrompa-t-il. Ce sera moi.

— Tu ne peux pas faire ça, protesta-t-elle.

— Bien sûr que si, et je le ferai. Considère que cela fait partie du marché pour m'avoir remporté aux enchères, puisque tu n'as jamais eu ton dîner de luxe.

— Mais je ne t'ai pas gagné, dit-elle en fronçant les sourcils.

— Ah bon ? feignit-il de s'étonner.

Elle le fixa un long moment, et Pipe eut l'impression qu'ils étaient les deux seules personnes au monde. À cet instant, il aurait donné n'importe quoi pour connaître ses pensées.

Il était sûr à quatre-vingt-dix-neuf pour cent qu'elle ne se jouait pas de lui et de ses amis... mais si c'était le cas ? Et si son appartement vide, la robe et les chaussures bon marché qu'elle avait portées à la vente aux enchères et même sa confrontation désagréable avec Eleanor... faisaient en réalité partie d'un plan soigneusement élaboré ?

Mais à peine cette idée surgit-elle dans son cerveau que

Pipe la rejeta. Les émotions de Cora étaient trop réelles. Même bonne actrice, elle ne pouvait pas tout simuler. De plus, il n'arrivait pas à trouver une seule bonne raison pour qu'elle mente à propos de son amie. Si elle voulait se rendre en Arizona pour une raison ou une autre, il y avait des centaines de façons plus simples de s'y prendre.

— Je vais vraiment envoyer des fleurs à Eleanor, murmura finalement Cora.

Brick s'éclaircit la gorge.

— Alors... Pipe, si tu veux prendre Cora et lui faire visiter les lieux, lui expliquer comment ça marche ici, Stone pourra recontacter Tex et voir ce qu'il a trouvé d'autre pour nous.

— Je peux... je peux voir Melba ? Et Chuck et sa petite amie ? demanda Cora à Tonka. Puisque je vais rester ici un jour ou deux...

Tonka sourit, ce qui réjouit Pipe. Le changement qui s'était produit chez son ami grâce à Henley était étonnant. Au lieu de se cacher dans la grange jour et nuit, Tonka cherchait à s'impliquer davantage dans la gestion du Refuge.

— Bien sûr, je suis presque sûr que Wally et Beauty seront aussi dans la grange, ajouta Tonka.

— Wally et Beauty ? s'étonna Cora.

— Tu veux dire que tes recherches de harceleuse ne sont pas allées aussi loin ? la taquina Pipe.

Cora tourna vers lui des yeux effarés.

— Pipe ! Tes amis viennent d'accepter d'aider Lara, je ne veux pas qu'ils changent d'avis.

— Je leur ai déjà dit que tu nous avais pistés, dit-il sans le moindre remords.

— Génial. Tout simplement génial, soupira Cora.

— Allez, dit-il, constatant qu'il s'amusait en fait.

Il ne se souvenait pas de la dernière fois où il avait

discuté de tout et de rien avec une femme. D'habitude, ces dames étaient soit trop nerveuses en sa présence pour parler, soit désiraient le mauvais garçon que projetait son apparence physique.

Cora se leva à nouveau et se tourna vers Brick.

— Merci, dit-elle avec ferveur. Je suis sincère. J'avais prévu d'aller moi-même à Phoenix si la vente aux enchères ne fonctionnait pas. Mais je sais qu'avec vous à mes côtés, j'ai beaucoup plus de chances de pouvoir parler à Lara et de la sortir de là.

— Si elle veut partir, lui rappela Stone.

Cora se contenta de lever les yeux au ciel.

— Elle ne demande pas mieux.

— En tout cas, tu n'as pas à nous remercier, ajouta Brick. Mais encore une fois, on n'a pas l'intention de prendre d'assaut sa maison comme s'il s'agissait d'un terroriste préparant l'assassinat du président ou quelque chose comme ça.

— Je sais, assura-t-elle.

Pipe ne savait pas si elle concédait ce point simplement pour être aimable ou si elle pensait vraiment que Ridge Michaels préparait quelque chose de sinistre derrière les murs de son domaine. Quoi qu'il en soit, ils devraient connaître la réponse dans les prochains jours. En attendant, il était impatient d'emmener Cora visiter le Refuge. Il en était aussi fier que le reste de ses amis. Ils avaient travaillé dur pour en faire ce qu'il était aujourd'hui.

Cora se dirigea vers la sortie, Pipe sur ses talons. Au sortir de la pièce, ils trouvèrent Alaska assise derrière la réception, en train d'enregistrer un client. Elle les regarda et sourit à Cora et Pipe, avant de reporter son attention sur la femme en face d'elle.

Pipe se promit de parler à Brick du fait que Cora avait

envoyé des courriels et appelé, sans jamais recevoir de réponse. Mais il avait d'abord son tour guidé à faire.

— J'apporte son sac dans ton chalet, leur indiqua Owl en passant devant eux.

— Merci, répondit Pipe.

— On peut voir d'abord la grange ? demanda Cora.

Et pour la première fois, Pipe vit la femme qu'elle était probablement au quotidien. Le fait que ses amis et lui aient déclaré qu'ils l'aideraient la rendait plus détendue qu'elle ne l'avait été depuis qu'il la connaissait. Et il devait admettre qu'il aimait beaucoup la Cora décontractée. Non qu'il n'apprécie pas l'autre Cora. Car son entêtement, sa loyauté envers son amie, la façade de femme féroce, indifférente au jugement d'autrui, qu'elle montrait au monde... tout cela faisait d'elle une personnalité que Pipe brûlait de mieux connaître.

Bien qu'il ait hâte d'arriver à Phoenix et de s'enquérir de Lara, il ne pouvait nier qu'il se réjouissait de la journée qu'il aurait à sa disposition pour faire connaissance de Cora en attendant.

— Loin de moi l'idée de m'interposer entre une femme et la vache qu'elle souhaite rencontrer. Un jour ou l'autre, les gens ne voudront plus venir au Refuge pour autre chose que les animaux.

Cora gloussa, et ce son toucha Pipe en plein cœur. C'était un grelot insouciant, qu'on ne devait pas souvent entendre monter de sa gorge.

Il lui ouvrit la porte du pavillon et, lorsqu'ils commencèrent à marcher vers la grange, Pipe fut choqué de sentir Cora lui prendre la main. Baissant les yeux, il vit ses doigts tatoués entrelacés aux siens et, une fois de plus, son cœur tressaillit dans sa poitrine.

— Merci, murmura Cora en serrant ses doigts.

Ce fut à ce moment-là que Pipe comprit. En cet instant, Cora était tout aussi inquiète pour Lara qu'elle l'avait été au milieu de la discussion dans la salle de conférence. Mais elle baissait sa garde, laissait transparaître à nouveau sa vulnérabilité, ce qui était génial : une autre preuve de confiance.

— On va faire toute la lumière sur ce qui se passe, la rassura-t-il.

— Je sais. J'espère juste que les autres et toi, vous n'aurez pas à utiliser vos compétences militaires super secrètes dans le processus.

Pipe espérait la même chose. Mais il commençait à se rendre compte que s'il devait recourir à certaines des choses qu'il avait apprises au fil des ans, afin d'assurer la sécurité de cette femme et de son amie, il n'aurait absolument aucun regret.

Spike avait raison, ils n'étaient pas des mercenaires, ils n'étaient pas des tueurs à gages ni des gardes du corps, mais lorsqu'il s'agissait de protéger Cora, Pipe soupçonnait qu'il ferait tout ce qu'il faudrait... et au diable les conséquences.

10

Il était frustrant de ne pas partir immédiatement pour Phoenix, mais Cora comprenait que ces hommes devaient obtenir autant d'informations que possible avant de se lancer dans ce qu'elle considérait au fond comme une bataille. Ils ne pensaient peut-être pas que Lara était en danger, ou que Ridge Michaels la retenait contre son gré, mais elle savait que si. Elle espérait simplement qu'ils seraient prêts à affronter ce qui les attendait derrière les portes de la prison où Lara était détenue. C'était peut-être une propriété luxueuse avec une dizaine d'employés rémunérés aux petits soins pour Ridge, mais c'était quand même une prison.

En attendant, elle était impatiente de découvrir l'endroit sur lequel elle avait lu et fait des recherches approfondies. La rencontre avec Melba avait été un moment fort. Et les chèvres étaient tout aussi hystériques que l'affirmaient de nombreux clients. Dès leur rencontre, elles avaient cherché à mordiller son pantalon.

Les chiens de Tonka, Wally et Beauty, étaient bien élevés et pourtant pourris gâtés. Il était amusant de voir le grand méchant Tonka porter Beauty comme si elle était une petite princesse... ce qu'elle était en quelque sorte. Les chats de la grange étaient sympathiques, et Cora avait même rencontré Mutt, le chien à trois pattes de Brick.

Mais c'était Chuck qui la ravissait le plus. L'écureuil à qui il manquait deux pattes vivait avec sa copine écureuil dans un petit logement que Tonka lui avait construit contre un arbre derrière la grange. À sa grande surprise, après s'être assise avec une poignée de cacahuètes, elle avait vu le petit rongeur s'approcher et s'asseoir en face d'elle pendant qu'il mangeait.

— Il t'aime bien, constata doucement Pipe à sa droite.

Il n'avait pas dit grand-chose lorsqu'elle avait rencontré les autres animaux du Refuge. Maintenant, assis à côté d'elle, il se contentait d'observer sa fascination pour le petit animal.

— J'ai tendance à mieux m'entendre avec les animaux qu'avec les gens, lâcha Cora, tandis que Chuck lui donnait un petit coup de museau pour qu'elle lui donne d'autres cacahuètes.

Il était adorable de voir comment il en fourrait une dans sa bouche, puis en emportait une autre dans la petite cabane en bois que Tonka lui avait fabriquée. Il était un peu triste, se dit Cora, de voir que ce petit écureuil s'occupait mieux de sa compagne qu'un homme ne s'était jamais occupé d'elle.

— C'est parce qu'ils savent que tu ne leur feras pas de mal.

— Ils ne peuvent pas le savoir, protesta-t-elle en le regardant.

Pipe était assis, les pieds à plat sur le sol, les bras enroulés autour de ses genoux repliés et, au lieu de regarder Chuck, il la regardait fixement, elle.

Gênée, Cora se retourna vers l'écureuil.

— Ils le sentent, déclara Pipe.

Ils restèrent sans rien dire pendant quelques secondes, avant que Cora ne lâche :

— Tes amis ne me croient pas vraiment.

Elle grimaça en sortant cette déclaration brutale. Même si c'était vrai, elle n'aurait probablement pas dû mettre le sujet sur le tapis.

Pipe se contenta de hausser les épaules.

— C'est un territoire inconnu pour nous. Quand Alaska était en difficulté, Jasna et Reese aussi, il était évident qu'on ferait ce qu'il faudrait pour les aider. Personne ne s'en prend à nos proches. Mais on ne connaît pas Lara. Il est plus difficile de se faire une idée de la situation quand on a affaire à des inconnus.

Cora acquiesça. Elle comprenait. Tout à fait. Et elle respectait d'autant plus Pipe pour son honnêteté.

— Et les choses pourraient devenir bizarres très rapidement si on se précipite pour aider ton amie… et qu'il s'avère qu'elle n'a pas besoin d'aide.

— C'est vrai, ne put s'empêcher d'admettre Cora en se retournant pour le regarder une fois de plus et ajouter, en le voyant tiquer : Écoute, je sais que cette situation est un vrai merdier. Tes amis et toi, vous me faites confiance quand je dis qu'elle n'est pas là de son plein gré. Vous ne me connaissez pas, vous ne connaissez pas Lara, et comme vous l'avez dit, vous risquez beaucoup en m'accompagnant en Arizona. Au mieux, vous mettez vos réputations en danger, et au pire, vous serez blessés dans le processus.

Pipe souffla, et Cora ne put s'empêcher de sourire devant cette manifestation de mécontentement.

— Personne ne sera blessé, déclara-t-il.

— Tu ne peux pas le savoir, répliqua-t-elle en haussant les épaules.

Le regard de Pipe se planta dans le sien avec une intensité qu'elle jugea un peu déplacée pour la situation.

— Personne ne sera blessé, insista-t-il. Tu nous as pistés, mais tu as manqué la partie où on énumère toutes nos réussites et les médailles qu'on a gagnées ?

Cora fronça les sourcils.

— Vous avez gagné des médailles ? demanda-t-elle.

Pipe s'esclaffa.

— Je ne peux pas te le révéler. C'est top secret. Tout ce que je dis, c'est que lorsque tu as jeté ton dévolu sur mes amis et moi, tu as eu le nez creux. Il ne sera pas difficile pour nous de savoir si Lara est là-bas de son plein gré ou non.

— Vraiment ?

— Vraiment, confirma-t-il avec assurance.

— Michaels ne va pas être content.

— Ça m'étonnerait, en effet.

Cora reporta son attention sur Chuck, qui avait fourré quatre cacahuètes dans sa bouche et tentait désespérément d'en ajouter une cinquième.

— Je ne sais pas à quoi je m'attendais en allant à cette vente aux enchères, mais certainement pas ça.

— Ça ? voulut-il lui faire préciser.

— Me retrouver ici au Refuge, en train de nourrir Chuck, si immensément reconnaissante que tu aies accepté de m'écouter que je ne peux même pas l'exprimer par des mots.

— J'ai envie de dire quelque chose, mais je ne sais pas si je le dois, déclara Pipe.

Cora se tourna vers lui : il ne l'avait pas quittée du regard.

— Vas-y, je t'en prie.

Il se passa la langue sur les lèvres, ce qui détourna un instant l'attention de Cora. C'était vraiment un bel homme. Elle n'avait jamais été avec un homme doté d'une barbe aussi fournie que celle de Pipe, mais elle avait soudain envie de savoir ce que cela faisait de l'embrasser. De sentir cette barbe sur son visage. Elle avait été impressionnée par tout ce qu'elle avait lu sur lui, mais le rencontrer en personne ? Maintenant qu'elle avait constaté par elle-même qu'il était poli, protecteur, attentif et déterminé à l'aider, elle, une inconnue, son estime pour lui n'avait fait qu'augmenter.

— Je ne veux pas de ta gratitude, déclara Pipe.

Cora tiqua.

— Comment ça ?

— Dans la salle de bal, quand j'ai entendu cette salope te dire ces choses horribles, ça m'a déplu. J'ai décidé de te raccompagner chez toi pour me déculpabiliser de l'avoir laissée remporter l'enchère, au lieu de toi. Ce qui, je le sais, n'a absolument aucun sens. Je n'avais aucun contrôle là-dessus. Mais je me suis quand même senti mal. Et d'une manière ou d'une autre, entre le moment où on a quitté la vente aux enchères et celui où on est arrivés au restaurant, ma perception de toi ça a changé.

Cora retint son souffle en regardant Pipe. Il poursuivit :

— Tu es la femme la plus pragmatique et la plus ouverte que j'ai jamais rencontrée. Tu n'as pas sourcillé devant mon physique. Et ne va pas t'imaginer que je n'ai pas vu la façon dont tu t'es rapprochée de moi lorsqu'on est entrés dans ce restaurant, à Washington, comme si tu voulais me protéger des regards suspicieux de l'hôtesse. Tu me réponds comme aucune autre femme ne l'a fait, en réalité. Les autres flirtent avec moi parce qu'elles pensent que je suis un mauvais garçon et qu'elles recherchent le frisson, ou bien elles ont un mouvement de recul et traversent la rue pour ne pas avoir à me croiser sur le trottoir. J'ai appris au fil des ans que l'apparence d'une personne ne signifie rien quand il s'agit de savoir qui elle est vraiment. Regarde Eleanor. Elle est magnifique. Elle pourrait être mannequin et l'a probablement déjà été. Elle est proche de ce que la société considère comme un idéal de beauté. Mais elle est pourrie jusqu'à la moelle. Tout ce qui l'intéresse, c'est elle-même, et elle marchera sur n'importe qui pour attirer l'attention et être sous les feux de la rampe. Et tu es tellement loin de ça que ce n'est même pas drôle. Je ne voulais pas dire ça méchamment, s'empressa-t-il d'ajouter en voyant Cora grimacer. Et si tu penses que je dis que tu n'es pas jolie, tu te trompes.

Incapable de s'en empêcher, Cora éclata de rire.

— Je suis sérieux, insista-t-il.

— Pipe, je suis petite et ronde. J'ai des cheveux brun terne et des yeux marron tout aussi ternes. Il n'y a rien de remarquable chez moi.

— Tu te trompes. Quiconque prend le temps de te regarder voit la même chose que moi. Ta lumière intérieure est si brillante qu'elle brûle. Malgré les hautes murailles que tu as érigées autour de toi, j'ai vu ce qui se passe quand on les franchit. Des gens comme Lara. Tu ferais n'importe quoi pour elle. Ce genre d'amour et de dévotion est quelque chose que les gens expérimentent rarement. Ton amie est sacrément chanceuse de t'avoir, Cora. Et à mes yeux, ça ne te rend pas seulement jolie, ça te rend belle, putain.

À sa grande surprise, elle sentit des larmes lui monter aux yeux. Bon sang, elle n'était généralement pas aussi prompte à pleurer, mais plus d'une fois depuis qu'elle avait rencontré Pipe, elle avait eu l'impression d'être à deux doigts de sangloter. Elle cilla, pour tenter de refouler cette humidité malencontreuse, et se détourna du regard perçant de Pipe.

— C'est trop ? demanda-t-il.

Percevant l'humour dans sa voix, elle acquiesça.

— Je vais arrêter alors. Tu es sûre de vouloir rester avec moi ce soir ? Je peux te trouver un hôtel à Los Alamos si tu n'es pas à l'aise ici.

Cora le regarda avec incrédulité.

— Et renoncer à une chance de séjourner au Refuge ? Pas question !

Pipe s'esclaffa.

— D'accord.

— Tu ne veux peut-être pas de ma gratitude, reprit-elle, mais tu l'as quand même. J'ai dû travailler dur pour obtenir tout ce que j'ai eu de bon dans ma vie, et sans que je sache pourquoi, tu n'as rien exigé de moi pour me fournir ton aide. Je ne me l'explique pas vraiment, mais je suis très reconnaissante que tu m'aides à trouver Lara.

— Si tu pouvais avoir tout ce que tu veux, sans que l'argent soit un problème, qu'est-ce que ce serait ? demanda Pipe.

Fronçant les sourcils, faute de saisir le rapport entre cette question et les remerciements qu'elle venait de lui faire, mais acceptant de changer de sujet, Cora réfléchit un instant. Puis elle répondit d'une voix douce :

— Une famille.

Pipe l'encouragea à continuer, d'un petit raclement de gorge.

— C'est tout ce que j'ai toujours voulu. Enfant, je pensais que si j'étais plus jolie, plus mignonne, plus gentille, plus silencieuse, plus extravertie, moins extravertie, plus soignée... choisis toi-même ce que j'essayais d'être, je me disais que cela me permettrait peut-être d'être adoptée. Ça n'a jamais fonctionné. Famille après famille, on m'a rendue à l'État. Personne ne voulait me garder, et je n'ai jamais compris pourquoi. Plus j'étais rejetée, plus j'essayais... Jusqu'à ce que j'arrête complètement d'essayer. Lorsque je suis sortie du système, j'ai cherché un homme qui me donnerait ce que je voulais... L'échec a été encore plus cuisant. Encore une fois, je ne sais pas trop pourquoi. Je suppose que je suis trop... moi. Je n'aime pas recourir aux vêtements et au maquillage pour paraître ce que je ne suis pas. Je ne suis pas prête à mentir pour flatter l'ego d'un homme. Je suis trop franche, trop effrontée. Alors, qu'est-ce que je veux ? Une famille à moi. Des enfants que je pourrai aimer, qui ne passeront jamais un seul jour sans savoir qu'ils sont la chose la plus importante de ma vie. Je veux avoir un enfant biologique, si possible, ce qui devient de plus en plus improbable, vu mon âge, mais je tiens aussi à en adopter. Peut-être trouver un enfant plus âgé qui aura été renvoyé plusieurs fois, pour lui donner un foyer définitif.

— N'y vois pas un jugement... mais il y a une raison pour laquelle tu n'as pas encore adopté ? demanda Pipe.

Cora ricana.

— J'ai eu du mal à prendre soin de moi. J'ai fini sur le canapé de Lara trop de fois pour pouvoir les compter. Si j'avais eu un enfant avec moi, ça aurait été horrible. Et puis... tu sais à quel point il est difficile d'adopter dans ce pays ?

— Non.

Elle se tourna vers lui pour voir s'il se moquait d'elle, mais à l'expression de son visage, elle comprit qu'il était tout à fait sérieux.

— Incroyablement difficile, répondit-elle. Adopter un enfant serait totalement impossible pour moi. C'est trop cher et, en tant que célibataire à faible revenu, je ne serais pas choisie de toute façon. C'est un peu plus facile d'adopter un enfant plus âgé, mais même ainsi, il faut beaucoup d'argent, et je suis toujours en bas de la liste des personnes à qui l'État voudrait confier un enfant, soupira-t-elle.

Une minute ou deux s'écoulèrent avant que Pipe ne reprenne la parole.

— C'est tout ? Si l'argent n'était pas un problème, c'est ce que tu choisirais ? Une famille ? Pas un manoir, un yacht, un million de dollars en banque ?

Cora secoua la tête.

— Ces choses-là ne durent pas. Mais si je pouvais donner un foyer à un enfant ? Lui faire savoir chaque jour qu'il est aimé, en sécurité et libre d'être ce qu'il est, quoiqu'il arrive ? C'est ça que je voudrais.

En réponse, Pipe s'empara de sa main libre, celle qui ne tendait pas de cacahuètes à Chuck.

Étonnamment, Cora se sentait assez calme. D'ordinaire, parler de son absence de famille, de quelqu'un dans sa vie, autre que Lara, la déprimait. Elle sombrait dans un désespoir dont elle avait du mal à se défaire. Mais curieusement, en sentant que Pipe l'écoutait vraiment, elle ne sombrait pas dans cette spirale du désespoir. Le Refuge était vraiment un endroit magique.

— Et toi ? demanda Cora après une minute de silence. Qu'est-ce que tu souhaiterais, si l'argent n'était pas un problème ?

Comme il ne répondit pas tout de suite, elle se demanda si elle n'avait pas dépassé les bornes. Ils n'étaient pas vraiment amis... Et peut-être n'était-il pas à l'aise avec sa propre question.

Au moment où elle en était venue à se dire qu'elle devrait peut-être accepter son offre de rester en ville, il se remit à parler.

— Mon père faisait partie des forces armées britanniques. Il était souvent déployé... parce qu'il choisissait qu'il en aille ainsi. Ma mère était aimante, mais elle ne vivait pas bien l'absence de mon père. Elle s'est en quelque sorte effondrée. J'ai appris très jeune que si je voulais manger pendant les absences de mon père, je devais préparer le dîner moi-même. Je faisais la lessive, je nettoyais la maison, je m'occupais du jardin et j'allais même faire les courses. Lorsque mon père revenait, ma mère reprenait le cours normal de ses activités, en faisant comme si elle ne s'était pas reposée sur son fils de dix ans pour faire tourner la maison. Elle m'aimait, tout comme mon père, mais je n'osais pas inviter des amis à la maison, car je ne savais pas dans quel état d'esprit serait ma mère. J'ai rejoint le service dès que j'ai pu et je n'ai jamais regardé en arrière.

— Tu parles encore à tes parents ? demanda Cora avec douceur.

— Bien sûr. À l'occasion des fêtes et des anniversaires.

— Comment tu as rencontré Brick et les autres ? demanda-t-elle.

— Tu as entendu parler du gars qui a trouvé des informations sur Michaels ?

— Oui. Tex, c'est ça ?

— C'est ça. Il nous a mis en contact. Je l'ai connu après une mission qui a complètement dérapé. Il aidait une équipe de SEALs, et il a pris mon unité sous son aile jusqu'à ce qu'on puisse quitter le pays. On est restés en contact et lorsque j'ai décidé de quitter le pays, il m'a présenté à Brick. Tu connais la suite.

— Je voudrais te demander quelque chose, mais ça va peut-être de déplaire, avoua Cora.

— Tu veux savoir pourquoi j'ai quitté le service, devina Pipe.

Cora serra sa main.

— Oui, mais si tu ne veux pas en parler, je comprendrai.

— Ce n'est pas quelque chose que je partage habituellement, mais je ne sais pas pourquoi, ça ne me dérange pas de t'en parler.

Le cœur de Cora se serra. D'ordinaire, elle n'était pas le genre de femme à qui on se confiait. Peut-être parce qu'elle ne laissait jamais personne s'approcher d'elle, ou que les gens n'en avaient pas envie. Mais elle s'apercevait qu'elle avait vraiment envie de mieux connaître Pipe.

— Mon équipe et moi, on est tombés dans une embuscade pendant ce qui aurait dû être une mission de renseignement de routine. On était six. Les autres ont été éliminés un par un. Lorsque j'ai appelé des renforts, on m'a répondu qu'une intervention était exclue, afin de préserver l'équilibre délicat des relations entre la population locale et les forces armées. J'ai vu les membres de mon équipe se faire massacrer sous mes yeux. Mon propre pays les a abandonnés comme des déchets, pour des raisons politiques.

Cora inspira profondément et se tourna vers Pipe. Il regardait au loin, les yeux dans le vide. Elle redoubla la pression qu'elle exerçait sur sa main.

— On m'a tiré dessus et j'ai probablement dû m'évanouir. Quand je suis revenu à moi, des autochtones nous dépouillaient de tout notre équipement, mes coéquipiers et moi. J'ai fait semblant d'être mort, sachant que s'ils découvraient que j'étais encore en vie, j'allais passer un sale quart d'heure. Ils ont pris tout notre équipement et nos vêtements, à l'exception de nos sous-vêtements, et nous ont laissés dans les décombres du bâtiment délabré où on s'était réfugiés. J'ai attendu la tombée de la nuit, puis j'ai rampé dehors, conscient que je risquais d'être découvert à tout moment, puis achevé d'une balle dans la tête. Par un foutu miracle, j'ai réussi à atteindre la périphérie de la ville et la forêt. J'ai rampé, je me suis traîné tant bien que mal jusqu'à notre base, qui se trouvait à plus de cinq kilomètres. Lorsque j'ai raconté ce qui s'était passé à mon supérieur, il m'a tapé dans le dos, m'a dit qu'il était désolé pour la perte de mes hommes, puis m'a rappelé que mes missions étaient top secrètes. Bref, il me prévenait que si je racontais ce qui s'était passé, ma carrière était fichue. Mais ce qu'il n'avait pas compris, c'est qu'elle était déjà finie. J'en avais assez. Comment je pouvais redevenir l'homme que j'étais avant ? Le type qui croyait que ceux pour qui il travaillait avaient ses intérêts à cœur ? Ils nous avaient laissés mourir, mes hommes et moi, et sans hésiter. Et pour quelle raison ? Parce que la ville se trouvait entre notre base temporaire et l'aérodrome que nous utilisions pour le ravitaillement.

— Je suis vraiment désolée, balbutia Cora, incapable de dire quoi que ce soit d'autre.

— Cette année-là, je devais me réengager et j'ai refusé. J'ai eu du mal à m'acclimater à la vie civile, admit-il. J'ai commencé à me faire tatouer peu de temps après. La douleur de l'aiguille était la seule chose qui arrivait plus ou moins à éteindre le bruit dans ma tête. Si Tex ne m'avait pas mis en contact avec Brick et les autres, je ne sais pas ce qui me serait arrivé.

Cora se déplaça et posa la tête sur l'épaule de Pipe. Faute de trouver quoi dire, elle avait décidé de le soutenir de façon non verbale.

— Intellectuellement, je sais que ce qui est arrivé à mes coéquipiers... ce n'est pas la faute de mon pays. C'était une décision prise par un homme, ou peut-être un groupe d'hommes. Ce qu'ils ont fait ce jour-là ne reflète pas l'image de tout un pays. Mais je ne peux m'empêcher de penser que l'Angleterre m'a abandonné. J'étais heureux de partir aux États-Unis. Ne te méprends pas, il y a autant de problèmes, voire plus, avec le gouvernement des États-Unis, mais tout de même… ma vie au Nouveau-Mexique me permet de respirer. Je n'ai pas ressenti l'envie de me faire encore tatouer depuis que j'ai déménagé ici. Tu m'as demandé ce que je voudrais si l'argent n'était pas un problème, et pour répondre à ta question… rien. J'ai tout ce que je peux demander. Un groupe d'amis dont je sais, sans l'ombre d'un doute, qu'ils me soutiendront si les choses tournaient mal. Un chalet dans les bois où je me réveille chaque matin pour respirer l'air pur. Le but d'aider les autres à faire face à leurs démons. Je serais égoïste de demander plus.

Cora releva la tête et il croisa son regard.

— Tu ne veux pas de famille ?

Pipe haussa les épaules.

— J'ai l'impression que ce serait trop demander, faire pencher la balance du côté de l'avidité.

Cora lui sourit.

— Je ne pense pas que le monde fonctionne comme ça.

— Je ne veux pas prendre le risque. Mais je vais te dire une chose : si jamais je trouvais une femme qui m'aime exactement comme je suis – légèrement abîmé, effrayant aux yeux des petits enfants et les vieilles femmes – et qui accepte de vivre ici, au milieu de nulle part, sans sourciller, je me plierais en quatre pour lui donner tout ce qu'elle veut. Bijoux, vêtements de marque, enfants. Peu importe. Je lui donnerais tout.

— Et si tout ce qu'elle voulait, c'était quelqu'un qui l'aime sans condition et sans réserve ? chuchota Cora.

— Ma femme n'aurait aucun doute sur le fait que je mourrais pour elle, répondit-il simplement.

La chair de poule se propagea sur les bras de Cora. Ils avaient une conversation philosophique et hypothétique… non ? Mais d'une certaine manière, c'était plus que cela.

C'était presque effrayant de voir à quel point elle se

sentait en phase avec Pipe. Ils étaient deux personnes aux antipodes l'une de l'autre. Élevées de manière totalement différente, avec des expériences opposées... et pourtant, elle ne s'était jamais sentie aussi proche de quelqu'un que de Pipe à cet instant précis. Même de Lara.

— Je pense qu'elle préférerait que tu vives pour elle, chuchota Cora.

— Oui, convint Pipe avant de prendre une grande inspiration. On continue la visite ?

— Bien sûr.

Même si elle avait hâte de voir le reste du Refuge, elle voulait surtout passer plus de temps avec Pipe.

Il se leva en la tenant toujours, pour l'aider à se relever. Puis il plaça sa main dans le creux de son dos et la conduisit à travers la grange. Il faisait souvent ce geste et, alors qu'elle n'avait jamais aimé le contact des inconnus, elle se sentait plus en sécurité lorsque Pipe avait une main sur elle.

Elle jeta un coup d'œil sur lui pendant qu'ils marchaient et remarqua à quel point il était alerte. Ses yeux balayaient constamment son environnement, comme s'il s'attendait à voir surgir un intrus de derrière une botte de foin ou autre. Mais maintenant qu'il s'était ouvert et qu'il lui avait expliqué pourquoi il avait quitté l'armée, elle comprenait un peu mieux.

Et au lieu de lui donner l'impression qu'il était un peu paranoïaque, ce comportement... la rassurait. Il avait fait la même chose à Washington, la tête constamment en mouvement, à l'affut des ennuis. C'était une attitude qu'elle adoptait en permanence elle-même, mais cela lui faisait du bien de l'avoir en alerte aussi. Avec lui sur ses gardes, Cora avait l'impression de pouvoir laisser tomber le bouclier qu'elle avait toujours dressé. Rien ni personne ne lui ferait de mal si elle était accompagnée de Pipe. Elle n'avait aucun doute là-dessus.

— Viens, je vais te montrer les chalets de nos hôtes, ceux des propriétaires, et si tu es d'accord, je t'emmènerai peut-être faire une petite randonnée.

— Ooooh, tu me montreras le Rocher-Table ?

Pipe gloussa tout en la dévisageant.

— Harceleuse, la taquina-t-il.

— Eh oui, concéda-t-elle en souriant.

Elle avait vu les belles photos que de précédents hôtes avaient postées, montrant les sites remarquables du domaine, en mentionnant toujours le Refuge. Et elle avait hâte de voir le Rocher-Table de ses propres yeux.

Une petite partie d'elle se sentait encore coupable de s'amuser pendant que Lara traversait un épisode doulou-reux, mais le jour n'allait plus tarder où elle sauverait son amie. En attendant, Cora allait s'imprégner de tout le bon karma que cet endroit avait à lui offrir.

11

———

Cora était attablée avec le personnel et les invités du Refuge, ce soir-là, à savourer les plats délicieux de Robert en réfléchissant à sa journée. Elle était encore plus impressionnée par cet endroit qu'auparavant, et ce n'était pas peu dire, car elle avait déjà été fascinée par ce qu'elle avait vu en ligne.

Le Refuge était vraiment un endroit où les gens pouvaient venir se détendre. Pour s'éloigner des démons qui parasitaient leur tête et leur vie. Le Rocher-Table avait dépassé toutes ses attentes. Elle imaginait à quoi il ressemblerait lorsqu'il y aurait des feuilles sur les arbres, en été ou en automne. Mais même avec les branches dénudées, la vue lui avait coupé le souffle.

Elle était restée sur le rocher à regarder le paysage pendant au moins dix minutes, se sentant... toute petite. Elle n'avait jamais été très portée sur la nature. Ayant grandi et vécue en ville toute sa vie, elle n'avait pas vraiment passé de temps à camper ou à faire des randonnées dans les bois. Debout sur le bord de ce rocher, à regarder les kilomètres de forêt, les choses qu'elle vivait tous les jours, les contrariétés qui pouvaient la mettre de mauvaise humeur pendant des heures, lui paraissaient soudain insignifiantes.

— Tu le sens, avait murmuré Pipe à côté d'elle.

Cora n'avait pu que hocher la tête.

— Je viens ici quand les choses deviennent trop pénibles. Cela me rappelle que nous sommes là pour très peu de temps. Que la vie est éphémère. Cela me permet de me ressourcer.

Cora avait parfaitement compris.

— Tu as de la chance, dit-elle doucement. De vivre ici. C'est... c'est tellement beau que je n'arrive pas à l'exprimer.

— Oui, avait-il acquiescé.

Puis il s'était rapproché d'elle, suffisamment pour qu'elle sente la chaleur de son corps se communiquer au sien, et ils avaient contemplé la beauté qui les entourait en silence. Sa main lui avait timidement effleuré le bas du dos, une fois de plus, et Cora n'avait pu s'empêcher de se pencher vers lui.

Elle ne savait pas combien de temps ils étaient restés là, mais encore maintenant, elle sentait la chaleur de sa main dans son dos. Plus elle passait de temps avec cet homme, plus elle avait envie d'être près de lui. Comme si elle avait trouvé une partie manquante de son âme. C'était mièvre. Incroyable. Ridicule.

Et pourtant, elle ne pouvait se défaire du sentiment que Pipe était à elle.

Lara aurait adoré. Elle aurait encouragé Cora à se lancer, à ne pas avoir peur de ce qu'elle ressentait. Elle était la plus romantique des deux, celle qui voyait toujours le meilleur chez les gens. Celle qui tombait amoureuse sur un coup de tête.

Rien que d'y penser, Cora fronça les sourcils. Tandis que les autres continuaient à manger, elle se remit à s'inquiéter pour son amie. Lara s'était retrouvée dans cette situation à cause de sa naïveté. Cora avait essayé de lui dire que Ridge la mettait mal à l'aise, mais Lara n'était pas d'accord, d'où leur dispute.

Pipe finit par remarquer son silence.

— Ça va ? murmura-t-il à côté d'elle.

Cora cilla et réalisa qu'elle était si complètement perdue dans ses pensées qu'elle avait cessé de prêter attention à ce qui se passait autour d'elle depuis elle ne savait pas combien de temps.

— Oui, c'est vrai. Je m'inquiétais juste pour Lara.

— On va parler des plans demain, lui glissa Pipe. Tex est censé nous faire part des nouvelles informations qu'il a pu dénicher, et on déterminera comment contacter Lara pour savoir ce qui se passe.

Cela n'allait pas être aussi facile, Cora le savait. Elle n'allait pas pouvoir s'approcher de la porte de Ridge, frapper et repartir bras dessus bras dessous avec Lara pour aller s'acheter une crème glacée ou autre. Ridge s'était donné beaucoup de mal pour s'attacher Lara aussi rapidement. Assez vite pour qu'elle accepte de déménager en Arizona sans prévenir... si tant est qu'elle ait accepté. Comme Cora n'avait pas pu parler à son amie pour savoir exactement comment s'était passé le déménagement, elle n'était sûre de rien pour l'instant.

— D'accord, répondit-elle avec un temps de retard. J'apprécie que tu me tiennes au courant, mais cela ne fait pas disparaître mon inquiétude pour mon amie. Lara est... elle n'est pas comme moi. Elle a grandi dans un milieu protégé. Sa famille est riche, Pipe. Elle n'a jamais compris ce que c'était que d'aller au lit en ayant tellement faim qu'on a l'impression d'avoir le ventre qui se mange lui-même. Ou de s'endormir en sachant que quelqu'un est susceptible d'entrer dans ta chambre et de te toucher de manière inappropriée. Elle n'a pas eu à se demander quand elle pourrait prendre sa prochaine douche ou si elle vivrait dans une maison entièrement nouvelle d'un jour à l'autre. Et je n'ai jamais voulu qu'elle vive ce genre de choses. Jamais. Maintenant, j'ai peur que ce soit exactement ce qui se passe. Qu'elle subisse certains des traitements que j'ai endurés quand j'étais enfant... et qu'elle n'y soit pas du tout préparée.

Au lieu de répondre, Pipe se leva, puis lui prit la main pour la tirer sur ses pieds.

— On a fini. À demain matin, annonça-t-il à ses amis.

— Je serai là de bonne heure, si tu te réveilles et que tu veux de la compagnie, déclara Alaska. Il faut que je travaille un peu sur le site web et que je m'occupe de la programmation.

— Et moi aussi, je me lève toujours tôt, renchérit Henley. J'emmène Jasna à l'école, puis je me rends à mon travail à Los Alamos. Si tu as besoin de quelque chose en ville, dis-le-moi et je pourrai te le prendre avant de revenir ici autour de l'heure du déjeuner.

— Je serai en train de dormir, avoua Reese avec un sourire penaud. Je ne suis pas du matin, contrairement à ces cinglées. Et cet enfant dans mon ventre me fatigue énormément.

— Oui, bien sûr, c'est l'enfant qui t'empêche de dormir et te fatigue, plaisanta Henley.

Tout le monde s'esclaffa et Cora sourit faiblement. Ces femmes étaient adorables avec elle. Il s'agissait d'inconnues, et pourtant elles lui offraient leur aide sans hésitation. C'était un peu déconcertant, et elle avait l'impression d'attendre le retour de bâton, comme si elles allaient découvrir quelque chose qu'elles n'aimaient pas chez elle et décréter que Cora ne méritait pas qu'on se lie d'amitié avec elle.

Pipe secoua la tête, l'air amusé, puis l'entraîna vers la porte.

— Dites merci à Robert de ma part ! lança Cora alors qu'on la tirait vers l'extérieur.

— Il n'y a pas lieu de me remercier, répliqua l'intéressé qui entrait par une porte située de l'autre côté de la pièce.

Cora voulut protester, lui assurer qu'il devait absolument être remercié pour l'excellent dîner qu'il avait préparé, mais Pipe ne lui en laissa pas l'occasion. Il marchait vite, tenant fermement sa main dans la sienne, même si Cora avait le sentiment qu'il desserrerait immédiatement les doigts si elle lui donnait l'impression de vouloir être lâchée.

Mais elle n'avait aucune envie qu'il lui lâche la main. Même s'il marchait vite, il veillait à ce qu'elle soit à ses côtés. Et ses pas ne l'empêchaient pas de le suivre. Il était prévenant, observateur. Et même s'il faisait sombre dehors, et qu'elle savait la forêt alentour peuplée de bestioles, grandes et petites, qui n'auraient pas manqué de l'effrayer si elle s'était retrouvée face à l'une d'entre elles, elle se sentait en sécurité avec Pipe, comme elle l'avait toujours été. Il ne laisserait pas un ours, un élan ou un yéti la manger.

Un sourire se dessina sur ses lèvres à cette pensée. Il était difficile de croire qu'avec tout ce qui se passait, avec l'inquiétude qu'elle éprouvait pour Lara, elle soit encore en mesure de sourire.

Pipe les conduisit jusqu'à son chalet, qu'il lui avait indiqué plus tôt. Mais au lieu de se diriger vers la porte, il lui fit contourner la bâtisse. À la surprise de Cora, lorsqu'ils arrivèrent à l'arrière, à la place de la terrasse qu'elle avait imaginée, comme elle l'avait vu sur certaines des autres chalets, elle ne vit qu'un minuscule perron devant la porte arrière.

Le plus intéressant, c'était l'escalier en colimaçon, d'apparence robuste, qui se trouvait dans le coin arrière du chalet.

— Pipe ? fit Cora tandis qu'il l'entraînait vers cet escalier.

— Monte, répondit-il.

Elle voulut répliquer, mais s'exécuta et monta sur la première marche.

L'escalier étant étroit, elle s'efforça de ne pas trébucher. Parvenue au sommet, elle ne put que sursauter.

Il y avait une terrasse sur le toit.

De l'avant, la bâtisse ressemblait à tous les autres chalets qu'elle avait vus. Mais cette terrasse était... littéralement à couper le souffle.

Elle n'était pas très grande, peut-être trois mètres sur trois, mais entourée d'une solide balustrade et Pipe y avait installé deux chaises de jardin en bois. Il y avait une table basse entre les chaises et un tapis circulaire qu'elle supposa imperméable.

Pendant qu'elle inspectait l'endroit, Pipe alla appuyer sur un interrupteur sur le côté gauche de la terrasse. Des guirlandes lumineuses colorées s'allumèrent, éclairant l'espace, mais avec une lumière douce qui ne l'empêcherait pas de voir les alentours.

— Assieds-toi, ordonna Pipe. Je reviens tout de suite.

Cora se retourna pour lui demander où il allait, mais il était déjà en train de redescendre.

Trop émerveillée pour s'asseoir, elle s'approcha de la balustrade et leva les yeux. Il y avait des arbres tout autour du chalet, mais l'espace au-dessus de sa tête était complètement dégagé. La nuit était fraîche et elle poussa un cri, un véritable cri, devant un spectacle qu'elle n'avait jamais vu auparavant.

Elle fixait ce qui devait être des millions d'étoiles brillant au-dessus de sa tête.

Elle avait entendu parler de la pollution lumineuse et, intellectuellement, elle savait que regarder le ciel nocturne depuis un appartement en ville n'était pas comparable à ce qu'on était susceptible de voir dans la nature, cependant elle ne se doutait pas que la différence serait aussi immense.

Les étoiles semblaient plus brillantes. Plus proches. Plus impressionnantes. Cora ne voulait même pas cligner des yeux, de peur de manquer quelque chose.

Elle avait dû s'abîmer dans la contemplation des étoiles plus longtemps qu'elle ne le pensait, car elle sursauta en sentant un contact dans son dos.

— Désolé. C'est juste moi, murmura Pipe d'une voix grave, alors même s'il s'éloignait d'un pas, pour lui laisser de l'espace après l'avoir effrayée.

Cora se retourna et lui sourit.

— C'est... c'est incroyable, Pipe.

— Oui, convint-il. Les fauteuils sont parfaits pour observer les étoiles si tu veux t'asseoir. J'ai apporté des couvertures, car il fait un peu frais dehors.

Il faisait plus qu'un peu frais, il faisait même plutôt froid, mais Cora s'en moquait. Elle acquiesça et se dirigea vers l'un des fauteuils, où elle se laissa tomber avant de s'y adosser. Pipe avait raison, c'était une chaise idéale pour observer les étoiles, car lorsque sa tête reposait sur le dossier, elle était à un angle parfait pour regarder vers le ciel sans se tordre le cou.

Il déplia une couverture et la lui étala dessus avant de s'asseoir sur l'autre fauteuil. Ils ne parlèrent pas pendant un moment, jusqu'à ce que Cora tourne la tête. Les guirlandes qui les entouraient lui permirent de contempler l'homme à ses côtés.

À sa grande surprise, au lieu de regarder le ciel, c'était elle que Pipe observait.

— Quoi ? demanda-t-elle avec un petit froncement de sourcils.

— Ça te plaît ? demanda-t-il.

— Sans rire ! s'écria Cora. Qu'est-ce qui pourrait ne pas me plaire ?

— Le fauteuil est dur, il fait froid, il fait nuit et le ciel n'est pas aussi divertissant qu'une émission de télévision.

Cora grogna. Un vrai grognement. Elle aurait même pu en être gênée, mais elle se sentait trop impressionnée pour le moment.

— Tu sais, si quelqu'un m'avait demandé ce que j'espérais obtenir en gagnant un dîner à cette vente aux enchères, je n'aurais jamais, au grand jamais, répondu : me retrouver ici, au Refuge, assise dans le noir, à regarder un ciel étoilé comme je n'en ai littéralement jamais vu de toute ma vie, blottie sous une couverture chaude, avec un homme bien plus complexe que je ne l'aurais jamais imaginé.

Les lèvres de Pipe frémirent, et il reporta alors son attention vers le haut.

— Quand je sens que mes pensées me submergent, je viens ici et je regarde le ciel. Une fois, j'étais en mission dans le désert iranien. On était entrés en douce dans le pays et on attendait le début de la phase suivante de la mission. Il y avait un silence absolu, on n'entendait que le bruit de notre respiration et le déplacement occasionnel de quelqu'un sur le sable. Je me concentrais sur ce qui allait suivre lorsque j'ai levé les yeux. J'ai littéralement sursauté en voyant les étoiles. Là-bas, sans aucune pollution lumineuse, je n'ai jamais rien vu d'aussi beau de toute ma vie. Lorsque je suis arrivé ici, avant que nos maisons ne soient construites, j'ai beaucoup campé. Je me sentais plus à l'aise à l'extérieur, sans quatre murs autour de moi. J'ai beaucoup travaillé sur ce sentiment d'enfermement depuis, mais je savais que je voulais construire une terrasse sur mon toit. Un endroit où je pourrais aller voir les étoiles lorsque mon SSPT se manifesterait et que j'aurais besoin d'espace. J'ai dormi ici plus de fois que je ne peux le compter. La possibilité de voir les étoiles rien qu'en levant les yeux, savoir que le monde est tellement plus grand que mes problèmes... ça aide.

Cora soupira et tourna à nouveau son regard vers le haut. Elle réfléchit un instant à ce qu'il venait de dire, puis acquiesça.

— Oui, ça aide.

Dans le silence qui s'ensuivit, elle délibéra quelques minutes avec elle-même... avant de hausser mentalement les épaules. Elle avait toujours été impulsive. Elle disait des choses qu'elle n'aurait probablement pas dû dire. Faisait des choses stupides. Pourquoi en irait-il autrement ce soir ?

Alors elle se leva, la couverture toujours enroulée autour d'elle, et fit quelques pas vers le fauteuil de Pipe. Elle sentit plus qu'elle ne vit son regard fixé sur elle. Sans un mot, elle se tourna de côté et s'assit sur ses genoux.

À son grand soulagement, il ne lui demanda pas ce qu'elle faisait. Il ne la repoussa pas, non, il l'entoura de ses bras, l'autorisant silencieusement à poser la tête sur son épaule et à se blottir contre lui. Ses jambes pendaient sur le bras du fauteuil, et pour être honnête, ce n'était pas exactement la position la plus confortable, mais Pipe dégageait une agréable chaleur, et elle était contente.

— Est-ce que ça va ? murmura-t-elle au bout d'un moment.

— C'est parfait, la rassura-t-il.

En souriant, elle se détendit contre lui.

Aussi loin qu'elle s'en souvienne, Cora avait toujours gardé ses émotions pour elle, car, enfant, elle s'était aperçue qu'il ne servait à rien de pleurer. On la retirait toujours d'un foyer pour la placer dans un autre. Si elle se comportait mal, on la qualifiait de « difficile » et, une fois de plus, on la déplaçait dans un autre foyer. Si elle se disait déprimée, on l'emmenait à l'hôpital et on lui donnait des pilules. Elle avait appris qu'il était plus facile de garder pour elle ce qu'elle ressentait. Et bien que cela fasse très longtemps qu'elle n'avait pas été placée en famille d'accueil, une grande partie de ce qu'elle avait appris pendant cette période était devenue une habitude pour la vie.

Elle avait pu parler à Lara de ce qu'elle ressentait, mais c'était littéralement la seule personne à qui elle s'était ouverte depuis des années. Jusqu'à maintenant.

— J'ai peur, avoua-t-elle dans un murmure à peine audible.

Au lieu de lui dire immédiatement que tout irait bien, Pipe demanda :

— De quoi ?

— De tout, ironisa Cora.

— Explique-moi ce « tout ».

Elle soupira.

— Que Lara soit déjà partie. Je connais les statistiques... Quand les femmes disparaissent aussi longtemps, il est peu probable qu'on les retrouve vivantes.

— Je ne dis pas que ce n'est pas une possibilité..., commença Pipe avant de s'interrompre.

Même si Cora n'aimait pas ce qu'il disait, elle appréciait qu'il se montre honnête, qu'il n'essaie pas d'édulcorer la situation.

— Cela dit, reprit-il, ça ne ressemble pas à un enlèvement normal. Michaels n'a pas caché qu'il se rendait en Arizona et que Lara était avec lui. S'il voulait la blesser ou la tuer, je pense qu'il l'aurait fait à Washington. Qu'est-ce qui te fait peur encore ?

— Je ne veux pas que tes amis ou toi soyez blessés. Je vous ai convaincus de m'aider et si quelque chose arrive à l'un d'entre vous, je ne suis pas sûre de pouvoir vivre avec la culpabilité.

— Ce qui se passe à partir de maintenant n'est pas de ta responsabilité, répliqua Pipe d'un ton sévère.

Cora se contenta de hausser les épaules.

— Tu peux toujours le dire, mais ça ne m'empêchera pas d'en avoir l'impression.

— On y va en connaissance de cause. On n'est pas en train de s'imaginer qu'il nous suffira de nous présenter à la porte du manoir de ce type et de demander à parler à Lara pour que tout soit réglé. On sait que ça risque d'être plus un sacré bordel.

Aussi incroyable que cela soit, Cora sourit.

— Pourquoi ce sourire ? s'étonna Pipe.

— J'ai pensé exactement la même chose tout à l'heure, pour ce qui était d'aller frapper à la porte de Ridge et de demander à voir Lara.

Pipe resserra ses bras autour d'elle pendant plusieurs secondes. Cette étreinte lui fit du bien.

— Tu as peur de quoi d'autre ?

Cora hésita un instant à dire ce qu'elle avait sur le cœur, mais comme il faisait nuit et qu'elle se sentait plus courageuse que d'habitude, elle se lança.

— Toi.

Elle sentit tous les muscles de Pipe se raidir.

— Moi ? Tu as peur de moi ? demanda-t-il, l'air complètement choqué.

— Oui.

— Lève-toi, Cora, lâcha-t-il d'un ton étranglé.

Mais elle refusa et se pelotonna plus étroitement contre lui. Il était assez fort pour se lever alors qu'elle se trouvait sur ses genoux et l'éloigner physiquement, mais elle espérait, contre toute attente, qu'il ne le ferait pas.

— Tu me fais ressentir des choses que je n'ai jamais ressenties. Que j'ai toujours cru hors de ma portée, s'empressa-t-elle d'expliquer. Lara est une romantique. Elle voit le prince charmant à tous les coins de rue. Chaque homme qu'elle rencontre est potentiellement « le bon » pour elle. Moi, je suis tout le contraire. Je vois un monstre dans la plupart des hommes que je croise. J'ai appris à mes dépens que les gens ne sont pas ce qu'ils semblent être en apparence. Mais plus je te côtoie, plus j'ai l'impression que tu es exactement ce que tu montres au monde.

— Un taré qui s'est couvert de tatouages parce que c'était la seule façon pour lui de ressentir autre chose qu'une sorte de brouillard d'indifférence ? demanda Pipe d'un ton un peu dur.

— Tu vois, la plupart des hommes n'admettraient même pas que c'est la raison pour laquelle ils se sont fait tatouer. Ils diraient probablement qu'ils veulent avoir l'air de durs à cuire, ou qu'ils aiment les motifs ou quelque chose comme ça. Mais pas toi. Tu es plus authentique que n'importe qui d'autre. Et... près de toi, je me sens... en sécurité, admit doucement Cora. Bref, ce sont mes sentiments pour toi qui me font peur.

Peu à peu, elle sentit les muscles de Pipe se détendre et continua.

— J'apprécie ton allure. J'ai bien aimé qu'aux enchères, les gens aient un peu peur de toi. J'aurais carrément gagné mon enchère si cette garce d'Eleanor n'avait pas fait ce qu'elle fait toujours, essayé de me remettre à ce qu'elle considère comme ma place... c'est-à-dire en dessous d'elle, simplement parce qu'elle est jolie et a de l'argent.

— Tu es en sécurité avec moi, affirma Pipe.

— Je sais. Je ne serais pas ici si je n'en étais pas persuadée. Je peux t'avouer quelque chose d'autre ?

— Bien sûr.

— Je sais que je ne suis pas censée vouloir un protecteur. Je suis une femme moderne et je n'ai pas besoin d'un homme. Mais ce voyage ici m'a beaucoup ouvert les yeux. D'habitude, quand je vaque à mes occupations, certains hommes me reluquent. Ils pensent qu'ils ont le droit de dire ce qu'ils veulent, même si c'est déplacé, ou de me déshabiller du regard. Ou bien ils ne me calculent même pas. Leurs regards me traversent, comme si je n'étais pas assez importante pour qu'ils me remarquent. Mais quand je suis avec toi, personne ne me manque de respect. J'ai eu l'impression de pouvoir me détendre pour la première fois en public. C'est... je sais que ce n'est pas ce que les femmes sont censées vouloir ou penser, mais je ne peux pas m'en empêcher.

— Personne ne pensera seulement à te regarder de façon irrespectueuse quand je suis là.

— Je sais, dit Cora avec un petit signe de tête. C'est ce que je suis en train de dire.

— Je pense que la plupart des femmes se situent dans un juste milieu, entre ton amie Lara et toi. Elles ne voient pas une moitié potentielle dans chaque homme qu'elles rencontrent, mais elles ne pensent pas non plus qu'ils sont forcément là pour les coincer, dit Pipe après quelques minutes de silence.

— Je suis d'accord.

— Tu n'as pas à avoir peur de moi, Cora, déclara Pipe sur un ton qu'elle ne put interpréter. Tu n'es pas en danger avec moi. Physiquement, émotionnellement, ou de toute autre manière. Il y a quelque chose en toi que je...

Il n'acheva pas sa phrase.

— Oui, acquiesça Cora.

— Tu le sens aussi.

Ce n'était pas une question. Elle hocha la tête contre son épaule.

— Le moment n'est pas idéal, fit Pipe sur un ton dont elle perçut clairement l'humour.

— Vraiment ? Eh bien… merci à l'univers d'avoir mis sur mon chemin un type en qui je pense pouvoir avoir confiance et que j'ai envie de mieux connaître, juste au moment où tout risque de partir en sucette.

Pipe gloussa, le son vibrant contre elle. Il referma doucement l'une de ses mains sur sa nuque. Cora inclina la tête pour voir son visage. Il était tout proche. Elle sentait son souffle chaud contre sa joue, l'odeur du café qu'il avait bu au dîner dans son haleine. Son corps commença à la picoter sous la couverture. Elle ne s'était jamais sentie aussi proche d'un homme. Comme si elle voulait se fondre en lui.

— L'une des choses que j'ai apprises au fil des ans, déclara Pipe, c'est qu'il faut savoir saisir les occasions lors-qu'elles se présentent. Je ne saurais te dire combien de fois on s'est trouvés au beau milieu d'une opération intense et que, soudain, quelque chose de tout à fait inattendu s'est produit. Des enfants commencent à jouer au football, on croise une chorale qui s'entraîne et chante les plus belles chansons qui soient, quelqu'un communique au hasard des informations qui s'avèrent vitales pour sortir vivant d'une situation particulière. Dans tous les cas, lorsque j'ai suivi le courant, quand j'ai tapé dans le ballon, que je me suis arrêté pour écouter une chanson, que j'ai pris au sérieux les infor-mations que l'on nous a données, tout s'est bien passé à la fin.

— Et quand ne l'as-tu pas fait ? Quand n'as-tu pas dévié

de cap ? Que tu t'es concentré sur ce que tu étais venu faire ? demanda Cora.

— Les choses ont mal tourné, déclara Pipe, catégorique.

— Donc... tu insinues qu'on ne devrait pas ignorer ce qu'on ressent, déduisit-elle avec un petit sourire.

Elle sentit son bas-ventre se contracter lorsqu'il lui sourit à son tour.

— Exactement.

— Alors, si l'envie nous prend, on devrait se laisser tomber sur la pelouse de Ridge et s'envoyer en l'air comme des fous furieux, dit-elle en plaisantant.

Pipe éclata de rire, la tête renversée en arrière, et il rit, longuement et chaleureusement. Cora n'avait jamais été aussi excitée de sa vie. Quand il redressa la tête, elle aurait juré que ses yeux bleus scintillaient autant que les étoiles au-dessus de leurs têtes.

— On n'est peut-être pas obligés d'aller aussi loin. Mais on pourrait commencer par un baiser... Tu sais, pour tâter le terrain.

Il la caressait du pouce tout en parlant, faisant naître la chair de poule sur les bras.

— Tu crois ? demanda-t-elle dans un souffle.

— Oh, oui. Et sache-le, tu es la seule femme que j'ai amenée ici. C'est mon endroit. Là où je vais quand j'ai besoin de me détendre, de m'éloigner du monde. Mon espace de sécurité.

Le cœur de Cora se serra. Elle savait à quel point ce partage était important.

— Maintenant, c'est aussi ton espace de sécurité, ajouta-t-il.

— Non, répliqua Cora en secouant la tête. C'est toi, mon espace de sécurité. J'ai l'impression que peu importe l'endroit où on se trouve, dans un avion, dans un café ou dans le donjon d'un repaire de terroristes... je suis en sécurité avec toi.

— Bon sang, soupira Pipe. Je vais t'embrasser, là, la prévint-il.

Cora lui sourit.

— D'accord.

Mais il ne bougea pas. Il se contenta de la fixer.

— Pipe ? Je pensais que tu allais m'embrasser.

— Oui, mais je mémorise d'abord cet instant. Ce n'est pas tous les jours qu'un homme rencontre la femme qu'il veut épouser.

Ce fut au tour de Cora d'être choquée.

— Quoi ? s'écria-t-elle

— Je sais. C'est trop rapide. Mais je ne suis pas stupide. Je sais reconnaître quand la vie me fait un cadeau. Tout comme je savais que je pouvais prendre le temps de jouer avec ces enfants, ou écouter quelques chansons. J'ai quarante-deux ans. Trop vieux pour penser avec mon sexe. Mais assez vieux pour écouter le destin quand il me met la tête à l'envers.

— Je ne sais pas...

— Pas aujourd'hui. Et pas demain. Peu importe le temps que ça prendra, je vais te montrer que tu peux être toi-même avec moi, Cora. Tu peux baisser ta garde, me dire tout ce que tu ressens, en bien comme en mal. Je serai ton protecteur. Je serai tout ce dont tu as besoin.

Cora savait qu'elle aurait dû paniquer. Ce genre de choses ne lui arrivait pas. C'était le genre de situation dans laquelle Lara aurait dû se trouver. Un homme qui déclare vouloir l'épouser alors qu'il ne la connaît que depuis un jour ? Avant même d'avoir échangé un baiser avec elle ? Oui, c'était quelque chose qui arrivait à Lara, pas à elle.

Et pourtant, elle était là. Et étonnamment, plus elle digérait ce qu'il disait, plus l'idée l'enthousiasmait.

— D'accord. Mais je veux ce baiser ici. Sur ta terrasse. De nuit. Avec les guirlandes lumineuses. Seulement nous… et celui qui nous mariera. Tous les autres peuvent être dans la cour, à nous applaudir. Et je ne porterai pas de robe blanche.

Cora n'avait aucune idée d'où elle sortait tout ça, mais elle se sentait bien.

Pipe sourit.

— D'accord.

Elle lui répondit par un sourire.

— Seigneur, est-ce qu'on vient de décider le déroulement de notre cérémonie de mariage alors qu'on ne s'est même pas encore embrassés ? On pourrait ne pas s'entendre, ne pas avoir d'atomes crochus.

— Oh, on va avoir de sérieux atomes crochus, grogna Pipe.

Puis il resserra les doigts dans sa nuque et approcha son visage du sien.

Il l'embrassa comme s'il l'avait fait toute sa vie. Sans hésiter, sans tâtonner.

Cora s'ouvrit immédiatement à lui et lui passa un bras autour du cou, pour l'inciter à se rapprocher.

Et il avait raison. Il y avait une sacrée alchimie entre eux. Plus qu'elle ne l'avait jamais expérimenté avec quelqu'un d'autre. Dès que ses lèvres touchèrent les siennes, des étincelles jaillirent.

Cora pencha la tête, voulant se rapprocher. Sa langue caressait la sienne tandis qu'ils se parlaient sans mots. Il leva son autre main dont il lui prit la joue, tout en adorant sa bouche. Elle n'aurait pu décrire cela autrement. Elle se cramponna désespérément à lui, craignant de voler en mille morceaux si elle ne se raccrochait pas à lui.

Lorsqu'il releva enfin la tête, Cora se sentit presque démunie. Elle ouvrit les yeux et découvrit qu'il la fixait comme s'il ne l'avait jamais vue auparavant. Il tenait encore son visage entre ses mains, et le regard qu'il lui lançait lui donnait la sensation d'être forte et faible à la fois... et si féminine.

— Pipe ? souffla-t-elle.

— Bon sang de bonsoir, jura-t-il, ce qui la fit éclater de rire. Sérieusement, c'était... je ne sais pas ce que c'était.

— Je pense que l'on peut dire qu'on a des atomes crochus, conclut Cora.

— Oui, convint-il avant de baisser à nouveau la tête.

Cette fois, le baiser fut doux et lent, pas aussi passionné que le précédent, mais il n'en était pas moins bouleversant.

Les tétons de Cora étaient durs et dressés sous son tee-shirt, et elle sentait l'humidité entre ses jambes. Née de ce baiser, entre autres. Cela ne lui était jamais arrivé.

Et elle n'avait pas manqué l'érection de Pipe sous ses fesses. Elle eut soudain l'idée de se mettre à califourchon sur ses genoux : il suffirait alors d'une petite secousse pour qu'il soit en elle.

Mais cette pensée venait à peine de surgir dans son esprit que Pipe détacha ses lèvres des siennes pour la serrer à nouveau tendrement contre son torse, un bras autour de son dos et l'autre, lourd, sur ses genoux tandis qu'il la serrait contre lui.

— Je plaisantais, quand je parlais de le faire sur la pelouse de Ridge, mais maintenant, je me dis que ce serait une possibilité, gloussa Cora.

— On va trouver Lara, découvrir ce qui se passe, puis je te ramènerai au Refuge pour te faire l'amour ici, sur notre terrasse. Avec les étoiles au-dessus de nos têtes, lui promit Pipe.

Cora se tortilla. C'était ce qu'elle voulait. À en perdre la tête.

— On pourra apporter un radiateur ou quelque chose comme ça ? Parce que l'idée de se mettre nus dans le froid n'est pas très romantique.

Elle le sentit plus qu'elle ne l'entendit ricaner.

— Oui, mon amour, on pourra faire ça.

Rationnellement, Cora se rendait compte que Pipe ne lui déclarait pas son amour, c'était juste un mot qu'employaient les Britanniques pour s'apostropher, elle l'avait entendu assez souvent dans les séries télévisées ou lu dans les livres. Pourtant, quelque chose au fond d'elle se réjouissait de ce surnom. Toute sa vie, c'était tout ce qu'elle avait voulu. Être aimée. Et entendre ce mot des lèvres de Pipe lui donnait encore plus envie que ce soit vrai.

Ils restèrent blottis l'un contre l'autre pendant au moins trente minutes avant que le froid de l'air n'atteigne Cora. Elle frissonna, bien que collée contre Pipe et sous une couverture.

— Il est l'heure de rentrer, annonça-t-il.

Cora fit la moue.

— Mais je suis bien, là.

— Menteuse, répliqua-t-il sans colère. Tu es congelée.

— J'ai un peu froid, oui.

Il ricana et s'assit tout en la gardant dans ses bras. Comme elle l'avait pensé plus tôt, il pouvait tout à fait se lever avec elle dans ses bras. Mais au lieu de se mettre tout de suite debout, Pipe la fixa d'un regard qu'elle ne put interpréter.

Puis il ajouta :

— Le jour le plus chanceux de ma vie a été celui où j'ai

tiré la courte paille pour participer à cette vente aux enchères et où j'ai rencontré ma harceleuse.

Sans lui laisser le temps de répondre, il se leva et la remit sur pieds. Retirant la couverture, il la fit pivoter vers les escaliers.

— Je te rendrai la couverture quand tu seras redescendue. Je ne veux pas que tu trébuches dans l'escalier.

Un autre frisson la parcourut, mais pas suscité par le froid : il se montrait à nouveau protecteur. Elle descendit prudemment l'escalier en colimaçon tandis que Pipe éteignait les guirlandes lumineuses et lui emboîtait le pas. Elle leva les yeux une fois de plus et poussa un petit cri lorsqu'une étoile filante traversa le ciel.

— Mince alors, t'as vu ça ? demanda-t-elle alors que Pipe s'approchait d'elle.

— Oui.

— C'était... je n'ai pas de mots. Incroyable. Magnifique. À couper le souffle.

— J'ai plutôt l'impression que tu as beaucoup de mots, plaisanta-t-il.

Cora lui donna une petite tape sur le torse en se tournant vers lui.

— Ne te moque pas de moi. Je n'ai jamais vu d'étoile filante. Attends, c'était bien une étoile, pas une météorite sur le point de faire exploser et de décimer la terre ?

Il gloussa. Décidément, elle adorait l'entendre rire. Elle avait envie de l'entendre beaucoup plus souvent.

— C'était une étoile, la rassura-t-il. Viens, on va te mettre au chaud à l'intérieur. Il est plus tard que je ne le pensais, et on doit se lever pour discuter avec les gars demain matin.

— Pipe ? fit Cora en levant les yeux vers lui.

— Oui ?

— Ce que je ressens quand je suis près de toi n'a rien à voir avec la gratitude, mais tu vas devoir me laisser te remercier. Lara est la seule famille que j'aie jamais connue.

— Jusqu'à présent.

— Quoi ? s'étonna-t-elle en inclinant la tête.

— La seule famille que tu aies eue… jusqu'à présent. Tu m'as moi, le reste des gars, leurs femmes, et ne crois pas que je n'aie pas remarqué : Robert te mange déjà dans la main. Et Ryan aussi. Je suis sûr que dès que tu rencontreras Jess, Jason, Hudson, Luna, Carly et Savannah, tu réussiras à les charmer au moins autant.

Cora pinça les lèvres pour tenter de refouler ses larmes.

— Tu ne comprends pas. Ce n'est pas moi. Je ne me fais pas d'amis aussi facilement. Je suis la nana bizarre, celle que les gens ne comprennent pas et avec qui ils ne s'entendent pas.

— Faux. C'est bien toi. Tu as juste eu la malchance de ne pas avoir encore trouvé les gens qui te correspondent. Ici, on accepte chacun tel qu'il est. On est tous bizarres, mon amour. Accepte-le et sois exactement qui tu es censée être. Bon, je vois que tu frissonnes. Dépêche-toi de rentrer.

Cora se laissa pousser vers la porte arrière du chalet. Elle se sentait déstabilisée, mais plus optimiste qu'elle ne l'avait jamais été de toute sa vie.

Elle allait retrouver Lara, l'éloigner de Ridge – parce qu'elle savait au fond d'elle que ce n'était pas un bon gars – revenir au Refuge, avoir ces parties de baise endiablées avec Pipe, et décider ensuite de la tournure qu'elle voudrait donner à sa vie.

Les choses ne seraient certainement pas aussi faciles, elle ne se faisait pas d'illusions, mais elle se disait vraiment que peut-être, juste peut-être, elle pourrait enfin être heureuse.

12

Pipe n'était pas content.

Rien dans la situation qui s'annonçait ne lui donnait une impression de chaleur et de fluidité. Certes, il croyait Cora lorsqu'elle affirmait que Ridge Michaels avait kidnappé son amie, mais sans preuve, il ne pouvait pas prendre une décision définitive.

Or maintenant qu'ils prenaient connaissance des informations que Tex venait de déterrer, il savait sans aucun doute possible qu'aller récupérer Lara en Arizona, si elle était encore en vie, ne serait pas facile.

Peter Ridge Michaels était le fils de John Michaels, un homme qui avait gagné de l'argent en inventant un nouvel analgésique et qui vivait maintenant en Californie. Pipe ne comprenait pas toutes les propriétés de ce médicament, mais il était apparemment très puissant, et l'homme avait fait beaucoup de lobbying pour le faire prescrire par les médecins et pharmaciens.

Toutefois, dix ans après l'approbation du médicament par la FDA, l'agence pour les produits alimentaires et les médicaments, et sa prescription à des millions de personnes, on s'interrogeait sur la responsabilité éthique des médecins qui prescrivaient le médicament à leurs patients, en raison de sa nature hautement addictive.

Tout cela était un débat pratiquement stérile, car John Michaels avait depuis longtemps surfé sur la vague de la popularité de son médicament, gagnant des millions de dollars avant de revendre la formule – et gagné encore plus de millions. Malgré la chute du prix du médicament et la mise en cause de tous ceux qui le prescrivaient, la famille Michaels profitait du succès qu'avait connu l'analgésique dans les premières années de sa mise en circulation.

— Quel est le rapport entre Ridge et ce médicament ? demanda Owl.

Ils avaient décidé d'utiliser le nom sous lequel Lara et Cora connaissaient l'homme, parce que c'était moins déroutant pour tout le monde.

— Il n'y en a pas, pour autant que je sache, répondit Tex via le téléphone posé au centre de la table. Il a profité du fait que son père en a été le créateur et dispose de plus d'argent que la plupart des gens ne sauraient en dépenser.

— Alors pourquoi risquerait-il tout cela en kidnappant Lara ? demanda Cora.

— Ne le prends pas mal, mais on ne sait pas s'il l'a fait, déclara Tex.

Pipe sentit Cora se raidir à côté de lui.

— J'entends ce que tu dis, murmura-t-elle. Je suis prête à admettre que Lara a déménagé en Arizona avec Ridge de son plein gré. C'est une vraie romantique. Elle a pu être tellement séduite par l'idée de l'amour et du mariage qu'elle est partie avec lui. Peut-être qu'elle s'attendait à s'absenter pour une courte durée, comme elle l'a dit sur notre lieu de travail. Peut-être qu'elle a vraiment trouvé son prince charmant. Mais je veux quand même entendre de sa bouche qu'elle est là de son plein gré.

L'admiration de Pipe pour Cora augmenta encore d'un cran. Elle avait affirmé à plusieurs reprises que son amie avait été kidnappée, mais elle était au moins prête à considérer une éventuelle erreur de sa part.

— La famille Michaels possède un manoir de vingt-quatre pièces dans la région de Phoenix. Michaels Senior emploie une douzaine de personnes qui entrent et sortent régulièrement de la maison, jour et nuit. Ridge a deux gardes du corps, dont l'un est toujours avec lui. Il a été vu à une soirée de charité la semaine dernière, seul, et rien ne semble anormal dans son emploi du temps, poursuivit Tex.

— Quelqu'un a vu Lara ? demanda Stone.

— Oui. Ridge l'a emmenée dîner il y a quelques semaines... il a privatisé tout le restaurant pour qu'ils puissent avoir de l'intimité.

— Cela ne prouve pas qu'elle s'y trouvait de son plein gré, déclara Cora. Il aurait pu privatiser le restaurant pour qu'elle ne puisse pas faire de scène ou demander de l'aide. Il l'a complètement isolée, à la fois chez lui et, semble-t-il, en public.

— Tu marques un point, concéda Tex. J'ai découvert des images satellites d'elle dans les jardins du domaine, toujours avec Michaels à ses côtés. Il est vrai que ces images datent de leur arrivée.

— Est-ce qu'elle a passé des coups de fil ? Parlé à quelqu'un en dehors de la bulle construite par Ridge ? demanda Brick.

— Pas à ma connaissance.

Pipe regarda Cora et la trouva fixant ses mains, serrées sur ses genoux. Il détestait ce qu'ils étaient en train d'apprendre.

— Est-ce qu'elle utilise l'une de ses cartes de crédit ? demanda Tiny.

— En fait, oui. Assez régulièrement. La famille Osler est très aisée, elle aussi. Lara dispose d'un fonds fiduciaire assez généreux, et elle sera l'unique héritière de leur patrimoine à la mort de ses parents, estimé actuellement à une vingtaine de millions de dollars.

Cora releva la tête et fronça les sourcils tout en fixant le téléphone.

— À quoi tu penses, Cora ? demanda Tonka.

Elle lui jeta un regard.

— Je savais que les parents de Lara avaient de l'argent, mais elle est la dernière personne que l'on pourrait croire riche. Elle travaille dur, mais ne gagne pas beaucoup d'argent en tant que directrice générale d'une école maternelle. Elle est également très économe. Elle n'aime pas beaucoup sortir manger, n'achète pas grand-chose. Donc il est étrange qu'elle utilise autant ses cartes de crédit. De temps en temps, elle va à une soirée avec ses parents, mais elle a toujours été plus du genre à porter des jeans et des tee-shirts.

— Où a-t-elle dépensé cet argent ? Et de quelle somme on parle ? demanda Spike.

Ils entendirent Tex pianoter sur un clavier avant qu'il ne reprenne la parole.

— On dirait qu'au cours des trois dernières semaines, elle a dépensé près de cent mille dollars. Ralph Lauren, Saks Fifth Avenue, quelques bijouteries, beaucoup de restaurants haut de gamme, et... Oh. Merde.

— Qu'est-ce qu'il y a ? Qu'est-ce qui cloche ? insista Brick.

— Une grande partie de l'argent a été dépensée au Blue Moon.

— Qu'est-ce que c'est ? s'enquit Owl.

— Un gentlemen's club haut de gamme.

Cora se leva brusquement et se mit à arpenter la salle de conférence. Pipe ne la quittait pas des yeux tandis que chacun commentait.

— Donc soit il emmène Lara avec lui, soit il se sert de ses cartes de crédit à son insu.

— Pourquoi amener Lara en Arizona, si c'est pour aller voir des strip-teaseuses ?

— Plus important encore, pourquoi utiliserait-il sa carte de crédit alors qu'il est lui-même plein aux as ?

— On repère un schéma dans ses visites au Blue Moon ? demanda Stone.

Pipe se tourna à nouveau vers ses amis.

— En quelque sorte, mais seulement dans leur fréquence, répondit Tex. Il y fait des dépenses à peu près tous les soirs.

— C'est bien, constata Stone. On peut aller au Blue Moon, voir ce qui se passe. Et on sait aussi qu'il sort de chez lui tous les soirs.

— Ce qui veut dire aussi qu'on peut y aller pendant son absence pour essayer de parler à Lara, convint Owl.

Pipe se retourna vers Cora et fut surpris de la voir accroupie, adossée au mur, serrant ses jambes contre elle. Il se repoussa de la table pour s'approcher d'elle.

— Cora ? demanda-t-il en s'agenouillant à ses côtés.

Il posa une main sur son épaule, mais elle secoua la tête.

— Il se sert d'elle pour son argent, affirma-t-elle d'un ton si vaincu, si plein d'amertume, que Pipe eut envie de la prendre dans ses bras pour la bercer. C'est la chose qu'elle redoutait le plus. C'est en partie pour cette raison qu'elle ne sortait pas beaucoup. Je me suis dit que si Ridge lui paraissait idéal, c'était parce qu'il était aussi riche qu'elle. Elle a dû penser qu'ainsi, elle pouvait s'autoriser à croire qu'il l'aimait pour ce qu'elle était, et non pour son compte en banque.

— Revenons à la question la plus importante : pourquoi Michaels aurait-il besoin de son argent si sa famille est aussi riche ? demanda Tiny.

— Tex ? dit Brick. Une idée ?

Le téléphone posé sur la table fit entendre d'autres cliquetis, mais l'attention de Pipe se portait désormais sur Cora. Il se sentait impuissant à faire quoi que ce soit pour elle. Cette dernière information l'avait dévastée, c'était évident, et il ne pouvait rien faire pour l'aider, si ce n'était rester à ses côtés.

— Pas vraiment, répondit Tex. Sa famille est riche et, comme Mlle Osler, Michaels a un trust qui lui verse de l'argent tous les mois.

— Il y a quelque chose de foireux là-dessous, marmonna Brick.

— Je ne te le fais pas dire, convint Stone en hochant la tête.

— Attendez une seconde, dit Tex. Hmmmm… pendant des années, il semble qu'il ait reçu vingt mille dollars par mois de son trust. Mais avant qu'il ne sorte avec Lara, il n'en recevait plus que trois mille.

— Une baisse considérable, lâcha Brick.

— En effet, admit Tex.

— Papounet l'a privé de la plupart de ses revenus avant qu'il ne rencontre Lara. Cela me semble être un bon motif, conclut Tiny.

— Très juste. On sait donc qu'il utilise l'argent de Lara et qu'il sort beaucoup, ce qui est bon pour nous, reprit Owl en hochant la tête. Peut-être qu'aller frapper un petit coup à sa porte n'est pas un si mauvais plan.

— Ou parler aux dames du Blue Moon, suggéra Stone.

Histoire de savoir qui sont ses favorites, de voir le genre d'informations qu'elles peuvent nous donner.

— Cora ? demanda Pipe. Qu'est-ce qu'on devrait faire, selon toi ?

Elle releva la tête et croisa son regard.

— Trouvez l'endroit où il retient Lara et sortez-la de là, déclara-t-elle fermement.

— Je pense qu'on ne devrait pas commencer par une effraction, ironisa Spike. On a des relations ici, mais je n'ai vraiment pas envie d'avoir à vous faire sortir d'une prison en Arizona.

— Attends, ce n'est pas en Arizona qu'un type a obligé ses codétenus à porter des sous-vêtements roses ? demanda Brick.

Pipe cessa de prêter l'oreille aux bavardages de ses amis et se concentra sur Cora.

— On va découvrir ce qui se passe, lui promit-il.

Elle secoua la tête.

— Tout ce qu'elle voulait, c'était trouver quelqu'un qui l'aime pour ce qu'elle est, pas pour son argent.

— Tu étais au courant de son compte en fidéicommis ?

Cora leva les yeux au ciel.

— Bien sûr, on est très, très proches. Je sais tout d'elle. Mais elle se fiche de l'argent. Bon, elle en est heureuse parce que cela signifie qu'elle peut avoir un appartement dans un quartier sûr de la ville, et qu'elle peut faire ce qu'elle aime plutôt que d'être obligée de trouver un poste qui paie mieux. Mais elle n'est pas le genre de femme à vouloir des sacs à main de marque et des bijoux coûteux. Elle est généreuse à l'extrême, à toujours donner de l'argent aux sans-abris et acheter un cadeau à chacun des enfants de l'école maternelle pendant les vacances. Elle s'assure que toutes les familles à faible revenu aient une dinde à Thanksgiving, et si l'un de ses élèves se présente à l'école avec des vêtements sales ou l'air mal en point, elle se rend personnellement dans sa famille pour prendre de ses nouvelles. Et elle le fait de manière à ce que personne n'ait l'impression d'accepter la charité. Elle est vraiment extraordinaire. Alors quand elle a dû découvrir que Ridge n'en voulait qu'à son argent ?

Elle secoua tristement la tête.

— On va la sortir de là, la rassura Pipe.

— Ce dont je vous suis reconnaissante… mais tu ne comprends pas. La vérité sur Ridge l'a probablement brisée, marmonna Cora en posant son front sur ses genoux repliés.

Pipe n'aimait pas la voir si dévastée. Il se leva, puis se pencha vers elle et lui passa la main sous le coude. Il aida doucement Cora à se lever et la ramena à la table, où il l'aida à s'asseoir. Il rapprocha sa chaise de la sienne et posa une main sur sa cuisse. Peu importait que ses amis s'aperçoivent de l'affection qu'il lui portait. Il était incapable de ne pas la toucher en cet instant.

— On va partir dans la matinée, décréta Pipe. On prendra l'avion pour Phoenix, on ira chez Michaels voir si, par chance, il nous laisse entrer. Si ce n'est pas le cas, on surveillera la maison, puis on ira au Blue Moon. En fonction des informations qu'on obtiendra, on partira de là. C'est OK ?

— Je vous enverrai par e-mail les photos satellite de la propriété et les adresses des endroits où les cartes de crédit de Lara ont été utilisées. Vous pourriez vous y rendre avec des photos de Lara et de Michaels, voir si quelqu'un les reconnaît, suggéra Tex.

— Oui, bonne idée, approuva Stone.

— Tu peux nous donner les adresses des employés qui travaillent au domaine ? On pourra en approcher certains en dehors de la maison. Voir s'ils veulent bien nous parler de ce qui se passe à l'intérieur, ajouta Owl.

— Bien sûr, dit Tex. Je vous envoie une liste de noms et je vois ce que je peux trouver de mon côté sur chacun d'entre eux.

— Merci, lui dit Brick.

— Ne me remerciez pas, dit Tex d'un air renfrogné.

— Désolé, j'avais oublié que tu détestais ce genre de truc, ricana Brick.

— On reste en contact. Cora ?

Elle releva la tête.

— Oui ?

— Si ton amie est retenue contre son gré, les hommes autour de cette table trouveront un moyen de la sortir de là, la rassura Tex.

— Elle est prisonnière de ce type, déclara Cora avec fermeté. Et j'espère que tu dis vrai.

— N'en doute pas. À plus.

Le silence s'installa dans la pièce pendant quelques secondes. Puis Owl murmura :

— Je n'aime pas ça.

— Moi non plus, renchérit Stone. Cette situation pue un max. Est-ce que Michaels a vraiment enlevé Lara pour son argent parce qu'il s'est fait couper les vivres par son propre père ?

— On n'en sait rien. Mais je suis sûr que Tex va creuser encore et trouver, dit Spike.

— Vous devrez vous rendre à l'aéroport un peu plus tôt, afin de faire vérifier vos armes de poing, indiqua Tiny à Owl, Stone et Pipe.

À ces mots, le regard de Cora se porta sur Pipe.

— Vous apportez des armes ? demanda-t-elle.

Pipe acquiesça.

— Bien sûr. Cela te dérange ?

— Non, répondit-elle. En fait, je suis contente. C'est juste que… j'ai lu que les armes n'étaient pas autorisées ici, au Refuge, et avec toutes les incertitudes, vu que vous ne croyez pas vraiment au kidnapping de Lara, je n'étais pas sûre…

Elle laissa sa phrase en suspens.

— Harceleuse, la taquina tendrement Pipe.

Il fut récompensé par un petit sourire. Il avait hâte de pouvoir la faire sourire de tout son cœur. Quand son amie serait en sécurité, qu'elle ne serait plus aussi stressée et qu'elle pourrait se détendre complètement.

— Même si on n'autorise pas les invités à porter des armes sur la propriété, pour des raisons évidentes, cela ne signifie pas qu'on n'est pas préparés à se protéger. Et il est hors de question que j'aille en Arizona pour tenter de comprendre ce qui est arrivé à Lara sans trouver un moyen de te protéger, lui expliqua Pipe.

— Tu avais… tu avais une arme sur toi quand on était à Washington ? Car, je ne me souviens pas que tu sois passé par une procédure spéciale quand on a pris l'avion pour venir ici.

— Je ne vais jamais nulle part sans être armé, répliqua Pipe.

Elle pencha la tête et l'examina.

— Comme si Pipe avait besoin d'un couteau ou d'une arme pour se protéger, lui ou quelqu'un d'autre, ironisa Tiny.

Cora tiqua légèrement, comme si elle avait oublié qu'ils n'étaient pas seuls. Pipe ressentait la même chose. Quand il était avec elle, il avait envie de lui accorder toute son attention. Et ici, avec ses amis, il pouvait le faire, baisser sa garde et ne pas être sur le qui-vive.

Elle se tourna vers Tiny.

— Vraiment ?

— Oui. Disons qu'on est tous assez bons au combat à mains nues. Mais Pipe, c'est notre maître à tous.

Cora l'observa de nouveau.

— D'accord...

Il sourit.

— C'est tout ce que tu as à dire ?

— Oui. Oh, attends, non. Tu pourrais m'apprendre ?

— T'apprendre quoi ?

— Comment me protéger si je suis attaquée. J'ai bien appris quelques trucs au fil des ans, c'était un peu nécessaire, mais j'aimerais bien être formée par un professionnel.

— Absolument, répondit Pipe sans hésiter. La principale chose à retenir est qu'il faut viser les points faibles.

— Comme le sexe d'un mec ?

Les amis de Pipe s'esclaffèrent, mais lui garda le regard rivé sur celui de Cora.

— Oui. Mais à dire vrai, les gars sont habitués à ce qu'on les vise là. Je parlais des parties molles. Les yeux, principalement. Je sais, c'est dégoûtant, convint-il devant la grimace de Cora. Mais je te garantis que quelqu'un te lâchera sur-le-champ, si tu lui plantes un doigt dans l'œil. Ça te donne le temps de t'éloigner et d'aller chercher de l'aide. C'est le but que tu dois chercher : ne pas rester plantée et te battre, mais t'éloigner.

Elle acquiesça, pas du tout offensée.

— Tu donnes des cours sur ce genre de choses, ici ?

— Non, pourquoi ?

— Tu le devrais. Parce que si les gens viennent ici après une expérience traumatisante, ils pourraient vouloir en savoir plus sur la façon de se défendre, pour le cas où ils se retrouvent à nouveau dans ce genre de situation.

— Elle a raison, acquiesça Brick. C'est une excellente

idée, je me demande comment on n'y a pas déjà pensé. Merci, Cora. Je vais en parler à Alaska et voir si on peut l'intégrer dans l'emploi du temps. On pourrait proposer un cours deux fois par semaine ou quelque chose comme ça, pour maximiser le nombre d'hôtes qui peuvent y assister.

— Je ne suis pas aussi doué que Pipe au corps à corps, mais je ne demande pas mieux que d'aider, se proposa Spike.

— Même chose, dit Tiny.

— J'en suis aussi, déclara Brick.

— Ne me regardez pas comme ça, ricana Owl, empli d'autodérision. J'ai reçu un peu d'instruction pendant l'entraînement de base, mais l'armée avait plus envie de m'apprendre à piloter un hélicoptère qu'à affronter l'ennemi de front.

— Vraiment ? fit Stone en secouant la tête. Peut-être que s'ils nous avaient entraînés plus longuement au combat au corps à corps, on s'en serait mieux sortis quand notre hélicoptère s'est écrasé.

Pipe fronça les sourcils. Ses amis subissaient encore le contrecoup de leur captivité, c'était évident, et ça craignait qu'on ne leur ait pas donné les outils dont ils avaient besoin pour échapper à la capture dès le départ. Ils avaient beau être parmi les meilleurs pilotes d'hélicoptère du monde, cela ne les aiderait pas s'ils tombaient aux mains de l'ennemi... ce qu'ils avaient appris à leurs dépens.

— Je vous ferai savoir si j'ai des nouvelles de Tex qui pourraient avoir une incidence sur votre séjour à Phoenix. En attendant, assurez-vous d'avoir tout ce qu'il vous faut pour le voyage, et si ce n'est pas le cas, faites-le-moi savoir, qu'on cherche une solution, déclara Brick.

Pipe acquiesça.

— J'apprécie.

Son ami soupira.

— Je commence à comprendre pourquoi Tex n'aime pas être remercié. Quand j'ai eu vraiment besoin de vous, quand ce connard est venu au Refuge pour récupérer Alaska, vous avez tous été là pour moi, sans poser de questions. Alors si, une fois en Arizona, vous vous rendez compte que la situation est encore plus merdique que prévu, vous feriez mieux de nous appeler. On sera là en un clin d'œil. Les femmes peuvent faire tourner les choses ici sans nous. Et tu n'auras jamais à me remercier de faire ce qui doit être fait pour toi et les tiens, conclut Brick en fixant intensément Pipe.

Celui-ci acquiesça, plein de gratitude. Ses amis ne lui demandaient pas ce qui se passait entre Cora et lui. Ils acceptaient simplement ce qu'ils voyaient, à savoir qu'elle comptait plus pour lui qu'une personne à qui il rendrait simplement service.

Brick s'adressa ensuite à Cora.

— Ça va ?

— Non. Je suis bouleversée. En colère contre ce connard de Ridge. Et je flippe à mort pour Lara. Mais je me demande aussi ce que j'ai bien pu faire dans ma vie pour vous avoir tous à mes côtés. Et aux côtés de Lara.

— J'ai une question... est-ce qu'il aurait été difficile pour toi d'accéder au compte de Lara pour emprunter de l'argent à utiliser pour la vente aux enchères ? demanda Brick, se penchant en avant pour dévisager attentivement Cora. Si je te pose la question, c'est parce qu'après tout ce que tu nous as dit sur ton amie, sur sa générosité et sur votre proximité, je me suis dit qu'elle t'avait peut-être donné accès à son argent.

Cora s'empourpra. Soudain, Pipe brûlait d'entendre sa réponse, tout autant que Brick.

Elle haussa les épaules, les yeux rivés à la table. Elle ne croisait plus qu'occasionnellement le regard de Brick.

— Je suis inscrite sur son compte bancaire... pour les cas d'urgence. Elle m'a emmenée à sa banque, la dernière fois que j'ai perdu mon appartement et que j'ai dû emménager chez elle. Elle ne voulait plus que je risque de me retrouver sans abri et m'a fait promettre d'utiliser son argent si j'en avais besoin pour payer mon loyer, ma facture d'électricité ou autre, raconta Cora, avant de relever le menton pour regarder Brick dans les yeux. Mais je ne l'ai jamais fait. Je pense que sa générosité m'a rendue encore plus déterminée à ne pas utiliser son argent.

— Attends, l'interrompit Pipe, confus. Tu as vendu tous tes meubles, jusqu'à ta dernière assiette et à la dernière tasse de tes placards, tous tes biens pour réunir six mille dollars en vue de la vente aux enchères... alors que tu aurais pu simplement aller à la banque et prendre ce dont tu avais besoin ? Assez pour surenchérir sur cette saleté d'Eleanor ?

— Ce n'est pas mon argent, insista Cora. Et je sais que cela semble stupide, parce que j'en avais besoin pour aider Lara et que c'est justement son argent, mais je ne pouvais pas.

— Ça n'a pas l'air stupide, la rassura Tonka. On dirait plutôt que tu es le genre de personne que n'importe qui voudrait avoir à ses côtés.

Pipe était une fois de plus sidéré par cette femme. N'importe qui d'autre – littéralement n'importe qui – à sa place aurait utilisé l'argent à sa disposition sans la moindre hésitation. Surtout dans une situation désespérée. Mais pas Cora. Elle ne l'avait probablement même pas envisagé. Elle avait simplement fait comme toujours... Elle s'en était remise à elle-même pour résoudre un problème.

Eh bien, c'était terminé. Elle avait une tribu complète pour la soutenir maintenant. Qu'elle le sache ou non.

— OK. Donc... j'ai entendu Alaska demander à Robert de préparer son fameux bar à tacos pour le dîner de ce soir. Crois-moi quand je te dis que tu ne pourras sortir du pavillon qu'en roulant, après cette expérience. Ce qu'il utilise pour épicer la viande est supérieurement addictif. Elle a aussi déclaré qu'elle voulait mieux te connaître. Autant te prévenir, glissa Brick à Cora, avec un clin d'œil.

Cela réveilla un souvenir chez Pipe.

— Avant qu'on y aille... Cora a dit qu'elle nous avait envoyé plusieurs courriels pour demander de l'aide, avant d'entendre parler de la vente aux enchères et d'apprendre que l'un d'entre nous y participerait. Mais elle n'a jamais reçu de réponse. Elle a également laissé un message téléphonique, toujours resté sans réponse. Tu pourrais interroger Alaska à ce sujet ?

Cora se raidit à côté de lui.

— Ce n'est pas grave, s'empressa-t-elle de protester.

— Tu as envoyé un courriel ? s'étonna Brick.

— Oui, mais encore une fois, ce n'est pas grave. Je suis sûre que vous recevez une tonne d'e-mails qui vous demandent de l'aide.

— J'en parlerai à Alaska, promit-il à Pipe, avec un hochement de tête.

— Non, s'il vous plaît ! Je ne veux pas causer d'ennuis à qui que ce soit. C'était stupide de ma part. Ce n'est pas comme si mon e-mail aurait pu vous convaincre et vous pousser à sauter dans un avion ou quelque chose comme ça. Ne lui fais pas de reproche, Brick. S'il te plaît.

— Tu crois que je suis en colère ? demanda-t-il.

— Ce n'est pas le cas ?

— Non, pas du tout. Alaska se démène pour cet endroit.

Je ne sais pas comment on a pu survivre sans elle pendant toutes ces années. C'est un miracle qu'on soit encore en activité, pour être honnête. Elle s'occupe de toutes les tâches administratives et je pense qu'il est temps d'embaucher quelqu'un d'autre pour nous aider. Tu as raison, on n'aurait pas immédiatement pris l'avion et accepté d'aider une inconnue, mais pour des requêtes de ce genre, on a sans doute besoin d'une deuxième paire d'yeux qui fasse le tri.

Cora n'avait pas l'air apaisée.

— C'est bon, mon amour, dit Pipe, désireux de dissiper l'inquiétude qu'il lisait dans ses yeux.

— Elle va être fâchée que je l'aie mise dans le pétrin, dit doucement Cora.

Tonka éclata de rire, ce qui lui valut un regard noir de la part de Pipe.

Son ami ignora l'avertissement.

— Alaska ne sera pas fâchée. Pas contre toi, en tout cas. Elle s'en voudra probablement de ne pas t'avoir répondu, une fois qu'elle aura compris que tu lui as envoyé un courriel. Je suppose qu'elle se pliera en quatre pour se faire pardonner. Elle insistera probablement pour t'emmener faire du shopping, t'acheter le meilleur chocolat que tu aies jamais mangé, te montrer les endroits où on fait les meilleures affaires... Elle a un cœur énorme. Tu n'as pas à t'inquiéter.

— Tonka a raison, dit Spike en hochant la tête. Elle est le cœur et l'âme de cet endroit, et elle ne va pas être contente d'avoir négligé tes courriels.

— Raison de plus pour ne rien lui dire, marmonna Cora, ce qui fit sourire les hommes autour d'elle.

— Tu es quelqu'un de bien, Cora, lâcha Tiny au bout d'un moment.

— Je suis d'accord. Sur ce, il faut que j'aille faire mes valises, annonça Stone en s'écartant de la table.

Tous les autres se levèrent à leur tour, chacun assurant Cora qu'il ferait tout ce qu'il pourrait pour aider Lara, qu'elle était entre de bonnes mains avec Owl, Stone et Pipe.

Il ne restait plus que Pipe et Cora dans la pièce. Il s'approcha d'elle, lui relevant la tête pour lui tenir doucement le visage, comme il l'avait fait le soir précédent.

— On va la récupérer. Je t'en donne ma parole.

Elle déglutit difficilement et lui saisit les poignets, auxquels elle s'accrocha fermement, comme si elle était à deux doigts de voler en mille morceaux.

— J'ai encore plus peur maintenant. Je n'arrive pas à croire que Ridge l'ait kidnappée pour son argent. Tout le monde sait que l'argent pousse souvent les gens à faire des choses désespérées ou stupides. Et s'il l'avait déjà blessée ou tuée ?

— Je ne pense pas que ce soit le cas. Elle a été vue dans un restaurant, tu te souviens ?

— Oui, marmonna-t-elle. Mais je ne comprends toujours pas ce qu'il fabrique. Ça n'a pas de sens, et ça m'inquiète.

Cela inquiétait aussi Pipe.

— Tu vas devenir folle si tu essaies de tout comprendre tout de suite. Mets ça de côté, ne serait-ce que pour quelques heures. Demain, on ira droit à son domaine et on verra ce qu'on peut trouver.

— Et s'il ne nous laisse pas la voir ?

— Dans ce cas, on passera au plan B. Puis au plan C, D et E.

— On a tous ces plans ? demanda-t-elle.

— Non, mais on les aura. S'il y a une chose que tu dois

savoir, c'est que nous, les gars des Forces spéciales, on a l'habitude de s'adapter aux imprévus.

— OK.

— OK, répéta Pipe. Tu as faim ? D'accord, lâcha-t-il devant sa réponse négative. Tu veux aller voir Chuck et les autres à la grange ?

Elle secoua à nouveau la tête.

— Qu'est-ce que tu veux faire ?

— Stresser. Me demander ce que Lara peut bien traverser. Trouver un moyen de la ramener chez elle.

Pipe ne put s'empêcher de lui sourire. Il avait espéré qu'elle arrêterait de s'inquiéter, mais en véritable amie, elle en était tout simplement incapable.

— D'accord, alors on pourrait retourner dans mon chalet, je nous préparerais un déjeuner, on s'assiérait sur la terrasse et tu m'en dirais plus sur Lara. Sur ce que vous aimiez faire à Washington. Sur votre travail et les enfants avec lesquels vous travaillez. Ça te tente ?

Elle leva les yeux vers lui.

— Tu ferais ça pour moi ? T'ennuyer à mourir pendant que je te répète pour la centième fois que Lara est géniale ?

— Je pense que je ferais n'importe quoi pour toi, répondit Pipe en toute honnêteté.

— On ne se connaît pas vraiment, objecta-t-elle.

— On se connaît, rétorqua Pipe. On connaît les choses qui comptent.

Il ne pensait pas qu'elle allait répondre, mais elle hocha finalement la tête.

— Oui.

— Oui, répéta-t-il, submergé par le soulagement.

— On pourrait s'embrasser encore un peu ? suggéra Cora avec un petit sourire.

— Je pense que ça peut se faire.

— Pipe ?

— Oui ?

— Quand toute cette histoire sera terminée, je veux me faire tatouer. Tu m'accompagneras ?

— J'en serais honoré.

Il n'en fallut pas plus pour qu'un nouveau dessin commence à lui trotter dans la tête, alors qu'il n'avait plus eu aucune envie de se faire tatouer depuis des années.

Un passe-partout... parce que les passe-partout ouvraient tout, et il semblait que Cora lui confiait lentement la clé qui lui permettrait de comprendre qui elle était, au plus profond d'elle-même. Non seulement cela, mais elle se frayait aussi un chemin à travers ses boucliers.

Il imagina du fil de fer barbelé autour de la clé, symbolisant le fait qu'il la garderait au péril de sa vie et qu'il ne profiterait pas de la confiance qu'elle lui témoignait. Il voulait aussi incorporer un loup d'une manière ou d'une autre, car cet animal était connu pour sa loyauté. Peut-être se ferait-il tatouer la clé autour du cou du loup, ou serrée entre ses dents.

— À quoi tu penses ? demanda-t-elle.

Pipe ôta les mains de son visage pour l'attirer contre lui tandis qu'il les guidait vers la porte.

— À ce que je veux pour mon prochain tatouage.

Elle s'esclaffa.

— Pourquoi je ne suis pas surprise ? demanda-t-elle.

— Parce que tu me connais, dit-il simplement.

Il sentit le regard de Cora pendant qu'ils marchaient.

— Je commence à penser que c'est le cas, dit-elle, plus pour elle-même que pour lui.

Ses paroles le firent sourire. Il n'était pas vraiment un livre ouvert, mais il s'était ouvert à cette femme comme il ne l'avait fait avec personne depuis très longtemps. Il n'avait jamais parlé des raisons de son départ de l'armée et du Royaume-Uni. Pourtant, elle ne l'avait pas jugé. Elle l'avait simplement écouté. C'était ce dont il avait besoin.

Non, ce dont il avait besoin, c'était de cette femme. Il n'avait jamais rencontré quelqu'un comme elle, et il avait l'impression que ça ne se reproduirait pas. Elle lui semblait familière, comme s'ils étaient ensemble depuis des années, et non moins de deux jours. Il s'était lié à elle comme il ne l'avait fait avec personne d'autre.

Il serait idiot de la laisser partir, et s'il y avait une chose qu'il n'était pas, c'était idiot. Ils devaient trouver un moyen d'aider Lara, et ensuite il lui ferait comprendre, si ce n'était déjà fait, qu'il ne voulait pas voir Cora sortir de sa vie.

Elle voudrait probablement retourner à Washington avec son amie, et il ne lui demanderait jamais de quitter la ville où elle avait vécu toute sa vie. Il devait parler à Brick et voir s'il pouvait continuer à être propriétaire du Refuge tout en vivant à l'autre bout du pays. Si c'était le cas, tant mieux ; sinon, il vendrait ses parts.

Il regarda autour de lui pendant qu'ils marchaient... et fut surpris de constater que l'idée de quitter tout ce qu'il connaissait dans ce pays pour une femme ne l'effrayait pas, alors même qu'il venait tout juste de la rencontrer. Cela lui manquerait, mais il ferait tout pour gagner la loyauté de Cora, parce qu'il savait au fond de lui que ce serait la meilleure décision qu'il ait jamais prise de sa vie. Haut la main.

Ils continuèrent vers son chalet et Pipe se sentit plus léger qu'il ne l'avait été depuis longtemps. Il avait un projet. Un projet qui incluait de faire vraiment comprendre à Cora qu'il était là pour le long terme. Elle voulait une famille ? Il serait heureux de lui en donner une. Elle ne serait plus jamais seule. Pas s'il pouvait l'éviter.

13

———————

— Je suis vraiment désolée ! s'écria Alaska, affligée, lorsque Cora entra dans le pavillon, plus tard dans la soirée.

Cora fronça les sourcils en percevant de l'angoisse dans sa voix. Cela ne lui plaisait pas. Pas du tout.

Elle avait pu se détendre avec Pipe tout à l'heure. Ils avaient fait exactement ce qu'il avait suggéré... Ils étaient retournés dans son chalet et s'étaient assis sur le toit-terrasse, où ils avaient mangé les sandwichs qu'il avait préparés et parlé de Lara. Finalement, cette conversation avait dérivé sur Cora elle-même. Ce qu'elle aimait faire pendant son temps libre, son travail à l'école maternelle, les meilleurs petits restaurants de Washington.

Ils s'étaient assis dans les fauteuils confortables, mais Pipe avait déplacé la table qui les séparait et approché sa chaise juste à côté de la sienne. Après avoir mangé, il lui avait tenu la main, et Cora aurait été prête à jurer qu'elle sentait encore le poids de son pouce sur le dos de sa main. Ce ne fut que lorsqu'ils se levèrent pour redescendre l'escalier que Pipe l'avait prise dans ses bras et embrassée, un baiser tendre qui donnait à Cora l'envie d'en avoir plus.

À l'heure du dîner, elle avait hâte de se rendre au pavillon où se tiendrait le bar à tacos que Robert préparait pour les invités et le personnel. La gentillesse ambiante était difficile à croire. Au cours de son expérience, elle ne s'était jamais vraiment intégrée à des groupes de personnes, et les femmes semblaient rarement désireuses de faire sa connaissance.

Mais Alaska, Henley, Ryan et Reese, ainsi que les autres personnes qu'elle avait rencontrées jusqu'à présent, étaient tout le contraire. Elles semblaient ravies d'apprendre à mieux la connaître. D'une certaine manière, Cora avait l'impression d'être dans une autre dimension. Comme si, à tout moment, la bulle allait éclater, tout le monde verrait la « véritable » Cora et se détournerait d'elle.

Dès qu'elle était entrée dans le pavillon, Alaska s'était précipitée sur elle et immédiatement excusée.

— Tu n'as aucune raison d'être désolée, protesta Cora.

— Si ! Je n'aurais pas dû ignorer tes e-mails et ton message téléphonique.

— C'est bon.

— Pour ma défense, on reçoit plusieurs courriels par semaine, de personnes qui désirent embaucher les gars. Et ce n'est pas leur job. Bon, ils pourraient, parce qu'ils sont sacrément doués. Je suis bien placée pour le savoir. Mais je ne montre aucun de ces courriels à Drake parce qu'ils n'ont jamais envisagé de remettre le couvert. Je me contente de les parcourir rapidement et de les effacer, avoua-t-elle, l'air malheureux. Mais si j'avais pris le temps de lire tes e-mails plus attentivement, peut-être que j'en aurais parlé à Drake et aux autres.

— Je comprends, je t'assure, la rassura Cora qui détestait qu'Alaska ait l'air si bouleversée.

— J'en ai parlé à Drake et, même si cela ne va rien

changer pour toi, nous nous sommes convenus que je mettrais tous les courriels de ce type, émanant de personnes souhaitant les engager en raison de leurs antécédents, dans un dossier séparé. Drake ou quelqu'un d'autre les examinera et décidera de la marche à suivre.

— Est-ce que tu es... Peu importe, dit Cora, renonçant à lui poser la question qu'elle avait sur le bout de la langue.

— Je suis quoi ? insista Alaska.

Cora soupira.

— Tu es d'accord avec ça ? Je veux dire, que ton petit ami... Bon, le mot ne semble pas du tout correspondre à Brick... Donc qu'il fasse quelque chose de potentiellement dangereux pour aider quelqu'un d'autre ?

Les deux femmes se tenaient seules dans un coin de la grande salle. Pipe discutait avec Owl et Stone sur le côté, leurs hôtes riaient et se mélangeaient. Henley, Jasna et Reese faisaient la queue au buffet.

— Honnêtement ? Oui, répondit Alaska. Drake et ses amis étaient excellents dans leur travail précédent. J'en ai fait l'expérience lorsqu'ils m'ont sauvée. Est-ce que je vais m'inquiéter pour lui ? Bien sûr. Mais l'idée que quelqu'un d'autre ait désespérément besoin du même genre d'aide que moi, et qu'il ne l'obtienne pas me hanterait. Je ne sais pas comment cela va fonctionner, la logistique de tout ça. Mais on verra bien. Si ce n'est pas quelque chose qu'ils veulent faire en fin de compte, ils ont des amis vers qui ils peuvent renvoyer ces gens, ou demander des recommandations à Tex. Et pour ce qui est du statut de petit ami de Drake..., ajouta Alaska avec un sourire, non sans jeter un coup d'œil à l'intéressé, à l'autre bout de la pièce, je pense que je suis prête à ce qu'il devienne mon mari.

Cora ouvrit des yeux ronds.

— Waouh ! Cool.

— Oui. On est déjà fiancés, et je sais qu'il veut se marier, mais j'ai repoussé l'échéance. Sans doute parce que j'attendais un retour de bâton, tu piges ? Que Drake reprenne ses esprits et se rende compte que je suis toujours la même idiote qu'à l'époque du lycée. Mais à chaque jour qui passe, on se rapproche. Je ne peux pas m'imaginer vivre sans lui.

— C'est génial, constata Cora avec un grand sourire.

Elle était vraiment heureuse pour Alaska.

— Je trouve, moi aussi. Et je soupçonne Tonka et Henley de penser à une cérémonie civile, même si je sais que Jasna veut leur organiser un grand événement, qui impliquerait tous les animaux, et le faire dans la grange.

Les deux femmes éclatèrent de rire.

— Je ne pense pas que Tonka soit très enthousiaste à ce sujet, reprit Alaska. Mais il fera tout ce qui rendra ses femmes heureuses. Je ne pense pas que le Refuge deviendra pour autant un lieu de mariages, parce que ce n'est pas pour dans ce but que cet endroit a été créé, mais le fait de savoir que mes meilleures amies ont commencé leur vie de couple ici, ça me fait chaud au cœur.

Cora sourit.

— Cet endroit respire la sérénité et la décontraction.

— C'est vrai, reconnut Alaska. Allez, mon estomac crie famine. Les tacos de Robert sont les meilleurs du monde. Mais en fait, tout ce qu'il fait est génial.

Alaska invita Cora à prendre place dans la file d'attente, et pendant qu'elles attendaient leur tour pour garnir leurs assiettes, Pipe, Owl et Stone les rejoignirent.

— Vous complotez pour dominer le monde toutes les deux ? La taquina Pipe en passant un bras autour de sa taille pour la serrer contre lui.

Cora pencha la tête en arrière et lui sourit.

— Bien sûr.

— Brick t'a parlé des cours d'autodéfense qu'on veut proposer ? demanda Owl à Alaska. Pipe a promis de les diriger, et Stone et moi allons assister à chacun d'eux.

— Oui ! répondit Alaska, les yeux écarquillés par l'excitation. Je trouve que c'est une très bonne idée. J'ai déjà regardé l'emploi du temps pour voir où on pourrait les intégrer. Je pense à l'après-midi, après le déjeuner, mais pas tout de suite après, pour que la digestion de chacun ait eu le temps de débuter. En été, ce sera une bonne chose pour ceux qui n'ont pas envie de faire de la randonnée quand il fait trop chaud, et en hiver, cela donnera aux invités une option supplémentaire, à faire en intérieur. Oh, et j'ai parlé à Ryan, Jess, Luna, Savannah et Carly. Elles sont toutes très enthousiastes à ce sujet.

Elle esquissa un mouvement de karaté et sourit à Pipe.

Il lui répondit d'un gloussement dont Cora sentit les ondes contre son dos. Une fois de plus, une bouffée de désir traversa son corps. C'était un sentiment tellement étranger. Cela ne lui ressemblait pas, mais elle ne détestait pas. Comment aurait-elle pu alors que c'était Pipe qui le faisait naître ?

— Doucement, guerrière ninja, lança-t-il à Alaska.

Celle-ci s'esclaffa et se retourna dans la file d'attente pour le buffet, afin de prendre une assiette.

— Ça va ? demanda Pipe.

Il s'était penché et avait chuchoté à l'oreille de Cora. Les chatouilles de son souffle chaud sur sa peau la firent frissonner.

— Oui, répondit-elle en levant les yeux vers Pipe. Elle ne me déteste pas, murmura-t-elle.

— Bien sûr que non, dit-il en fronçant les sourcils.

— Tu ne comprends pas. Les femmes ne s'entendent généralement pas avec moi.

— Parce qu'elles sentent le bouclier que tu portes et qui les maintient à distance, lâcha Pipe sans s'embarrasser de circonvolutions. Mais Alaska s'en moque. Comme toutes les autres ici. Probablement parce qu'elles avaient des boucliers identiques et qu'elles reconnaissent en toi une âme sœur.

Cora le regarda en clignant des yeux. Avait-il raison ? Avait-elle du mal à se faire des amis à cause d'une sorte de vibration qu'elle dégageait ?

— C'est ton tour, mon amour. Prends une assiette.

En se retournant, Cora se rendit compte qu'il y avait un grand vide dans la file d'attente entre Alaska et elle. Ce fut toujours un peu étourdie qu'elle se saisit d'une assiette.

Pipe s'approcha encore, pour resserrer le bras autour de sa taille.

— Cet endroit te guérira... si tu le laisses faire, lui souffla-t-il.

Il lui embrassa la tempe et se redressa.

Elle sentit des picotements sur sa peau, à l'endroit où ses lèvres la touchèrent. Il avait sans doute raison. Elle s'était sentie chez elle ici dès son arrivée. Certes, elle n'était pas là depuis longtemps, mais à chaque minute qui passait, elle se sentait plus... normale. Non qu'elle sache vraiment ce qu'était la normalité.

Elle avait passé sa vie à être rejetée par tout le monde. Sa mère et son père, d'innombrables familles d'accueil, les patrons des nombreux emplois qu'elle avait occupés au fil des ans, les hommes et les femmes qu'elle avait rencontrés en chemin... mais à la seconde où elle avait levé les yeux et établi un contact visuel avec Pipe, alors qu'il était sur la scène pendant la vente aux enchères, elle avait senti un changement. En elle-même ? Dans le temps ? Dans l'univers ? Elle n'en était pas sûre. Tout ce qu'elle savait, c'était qu'elle s'était sentie plus à l'aise dans sa peau dès qu'elle avait parlé pour la première fois à Pipe.

Parce qu'elle s'échinait frénétiquement à refouler ses larmes, ce fut à l'aveuglette que Cora empila la nourriture dans son assiette. Peu importait ce qu'elle prenait, tout avait un aspect et une odeur alléchants. Lorsqu'elle prit place à côté de Henley, qui la salua avec autant d'enthousiasme que si elle ne l'avait pas vue depuis des mois et non quelques heures, Cora réalisa dans un éclair que tout ce qu'elle avait cherché toute sa vie se trouvait ici.

Au milieu de nulle part, au Nouveau-Mexique. Dans ce cadre accueillant et paisible qu'elle n'aurait jamais cru pouvoir apprécier. Elle était une citadine, qui avait vécu en ville toute sa vie, mais assise sur la terrasse de Pipe, dans l'air vivifiant de l'hiver, et en voyant les interactions de tous avec tout le monde au pavillon, dans le plus grand respect mutuel... un désir la frappa, profond et viscéral.

C'était ce qu'elle voulait.

Faire partie d'un groupe comme celui-ci.

Non. Elle voulait appartenir à ce groupe.

Mais elle était à la base une étrangère. Et il y avait de fortes chances pour que, à cause d'elle, Pipe, Owl et Stone soient en danger lorsqu'ils se rendraient en Arizona.

Cora serra les dents. Fort.

Elle ne pouvait pas laisser faire.

Elle voulait leur aide, oui. Mais pas risquer que quelqu'un soit blessé ou ait des ennuis. Elle ne pouvait pas infliger ça à ces gens qui l'avaient acceptée si volontiers, ni quoi que ce soit qui puisse causer du chagrin ou du désespoir à leurs proches.

Elle se promit mentalement que si Ridge appelait la police, ou si quelque chose de fou se produisait, elle ferait tout ce qui était nécessaire pour que les hommes du

Refuge restent à l'écart des ennuis. Spike avait plaisanté sur leur arrestation pour effraction, mais si cela devait arriver, elle ferait ce qu'il faudrait pour ne pas les impliquer.

— Qu'est-ce qui se passe dans ta tête ? demanda Pipe en s'asseyant.

— Rien.

— Ce n'est pas l'impression que j'ai, marmonna-t-il.

— J'apprécie tout ce que vous faites pour aider Lara. Quand j'ai commencé mes recherches sur le Refuge, je ne m'attendais pas à tout ça, ajouta-t-elle en désignant la salle d'un geste résigné pour tenter d'exprimer tout ce qu'elle ressentait.

Pipe l'étudia pendant un moment, long et intense, pour finalement lâcher :

— Mange.

Cora cligna des yeux, puis gloussa.

— Quoi ? demanda-t-il.

— Je pensais que tu allais dire quelque chose de profond.

Il sourit.

— Quelque chose comme la façon dont on trouve les gens qu'on est censés trouver, au moment où on est censés les trouver ? Lorsqu'on en a le plus besoin ?

Cora le regarda fixement.

— Oui, c'est ça. Comme ça.

Pipe lui donna un petit coup de coude.

— Mange, Cora. La journée de demain va être stressante.

— Et si je mange, elle sera moins stressante ? demanda-t-elle sèchement.

— Non. Mais cela te donnera l'énergie dont tu auras besoin pour y survivre. Pour faire ce qui doit être fait. Pour être là pour Lara, pour être forte. Et... les tacos de Robert sont les meilleurs.

Cet homme... Cora aimait vraiment être en sa compagnie. Ce qui était une révélation, car il n'existait qu'une seule autre personne avec qui elle aimait passer du temps : Lara.

Mais à présent, elle se rendait compte qu'elle avait hâte d'entendre ce que Henley avait fait de sa journée. Et comment s'était passée l'école pour Jasna. Et ce que les chèvres avaient mangé aujourd'hui alors qu'elles n'auraient pas dû. Et comment allait Chuck.

Il y avait tant de choses qu'elle voulait savoir... de petites choses de tous les jours... et soudain, elle eut l'impression de ne pas avoir assez de temps pour tout apprendre.

— Cora, demanda Jasna, le Mémorial des anciens combattants du Viêt Nam à Washington est aussi cool qu'il en a l'air sur les photos ?

— Ne parle pas la bouche pleine, lança Henley à sa fille.

— Désolée, fit la petite en souriant, passant un bras sur ses lèvres. Mais c'est vrai ? J'ai vu des photos de tous les monuments et d'autres choses là-bas et ça a l'air hyper bien !

— C'est chouette, mais tu sais quel est mon endroit préféré ? fit Cora.

— Non ?

— Le cimetière national d'Arlington. C'est solennel et triste, mais tellement beau en même temps. L'une des choses que tout le monde devrait voir au cours de sa vie, c'est la relève de la garde sur la tombe du Soldat inconnu. J'ai pleuré, la première fois que je l'ai vue.

Jasna pencha la tête.

— Vraiment ?

— Vraiment, confirma-t-elle d'un hochement de tête.

— Tu crois que je peux trouver une vidéo en ligne ? demanda Jasna à sa mère.

— Je suis sûre que oui… après le dîner, répondit Henley avec sévérité.

— D'accord, acquiesça Jasna, avant de reporter son attention sur son assiette.

Alors que Cora mangeait les tacos les plus délicieux de sa vie – les autres avaient raison, Robert devait mettre une sorte de drogue dans la viande pour rendre ses plats, comme ses cookies, aussi addictifs –, elle se retrouva à participer pleinement aux conversations qui se déroulaient autour d'elle. D'habitude, ce n'était pas le cas. Soit elle restait silencieuse, ne sachant pas comment contribuer aux discussions, soit on l'ignorait.

Elle fit la connaissance de Luna, la fille de Robert, qui venait aider son père quand elle le pouvait. Étudiante à l'université de Los Alamos, Luna était belle, dotée de longs cheveux bruns et d'yeux marron pleins d'intelligence. Et aussi accueillante que tous les autres.

Bien trop vite, il fut temps de retourner au chalet de Pipe. Presque à contrecœur, Cora prit congé de tout le monde. Elle détestait l'idée que c'était peut-être la dernière fois qu'elle les voyait. Ce qui fut une autre révélation.

— Sois prudente, murmura Alaska en serrant Cora dans ses bras.

— Je n'y manquerai pas.

— J'espère que tu retrouveras ta copine, lui glissa l'adorable Jasna, avant de s'enfuir, sans doute pour surfer sur Internet à la recherche de vidéos de la relève de la garde.

— Ne sous-estime pas ce type, ajouta Henley en fronçant légèrement les sourcils. Je ne suis pas au courant de tout de ce qui se passe, mais si quelqu'un a kidnappé ton amie, il l'a fait pour une raison qui lui tient à cœur. Et il ne va vouloir ni l'admettre... ni la laisser partir.

— Je sais, dit Cora.

Et en effet, elle était déjà parvenue à cette conclusion, avant même d'apprendre qu'il utilisait les cartes de crédit de Lara dans un club de strip-tease.

— Ramène-la ici, reprit Reese en la serrant dans ses bras. Avant que tu ne rentres chez toi, je veux dire.

Cora ne savait pas trop quoi répondre. Tout d'abord, elle était plus heureuse qu'elle ne pouvait l'exprimer de voir Reese aussi certaine de la libération de Lara et de leur aptitude à l'éloigner de Ridge. Et elle-même voulait plus que tout revenir ici. Mais il restait le problème des chalets, réservés depuis des mois, et son ignorance de ce que Lara voudrait.

— On verra, finit-elle par répondre.

Reese acquiesça, puis recula.

Ryan s'approcha ensuite d'elle et la serra longuement dans ses bras. Ce faisant, elle lui chuchota à l'oreille :

— Sois maligne. Les types comme celui qui a enlevé ton amie ne sont pas aussi futés qu'ils le pensent. Ils commettent toujours des erreurs. Attends ce moment-là et profites-en.

Cora hocha la tête lorsque Ryan s'écarta. Elle la fixa dans les yeux pendant quelques secondes et, à cet instant, Cora devina que Ryan devait cacher beaucoup de choses aux yeux du monde. Elle voyait chez elle ces boucliers auxquels elle-même recourait. Mais cette impression disparut rapidement, avec le sourire en coin de Ryan.

— Et si ce riche connard possède un hélicoptère ou quelque chose du genre dans les parages, Owl et Stone sauront le piloter... Je pense que vous devriez le lui confisquer, tout comme il t'a privée de ton amie.

Tout le monde s'esclaffa autour d'elles, mais Cora se contenta de sourire. Il y avait quelque chose dans l'expression de Ryan qui lui faisait penser qu'elle ne plaisantait pas vraiment. Elle se demanda si celle-ci détenait des connaissances que n'avaient pas les autres femmes, si elle avait surpris une discussion des hommes. Cela étant, elle n'eut pas le temps de l'interroger, car Robert fut là, soudain.

Il la serra dans ses bras et lui dit qu'une fournée de cookies l'attendrait le lendemain matin pour qu'elle les emporte avec elle. Elle fit ses adieux à Jess, Carly et Jason, respectivement deux des femmes de ménage et l'homme en charge de la maintenance. Ensuite, les amis de Pipe lui firent relever le menton pour plonger leurs yeux dans les siens et lui promettre d'être là, bon pied bon œil le lendemain matin, puis on l'expédia vers le chalet de Pipe.

Ils s'y rendirent en silence, mais ce silence n'avait rien d'inconfortable. Pipe déverrouilla sa porte et l'ouvrit pour la refermer aussitôt derrière eux.

— Je pense qu'on devrait renoncer à la terrasse, ce soir, vu qu'on doit se lever tôt. Si tu as besoin de quoi que ce soit, fais-le-moi savoir.

Cora acquiesça et se dirigea vers la chambre d'amis, où elle avait passé la nuit précédente. Elle avait besoin de temps et d'espace pour réfléchir. Son monde entier avait été bouleversé au cours des deux derniers jours, tout ce qu'elle croyait savoir avait été chamboulé. Elle s'était toujours pensée bizarre, trop étrange pour que les gens se sentent à l'aise avec elle. Comme si elle avait une sorte de signe au néon, seulement visible par autrui, qui annonçait au monde qu'elle n'était pas à la hauteur. Que le rejet dont elle avait été l'objet par tous ceux qui auraient dû l'aimer et se soucier d'elle lui interdisait de laisser les autres approcher.

Mais les deux petits jours qu'elle venait de passer au

Refuge l'avaient fondamentalement changée. La plupart des gens lèveraient les yeux au ciel et la jugeraient ridicule. Diraient que la visite de ce lieu n'avait pas pu changer aussi rapidement ses sentiments à l'égard du monde. Mais ils auraient tort.

Pipe et ses amis lui avaient prouvé que peut-être, juste peut-être, elle était digne d'avoir des amis. Que si toutes les personnes de son passé l'avaient rejetée, ce n'était pas lié à elle, mais plutôt à eux. Cette révélation était troublante. D'autant que Cora se rendait compte qu'une grande partie de ses difficultés à se faire des amis étaient dues à son attitude. Elle s'attendait à ce qu'on ne l'aime pas.

Elle passa aux toilettes, se brossa les dents et enfila un tee-shirt trop grand avant de se glisser sous les couvertures. Fixant le plafond, Cora se demanda pour la première fois depuis quelques heures ce que faisait Lara en cette seconde précise. Est-ce qu'elle souffrait ? Est-ce qu'elle allait bien ? Peut-être qu'elle était partie de son plein gré en Arizona... mais savait-elle que Ridge dépensait son argent ? Était-elle au courant pour le club de strip-tease ?

Elle avait trop de questions et pas assez de réponses, mais grâce à Pipe et à ses amis, elle espérait en obtenir bientôt.

Fermant les yeux, Cora poussa un long soupir. Elle devait se reposer pour être capable de déjouer les manigances de Ridge demain. Il lui fallut un certain temps, mais elle finit par sombrer dans un sommeil agité.

* * *

— Non !

Pipe se réveilla en sursaut et fut sur pied avant même d'avoir pris conscience de l'exclamation paniquée de Cora.

Il avait laissé la porte de sa chambre ouverte, pour le cas où, et il s'en félicitait. Il avança silencieusement, à l'affut d'un éventuel danger tapi dans l'obscurité. Il arriva sans encombre à la porte de la chambre d'amis, mais entendit Cora crier une fois de plus.

— Je serai gentille ! S'il vous plaît, laissez-moi rester !

Son cœur se brisa. À première vue, elle semblait confiante et effrontée. Mais vu ce qu'elle avait dit concernant son désir de fonder une famille, et après avoir entendu ce qu'elle avait vécu en tant qu'enfant dans le système des familles d'accueil, il était évident qu'elle luttait encore contre son passé.

Pipe alluma le couloir et ouvrit la porte de la chambre d'amis. Grâce à la lumière du couloir, il vit Cora se tourner et se retourner dans le grand lit. Il se porta aussitôt à ses côtés, uniquement préoccupé par son désir de la calmer.

— Cora, dit-il à voix basse, pour ne pas la prendre au dépourvu. Réveille-toi.

Ses mots ne parurent pas traverser son cauchemar.

— Je promets de ne pas vous causer d'ennuis. Ne me renvoyez pas !

Le cœur de Pipe ne pouvait pas en supporter davantage. Il s'assit sur le bord du matelas et posa les mains sur les épaules de Cora, pour la secouer doucement et tenter à nouveau de la réveiller.

— Cora, mon amour, réveille-toi. Tout va bien, tu fais un cauchemar.

En réponse, elle ouvrit brusquement les yeux et elle porta sur lui un regard vide pendant plusieurs secondes... avant de prendre une énorme inspiration qui se transforma en sanglot.

Pipe s'allongea à côté d'elle et l'attira dans ses bras. S'il avait réfléchi, il n'aurait peut-être pas agi avec autant d'audace. Mais il brûlait de l'apaiser.

— Chhhhhuut, murmura-t-il en la sentant se blottir contre ton torse. Tout va bien. Ce n'était qu'un rêve. Tu es en sécurité.

Il fit aller et venir ses mains le long de son dos tandis qu'il la tenait contre son torse nu. Il était venu la trouver en boxer, il en prenait seulement conscience maintenant. D'habitude, il dormait nu, mais par respect pour Cora, il avait enfilé des sous-vêtements. Cora, de toute manière, ne semblait pas remarquer ou se soucier de ce qu'il portait ou ne portait pas. Elle enfonça son nez dans sa poitrine et il la sentit trembler contre lui.

— Ce n'était pas un rêve, balbutia-t-elle après avoir retrouvé une respiration normale. C'était un souvenir. Un parmi tant d'autres. J'arrivais dans une nouvelle maison, je baissais ma garde, puis je découvrais qu'on me renvoyait. J'étais trop vieille, trop taciturne, trop bruyante, trop stupide, trop lente, trop laide..., expliqua-t-elle avec un soupir. En fin de compte, les raisons invoquées n'avaient pas d'importance. J'étais comme un chien errant qu'ils auraient recueilli, avant de se rendre compte que je leur causais plus d'ennuis qu'ils ne l'avaient imaginé.

Pipe détestait le désespoir qu'il entendait dans sa voix.

— C'est leur faute, déclara-t-il un peu trop durement, mais incapable de se montrer moins agressif. Tu n'as rien fait de mal.

Elle ne répondit pas, elle parut seulement chercher à s'approcher encore.

Pipe réalisa avec une clarté soudaine qu'on n'avait sans doute guère été tendre avec elle. Son statut d'enfant placée ne lui avait probablement pas valu de beaucoup de câlins dans sa jeunesse. Il resserra ses bras autour d'elle. Eh bien, c'était fini, à partir maintenant. Il veillerait à ce que cette femme sache qu'elle était digne d'amour. D'être aimée. D'être touchée avec affection. Il n'avait jamais été un homme démonstratif, mais pour Cora ? Il pourrait changer.

Ils restèrent ainsi, Cora collée contre son torse, pendant un long moment. La croyant endormie, Pipe relâcha son emprise sur elle, avec l'intention de retourner dans sa chambre. Mais dès qu'il tenta de s'éclipser, elle gémit et s'agrippa à lui.

— Tu ne veux pas rester ? murmura-t-elle, dès qu'il l'eut à nouveau entourée de ses bras.

— Tu es sûre ?

En réponse, Cora hocha la tête contre lui.

— Je serai probablement très gênée demain, mais je... Tu peux rester ? Ce n'est pas une invitation pour... tu sais. C'est juste que... c'est si bon d'être contre toi. En sécurité.

Pipe fit taire sa colère. Il détestait la voir se sentir obligée de préciser qu'elle n'avait pas le sexe en tête dans son invitation. Bien sûr que non. Elle avait fait un cauchemar et se sentait déstabilisée. Il n'était pas le genre d'homme à en profiter.

— Il n'y a pas de quoi être gênée, lui dit-il. Je n'ai jamais été aussi à l'aise qu'en ce moment, mon amour.

Ni l'un ni l'autre n'ajouta quoi que ce soit. Pipe n'avait pas besoin de mots. Il se contentait de la tenir dans ses bras et de l'abriter de la tempête de souvenirs qui tentait de la submerger.

Elle s'endormit quelques minutes après qu'il eut promis de rester, et Pipe demeura éveillé, la tenant dans ses bras, l'esprit tournant à plein régime.

Il avait souvent entendu le dicton : « Sois gentil. Chaque personne que tu rencontres traverse une bataille dont tu ne sais rien », mais ce soir, c'était la première fois qu'il le comprenait vraiment. Extérieurement, Cora avait l'air d'avoir les choses en main. Elle avait un travail, une meilleure amie et donnait l'impression d'être solide et satisfaite, voire heureuse. Mais au fond, elle avait du mal. Tout comme lui, certains jours.

Dans l'ensemble, Pipe était satisfait de sa vie. Mais ce qui s'était passé lors de la dernière mission continuait à lui inspirer une certaine rancœur. Il avait eu l'impression de ne pas avoir d'autre choix que de déménager dans un autre pays et de s'allier à des hommes qu'il ne connaissait pas s'il voulait survivre.

Ces hommes étaient devenus ses meilleurs amis. Le Refuge faisait autant partie de lui que son passé de membre des SAS. Et pourtant, il y avait des jours où il ne voulait rien faire d'autre que s'asseoir sur son toit et ruminer amèrement son passé.

Cora avait connu bien pire, et à un âge très tendre. Alors qu'elle aurait dû se préoccuper de garçons, de maquillage ou de réussir ses examens, elle avait dû penser à l'endroit où elle dormirait nuit après nuit, se demander si l'adulte à qui elle avait été confiée n'allait pas essayer d'abuser d'elle de la pire façon qui soit. Et le bilan émotionnel de tous ces traumatismes était clair : elle avait presque quarante ans et faisait encore des cauchemars sur son enfance.

Pipe posa le menton sur le sommet de son crâne et ferma les yeux. Il aurait aimé pouvoir remonter le temps et arranger les choses pour elle, mais c'était bien sûr impossible. Ce qu'il pouvait faire, c'était s'assurer que la seule personne au monde dont elle se savait aimée telle qu'elle était, à savoir Lara, allait bien.

Et après ? Il travaillerait dur pour lui prouver qu'elle était aimée des autres. Qu'elle avait des amis et du soutien.

Qu'il n'allait pas lui tourner le dos parce que d'autres l'avaient fait avant.

Il aurait dû être bien plus paniqué par la direction que prenait son esprit, pourtant il ne ressentait rien d'autre qu'un immense sentiment de paix.

Il avait déjà décidé que si elle était réceptive à l'idée, il déménagerait volontiers à Washington, pour voir si quelque chose était possible entre eux.

Mais allongé là, avec Cora dans ses bras… il changea d'avis.

Au lieu de lui proposer immédiatement de partir à l'autre bout du pays, il allait d'abord tenter de la convaincre de rester ici. Au Nouveau-Mexique. Au Refuge. Les femmes de Brick, Spike et Tonka avaient fait ce choix, et elles étaient follement heureuses.

Cora aimait le Refuge, ce n'était pas difficile à voir, même en n'y ayant passé que peu de temps. Elle avait sa place ici. C'était un havre de paix et de guérison, dont elle avait besoin. Et un retour à Washington où des gens dans le genre d'Eleanor étaient incapables de voir la personne extraordinaire qu'était Cora lui apparaissait comme une erreur.

Il y avait des écoles maternelles à Los Alamos, où elle pourrait travailler… et n'avaient-ils pas tous parlé d'ouvrir le Refuge aux personnes ayant des enfants ? Elle pourrait s'occuper d'une garderie sur le site.

Plus il y pensait, plus Pipe aimait cette idée. Bien sûr, ce n'était pas parce que l'idée lui plaisait qu'il en irait de même pour Cora. Trop de gens lui avaient tenu de beaux discours, mais dès qu'il avait fallu agir, ils lui avaient tourné le dos. Il allait devoir lui montrer, pas seulement en paroles, qu'il considérait ce qui se développait entre eux avec le plus grand sérieux.

Et il commencerait par retrouver Lara et réunir les deux meilleures amies. Après ? Il prendrait les choses au jour le jour. Mais il était certain d'une chose : même s'il avait tiré la courte paille et rechigné à y aller, cette vente aux enchères avait été la meilleure chose qu'il ait jamais faite de sa vie : ça l'avait mené tout droit à Cora.

14

Cora se réveilla le lendemain matin avec Pipe qui l'embrassait sur le front. Il se tenait sur le côté du lit, penché sur elle, pour l'envelopper de ses bras.

— Bonjour.

— Bonjour, marmonna-t-elle.

— Il faut qu'on se lève pour se préparer à partir.

— D'accord.

Il sourit.

— Tu es réveillée ?

— Oui.

— Tu es sûre ?

— Oui, oui.

Il sourit encore plus largement.

— D'accord. Je vais préparer le café. Si je n'entends pas l'eau couler dans trois minutes, je ne te laisserai pas toucher à mon breuvage spécial à la cerise noire.

— Méchant, grommela Cora.

En réponse, Pipe se pencha et l'embrassa, sur les lèvres, cette fois.

— Lève-toi, répéta-t-il, avant de se lever et de se diriger vers la porte.

Cora ne put s'empêcher d'admirer ses fesses pendant qu'il s'éloignait.

Elle se rendit compte alors qu'il ne portait rien d'autre qu'un boxer. Elle aurait dû se sentir gênée ou intimidée, au lieu de quoi elle se sentait plutôt... détendue.

Parvenu à la porte, Pipe se retourna.

— Cora ?

— Oui ?

— J'ai mieux dormi la nuit dernière que depuis une éternité, lâcha-t-il avant de lui sourire. Tu as trois minutes.

Puis il disparut.

Cora soupira et ferma les yeux en s'étirant. Elle aussi avait dormi comme un roc. Enfin, après son cauchemar. Elle détestait les rêves qu'elle faisait encore de temps en temps. Elle avait essayé tant bien que mal de tirer un trait sur son passé, mais il arrivait que son cerveau se remette à ressasser son enfance pourrie, comme pour lui rappeler que les choses pouvaient toujours mal tourner... ou empirer.

À la seconde où les bras de Pipe s'étaient refermés sur elle, la veille au soir, elle s'était sentie en sécurité. À l'abri des horreurs de son enfance, des railleries des autres enfants sur son absence de famille, la peur d'être sans abri, tout cela.

— Deux minutes et demie ! lança Pipe depuis sa chambre, au bout du couloir.

Cora ne put ravaler le rire qui s'échappa de ses lèvres. Il était difficile de croire qu'elle trouvait quelque chose de drôle en cet instant, compte tenu de ce qui les attendait, les autres et elle, plus tard dans la journée, mais c'était pourtant le cas.

— J'y vais, répondit-elle en jetant ses jambes au bas du lit et en se dirigeant vers la salle de bains.

Au lieu de s'attarder sur son cauchemar, ou sur le fait que Pipe avait passé la nuit dans son lit, à la tenir serrée contre lui, elle ne laissa qu'une infime goutte d'excitation couler dans ses veines. Elle avait fait tout ce qui était en son pouvoir pour en arriver là, pour découvrir ce qui était vraiment arrivé à Lara. Et aujourd'hui, c'était chose faite. La police ne l'avait peut-être pas crue, ni les parents de Lara, mais elle était plus certaine que jamais, surtout après tout ce que ce Tex avait découvert, que Lara était retenue contre son gré.

Tout ce dont elle avait besoin, c'était de l'atteindre, de faire admettre à Lara qu'elle voulait rentrer chez elle, et elles sortiraient de là. Ridge ne pourrait pas les arrêter, pas avec Pipe, Owl et Stone pour assurer leurs arrières.

Cora serra les dents, déterminée. Elle ne quitterait pas l'Arizona sans Lara. Quoi qu'il lui en coûte, elle s'assurerait que son amie était en sécurité.

* * *

Quelques heures plus tard, la détermination de Cora était un peu retombée et la nervosité avait pris le dessus. Le vol s'était déroulé sans encombre et ils avaient tous les quatre loué une Jeep Wrangler. Ils étaient maintenant garés dans la rue, à quelques pas du manoir de Ridge Michaels.

— Donc je vais vraiment aller frapper à la porte ? demanda Cora, nerveuse.

— Je pense que c'est mieux que de rôder autour du domaine et de risquer une inculpation pour intrusion, répondit Stone en haussant les épaules.

— Je suis d'accord, mais tu n'iras pas toute seule, précisa Pipe.

Cora le regarda et se rendit compte qu'il était extrêmement tendu. Ils étaient assis sur la banquette arrière, tandis que Stone et Owl étaient à l'avant. Ce dernier avait les yeux rivés sur la maison, prenant des photos depuis le siège passager en attendant que… quelque chose se passe.

— J'aurai peut-être plus de chances de parler à Lara si je suis seule, avança Cora. On ne peut pas dire que vous ayez une mine rassurante, les gars.

— Et Michaels pourrait décider de te kidnapper, toi aussi, rétorqua Pipe. Si Stone ou Owl sont avec toi, ça n'arrivera pas.

Cora pencha la tête en étudiant Pipe.

— Pourquoi eux ? Pourquoi pas toi ?

Pipe ricana.

— Oui, bien sûr.

— Non, sérieusement, pourquoi pas ?

— Regarde-moi, mon amour. Un type plein aux as comme Ridge Michaels ne laissera jamais quelqu'un comme moi entrer chez lui. Il me regardera et saura qu'il y a quelque chose qui cloche.

Cora fronça les sourcils, mécontente de la façon dont il se dénigrait.

— Ou peut-être qu'il te regardera et réalisera qu'il a merdé. Il fera dans son froc et nous laissera ramener Lara sans faire d'histoires.

Elle vit Pipe étouffer un sourire.

— Ce n'est pas drôle ! protesta Cora.

— Il fera dans son froc ? demanda Pipe.

Cora essaya de ne pas sourire, mais elle était tellement énervée, tellement pleine d'énergie nerveuse, qu'elle ne put se taire.

— Oui, eh bien, les jurons n'ont pas vraiment joué en ma faveur, alors j'essaie de les atténuer.

— On s'en fout si tu jures, répliqua Owl depuis le siège avant.

— Je veux, répondit Stone. On n'est pas exactement avares en jurons, nous-mêmes.

— Et, pour information, je suis d'accord avec Cora, ajouta Owl. Si Michaels te voit avec elle, il saura qu'elle a du soutien. Il n'est pas certain qu'il livre sa petite amie, mais...

— Ce n'est pas sa petite amie, grogna Cora.

— C'est vrai, désolé.

— Je ne pense toujours pas que ce soit une bonne idée, mais OK. Je ne te laisserai pas y aller toute seule. Cela dit, je vous préviens, si ce Michaels tente quoi que ce soit, s'il touche Cora, je ne peux pas vous promettre de garder mon sang-froid.

— Noté, dit Stone.

— Cool, ajouta Owl.

— Alors, quel est le plan ? demanda Cora. Est-ce qu'on a une histoire à lui servir ?

— Une couverture ? Cora, il sait qui tu es, que tu vis à Washington, et le fait que tu surgisses sur le pas de sa porte, en exigeant de voir Lara, ça ne devrait pas être une grande surprise pour lui. Vu la proximité qui est la vôtre, à toutes les deux. Nous n'avons pas besoin de couverture.

— C'est vrai. Désolée, je suis juste nerveuse.

Pipe prit dans sa main la sienne.

— Je serai là.

Prenant une profonde inspiration, Cora acquiesça.

— Je sais. Et j'apprécie.

— Owl, tu vois quelque chose qui a échappé aux photos satellites que Tex nous a envoyées ?

— Oui, tu sais, le grand espace plat qu'on pensait être

des courts de tennis ? répondit l'interpellé, ses jumelles rivées sur la maison.

Il n'y avait pas beaucoup d'arbres dans ce quartier chic pour bloquer la vue de la maison. Le périmètre du domaine était délimité par un muret de briques, assez facile à voir et à escalader, si nécessaire. Des cactus étaient disséminés dans tout le quartier, et la maison qu'ils surveillaient avait un portail qui barrait son allée.

— Oui ? Et donc ? voulut savoir Pipe.

Owl abaissa ses jumelles et se retourna, tout sourire, vers Stone.

— Ce n'est pas un court de tennis. C'est un héliport.

— Sans déconner ? demanda Stone, en se redressant pour observer la maison.

— Oui. Je vois les pales d'un hélicoptère dépasser de derrière la maison.

— Ridge a un hélicoptère ? insista Cora.

Elle sentait des picotements à la base de sa colonne vertébrale. Elle se souvint des paroles de Ryan qui lui suggérait de voler l'hélicoptère, tout comme Ridge avait kidnappé Lara, et elle se demanda à nouveau si la jeune femme était au courant de l'existence de cet appareil ou si elle ne faisait que supposer.

— On dirait un R66 Turbine, constata Owl en levant à nouveau les jumelles.

Stone siffla tout bas.

— Ce n'est pas donné. Car ce n'est pas l'hélicoptère civil le plus cher qui existe, mais il n'est pas vraiment bon marché.

— Comment peut-il se le permettre s'il utilise les cartes de crédit de Lara ? demanda Cora.

— C'est ce que j'aimerais savoir. Mais c'est peut-être celui de papa. Et pourquoi en a-t-il besoin ? ajouta Pipe.

— Eh bien, j'imagine que pour l'instant, ça n'a pas d'importance. Je suis de plus en plus nerveuse de rester assise ici. Est-ce qu'on peut y aller ? demanda-t-elle. Je veux voir Lara de mes propres yeux.

Stone se retourna.

— Sois prudente, dit-il.

Malgré son envie de lever les yeux au ciel, elle hocha la tête.

— Pour commencer, on se contente de recueillir des infos, ajouta Owl. On doit savoir ce qui se passe dans cette maison. Si les employés l'aident dans ses manœuvres avec Lara ou s'ils n'ont aucune idée de ce qui se passe. Dans le meilleur des cas, Lara part avec toi, mais s'il ne te laisse pas la voir, ne perds pas ton sang-froid, Cora. On reviendra simplement avec un autre plan.

— Oh, vous et vos plans ! marmonna-t-elle.

Stone s'esclaffa.

— D'accord, allons-y, dit Pipe.

Il exerça une petite pression sur ses doigts avant de la lâcher et d'attraper la poignée de la porte.

Cora sortit de son côté. Bon sang, elle n'arrivait pas à croire qu'elle se trouvait vraiment ici. Et qu'elle avait trois anciens militaires à ses côtés. C'était bien plus de soutien qu'elle n'en avait rêvé.

— Pourvu que ça marche, marmonna-t-elle.

Et dans la seconde qui suivit, Pipe fut à ses côtés. Il lui prit la main, et la sensation de ses doigts chauds autour des siens contribua grandement à apaiser sa nervosité.

Pipe commença à marcher vers la maison, en parlant discrètement, tout en avançant.

— Reste calme, quoi qu'il dise. Ne montre pas que tu es au courant pour les cartes de crédit. Dis simplement que tu es ici parce que tu t'inquiètes pour Lara, et que tu as pris des vacances, histoire de venir t'assurer qu'elle allait bien.

— Je sais, répliqua Cora.

Ils en avaient déjà parlé, mais elle avait toujours peur de tout gâcher en disant ce qu'il ne fallait pas.

Elles se dirigèrent vers le long portail de l'allée, que flaquait une entrée pour les piétons. À la grande surprise de Cora, elle n'était pas fermée à clé. Ils entrèrent directement et empruntèrent l'allée.

La bâtisse était grande, mais pas autant que certains manoirs qu'elle avait vus. La façade était ornée d'immenses colonnes blanches, ce qui était un peu kitsch ici, dans le sud-ouest, où une architecture se fondant dans l'aménagement paysager aurait été plus appropriée. Il n'y avait pas beaucoup d'herbe dans la cour, surtout occupée par de la pierre concassée. Cora vit quelqu'un sur le côté de la maison, en train de travailler dans la cour, mais à cette exception près, elle avait l'impression que Pipe et elle étaient les seules personnes dans le domaine.

— Inspire profondément, tu peux le faire, lui dit Pipe en lui serrant les doigts.

Sans l'homme à ses côtés, Cora n'aurait jamais pu y arriver, elle en était certaine. Elle aurait fait n'importe quoi pour son amie, mais la situation était plutôt effrayante, surtout après qu'elle en avait appris davantage sur Ridge. Si elle n'avait rien su, elle se serait probablement présentée à sa porte avec son intrépidité habituelle, mais comme elle connaissait les mensonges éhontés qu'il servait pour une raison inconnue et qu'elle ignorait si Lara était encore en vie, elle flippait un peu.

Ils atteignirent la porte d'entrée avant qu'elle soit prête. Elle se tourna vers Pipe et vit qu'il était sur le qui-vive. Il était à l'affut de... quoi ? D'un danger ? De salopards qui surgiraient de derrière un cactus avec un couteau ? Elle n'en avait aucune idée, mais une fois de plus, elle était contente de l'avoir à ses côtés.

Sans hésiter, il saisit le heurtoir de la porte et le cogna à plusieurs reprises. Le bruit sonore qu'il produisit chaque fois contre la plaque de métal faisait tressaillir Cora. Les mains moites, elle s'accrochait à Pipe comme si sa vie en dépendait.

Quelques minutes s'écoulèrent, puis Pipe frappa encore, avant qu'ils entendent du bruit de l'autre côté de la porte. Ridge avait-il mis autant de temps à venir parce qu'il essayait de cacher Lara ? Ou l'avait menacée ? Ou pour une autre raison tout aussi effrayante ?

Lorsque la porte s'ouvrit, ce ne fut pas Ridge sur le seuil, mais un homme qui devait avoir l'âge de Cora. Il était un peu plus grand que Pipe et extrêmement musclé. Elle fut aussitôt intimidée.

— Nous n'achetons rien de ce que vous vendez, lâcha-t-il en croisant les bras.

Son attitude, en irritant Cora, lui fit reprendre contenance. Elle carra les épaules et soutint son regard noir.

— Tant mieux, mais nous ne vendons rien. Je m'appelle Cora Rooney, et je suis ici pour voir Lara Osler.

— Elle ne reçoit pas de visiteurs, répondit l'homme sans hésiter.

— Moi, elle me verra, répliqua-t-elle en levant le menton avec obstination.

— Non, ce que je veux dire, c'est qu'elle n'est pas assez rétablie pour voir qui que ce soit.

L'estomac de Cora se retourna.

— Qu'est-ce qu'elle a ?

— Je ne vais pas commenter les problèmes de la

maîtresse de maison avec une inconnue qui se présente sur le pas de notre porte, ricana l'homme.

— Écoutez, je suis sa meilleure amie. Je sais tout ce qu'il y a à savoir sur Lara. Je sais qu'elle a de terribles crampes quand elle a ses règles et que seuls un coussin chauffant et de l'Advil peuvent l'aider. Elle déteste les fruits de mer et doit ôter de petits morceaux de champignons qu'on ne sent même pas dans les plats à base de crème de champignons. Croyez-moi, je ne suis pas une inconnue. Je la connais depuis qu'on a quinze ans, et je suis venue de Washington pour la voir et m'assurer qu'elle va bien.

— Elle va bien, répliqua l'homme, pas du tout impressionné par la déclaration de Cora.

— J'aimerais m'en assurer par moi-même, insista-t-elle.

L'homme demeura inébranlable.

— Désolé, non, s'entêta-t-il, sans avoir l'air le moins du monde désolé.

— Il serait dommage d'avoir à impliquer les autorités dans cette affaire, déclara Pipe. Tout ce qu'elle veut, c'est voir sa meilleure amie, s'assurer qu'elle va bien. Elle n'a pas reçu de ses nouvelles depuis longtemps, et Lara a quitté Washington de façon très soudaine. Vous nous laissez entrer, vous permettez à Cora de voir Lara, et on débarrasse le plancher.

Le regard de Mister Carrément Glaçant se porta sur Pipe. Cora eut la chair de poule alors qu'il l'étudiait de la tête aux pieds avant de plisser les yeux.

— Mme Lara ne se sent pas bien. Je suis sûr qu'elle sera heureuse de savoir que vous êtes passée. Je lui dirai de vous envoyer un texto un peu plus tard.

— Non ! hurla presque Cora.

Son cœur battait à mille à l'heure. Quelque chose ne tournait vraiment pas rond, elle le sentait dans ses tripes. Si elle avait pensé jusqu'à maintenant que quelque chose n'allait pas avant, elle en était convaincue désormais.

L'homme décroisa les bras et adopta une posture qui l'ancrait mieux dans le sol. Il était prêt pour une sorte de… quoi ? Cora ne savait pas. Une confrontation ? Pensait-il qu'elle allait lui sauter dessus ?

Mais les yeux de l'homme n'étaient pas dirigés sur elle, ils l'étaient sur Pipe.

Elle jeta un coup d'œil et comprit pourquoi l'homme avait changé d'attitude. L'apparence de Pipe pouvait être intimidante pour certains, Cora en était consciente, mais elle n'avait jamais eu peur de lui. Pas une seule fois.

Cela étant, en cet instant ? Si elle avait été la destinataire du regard qu'il lançait à Mister Carrément Glaçant, c'était elle qui ferait dans son froc. Il avait la mâchoire crispée, les yeux plissés, et il serrait le poing libre sur son flanc. Ses muscles étaient tendus, comme s'il était à une seconde de perdre son sang-froid face à ce type. Ce qui n'était probablement pas loin de la réalité.

— Dites à Michaels qu'on reviendra, annonça Pipe sur un ton qui parut avoir baissé d'une octave par rapport à sa voix habituelle.

— D'accord, bien sûr, dit Mister Carrément Glaçant.

— S'il vous plaît, dites à Lara que je suis venue, s'empressa d'ajouter Cora. Dites-lui que Jenny Thompson lui transmet également ses meilleurs vœux et qu'on se verra bientôt.

Elle ne se faisait guère d'illusions : il y avait peu de chance qu'on communique à sa meilleure amie que de l'aide était en route, mais rien ne l'empêchait d'espérer.

Pour ce qui était des indices, c'était nul, d'autant qu'il y avait sans doute moins de deux pour cent de chances que cet abruti transmette un message à Lara… si elle était encore en vie pour l'entendre.

Jenny Thompson était une fille qui s'en prenait à Cora au lycée. Ce n'était rien d'autre qu'une brute qui aimait la tourmenter en se moquant de sa vie en famille d'accueil, en affirmant que personne ne voulait d'elle. Un jour, Lara en avait eu assez de ces railleries et s'en était prise à Jenny, à qui elle avait lancé qu'il valait mieux être une enfant placée sans famille qu'avoir un meurtrier pour père.

C'était dur et cruel, mais cela avait eu l'effet escompté. Apparemment, tout le monde ne savait pas que le père de Jenny avait été reconnu coupable d'homicides au premier degré et condamné à la prison à perpétuité. Après ça, Jenny avait laissé Cora tranquille, avant de changer d'école, peu de temps après.

Cora voulait rappeler à Lara qu'elle la soutenait. Que quoi qu'il arrive, elle n'allait pas l'abandonner.

Mister Carrément Glaçant ne répondit pas à sa demande, mais continua de les fixer.

— Et faites savoir à Michaels qu'on se verra peut-être au Blue Moon, plus tard. J'ai entendu dire que c'était le meilleur endroit du coin, ajouta Pipe, avant de reculer d'un pas.

Cora suivit, non pas qu'elle ait le choix, car il lui serrait les doigts comme dans un étau.

Mister Carrément Glaçant plissa les yeux, mâchoire contractée, avant de se retourner et de leur fermer la porte au nez.

— Bon sang, grommela Pipe, tout en l'éloignant du porche pour la ramener dans l'allée.

— Je suppose que la porte qu'on a franchie à l'aller sera verrouillée à partir de maintenant, dit Cora, abasourdie.

— Probablement, convint-il.

Ils regagnèrent la Jeep et montèrent sur la banquette arrière.

— Alors ? demanda Stone avec impatience. J'en conclus que vous ne l'avez pas vue ?

— Non, en effet. Et si l'on en juge par le gorille qui nous a accueillis à la porte, ça se présente mal, déclara Pipe.

— Aucun signe de Lara ? demanda Owl.

— Non, répondit Cora, dépitée.

— Étape suivante… le Blue Moon, dit Pipe.

— Tu penses qu'il sera là quand tu as clairement dit que tu savais qu'il fréquente l'endroit ? demanda Cora.

— Non. Mais je veux parler à des gens. Voir s'il a dépensé tout cet argent sur une strip-teaseuse en particulier.

— Je veux toujours me renseigner sur cet hélicoptère, marmonna Owl.

— Ce doit être celui de son père. Mais il serait logique que Ridge l'utilise s'il ne veut pas que l'on sache qu'il a des problèmes d'argent. Se déplacer en hélicoptère, ça véhicule une certaine image, nota Stone en haussant les épaules.

Les hommes continuèrent à parler, mais Cora ne les écoutait plus. Elle se sentait incroyablement déçue. Elle avait vraiment espéré pouvoir s'entretenir avec Lara aujourd'hui. Qu'ils frapperaient à la porte et, après un seul coup d'œil à Pipe, Ridge la laisserait parler à son amie. Mais le refoulement clair et net dont ils avaient été l'objet, sans même avoir pu apprendre si Lara était vivante ou non… C'était un coup qu'elle avait du mal à digérer.

— On va à l'hôtel, lâcha brusquement Pipe, en sortant Cora du brouillard dans lequel elle était plongée.

— D'accord, fit Stone en tournant la clé de contact et en démarrant.

Cora garda les yeux rivés à la maison de Ridge alors même qu'ils passaient devant. Ça craignait d'être si proche, et pourtant d'être plus loin que jamais de découvrir ce qui arrivait à son amie.

Pipe serra à nouveau sa main. Il ne l'avait lâchée que le temps qu'ils grimpent tous les deux dans la voiture, et elle lui fut reconnaissante de son soutien silencieux.

Elle appréciait aussi qu'il lui ait épargné les platitudes du genre : Lara allait bien. Ils savaient tous les deux que ce n'était probablement pas le cas... vu la fermeté du refus de cet homme à les laisser entrer dans la maison.

Cora se retourna pour regarder le paysage qui défilait, les yeux pleins de larmes qui lui brouillaient la vue, pendant qu'elle s'efforçait de garder son sang-froid. Il était hors de question qu'elle perde Lara. Elle ne le supporterait pas.

Se sentant aussi seule que dans sa jeunesse, Cora tenta désespérément de ne pas se mettre à hurler.

Puis elle sentit Pipe se pencher vers elle, mais elle ne se retourna pas pour le regarder, car elle ne voulait pas qu'il voie ses larmes.

— Je te donne ma parole, mon amour, on va l'aider.

Cora ferma les yeux. Il était suffisamment proche d'elle pour que son souffle lui réchauffe le cou lorsqu'il lui parlait directement à l'oreille. Elle acquiesça sans pour autant se retourner. Impossible d'imaginer un monde sans Lara. Elle était son roc. Son ancre. Elle était calme, gentille, fiable, parfait équilibre par rapport à l'audace de Cora et à sa propension à agir avant de réfléchir. Sans elle, Cora serait perdue.

Il fallait que Lara aille bien. C'était tout simplement une nécessité.

<h1 style="text-align:center">15</h1>

Pipe n'aimait pas le mutisme de Cora. D'ordinaire, elle dégageait un sentiment d'acharnement. D'entêtement. Mais après avoir rencontré le connard qui avait refusé de les laisser voir Lara, elle semblait sombre. Presque abattue. Et il détestait ça. Il préférait de loin la femme qui n'avait pas peur d'être en désaccord avec les forces de l'ordre et les parents de Lara. Qui leur tenait tête, à lui et à ses amis. Qui faisait ce qu'elle jugeait nécessaire sans hésiter.

Il l'avait laissée dans leur chambre d'hôtel, qu'elle n'avait eu aucun problème à partager avec lui, pour parler à Owl et Stone. Il avait d'abord voulu se rendre au Blue Moon pour enquêter, mais il s'était facilement laissé convaincre par ses amis. Il ressentait un besoin viscéral de rester avec Cora. De s'assurer qu'elle allait bien. Ce n'était pas comme s'il redoutait qu'elle entreprenne quelque démarche irréfléchie, c'était plutôt qu'il ne supportait pas de la voir souffrir et de ne pas être là pour essayer de soulager sa douleur.

Lorsqu'il revint, Cora était assise exactement dans la même position qu'à son départ, une demi-heure plus tôt, apparemment perdue dans ses pensées. Pipe n'hésita pas à s'approcher de la chaise et à s'accroupir devant elle.

— Cora ?

Elle reporta son regard sur lui.

— Tu y vas bientôt ? demanda-t-elle d'une voix dénuée d'expression.

— Non. C'est Owl et Stone qui s'en chargent.

Elle fronça légèrement les sourcils.

— Je croyais que c'était toi qui devais y aller.

— J'ai changé d'avis. Ils sont en train de voir ce qu'ils peuvent trouver, et ils nous en informeront dans la matinée.

— Et ensuite ?

— On verra ce qu'ils ont découvert et on partira de là.

Le regard de Cora redevint distant.

— OK.

— Regarde-moi, ordonna Pipe.

Cora soupira, mais s'exécuta.

— On va entrer dans cette baraque et trouver Lara. Je te le jure, ajouta-t-il après avoir attendu en vain une réaction de sa part.

— Ça craint, Pipe. On est tout près du but, mais on n'a jamais été aussi loin de trouver des réponses. Je déteste ça. Vraiment, conclut-elle avec véhémence.

— On va comprendre ce qui se passe, lui promit-il en posant les mains sur ses épaules.

Elle le repoussa et se leva, pour arpenter le petit espace à côté du lit.

— Il faut qu'on fasse quelque chose maintenant ! On ne peut pas rester assis à attendre que ce connard lui fasse encore plus de mal. Qu'il la tue, s'il ne l'a pas déjà fait !

Pipe fut surpris par la soudaineté de ce passage de l'abattement à la colère... mais il était également heureux qu'il se produise. Il préférait de loin cette Cora à la coquille vide de tantôt.

Il s'approcha d'elle avec précaution.

— Ne me touche pas, le prévint-elle en levant la main.

Pipe ignora ses paroles comme sa main et l'attira brutalement dans ses bras. Cora lutta quelques secondes avant d'abandonner et de fondre contre lui. Alors elle l'enlaça et s'accrocha si fort à lui que Pipe n'était pas sûr qu'elle le laisse repartir un jour. Ce qui lui convenait parfaitement. Il marcha à reculons vers le lit et réussit à y grimper avec elle, toujours enroulée autour de lui.

Il la fit rouler sous lui et lui prit le visage entre ses paumes.

— Elle est vivante, déclara-t-il fermement.

— Tu n'en sais rien.

— Si. Dans le cas contraire, pourquoi Michaels ferait-il répondre à sa porte par une saleté de garde du corps ? Il a besoin d'elle en vie pour une raison ou une autre, probablement pour avoir accès à son argent. Dis-moi : est-ce que son trust continuera à payer si elle ne prend pas contact avec sa famille de temps en temps, ou avec la personne qui s'en occupe ?

Cora fronça les sourcils, surprise, comme si elle n'avait pas encore envisagé cette option.

— En fait, non. Je ne crois pas. Elle s'est plainte plus d'une fois de devoir appeler l'homme qui débloque l'argent sur son compte chaque mois. Apparemment, c'est un bavard. Elle a du mal à couper court à la conversation.

— OK, dit Pipe. Et si elle n'était pas en vie, j'ai le sentiment que Ridge n'aurait aucun problème à te rencontrer en personne. Il te raconterait simplement qu'elle est partie. Il inventerait une histoire comme quoi ils se sont disputés, qu'elle a fiché le camp et qu'il ne l'a pas revue depuis. C'est ce que font les meurtriers pour essayer de s'en sortir. Elle est vivante, Cora, je le crois de tout mon cœur, et je ferai tout ce qu'il faut pour l'éloigner de lui.

Cora le fixa pendant ce qui lui sembla durer plusieurs minutes, mais ne compta probablement que quelques secondes, en réalité.

Puis elle se hissa sur la pointe des pieds et colla ses lèvres aux siennes.

Elle l'embrassa presque désespérément. En grognant, Pipe roula jusqu'à ce qu'elle soit couchée sur lui. Cora leva la tête et le regarda, haletante.

— J'ai envie de toi, déclara-t-elle sans détour.

Chaque muscle du corps de Pipe se tendit. Il la désirait, lui aussi. Il avait même tellement envie d'elle qu'il en était effrayé. Mais il était hors de question qu'il profite de la situation actuelle.

Comme si elle pouvait lire dans ses pensées, elle fronça les sourcils.

— Arrête, ordonna-t-elle.

— Que j'arrête quoi ?

— Ne t'avise pas de penser que je ne sais pas de quoi je parle. Que je n'ai pas toute ma tête, que je suis influencée par le chagrin ou quoi que ce soit d'autre. Chaque fois que je fais quelque chose qui devrait te rebuter, te faire penser : « Waouh, cette femme est folle, il faut que je m'éloigne d'elle », tu fais tout ce que tu peux pour m'attirer plus près de toi. Je n'ai jamais connu quelqu'un comme toi, Pipe. Et je n'ai jamais ressenti ça auparavant.

— Ressenti quoi ? ne peut-il s'empêcher de demander.

— D'être sur le point d'exploser en mille morceaux, si je ne t'ai pas en moi. J'ai l'impression que d'être près de toi me donne de la force, je me sens digne d'affection. Digne... d'être aimée.

— Il n'y a aucun doute à avoir là-dessus, déclara-t-il avec fermeté.

Cora secoua la tête.

— Tu ne comprends pas, murmura-t-elle. Toute ma vie, j'ai eu l'impression d'être à l'extérieur, réduite à regarder ce qui se passait à l'intérieur. Je regardais les gens trouver l'amour, s'unir, et j'avais l'impression qu'il me manquait le gène qui m'aurait permis d'en faire autant. Mais avec toi... à la seconde où je t'ai vu sur cette scène, quelque chose s'est déclenché. C'était comme si je t'attendais.

Pipe se passa la langue sur les lèvres. Il avait ressenti exactement la même chose. C'était troublant. Il ne croyait pas vraiment au destin ou au coup de foudre. Mais avec cette femme, tout ce qu'il croyait savoir était sens dessus dessous. Comme si le destin se moquait de lui. « Tu vois ? » semblait-il lui dire.

— Tu es sûre ?

Il ne pouvait rien refuser à cette femme. Et Dieu sait qu'il la désirait autant qu'elle, apparemment.

En réponse, Cora attrapa le bas de son tee-shirt. Elle le lui fit passer par-dessus la tête avant qu'il puisse seulement cligner des yeux. Puis elle s'assit à califourchon sur lui, en soutien-gorge, et la bouche de Pipe devint sèche. Elle était si belle qu'il avait presque mal en la regardant.

Sa Cora était une femme pleine de rondeurs. Certaines personnes les trouveraient sans doute excessives, mais tout ce qu'il voyait, lui, c'étaient des courbes féminines que ses paumes brûlaient littéralement de toucher.

Il ne se rendit pas compte du temps qu'il passa, figé sous elle, mais assez longtemps pour qu'elle fronce les sourcils et qu'un air de doute assombrisse ses traits.

Il se reprocha d'avoir fait naître en elle ne serait-ce qu'une seconde d'incertitude.

Il se redressa brusquement et Cora poussa un petit cri de surprise avant qu'il ne l'embrasse. Il plongea la langue dans sa bouche, tout en la serrant étroitement contre lui, une main dans son cou et l'autre dans son dos. Sans réfléchir, il la fit remonter jusqu'au fermoir de son soutien-gorge, qu'il défit habilement, détacha les lèvres des siennes et s'écarta.

Elle lui sourit presque timidement et baissa les bras, laissant les bretelles du soutien-gorge tomber le long de ses biceps. Les bonnets recouvrant ses seins tombèrent eux aussi.

— Bon sang ! s'exclama-t-il en la voyant nue pour la première fois.

Elle était parfaite. Littéralement parfaite. Sous son regard, ses tétons commencèrent à durcir et il ne put s'empêcher de pencher la tête vers eux.

Elle l'aida en cambrant le dos lorsqu'il referma les lèvres sur l'un des tétons. Il suça. Fort. Et fut récompensé par le mouvement des hanches de Cora et le long gémissement qui sortit de sa bouche. Le téton durcit encore, comme s'il cherchait à être touché davantage.

Alors il lui donna ce qu'elle demandait sans mots. Il la dévora. Suçant, mordant, léchant. Et à chaque caresse, elle se tortillait plus fort. Sa Cora n'était pas une amante passive. Elle lui plantait ses ongles dans la peau tout en se balançant contre lui, exigeant plus.

Brusquement, Pipe la lâcha, pour la faire tomber à plat dos sur le lit. Déboutonnant son jean, il le fit brutalement descendre le long de ses jambes. À son grand soulagement, il entendit Cora glousser en soulevant ses hanches pour l'aider. Il avait oublié qu'elle portait encore ses chaussures, et il lui fallut un moment pour les lui enlever, ainsi que ses chaussettes, avant de retirer le jean.

Elle lui sourit en passant les pouces sous l'élastique de sa culotte et s'en débarrassa. Il l'aida et jeta le sous-vêtement au sol. Puis, sur un gémissement, il lui écarta les jambes.

— Oui, Pipe… s'il te plaît, oui.

Il avait plus besoin de la goûter que de respirer. Il ne s'y attendait pas lorsqu'il avait décidé de rester à l'hôtel pendant qu'Owl et Stone partaient enquêter au Blue Moon. Mais maintenant qu'elle était sous lui, il aurait été bien incapable de se retenir.

Cora porta les mains à sa tête et saisit presque brutalement ses cheveux, qu'il avait trop longs, pendant qu'il léchait sa fente. Elle avait un goût de paradis. Il n'avait jamais aimé ça et n'avait léché que quelques rares femmes. Mais Cora, il ne se lasserait jamais de son goût.

Comme elle avait coupé ses poils ras, il n'eut aucun mal à trouver son clitoris. Ayant exposé le petit bourgeon, il baissa la tête et le suça aussi fort que son téton.

En réponse, Cora poussa un cri et faillit lui arracher les cheveux.

— Pipe !

Il ne répondit rien, trop occupé. Fermant les yeux, il se perdit dans la sensation et le goût de Cora. Elle referma les cuisses autour de sa tête si bien qu'il avait désormais du mal à respirer, mais il s'en fichait.

Son sexe était trempé à présent. Il introduisit un doigt en elle tout en suçant et en taquinant son clitoris. Elle tressaillit une fois de plus, puis ouvrit brusquement les jambes aussi largement qu'elle le pouvait.

— Encore, Pipe. Plus fort !

Souriant contre elle, Pipe leva la tête et regarda son doigt disparaître dans le corps de Cora. Lorsqu'il le retira, il était luisant de ses fluides. Levant la tête et rencontrant son regard – il était ravi qu'elle le regarde lui donner du plaisir –, il aspira son doigt dans sa bouche. Cora écarquilla les yeux avant de laisser retomber sa tête sur le matelas.

— Cela devrait être un peu dégoûtant, mais honnêtement, c'est la chose la plus torride que j'aie jamais vue, lança-t-elle au plafond.

Pipe baissa à nouveau la tête pour lécher le clitoris de Cora. Encore et encore, à un rythme régulier. Tout en se concentrant dessus, il utilisa un doigt, puis deux, qu'il enfonça doucement.

Elle commença à bouger les hanches, baisant ses doigts, ce qui l'empêchait de maintenir sa bouche sur le bourgeon sensible. Le sexe de Pipe était si dur dans son jean qu'il lui faisait mal. Mais il n'allait pas s'arrêter pour défaire la fermeture Éclair afin de se soulager. Il n'était pas question de retirer ses mains ou sa bouche de l'entrejambe de Cora tant qu'elle n'aurait pas joui.

Son corps se mit à trembler à l'approche de l'orgasme. Pipe lécha plus vite, puis referma les lèvres autour de son clitoris et suça. Pendant un instant, Cora se figea... Lui faisait-il mal ? Mais elle poussa les hanches vers le haut, afin que les doigts de Pipe puissent pénétrer plus profondément à l'intérieur de son corps, et commença à convulser. Il déplaçait d'autant plus facilement les doigts que son orgasme avait lubrifié son sexe.

Jamais il ne s'était senti plus viril qu'en la tenant, tremblante, entre ses bras. C'était lui qui lui avait donné ce plaisir. Lorsqu'il sentit qu'elle commençait à s'écarter de sa langue, Pipe releva la tête, mais juste assez pour observer le flot régulier de ses fluides qui s'écoulait d'entre ses jambes. Il ne put s'empêcher de sourire de satisfaction.

— Pipe... j'ai besoin de plus.

Sa Cora avait besoin de plus ? Il allait le lui donner.

Il recula, remarquant qu'elle semblait cotonneuse, incapable de bouger lorsqu'il se mit à genoux pour enlever la chemise qu'il portait. Pipe n'avait pas honte de ses tatouages, mais il était arrivé qu'il se déshabille devant une femme et qu'elle les observe avec dégoût. Son torse et ses bras étaient un entrelacs de tatouages. Ils n'avaient pas de thème cohérent, il s'était simplement fait tatouer pour éprouver la paix que lui procurait l'aiguille.

À son grand soulagement, il ne lut aucune aversion dans le regard de Cora. Au contraire, elle se passa la langue sur les lèvres et se redressa, attrapant la fermeture Éclair de son jean.

Pipe aurait pu écarter ses mains, ôter son jean lui-même. Mais il appréciait trop ses mains sur lui pour l'en empêcher. La femme devant lui était une véritable déesse. Ses seins rebondissaient lorsqu'elle bougeait, ses cuisses étaient toujours écartées et il voyait les fluides de sa jouissance s'écouler entre elles. Son œuvre à lui. Et il recommencerait, jusqu'à ce qu'ils s'évanouissent tous les deux d'épuisement.

Jamais une partie de jambes en l'air n'avait été aussi agréable. Cora n'était pas le genre de femme à coucher avec un homme si peu de temps après l'avoir rencontré, mais elle ne ressentait pas un iota de regret pour ce qui était en train de se passer. Elle n'avait encore jamais joui aussi fort qu'avec Pipe. Il semblait savoir exactement comment la toucher et ne se souciait pas de son incapacité à rester passivement étendue sous lui pendant ce temps, même si cela lui compliquait la tâche. Ce qui était une bonne chose, car vu ce qu'il lui avait fait ressentir, elle n'aurait absolument pas pu rester immobile.

En le voyant à présent, à genoux au-dessus d'elle, son

corps tatoué entièrement visible, Cora sentit un nouvel afflux d'humidité entre ses jambes. Elle avait envie de lui. Mais elle voulait aussi s'assurer qu'il se sentait aussi bien qu'elle.

Pour une fois dans sa vie, assise devant lui, elle n'était pas gênée par son corps. Elle ne ressentait pas le besoin de rentrer le ventre, d'en faire disparaître les plis. Elle ne se souciait pas que ses seins soient dissemblables et un peu trop tombants à son goût. Comment aurait-elle pu s'en préoccuper quand Pipe la regardait et se léchait les lèvres comme s'il était impatient de lui refaire sa sucette personnelle ?

Le plaisir qu'il avait pris en la léchant n'avait pas été feint. Et lorsqu'il avait sucé le doigt couvert de ses fluides, elle avait failli avoir un orgasme spontané sur-le-champ. Mais même si elle appréciait qu'il la dévore, elle voulait l'avoir en elle, voulait qu'il la baise. Vite et fort.

Elle lui sourit et baissa la fermeture de son pantalon, en prenant soin de caresser son membre dans le processus. Il approcha les hanches, ce qui ne fit qu'élargir son sourire. Baissant pantalon et boxer, elle se pencha en avant, sans lui laisser le temps de s'en débarrasser. Elle inclina vers elle cette érection dure comme la pierre, en prit le gland dans sa bouche et suça aussi fort qu'il avait aspiré son téton.

Pour son plus grand plaisir, il poussa un juron – elle adorait l'entendre dire : « La vache ! » avec son accent britannique si sexy –, puis lui attrapa la tête tandis qu'elle faisait de son mieux pour lui donner du plaisir dans cette position inconfortable. Il oscillait sur ses genoux alors qu'elle le suçait.

Cora aimait le sexe. Cela ne voulait pas dire qu'elle couchait avec n'importe qui. En fait, elle était très pointilleuse sur le choix de ses partenaires sexuels, et elle aimait le pouvoir qu'elle détenait lorsqu'elle avait le sexe d'un homme dans la bouche.

Pipe n'était pas différent... et pourtant si. Ce n'était pas quelque chose qu'elle faisait simplement pour lui donner du plaisir à lui. Non, c'était plus profond que cela. Elle ne savait pas trop pourquoi ni comment, mais faire l'amour avec Pipe changeait sa vie.

Au lieu de se laisser effrayer, elle se réjouit de cette sensation.

Cora aspirait, suçait et utilisait ses mains pour caresser les bourses de Pipe pendant qu'elle lui donnait du plaisir. À un moment donné, il lui maintint la tête et commença à lui baiser la bouche... et Cora en adora chaque seconde. Elle lui enfonça les ongles dans les cuisses et tint bon tandis qu'il se perdait dans le plaisir qu'elle lui donnait. Au moment où elle le crut sur le point de jouir dans la gorge, Pipe parut se ressaisir.

Il se retira et la regarda pendant de longues secondes. Son membre dégoulinait de sa salive et des gouttes annonciatrices de son plaisir. Celle qui toucha sa jambe la fit frissonner.

Pipe bougea, un grondement sourd monta de sa gorge, et il se jeta pratiquement hors du lit. Il ne tarda pas à atterrir sur les fesses en se débattant pour enlever son jean malgré ses chaussures, sans succès.

Cora gloussa. S'était-elle déjà amusée en faisant l'amour ? Non. La réponse était définitivement non. Elle monta sur le lit et repoussa les couvertures pour s'allonger sur le drap. Se sentant plus sexy que jamais, elle croisa les bras derrière sa tête, écarta les jambes et attendit que Pipe, une fois débarrassé de ses vêtements, la rejoigne.

L'expression de convoitise sur son visage lorsqu'il se releva et la vit lui coupa le souffle.

Avant qu'elle puisse cligner des yeux, Pipe était au-dessus d'elle. Il la couvrait entièrement et elle adorait ça. Elle s'agrippa à ses biceps lorsqu'elle sentit son érection, toujours humide, se plaquer sur son ventre.

Elle baissa les yeux et soupira de plaisir à la vue de ce sexe si proche de l'endroit où elle la voulait. Où elle avait besoin qu'il soit.

— S'il te plaît, prends-moi, supplia Cora.

Il hésita.

— Qu'est-ce qu'il y a ? Qu'est-ce qui ne va pas ? demanda-t-elle, craignant soudain qu'il ait des doutes.

— J'ai plus envie d'être en toi que de respirer, mais je n'ai rien pour te protéger. Je ne m'attendais pas à ça, vraiment pas, alors je n'ai pas de préservatifs.

Cora tomba amoureuse à cet instant-là. N'importe quel autre homme aurait accepté ce qu'elle lui offrait sans broncher. Elle n'avait pas parlé de contraception, et certains hommes n'y auraient même pas pensé. Pipe n'était pas comme eux. Et elle ne l'en aimait que plus.

— Ce n'est pas le bon moment, lui dit-elle.

— Tu ne prends aucune contraception ? insista-t-il.

Le ventre de Cora se serra. Est-ce que c'était rédhibitoire ? Elle secoua la tête, car elle ne voulait surtout pas lui mentir.

— Tu pourrais tomber enceinte, dit-il, une lueur étrange dans les yeux.

— C'est possible, mais encore une fois, je ne pense pas que ce soit le bon moment.

— Je devrais faire ce qu'il faut. Attendre qu'on puisse se protéger. Mais je ne peux pas, Cora. Si tu tombes enceinte, je voudrais faire partie de la vie du bébé. Je ne serai pas un père absent. Oui ou non, mon amour, reprit-il devant ses yeux écarquillés Et sois sûre de ta réponse. Parce que si c'est oui, je vais te prendre toute la nuit. Une fois ne suffira pas. J'ai besoin de toi comme j'ai besoin d'air pour vivre. Je ne le comprends pas ce qui se passe, je m'en moque. Je sais au plus profond de moi que tu es faite pour moi. Mais si tu n'es pas sûre de vouloir être mère, de vouloir que je sois le père de ton enfant, tu dois refuser. Tout de suite.

Tout dans les paroles de Pipe faisait vibrer le corps de Cora. Il lui était difficile de croire que cet homme était réel. Il se pouvait qu'une fois la chaleur du moment calmée, une fois leur désir assouvi, il regrette ses paroles. Mais elle ne le pensait pas.

— Je ne peux pas imaginer un meilleur père pour mon enfant, murmura-t-elle.

En réponse, Pipe empoigna son érection dans ses doigts couverts de tatouages – ce qui était sexy comme l'enfer – et en fit courir le gland entre ses replis intimes. Cora ouvrit plus grand ses jambes.

L'instant d'après, il était en train de s'enfoncer en elle jusqu'à la garde. Il l'étira comme aucun homme ne l'avait jamais fait, et la petite douleur qu'il lui infligea fit encore grimper son excitation d'un cran.

— C'est bon ? demanda-t-il entre ses dents serrées.

— Encore ! supplia-t-elle.

Pipe sourit et plongea jusqu'à ce qu'il ne puisse plus s'enfoncer d'un millimètre supplémentaire. Les cheveux lui retombèrent sur le front tandis que, s'arc-boutant, il fixait l'endroit où leurs deux corps se joignaient.

— Comme ça ? demanda-t-il.

— Oui, répondit-elle entre deux halètements.

Elle s'attendait à ce qu'il entame ses va-et-vient, mais il resta en suspens au-dessus d'elle, le sexe fiché en elle.

— Pipe ? insista-t-elle avec un sourire.

— Oui ?

— Qu'est-ce que tu fais ? Bouge.

— Je ne peux pas.

— Quoi ? Pourquoi ? s'enquit-elle, soudain inquiète.

Elle venait d'avoir une vision démente, d'eux deux obligés d'appeler à l'aide, et des urgentistes arrivant dans la chambre pour le trouver coincé en elle.

— Parce que c'est la chose la plus incroyablement parfaite que j'aie jamais ressentie, et je ne veux pas que ça s'arrête. Tu es si sexy. Et si mouillée. Et tu me serres si fort que j'ai l'impression d'être sur le point d'exploser, si je bouge un muscle.

Cora se détendit. Dieu merci, tout allait bien.

— Moi aussi, j'adore te sentir en moi, dit-elle, même les mots ne correspondaient pas du tout à ce qu'elle ressentait, mais elle n'avait pas l'espace cérébral nécessaire pour élaborer de meilleurs compliments pour le moment.

Pipe la regarda fixement, pendant qu'il reculait lentement les hanches, puis s'enfonça à nouveau en elle.

Ils gémirent l'un et l'autre.

Il répéta plusieurs fois la manœuvre, mais, bien que ce soit agréable, Cora avait besoin de plus.

— Plus fort, Pipe.

Il l'ignora, préférant la torturer de ses lents va-et-vient.

En représailles, Cora lui enfonça ses ongles dans les fesses, geste auquel il se contenta de répondre par un sourire.

— J'aime tes griffes, mon amour. Vas-y, marque-moi.

Plissant les yeux, pendant qu'elle s'interrogeait sur ce qu'elle pourrait faire pour le stimuler, Cora se focalisa sur son torse. Comme il se maintenait au-dessus d'elle, en appui sur les bras, elle voyait les muscles de sa poitrine onduler au rythme de ses coups de reins réguliers. Mue par une impulsion, elle passa à l'action.

Se hissant sur les coudes, elle colla la bouche à son torse, juste au-dessus d'un téton, et suça aussi fort qu'elle le put.

La ruse semblait fonctionner. Pipe grogna. Puis Cora sentit une main dans sa nuque, la soutenant alors qu'elle s'échinait à lui faire le plus gros suçon qu'il ait jamais eu.

Pour son plus grand plaisir, ses va-et-vient contrôlés devinrent plus irréguliers. Au moment où elle pensait l'avoir suffisamment marqué, à sa demande, et où elle laissait retomber sa tête sur l'oreiller, il accéléra ses coups de boutoir de façon exponentielle.

Baissant les yeux, il sourit en voyant les rougeurs sur son torse.

— Mieux que n'importe quel tatouage. Peut-être que j'irai faire immortaliser ça à l'encre.

Cora lui sourit.

— Très bien. Comme tu voudras. Mais après m'avoir baisée, ordonna-t-elle.

Son sourire s'effaça lorsque Pipe commença – enfin ! – à la prendre plus fort.

Elle poussa ses hanches pour répondre à chacun de ses mouvements. Les claquements de leurs peaux retentissaient dans la pièce par ailleurs silencieuse. Avant qu'elle ne s'en rende compte, Pipe la pilonnait vite et fort, et la sensation était incroyable. Chaque fois qu'il plongeait jusqu'à la garde, elle ressentait un petit pincement de douleur, mais enrichissait d'autant l'expérience.

— Je vais jouir, la prévint-il en se tenant toujours au-dessus d'elle. Je vais me déverser en toi et regarder mon sperme s'écouler des lèvres gonflées de ton sexe, et puis je recommencerai.

— Vas-y, souffla Cora pour l'exciter.

Elle était encore loin d'un deuxième orgasme, mais elle

avait hâte de le voir perdre pied. Elle n'avait jamais rien vu de plus sexy que Pipe planant au-dessus d'elle, pendant qu'elle écartait les jambes autour de ses cuisses pour qu'il la prenne.

Il grogna, puis s'enfonça si profondément que Cora couina et jouit dans un grondement.

Cependant, au lieu de s'effondrer sur elle, comme elle s'y attendait, Pipe se redressa. Il lui écarta encore les jambes, resta enfoui en elle et commença à lui taquiner le clitoris.

— Pipe ! s'exclama-t-elle alors que l'orgasme qui semblait si hors de portée atteignait rapidement son paroxysme.

Il observait l'endroit où leurs corps se joignaient, se concentrant sur le plaisir qu'il lui procurait, et c'était presque irrésistible. Elle n'avait jamais eu un homme aussi déterminé à ce qu'elle jouisse, alors même qu'elle se serait contentée de l'orgasme qu'il lui avait donné plus tôt.

— C'est ça. Jouis sur ma queue. Je sens tes muscles palpiter autour de moi et c'est indescriptible. Laisse-toi aller, mon amour, laisse-moi sentir ton orgasme.

Entre deux halètements, Cora se brisa. Elle eut l'impression de voler, seulement retenue à la terre par sa prise sur les bras de Pipe. Elle avait les cuisses qui tremblaient à force de chercher à faire aller et venir ses hanches sur le membre de Pipe, mais il la tenait si fermement qu'elle ne pouvait pas bouger. Tout ce qui était à sa portée, c'était ressentir. Elle n'avait aucune idée de la durée de son orgasme, mais lorsqu'elle revint enfin à elle et regarda Pipe, il avait toujours les yeux rivés entre ses jambes. Elle sentait leurs fluides couler dans la raie de ses fesses.

— Regarde-nous, murmura-t-il lorsqu'il se rendit compte qu'elle était de retour avec lui.

Soulevant la tête, Cora baissa les yeux et prit une brusque inspiration.

Le sexe à moitié dur de Pipe était toujours profondément enfoui dans son corps, les lèvres de son sexe à elle étirées autour de lui. Leurs poils pubiens s'entremêlaient et ses cuisses tatouées obligeaient les siennes à s'écarter. C'était charnel et érotique, et elle se tortilla sous son emprise.

Levant les yeux vers son visage, elle lui sourit. Il roula brusquement sur le côté, ce qui fit sortit son sexe du sien. Cora s'assit sur lui, le membre de Pipe toujours entre leurs deux corps, humide de leurs fluides combinés, émergeant des replis gonflés et légèrement douloureux de son entrejambe.

— Je sens notre jouissance sur ma queue, lâcha-t-il.

Cora n'aurait jamais deviné que cet homme serait enclin aux paroles cochonnes. Mais elle aimait ça. Beaucoup.

— C'est ce qui arrive quand on n'utilise pas de préservatif, répliqua-t-elle en haussant les épaules.

Il fronça les sourcils.

— Tu as déjà fait ça avant ?

— Non. Mais je me suis documentée.

Son sourire revint. Il baissa la tête vers son torse, là où elle y avait apposé un suçon.

— Désolée, fit Cora avec un petit sourire en coin.

— Non, tu ne l'es absolument pas. Mais je vais te rendre la monnaie de ta pièce, dit-il.

Une seconde plus tard, il se relevait et collait la bouche sur la peau voisine de son téton.

Cora poussa un cri et tenta de s'éloigner de lui, mais il n'avait aucune intention de lâcher prise. Elle n'arrivait à rien. Gigotant et gloussant, il lui suçait la peau. Lorsqu'il s'écarta, ce fut la mine satisfaite qu'il examina ce qu'il avait fait.

— Bon sang, Pipe. Cela va laisser une énorme marque, se plaignit-elle.

— En effet, convint-il.

— Je crois que j'ai oublié de te dire que ma peau est très sensible, s'esclaffa-t-elle. J'attrape facilement un coup de soleil. Quand je me fais piquer par des insectes, j'ai les pires boutons qui soient. Je pense que ce suçon restera là jusqu'à ce que je sois une vieille femme aux cheveux blancs.

— Parfait. Si jamais il s'en va, je t'en ferai un autre, lui dit Pipe.

— Tu es impossible.

— Non, j'aime voir ma marque sur toi. Tout comme j'aime ta marque sur moi.

La situation redevint intense en un clin d'œil.

— Qu'est-ce qu'on fait ? chuchota Cora.

— Aucune idée. Mais cela me semble plus juste que tout ce que j'ai fait jusqu'à présent, déclara Pipe, solennel.

Cora ne pouvait rien objecter, car elle ressentait la même chose.

Elle sentit son sexe tressaillir contre elle et baissa les yeux, surprise de voir qu'il durcissait à nouveau.

— Déjà ? s'étonna-t-elle, incrédule.

Elle remua sur lui, pour le caresser de son entrejambe encore trempé.

— Apparemment, oui, lâcha Pipe. Prends-moi en toi et chevauche-moi.

Cora fronça les sourcils.

— Tu fais l'autoritaire, mais peut-être que je n'en ai pas envie.

— Bien sûr que si, répliqua Pipe avec un sourire coquin.

Il avait raison. Plus que raison, même. Sans rien ajouter,

Cora se mit à genoux et tendit la main vers le membre de Pipe. Elle le positionna entre ses jambes et s'empala dessus.

Ils poussèrent un cri en même temps.

— Sérieusement, si je pouvais passer ma vie comme ça, je le ferais, marmonna-t-il.

Cora s'esclaffa.

Pipe laisse échapper un petit gémissement sexy.

— La vache ! Je l'ai senti sur ma queue.

Ce qui ne fit que redoubler le rire de Cora.

Mais les rires laissèrent rapidement place à d'autres gémissements lorsque le pouce de Pipe commença à lui frotter le clitoris et que son autre main vint empaumer d'un de ses seins.

— Chevauche-moi, mon amour. Vite et fort. Que je te remplisse à nouveau.

Il n'en fallut pas plus pour que le ventre de Cora se serre. Comment ses mots cochons pouvaient-ils être aussi sexy ? Mais elle n'allait pas s'en plaindre, elle fit simplement ce qu'il lui demandait, et comme elle en avait envie. Elle le chevaucha jusqu'à l'orgasme, et jusqu'à ce qu'il s'abandonne à nouveau et se déverse au plus profond de son corps, comme il l'avait promis.

16

Pipe se réveilla, sachant exactement où il était, qui était allongé dans ses bras et ce qu'ils avaient fait. Toute la nuit.

Ils avaient dormi un peu, puis s'étaient réveillés et avaient refait l'amour. Il n'avait jamais été aussi affamé de quelqu'un. Honnêtement, il était surpris d'avoir pu le faire autant de fois. Sans doute ne pourrait-il pas répéter l'exploit tous les soirs, mais pour leur première fois, il était heureux d'avoir pu donner autant d'orgasmes à Cora.

Baissant les yeux, il vit la marque qu'elle lui avait faite sur le torse. Rouge et marbrée, facile à voir même avec les tatouages en dessous et autour. Elle était pressée contre lui, un bras en travers de sa poitrine, une jambe sur sa cuisse, et elle bavait un peu contre sa peau nue.

Fermant les yeux, Pipe se prit à souhaiter qu'ils restent ainsi pour toujours. Il voulait ça chaque matin pour le restant de ses jours.

Alors même que cette idée lui traversait l'esprit, Cora s'agita contre lui. Pipe attendit qu'elle réalise où elle était et ce qu'ils avaient fait. Serait-elle gênée ou ferait-elle semblant que ce n'était pas grand-chose. Pourtant, c'était loin de la vérité. Il s'était passé quelque chose d'important.

Pipe était tombé éperdument amoureux.

— Bonjour, marmonna-t-elle en se blottissant contre lui.

Pendant un instant, Pipe fut surpris. Agréablement. Il resserra son emprise sur le dos de la jeune femme et la pressa plus fort contre lui.

— Bonjour, répondit-il.

Elle soupira alors.

— J'en avais besoin. De toi, dit-elle.

Pipe acquiesça et se retourna pour lui embrasser le sommet du crâne.

— Moi aussi.

— Mais on doit se lever et lancer l'opération « Libérons Lara des pattes de ces connards ».

Ses paroles arrachèrent un grognement à Pipe.

— Oui, convint-il.

Ni lui ni elle ne bougèrent pour autant.

— Pipe ?

— Oui, mon amour ?

— La nuit dernière... c'était... je ne suis pas comme ça d'habitude.

— Comme quoi ?

— Aussi concupiscente.

Il s'esclaffa.

— Moi non plus.

Cora leva la tête pour pouvoir le regarder.

— Je n'en crois pas un mot. Tu respires la sensualité.

— Non. C'est toi qui fais ressortir ça chez moi.

— On le fait ressortir l'un chez l'autre, alors, rétorqua-t-elle.

— Apparemment, admit-il en haussant les épaules.

— Je... je ne le regrette pas. Je voulais juste que tu le saches.

Le respect qu'elle inspirait à Pipe ne fit que grandir.

— Tant mieux. Parce que si tu avais eu des remords, ça m'aurait affligé. La nuit dernière, c'était... parfait, acheva-t-il après avoir cherché le mot juste.

— Oui, c'est ça.

— Et puisqu'on est honnête... je vais avoir envie de voir où cette histoire va nous mener après qu'on aura retrouvé ton amie.

Elle lui sourit.

— Ça me plaît. Aussi bien l'idée de continuer cette relation que la certitude qui est la tienne de retrouver Lara.

— Tant mieux. Passe la première à la salle de bains. Je vais envoyer un texto aux gars pour voir ce qui se passe.

— D'accord. Pipe ?

— Oui ?

Elle le fixa un moment, puis lui adressa un petit sourire.

— Rien.

— Tu peux tout me dire. Tu le sais, non ?

— Oui. C'est juste... *si* je suis enceinte... non pas que je pense l'être, mais si ça arrive... je ne te tiendrai pas rigueur de quoi que ce soit.

Pipe fronça les sourcils.

— Qu'est-ce que je t'ai dit hier soir ?

— Je sais, mais j'ai pensé que c'était peut-être juste dans le feu de l'action.

— Pas du tout, déclara-t-il fermement. Je ferai partie de la vie de mon fils ou de ma fille... tout comme je veux faire partie de la vie de leur mère. Je ne tournerai jamais le dos à la chair de ma chair. Jamais.

— D'accord.

— D'accord, répéta-t-il.

Il s'était imaginé que Cora serait intimidée en sortant du lit. Elle n'avait pas de peignoir et ne portait pas un seul vêtement. Bien sûr, il avait examiné chaque centimètre carré de son corps, la nuit précédente, et il avait aimé tout ce qu'il avait vu, mais c'était le matin et elle n'était plus dans les affres de la passion. Pourtant, il eut une nouvelle surprise lorsqu'elle rabattit le drap et sortit du lit, pour se diriger vers la salle de bains sans même essayer de se cacher de lui.

Pipe sentit son sexe tressaillir et il secoua la tête, stupéfait.

Elle se retourna à la dernière minute, lui offrant une vue de face sur la perfection de sa nudité. Il voyait clairement la marque qu'il avait laissée sur sa poitrine, rouge foncé et énorme. Elle avait dit vrai, sa peau était très sensible. Il faudrait qu'il s'en souvienne la prochaine fois qu'il lui fera un suçon. Car il était bien décidé à ce qu'il y ait une prochaine fois.

Il distinguait également de petites ecchymoses sur ses cuisses et sa taille, là où il l'avait serrée un peu trop fort. Elle ne donnait pas l'impression de souffrir en marchant et, comme il supposait qu'elle le lui dirait, s'il s'était montré trop brutal, il se laissa aller à un soupçon de fierté masculine pour avoir été celui qui l'avait marquée. De plus, alors qu'elle le regardait fixement, Pipe vit une perle de leurs fluides combinés descendre lentement le long de l'intérieur de sa cuisse.

Elle fronça le nez, puis dit :

— Quoi qu'il arrive, qu'on retrouve Lara ou non, je n'oublierai ni ne regretterai jamais la nuit dernière. Avec toi, je me suis sentie désirée, Pipe. Aimée. Merci.

Sur quoi, elle se retourna et disparut dans la salle de bains.

Pipe eut envie de se lever et d'aller vers elle. De lui dire qu'elle était bel et bien aimée. Qu'elle était désirée. Mais ils avaient des choses à faire. Et s'il lui avouait son amour, ils finiraient probablement au lit. Bien qu'il ne regrette pas non plus ce qu'ils avaient fait et qu'il soit impatient de recommencer, il ressentait aussi l'urgence de retrouver Lara. Il n'arrivait pas à se défaire du sentiment que l'heure tournait.

Ils avaient ouvert les hostilités, et il fallait que Michaels le sache : Cora ne ferait pas demi-tour et ne quitterait pas la ville simplement parce que son homme de main ne la laisserait pas voir son amie. Non, il allait paniquer, tenter de tourner la situation à son avantage. Et Pipe avait le sentiment que ce ne serait pas une bonne nouvelle pour Lara.

Il devait parler à Owl et Stone et voir ce qu'ils avaient découvert la veille au soir, au club de strip-tease. Ensuite, ils devaient agir. Avant Michaels.

Après avoir retrouvé Owl et Stone pour le petit-déjeuner, ils montèrent tous dans la chambre du premier, pour discuter de ce que les deux hommes avaient appris la nuit précédente.

Cora était assise sur la seule chaise de la pièce, tandis que Pipe se tenait debout derrière elle. Owl était appuyé contre la tête du lit, et Stone faisait les cent pas.

— C'était bizarre, mec, déclara Stone. J'y suis allé en m'attendant à découvrir que Michaels avait une fille préférée, ce qui aurait expliqué qu'il dépense autant d'argent. Vous savez comment ça se passe, un type offre de l'argent et des cadeaux à l'une des filles parce qu'il s'imagine qu'ils vont se marier et vivre heureux pour toujours... et qu'ils auront des relations sexuelles très agréables pour le restant de leurs jours. Mais ce n'est pas ce que fait Michaels. Oui, il distribue de l'argent, des cartes-cadeaux et des babioles qu'il a achetées dans des magasins haut de gamme, comme s'il était le père Noël. Mais ses lap-dance, il les demande à toutes les filles. Il n'a manifesté aucune préférence pour l'une d'entre elles.

— Ce n'est pas tout à fait vrai. Il a une prédilection pour celles qui ont de gros seins, nuança Owl, l'air de rien.

— Il a une espèce d'emploi du temps ? Quand est-ce qu'il va au club ? demanda Pipe.

— Oui Tous les soirs. Il n'a manqué que quelques soirées, ici et là, au cours du dernier mois, répondit Stone.

Pipe fronça les sourcils.

— Il était là hier soir ?

— Non, dit Owl.

— La vache ! jura-t-il en se passant une main dans les cheveux. On l'a fait flipper.

— C'est ce que je pense, convint Stone.

— Et où cela nous mènet-il ? fit Owl.

— On pourrait essayer d'y retourner pour redemander à voir Lara, lâcha Pipe. On pourrait aussi essayer de s'introduire dans la maison et la retrouver nous-mêmes. Ou encore, appeler la police et lui faire part de nos inquiétudes, histoire de voir s'ils peuvent procéder à une petite vérification.

— Je pense que Brick ne serait pas ravi de la deuxième option, intervint Cora.

Pipe acquiesça.

— Peut-être pas, mais il ne serait pas non plus surpris. Et puis, qui a dit qu'on se ferait prendre si on entrait par effraction ?

— Euh... il y a des alarmes, des caméras, des gardes du corps, objecta Cora en haussant les épaules.

— Je suis sûr qu'on pourrait les esquiver, s'il le fallait

vraiment, dit Owl, dédaigneux. On ne devrait pas revoir la liste des employés que Tex a envoyée ? Quand je suis rentré hier soir, je l'ai regardée et il y a quelques personnes qu'on pourrait utiliser.

— Attends, à quelle heure tu es rentré hier soir ? demanda Cora, à l'évidence soucieuse.

Encore une chose que Pipe aimait chez elle. Cora s'inquiétait toujours pour autrui.

— Vers 2 heures. Je n'arrivais pas à dormir. Ce n'est pas très grave. Quoi qu'il en soit, d'après les réponses à mes questions, au club, il semble que le même garde du corps accompagne toujours Michaels au Blue Moon. Arlo Harvey.

— Arlo. C'est quoi, ce nom ? marmonna Cora.

— Et ses antécédents ? s'enquit Pipe, en essayant de ne pas rire de la question de Cora.

— Il a vingt-sept ans. Il a été dans les Marines pendant quelques années à la sortie du lycée. Il s'est blessé, lors d'une chute en traversant la base où il était stationné, et il s'est cassé assez gravement le poignet. Il a été démobilisé pour raisons médicales, après quoi il a trouvé quelques emplois dans la sécurité des entrepôts et des entreprises, avant d'être engagé par John Michaels lorsque les procès ont commencé à se multiplier à cause du médicament qu'il avait fabriqué. Il travaille pour Ridge depuis quelques années maintenant, leur apprit Owl.

— Et ? demanda Pipe.

— Et quoi ?

— C'est tout ? C'est quoi, ses antécédents ? Il a des condamnations à son actif ?

— Un parcours normal. Enfance heureuse. Bon Marine. Aucune condamnation. Il semble loyal, veille à ce que personne n'embête Ridge, le suit là où il veut aller et se tait.

— Eh bien, ça ressemble fort à une impasse, soupira

Cora. Il doit savoir si Lara est dans la maison, non ? S'il est si proche de Ridge, il devrait le savoir.

— Peut-être, oui, ou peut-être pas, répondit Owl. Il ne vit pas au domaine. Il se présente quand on le lui demande et pour les services prévus, c'est tout.

— Il est marié ? Une petite amie ? demanda Stone.

— Non aux deux questions.

— Hmmmm. Et le type qui nous a ouvert hier ? demanda Pipe.

— Carter Grant, dit Owl en regardant à nouveau son téléphone. C'est aussi un garde du corps de Michaels. Mais il a été engagé par Ridge lui-même, pas par son père. D'après ce que Tex a pu découvrir, ils se sont rencontrés en ligne. Carter s'intéressait aux bitcoins de la société de Michaels et ils ont commencé à discuter. De fil en aiguille, Michaels s'est mis à l'engager comme garde du corps, pour remplacer Arlo quand il n'est pas en service. Il n'est pas marié, n'a pas de petite amie et son passé est plutôt ennuyeux. Trente-cinq ans, une poignée d'emplois pas très intéressants, pas de diplôme universitaire. Et non, avant que vous ne posiez la question, aucune condamnation d'aucune sorte.

— Attends... Carter Grant ? demanda Cora avec un petit sourire.

— Oui, pourquoi ? Tu le connais ? demanda Owl en se redressant sur le lit.

— Non, je ne le connais pas du tout, mais il y a quelque chose de drôle. Je l'ai baptisé Mister Carrément Glaçant, parce que, eh bien, il était effrayant. C'est un peu ironique que ses initiales, CG, soient les mêmes que celles de Mister Carrément Glaçant.

Les lèvres de Pipe frémirent. Ce n'était pas drôle, pas du tout, mais d'une certaine manière, l'observation de Cora dissipait un peu sa tension. Ses amis sourirent également et secouèrent la tête.

— Quoi qu'il en soit, désolé, continuez. Arlo et CG sont des gardes du corps. CG est manifestement au courant pour Lara, car il n'a pas semblé décontenancé quand on a demandé à la voir, et il avait l'excuse de sa maladie toute prête. CG vit sur le domaine ?

C'était une bonne question. Pipe brûlait aussi de le savoir.

— Je suppose que oui, car il n'a pas d'adresse répertoriée. Et tu as raison, après ce que tu as dit de votre rencontre avec lui hier, il est manifestement au courant pour Lara, ou ce qui a pu lui arriver.

Pipe fronça les sourcils. Il avait évité de penser que Lara Osler pouvait être décédée et il n'avait aucune envie que Cora s'appesantisse sur ce point. Il préférait continuer à penser qu'il s'agissait d'une mission de sauvetage et non d'une récupération de corps.

— Oui, murmura Cora.

Pipe se crispa. Le sous-entendu d'Owl ne lui avait pas échappé.

— De toute façon, il y a d'autres personnes qui vivent et travaillent dans la maison. Sarah Latimer est la cuisinière. Elle vit sur place, ce qui est logique puisqu'elle est responsable de tous les repas. Alice Green est la gouvernante en chef. Elle est responsable des autres employés payés à l'heure qui viennent faire le ménage, la lessive et tout ce qui permet de garder l'endroit impeccable. Steve Browning s'occupe de l'entretien. Ni lui ni Alice ne vivent sur place, mais ils habitent dans les parages et leurs loyers sont payés par le domaine. Nora Walker s'occupe des jardins, Joel Ackerson est à la fois chauffeur et pilote de l'hélicoptère. Il conduit Michaels, et son père lorsqu'il séjourne au domaine, à des conférences en Californie et à Las Vegas, lorsqu'ils décident d'aller dîner à Flagstaff ou de faire d'autres sorties récréatives. Benjamin Fox est le directeur du domaine. Il supervise les employés et veille à ce que tout se passe bien. Il s'occupe également du quotidien, comme payer les factures d'électricité et s'assurer que les éboueurs ramassent bien les ordures.

— Une fois de plus, la question est de savoir… si l'une de ces personnes sait quelque chose à propos de Lara, lâcha Stone.

— Si tu me poses la question, je te dirai que je ne sais pas. Il semble qu'à part Grant, ils ont tous été embauchés par papa. Mais si quelqu'un est au courant de quelque chose, ce sera probablement l'un des employés à demeure. Même quand Ridge n'est pas là, ils gardent leur emploi du temps et entretiennent l'endroit pour que les membres de la famille Michaels puissent s'y présenter au pied levé, expliqua Owl, avant de lever les yeux du téléphone. Mais vous serez peut-être plus intéressés d'apprendre que la société de bitcoins de Michaels…

Il marqua une pause théâtrale pour produire son petit effet.

— Crache le morceau, grogna Stone.

— Elle est morte. Apparemment, Michaels est un PDG de merde qui a dépensé plus d'argent qu'il n'en a gagné. On assiste une hémorragie de liquidités à gauche et à droite. Il a réussi à préserver ses apparences de richard, mais c'est juste de l'esbroufe.

— Ce qui explique pourquoi il a besoin de l'argent de Lara, déduisit Cora.

— Je pense que oui, opina Owl.

— Ça, ajouté au fait que son père a réduit à presque rien l'argent qu'il reçoit chaque mois, intervint Pipe.

— Puisque j'ai accès au compte de Lara, vous pensez que je peux annuler ses cartes ? Faire en sorte qu'il ait plus de mal à utiliser son argent ? Il pourrait la laisser partir s'il n'arrive plus à y accéder.

— Ou bien il pourrait décider que, puisqu'elle ne lui sert plus à rien, il doit s'en débarrasser, objecta Stone sans s'embarrasser de précautions.

Cora blêmit. Il était évident pour Pipe qu'elle ne s'attendait pas à la suggestion de Stone. Il en voulut un peu à son ami de ne pas avoir fait preuve de plus de tact.

— Oh, merde, je n'y avais pas pensé, murmura Cora. Qu'est-ce qu'on fait ? Je déteste l'idée que Ridge vide ses comptes, mais je ne veux pas qu'il pète un câble et lui fasse du mal dans le cas contraire.

— Je pense qu'on devrait retourner au manoir, répondit Owl. J'irai peut-être avec vous, cette fois. Histoire de nous assurer que Michaels et ses sbires comprennent qu'il ne s'agit pas seulement de Cora qui a envie de parler à son amie.

— Donc on le menace, conclut Stone d'un ton sévère.

— Oui, convint Owl.

— Mais ils pourraient toujours refuser de nous laisser la voir, dit Cora. Comprends-moi bien, je suis heureuse que tu sois là, Owl, mais comment cela va pousser CG ou Ridge à céder et à nous laisser voir Lara ?

— Il se peut que ça ne marche pas, répondit-il. Mais on leur dit clairement qu'on ne partira pas tant qu'on ne l'aura pas vue, et s'ils ne nous l'amènent pas en temps voulu, on appellera les flics. Ce n'est pas comme s'ils allaient appeler la police eux-mêmes et se plaindre qu'on est entrés par effraction. Je suppose qu'ils ne veulent pas voir les flics s'approcher du domaine.

— Et on sera armés, ajouta Pipe. Au cas où ils tenteraient quoi que ce soit.

Le visage de Cora perdit les dernières couleurs qui lui restaient.

— Oh, mon Dieu, ça devient incontrôlable ! murmura-t-elle.

Stone s'approcha de l'endroit où Cora était assise et s'accroupit devant elle. Il ne la toucha pas, mais attira son attention.

— Tu crois qu'on ne peut pas se débrouiller seuls ? Qu'on ne peut pas vous protéger, Lara et toi ?

— Ce n'est pas ça, protesta-t-elle.

— Alors qu'est-ce que c'est ?

Elle prit une profonde inspiration.

— Lorsque j'ai décidé d'essayer de remporter un rendez-vous avec un représentant du Refuge, à cette vente aux enchères, je ne pensais pas qu'on finirait ici. Et je ne veux pas que l'un d'entre vous ait des ennuis ou, Dieu nous en préserve, soit abattu à cause de ma requête.

— On ne va pas se faire tirer dessus, la rassura Stone.

— Pas question, renchérit Owl. Stone et moi, on n'est peut-être pas aussi bons que les autres en ce qui concerne certains aspects de l'entraînement des Forces spéciales, mais on n'est pas non plus des incapables.

— Ce n'est pas ça, c'est juste que..., soupira Cora. Vous m'avez crue presque depuis le début. Vous aviez peut-être des doutes, mais vous ne m'avez jamais traitée comme si j'étais folle ou comme si j'exagérais. Je n'ai jamais... Je ne peux pas... Je n'ai pas l'habitude, balbutia-t-elle.

— L'habitude de quoi ? demanda Pipe en donnant un petit coup de coude à Stone.

Son ami saisit le message, se leva et recula d'un pas, laissant Pipe prendre place devant Cora. Il tendit immédiatement les bras et posa les mains sur ses genoux. Il avait besoin de la toucher, qu'elle sache qu'il était là pour elle.

— De me sentir soutenue. Ou crue. Ou importante. Et vous laisser aller affronter un danger potentiel, ce n'est pas une façon de vous remercier.

— On te soutient, Cora. On te croit. Et tu es très importante. Ta valeur n'est pas déterminée par l'identité de tes parents, l'argent sur ton compte en banque ou ta profession. C'est le genre de personne que tu es. Et toi, Cora Rooney, tu es une lumière brillante dans un monde où l'on se nourrit de tout et n'importe quoi. Ta loyauté est...

Pipe secoua la tête en essayant de trouver le mot le plus adéquat.

Owl le devança. Son ami s'était déplacé de façon à ce que ses jambes pendent sur le côté du lit et ses yeux étaient rivés sur Cora.

— C'est essentiel.

Pipe acquiesça.

— Oui. Ta loyauté est essentielle. Cela vaut la peine de courir un petit danger. On va retrouver Lara. Obtenir la preuve que Michaels l'a enlevée. Il paiera pour ce qu'il a fait. Si tu ne dois rien croire d'autre de ce que je te dis, crois au moins ça.

— On n'a pas peur de ce Michaels. Ni de ses soi-disant gardes du corps. Owl et moi, on a connu l'enfer et le retour de l'enfer, et on ne va pas laisser ces riches enfoirés prendre le dessus sur nous, déclara Stone avec fermeté.

— Je voudrais dire quelque chose, mais ça rend Pipe bizarre, déclara Cora.

— Pipe est bizarre quoiqu'il arrive, s'esclaffa Stone. Vas-y.

— Merci, dit-elle, avec une sincérité évidente. Je ne sais pas ce que j'aurais fait si vous n'aviez pas été là.

— Tu aurais fini par démêler la situation, répliqua Owl. D'après ce que je sais de toi, tu es têtue et pleine de ressources.

— C'est vrai, admit Cora avec un petit rire. Alors... le plan B, c'est de retourner au manoir et de frapper à nouveau à la porte ?

— Essayons de faire simple, lui dit Stone. Je pense que ce serait une bonne chose d'ajouter Owl à l'équation. Une petite démonstration de force n'est pas une mauvaise chose.

— Sans parler d'une petite menace pour faire bonne mesure. Je suppose que Michaels ne voudra pas qu'une bande de flics fouille sa maison. On ne sait pas ce qu'il cache là-dedans... à part Lara.

— Est-ce que c'est bizarre que je me sente un peu mal pour son père ? Parce qu'il ne sait sans doute même pas ce que fabrique son fils, lâcha Cora.

Pipe était resté accroupi devant elle.

— Ne t'inquiète pas, dit-il un peu trop brutalement.

Voyant Cora froncer les sourcils, il prit une grande inspiration et fit de son mieux pour poursuivre sur un ton plus modéré :

— Je ne sais pas combien de maisons cette famille possède, mais elle s'est enrichie sur le dos des gens qui, dans ce pays et au-delà, ont consommé les médicaments nocifs que John Michaels leur a vendus. Oui, ils ont été autorisés, mais Michaels père devait connaître leur potentiel addictif bien avant que cela soit de notoriété publique. On ignore combien de personnes sont passées à des drogues plus dures lorsqu'elles n'ont plus été en mesure de se faire prescrire les produits qu'il a mis au point. Et malgré tout, Monsieur continue à étaler ses richesses. Bon sang, il a un putain d'hélicoptère. Pour quoi faire ? C'est excessif et inutile.

— Je ne sais pas, moi, ça ne me dérangerait pas d'avoir un hélicoptère, s'esclaffa Stone.

— C'est vrai, approuva Owl. Pensez à la vitesse à laquelle on pourrait se rendre à Albuquerque si on en avait un. On pourrait convaincre Brick d'ajouter une aire d'atterrissage et un hangar.

— Grosse réduction d'impôts ! s'exclama Stone, avant de reprendre son sérieux. Vous savez, je ne pensais pas vouloir revoler un jour. Mais après qu'on a sauvé Reese des pattes de ces salauds de trafiquants de drogue, je me suis rendu compte que ça m'avait manqué.

— Pareil pour moi, convint Owl.

Les deux hommes échangèrent un regard. Ils avaient traversé l'enfer ensemble, et il était évident qu'ils étaient sur la même longueur d'onde désormais.

Pipe se retourna vers Cora.

— Si ça te met mal à l'aise, Owl et moi, on peut parler nous-mêmes à Michaels et à son homme de main.

— Non. Pas question. S'il y a ne serait-ce qu'un pour cent de chance que ça marche et qu'ils nous laissent voir Lara, je ne vais pas rater ça.

— C'est ce que je pensais, mais je devais te proposer l'option.

Cora le fixa en se mordillant la lèvre.

— Quoi ? demanda-t-il.

Elle secoua la tête et demanda dans un murmure :

— C'est ce qu'on ressent quand on a une famille ? Avoir des gens prêts à vous aider quand les choses tournent mal ? À vous soutenir quoi qu'il arrive ?

— Oui, mon amour. C'est comme ça, lui répondit Pipe, le cœur brisé à l'idée qu'elle n'ait jamais bénéficié de ce genre de soutien auparavant.

— Oui, on est tes frères maintenant, renchérit Owl en souriant.

— Des grands frères agaçants qui accueilleront ton petit ami à la porte avec un fusil de chasse, histoire de bien lui faire comprendre que s'il ne te ramène pas avant le couvre-feu, c'est à nous qu'il devra rendre des comptes, ajouta Stone.

Cora leva un regard pétillant vers Pipe.

— Je ne suis pas ton frère, lâcha-t-il avec un petit grognement.

Elle sourit encore plus largement.

— J'espère que non, gloussa-t-elle.

Owl et Stone éclatèrent de rire.

— Très bien, ne restons pas les bras croisés, dit Pipe en se levant, main tendue pour aider Cora. On a du pain sur la planche.

— Eh, certains d'entre nous ont travaillé tard, cette nuit, rétorqua Owl.

— Oh, nous aussi, on a travaillé, répliqua-t-elle, un grand sourire aux lèvres. Très dur.

Pipe ne put s'empêcher d'apprécier la décontraction de Cora avec ses amis. Cela augurait bien de leur future relation.

— Je suis heureux pour vous, déclara Stone. Il était temps.

Le sourire de Cora s'effaça.

— On ne se connaît pas depuis si longtemps, s'empressa-t-elle d'objecter.

Stone balaya son inquiétude d'un revers de la main.

— Quand tu sais, tu sais. Et si tu penses qu'on va te juger, arrête. Les gars comme nous, qui avons traversé des tas de merdes, quand on trouve la bonne personne, on n'hésite pas. La vie est trop courte pour ne pas s'engager à fond.

— Je souscris à cent pour cent, renchérit Owl.

— C'est vrai, ajouta Pipe avec un hochement de tête.

Pendant un instant, Cora parut un peu surprise, mais le soulagement ne tarda pas à se peindre sur son visage.

— C'est vrai, finit-elle par admettre.

— Sur ce, allons-y. Je ne me sens pas à l'aise avec le fait que Michaels ne se soit pas rendu au Blue Moon comme d'habitude. S'il panique, il pourrait être en train de faire ses valises pour quitter la ville, et c'est la dernière chose qu'on veut, déclara Stone.

Pipe était tout à fait d'accord. Plus vite ils lui feraient comprendre qu'ils n'allaient pas s'en aller, que c'était cuit et que Michaels ferait mieux de leur laisser voir Lara, mieux cela vaudrait.

Il serra la taille de Cora avant de lui prendre la main. Ce que c'était agréable de la voir s'accrocher à lui sans timidité.

— C'est parti, lança-t-il fermement. Owl et Stone, on se retrouve à la voiture. Je dois juste aller récupérer mon pistolet avant de partir.

Ses amis acquiescèrent et Pipe se dirigea vers la porte. À ce stade, il voulait retrouver Lara presque autant que Cora. Pour la sécurité de la jeune femme, mais aussi pour pouvoir rassurer Cora... et la ramener au Refuge, passer plus de temps à apprendre à la connaître. Il n'avait aucune idée de ce qui se passerait entre eux, il ignorait notamment s'ils parviendraient à former un couple sur le long terme, mais il allait faire de son mieux pour que cela se produise.

Stone avait raison. La vie était trop courte pour ne pas aller poursuivre ses objectifs. Et Pipe voulait Cora. Il priait juste pour qu'elle veuille de lui, elle aussi.

17

———

— D'accord, je vous attends ici, déclara Stone, solennel. Si quelque chose me semble louche, je vous envoie un texto et pareil pour vous. Surveillez vos matricules.

Pipe et Owl acquiescèrent.

— Nos matricules ? chuchota Cora à Pipe alors qu'ils se dirigeaient vers l'allée et le portail par lequel ils étaient entrés dans la propriété, l'après-midi précédent.

— Nos arrières, répondit Owl avant que Pipe ne puisse le faire.

— Ah, d'accord.

Elle était nerveuse et à bout de nerfs. Elle resta collée à Pipe alors qu'ils approchaient du portail. Cette fois, comme elle s'en était doutée, il était verrouillé et le portail de l'autre côté de l'allée était fermé, lui aussi.

— Comme si cela allait nous empêcher d'entrer, grommela Owl en se dirigeant vers le mur de briques qui entourait la propriété.

Il sauta par-dessus avec autant de facilité que s'il avait mesuré trente centimètres de haut, plutôt qu'un mètre vingt.

Pipe le franchit sans plus de difficulté, puis il se retourna et tendit la main.

— Tu vas y arriver, l'encouragea-t-il.

Ce n'était pas comme si Cora ne pouvait pas franchir le mur, mais elle ne fut pas aussi gracieuse que les deux garçons. D'un bond, elle prit appui sur le mur, puis passa une jambe par-dessus. Pipe prit le relais, la soulevant avec une facilité déconcertante, pour la déposer dans l'herbe de l'autre côté.

— Ça va ? demanda-t-il.

Cora acquiesça. Elle n'en était pas sûre, mais elle avait insisté pour être là, alors elle n'allait pas faire marche arrière maintenant. Tout ce qui se passait ce jour-là était plus inquiétant que la veille. La zone était calme, l'air immobile, comme si l'environnement lui-même anticipait... quelque chose. Ce qui n'avait aucun sens, mais c'était ce qu'elle ressentait.

Ils ne virent personne en se dirigeant vers la porte d'entrée et, avant qu'elle ne s'en rende compte, Pipe tendait la main vers le heurtoir. Comme la veille, il le cogna à la plaque de métal.

Cora se tenait un peu en retrait de Pipe et d'Owl, ce qui, pour être honnête, ne la dérangeait pas. Ce n'était pas qu'elle s'attende à ce que Mister Carrément Glaçant ou Ridge ouvrent la porte et commencent à défourailler, mais le fait de savoir que Pipe et Owl étaient armés et plus que prêts à utiliser leurs armes pour se protéger et la protéger, si nécessaire, avait accru sa sensation qu'un danger les guettait.

Il fallut plusieurs minutes et plusieurs coups de heurtoir avant d'entendre le cliquetis des verrous. Cora retint son souffle devant la porte qui s'ouvrait lentement.

Mister Carrément Glaçant les dévisageait depuis le seuil.

Sans doute devrait-elle commencer à l'appeler par son nom, mais maintenant qu'elle avait commencé à lui donner le nom de Mister Carrément Glaçant, elle avait du mal à revenir en arrière.

— Qu'est-ce que vous voulez ? grogna CG.

— Voir Lara, répondit Pipe d'une voix tout aussi menaçante.

— Je vous l'ai dit hier, elle est malade.

— Rien à foutre. On va la voir aujourd'hui, que ça te plaise ou non, répliqua-t-il.

CG ricana. Sans la moindre trace d'humour.

— Ah oui ?

— Oui, confirma Pipe. On a fait quelques recherches sur M. Michaels et son personnel, ajouta-t-il en insistant sur le dernier mot, pour faire comprendre à CG qu'il était concerné par cette enquête. Et on a été surpris de ne pas le voir au Blue Moon hier soir. Les filles étaient déçues, elle aussi... Tu sais, vu comme il les a gâtées, le mois dernier.

Cora retint son souffle en attendant de voir ce que CG répondrait à cela. Il avait l'air aussi intimidant que la veille. Il portait un pantalon de treillis noir, un polo gris à manches courtes, qui laissait voir ses volumineux biceps, et des bottes noires. Il la dominait de toute sa hauteur. Ses cheveux blonds étaient coupés court, dans un style militaire, et ses yeux noisette les considéraient avec froideur. Un tic nerveux agitait les muscles de sa mâchoire carrée, mais il demeura debout, les bras croisés.

Elle eut envie de s'excuser de l'avoir dérangé et s'enfuir, mais elle se l'interdit. Elle n'était pas du genre à se laisser intimider facilement, mais ce type ? Oui, il lui flanquait la trouille, sans qu'elle sache trop pourquoi.

— On se fiche que tu ne nous laisses pas entrer, ajouta Owl. On passera un coup de fil notre contact à la police de

Phoenix et on lui demandera de venir avec une dizaine de ses confrères pour vérifier comment se porte Mme Osler. On ne sait pas ce qu'ils pourraient trouver d'autre dans la maison… n'est-ce pas ?

À ce moment-là, Cora fut certaine d'avoir entrevu une lueur d'alarme dans les yeux de CG, et son rythme cardiaque s'accéléra. Leur plan allait fonctionner. Ils allaient entrer.

— Inutile d'impliquer les flics. Il ne se passe rien de fâcheux ici. Je suis sûr que Lara sera heureuse de revoir ses amis.

Sur quoi, CG s'écarta de la porte, pour les inviter à entrer.

Bien qu'heureuse de revoir enfin Lara, Cora hésita à franchir le seuil du manoir. Un vieux poème de Mary Howitt, qu'elle avait lu au lycée, lui revint soudain à l'esprit. L'araignée invitait la mouche dans son salon. Et tout le monde savait ce qu'il était advenu de la pauvre mouche. Or elle avait justement l'impression d'être la mouche face à la grande méchante araignée qu'était CG.

Elle brûlait de s'accrocher à Pipe, mais il l'avait prévenue qu'il aurait besoin d'avoir les mains libres en permanence… au cas où. Même si elle se refusait à imaginer ce que signifiait ce « au cas où », elle pouvait le deviner.

Elle resta donc collée au dos de Pipe alors qu'il entrait sur les talons de CG. Owl était derrière elle et elle frissonna lorsque la porte se referma dans leur dos sur un claquement sonore. CG prit le temps de la reverrouiller, ce qui n'avait rien de rassurant non plus, puis il leur fit signe de le suivre.

Un coup d'œil alentour lui permit de remarquer que le domaine était impeccable. Pas de moutons de poussière au sol ou sur les meubles, pas de bibelots mal rangés. Elle n'ar-rêtait pas de poser des trucs sur son comptoir, de laisser des sacs par terre quand elle rentrait chez elle, et elle se refusait à penser aux paires de chaussures qui y traînaient ici ou là. Son appartement était habité. Enfin, avant qu'elle ne vende tout.

Le manoir, lui, était... creux.

L'idée que Lara vive ici lui donna envie de pleurer. Son amie était une personnalité rayonnante. Malgré sa timidité, c'était une personne heureuse, qui voyait toujours le meilleur dans les gens. Son appartement était encore plus chaotique que celui de Cora, mais il était plein d'amour et elle s'y était toujours sentie chez elle.

Leurs pas résonnaient sur le carrelage tandis que CG les conduisait dans un long couloir. Cora remarqua que Pipe ne cessait de regarder autour de lui, comme chaque fois qu'ils s'étaient trouvés dans une situation qu'il ne connaissait pas. Il prenait manifestement note de leur environnement et de l'itinéraire qu'ils suivaient.

Au moment où Cora en était venue à penser que CG les conduisait vers une porte arrière du bâtiment et qu'il allait les pousser tous dehors, il s'arrêta et ouvrit une porte en grand.

— Si vous voulez bien attendre ici, je vais chercher Mme Osler. Cela risque de prendre un certain temps, car elle devra s'habiller. Il y a un petit bar sur le côté de la pièce et les sièges sont confortables. C'est la pièce la plus reposante de la maison. Je me suis dit que vous auriez besoin d'intimité pour parler à votre amie.

Pipe hésita avant d'entrer dans la pièce, et cette petite pause en dit long à Cora. Mais elle le suivit de près, refusant de s'éloigner de plus de quelques pas, au cas où. Si les choses tournaient mal, elle voulait être près de Pipe.

La pièce où ils entrèrent était une sorte de salle multi-média. Il y avait trois rangées de grands fauteuils inclinables en cuir sur des plates-formes qui s'élevaient progressivement, comme dans un cinéma. Les sièges faisaient face à un grand écran et un projecteur était installé devant le mur du fond. Comme CG l'avait dit, il y avait un bar à droite de la porte, dont les étagères étaient bien garnies de ce qui semblait être une gamme impression-nante d'alcools.

— Dix minutes, dit Owl à CG en se tournant vers lui.

— Pardon ?

Il était peut-être garde du corps, mais il avait les manières et le ton d'un employé privilégié et prétentieux.

— Tu as dix minutes pour amener Lara ici, avant qu'on appelle les flics.

La fureur se peignit sur les traits de CG, mais il se contenta d'acquiescer.

— Dix minutes, concéda-t-il, avant de tirer la porte derrière lui.

La vue de ce connard en train de refermer cette porte allait à l'encontre des instincts les plus profonds de Cora, mais elle ne voulait rien faire qui puisse compromettre leur chance de voir Lara. Apparemment, Pipe partageait ses inquiétudes.

— Je n'aime pas ça, lâcha-t-il dès qu'ils se retrouvèrent seuls.

— Moi non plus, acquiesça Owl.

— Pareil, ironisa Cora, mal à l'aise.

— Ça semble trop facile, reprit Owl. Même s'il ne voulait vraiment pas qu'on téléphone aux flics. Vous avez vu sa tête quand j'ai parlé d'appeler la police pour vérifier comment allait Lara.

— Oui, il y a des secrets dans cette maison, c'est sûr, acquiesça Pipe. Je commence même à me demander si Michaels va bien. Parce que, bon, on ne l'a pas encore vu.

— Non, mais les nanas du Blue Moon ont dit qu'il était là avant-hier soir, objecta Owl.

— C'était avant qu'on arrive, avança Pipe en haussant les épaules.

— Tu penses que Michaels n'est peut-être pas le méchant de l'histoire ?

Le regard de Cora ne cessait de passer de l'un à l'autre, comme si elle assistait à un match de ping-pong.

— Non. Il est impliqué jusqu'au cou. Il n'est pas du tout innocent, mais je trouve bizarre qu'on ne l'ait pas encore vu en chair et en os.

— Qu'est-ce qu'on fait maintenant ? se hasarda-t-elle à demander après un silence général de plusieurs secondes.

— On attend, répondit fermement Pipe. Et non, on ne boit pas une goutte de ce foutu bar. On ne sait pas s'ils ont drogué l'alcool. Ou la glace.

— Attends, on peut droguer la glace ? s'étonna Cora.

— Tout à fait, confirma Owl. Je connais un cas où des terroristes ont réussi à prendre le contrôle d'un avion en droguant tous les passagers par le biais de la glace contenue dans leurs boissons. Dieu merci, il y avait une chimiste futée, à bord, qui s'est rendu compte de ce qui se passait et qui a informé le Navy SEAL assis à côté d'elle.

— Merde alors ! Et ça s'est bien terminé ?

— Oui. Le SEAL n'avait rien bu. Avec ses deux copains, qui étaient aussi dans l'avion, ils ont pris le dessus sur les pirates de l'air.

— Waouh ! Je ne savais pas que la glace pouvait être droguée, admit Cora en secouant la tête.

— Voilà pourquoi je ne demande jamais de glace dans un avion, lui confia Owl avec un petit sourire.

Pipe demeura silencieux. Lorsque Cora leva les yeux vers lui, elle vit qu'il examinait la pièce, posant les yeux sur tout. Les fauteuils, le projecteur, les affiches de films dédicacées sur les murs.

— Qu'est-ce que tu cherches ? chuchota-t-elle.

— Je ne sais pas. Je ne fais que regarder, répondit-il.

Cora acquiesça. Elle ne se sentait pas à la hauteur. Tout ce qu'elle voulait, c'était s'assurer que son amie allait bien, et voilà qu'elle se retrouvait dans une situation dont elle ne comprenait ni les tenants ni les aboutissants. Elle était très reconnaissante à Owl et à Pipe d'être à ses côtés. Elle était en sécurité avec eux, elle n'en doutait pas.

Elle essaya de penser de façon optimiste. Bientôt, elle pourrait parler à Lara et, avec un peu de chance, partir avec elle. À ce stade, elle se moquait de ce que dirait Lara. Si son amie prétendait aller bien et vouloir rester. Après tout ce que les gars avaient dit, et avec ce que Tex avait découvert sur son soi-disant petit ami, il était hors de question qu'elle laisse son amie ici. Même si Lara piquait une colère contre elle et mettait fin à leur amitié, au moins elle serait en sécurité.

Cora fronça les sourcils à l'idée de ne plus avoir Lara dans sa vie, mais elle préférait que sa meilleure amie soit en vie et la déteste, plutôt que coincée dans une situation périlleuse.

— Je déteste attendre, avoua-t-elle doucement.

— Pareil pour moi, sœurette, lâcha Owl en hochant la tête.

Pipe traversa la pièce pour l'attirer contre son flanc. Cora s'appuya avec gratitude contre lui et en profita pour s'imprégner de son assurance et de sa chaleur. Elle ne pouvait se défaire du sentiment que quelque chose clochait, mais sans savoir pourquoi ni quelle attitude adopter. Tout ce qu'elle pouvait faire, c'était attendre que Mister Carrément Glaçant, ou peut-être même Ridge, revienne avec Lara. Une fois qu'elle aurait vu son amie, ils décideraient de la marche à suivre.

* * *

Stone s'impatientait dans la voiture. Les autres n'étaient pas partis depuis longtemps, mais il n'arrivait pas à se débarrasser de l'impression que la situation était merdique. Il lui était arrivé d'éprouver ce sentiment lorsqu'il était en mission, et chaque fois, les choses étaient parties en vrille.

Il fixa le mur de briques à une dizaine de mètres de l'endroit où il était garé. La Jeep se trouvait à l'angle de la propriété. Hors de vue de la porte d'entrée, mais assez proche pour qu'il puisse, si nécessaire, rejoindre ses amis pour les évacuer.

En regardant sa montre, Stone jura en réalisant qu'il ne s'était pas écoulé plus de deux minutes depuis la dernière fois qu'il l'avait consultée. Il détestait ne pas savoir ce qui se passait. Mais le fait qu'ils ne soient pas revenus sur-le-champ devait signifier qu'ils avaient en partie réussi. Avec un peu de chance, ils étaient entrés, avaient rencontré Lara et découverts ce qui se passait.

La vibration soudaine de son téléphone surprit tellement Stone qu'il sursauta. Se moquant de lui-même et secouant la tête, il regarda l'écran.

Un texto était arrivé et Stone fronça les sourcils en en lisant les premiers mots.

Inconnu : Fichez le camp.

· · ·

Il déverrouilla rapidement l'appareil et cliqua sur le message pour le lire en entier.

Inconnu : Fichez le camp. Ce n'est pas Michaels, la menace. C'est Carter Grant. Le garde du corps. Ce n'est pas son vrai nom. Il a plusieurs alias, Alex Hansen, Daniel West, Connor Smith, entre autres. Il est recherché par le FBI pour plus d'une centaine d'agressions sexuelles, de viols et de meurtres. Il prend son pied en droguant les femmes et en les retenant en otage pendant qu'il leur fait des saloperies ignobles. À ce jour, il est lié à trente-cinq décès. C'est un tueur en série, et si Lara Osler s'est trouvée dans cette maison, il est probable qu'elle ne soit plus en vie. Si Cora y entre, je suis sûr qu'elle sera sa prochaine victime. J'ai appelé la police et le FBI, mais il y a une fusillade dans une école à l'autre bout de la ville. Littéralement, tout le monde est occupé là-bas. Ils ont appelé des agents du bureau de Sedona pour vérifier la situation. Mais vous, vous devez ficher le camp. Laissez tomber !

Le rythme cardiaque de Stone accéléra jusqu'à atteindre des niveaux qu'il n'avait pas connus depuis qu'il avait dû se poser avec son hélicoptère, lors de sa dernière mission. Ses doigts coururent sur l'écran, le temps qu'il tape sa réponse.

Stone : Qui êtes-vous ? Comment vous savez cela ? Tex nous a filé les infos et c'est le meilleur des meilleurs. Il ne nous a rien dit de tout ça.

. . .

Trois points clignotèrent immédiatement sur l'écran, indiquant à Stone que son interlocuteur était en train de taper une réponse. Il n'eut pas à attendre longtemps.

Inconnu : Mon identité n'a pas d'importance. Et comment j'ai su où se trouvait Jasna ? Comment j'ai su qu'il fallait traquer la puce du téléphone de Reese ? J'ai piraté l'ordinateur de Tex et j'ai creusé plus profondément qu'il n'aurait jamais pu le faire à partir des noms des employés de Ridge. Dégagez tout de suite de là !

Putain ! La mystérieuse personne qui les avait déjà aidés deux fois était de retour. Et si les informations de ce type étaient exactes, ses amis étaient en grand danger.

Stone ne mit pas en doute la parole de l'inconnu. Tex n'avait pas réussi à savoir qui il était, et pourtant c'était un génie de l'informatique. Mais pour l'heure...

Il était évident qu'il s'agissait d'une personne liée au Refuge.

Beaucoup de gens étaient au courant de la disparition de Jasna, mais pas de ce qui était arrivé à Reese. Il n'y avait soi-disant aucun témoin lorsqu'elle avait été enlevée sur le parking de Los Alamos. Et le fait que cette personne sache maintenant où se trouvait Cora – et ce qu'ils faisaient – indiquait qu'elle devait pour commencer être au courant de leur expédition en Arizona. Or très peu de gens disposaient de cette information.

Mais à ce stade, avec les nouvelles informations que l'inconnu venait de lui communiquer ? Son identité n'avait plus d'importance. Tout ce qui comptait, c'était faire sortir ses amis de cette maison en un seul morceau.

Il cliqua immédiatement sur le nom de Pipe et lui envoya un message.

Stone : Sortez. Maintenant.

Il expédia le même message à Owl, par précaution.

À sa grande horreur, il ne vit pas apparaître la petite coche à côté des messages, indiquant qu'ils avaient été délivrés. Il cliqua de nouveau sur le nom de Pipe, mais cette fois pour l'appeler.

Il tomba directement sur la boîte vocale.

Poussant un juron, Stone répéta la manœuvre avec Owl… pour obtenir le même résultat. En désespoir de cause, il essaya Cora. Échec, encore une fois.

La situation empirait de minute en minute. Il regrettait amèrement que les autres gars ne soient pas là. Brick, Tonka, Spike et Tiny étaient plus doués pour ce genre de choses. Il était pilote d'hélicoptère, lui. Certes, un sacré bon pilote, mais il n'avait pas passé autant de temps sur le terrain que ses amis. Il avait été suffisamment formé à tous les types de situations de combat, mais il avait surtout opéré dans les airs, et pas sur le plancher des vaches. Il ne doutait pas que ses amis auraient déjà élaboré trois plans différents, à l'heure qu'il était, et seraient déjà en train de les mettre à exécution.

Il tenta de réfléchir à ce qu'il devait faire ensuite. Appeler les flics ? Aller chercher ses amis à la porte ? Se faufiler jusqu'à la maison et regarder par les fenêtres pour voir ce qu'il pourrait dénicher ?

En tout cas, s'il ne faisait rien, il risquait de ne plus

jamais revoir Pipe et Owl. Tous les deux, ainsi que Cora et Lara, risquaient de mourir.

Il n'avait pas survécu à un accident d'hélicoptère et deux semaines de torture pour perdre Owl maintenant. Ils s'étaient juré de rester ensemble contre vents et marées, et il n'était pas question pour lui de rester les bras croisés et de laisser quoi que ce soit arriver à son meilleur ami... ou à qui que ce soit d'autre.

Il devait trouver un plan. Et fissa.

18

___

Pipe résistait à l'envie d'accélérer le rythme. Il serra Cora contre lui pendant qu'ils attendaient.

Après ce qui sembla durer des heures, mais qui ne compta probablement que quelques minutes, Owl jura.

— Il y a vraiment quelque chose qui cloche, lâcha-t-il.

Pipe s'abstint de discuter. Comment aurait-il pu alors que tout en lui criait que la situation était un vrai merdier ? Il sortit son téléphone et tapa un message à Stone. Il appuya sur « Envoyer », mais à sa grande surprise, un message s'afficha au bout de quelques secondes, lui indiquant que le message n'avait pas été délivré. Pipe répéta la manipulation pour obtenir le même résultat.

— Bon sang, jura-t-il en cliquant sur le nom de Stone, sans que son téléphone se connecte. Owl, tu peux joindre Stone ?

Son ami sortit son téléphone et cliqua sur quelques boutons, puis le regarda.

— Ça ne passe pas.

Pipe pinça les lèvres. Il n'avait pas besoin des poils

dressés dans sa nuque pour savoir qu'ils étaient dans un sacré merdier.

— Il y a un brouilleur ? demanda Owl.

— Je crois, oui, acquiesça Pipe.

— Quoi ? Qu'est-ce qui est brouillé ? demanda Cora.

— Le signal du téléphone, répondit Pipe d'une voix beaucoup plus calme qu'il ne l'était.

— Je croyais que ce genre de choses était une invention pour le cinéma, déclara-t-elle.

— Malheureusement, non, répondit Owl.

— Visiblement, reprit-elle, l'air très mécontente, ils n'ont aucune intention de nous laisser voir Lara, c'est ça ? demanda Cora.

Pipe soupira et secoua la tête. Même si voir Lara était le cadet de leurs soucis pour l'instant.

— Merde ! lâcha-t-elle. D'accord, alors… qu'ils aillent se faire foutre. Qu'est-ce qu'on fait ? On sort et on botte le cul de Mister Carrément Glaçant ? On fouille la maison ? Quel est le plan ?

— On fout le camp d'ici et on revient avec les flics, comme on aurait probablement dû le faire dès le départ, dit Pipe d'un ton maussade.

Il était idiot d'avoir laissé Cora les accompagner, Owl et lui. Au lieu de se laisser guider par le bon sens, il avait été influencé par l'impatience qu'elle avait de retrouver son amie. Et maintenant, elle était plongée dans une situation incontrôlable et foireuse.

Il se dirigea vers la porte, attrapa la poignée et la tourna, mais se figea : elle refusait de bouger. Tirer sur la porte n'y changea rien.

Putain. Ils étaient enfermés !

Il savait qu'il n'aurait pas dû laisser Carter fermer cette porte. Cela allait à l'encontre de tout ce qu'il avait appris au cours de sa formation. Mais il avait essayé de ne pas faire de vagues. De ne pas énerver le type avant qu'il ne leur montre Lara.

C'était une erreur qui pourrait coûter la vie à cette femme, et peut-être la leur avec.

— La vache ! jura-t-il en se tournant vers Owl et Cora. Fermé à clé, ajouta-t-il inutilement.

Pipe détestait la peur qu'il lut sur le visage de Cora. Il avait été stupide de suivre Grant aveuglément. Il aurait dû savoir que Michaels et lui ne changeraient pas d'avis à propos de Lara. Il était manifestement rouillé s'il s'était laissé berner aussi facilement. Et Cora et Owl risqueraient d'en payer le prix.

Ils avaient montré leur main, et Grant et Michaels étaient sans doute en ce moment même en train de se tirer d'ici. Peut-être avec Lara, si elle était encore en vie. À ce stade, cela semblait de moins en moins probable. Il en avait mal au cœur pour Cora.

Regardant autour de lui, Pipe essaya de s'orienter. Il passa en revue les options qui s'offraient à lui. Malheureusement, il n'y en avait pas beaucoup. Home cinéma typique, la pièce n'avait pas de fenêtre pour laisser entrer la lumière ou, dans leur cas, pour s'échapper. Pipe n'était même pas sûr qu'un de ses murs donne sur l'extérieur. Pour ce qu'il en savait, cette pièce se trouvait au milieu du bâtiment, et percer un mur ne leur serait d'aucune utilité. Mais s'il y avait ne serait-ce qu'une infime possibilité de sortir de là, il la saisirait.

Mais d'abord… il sortit son arme de l'étui qu'il portait dans le bas de son dos. Il fit un signe du menton à Cora, pour lui indiquer l'autre côté de la pièce.

— Recule, mon amour.

Elle écarquilla les yeux.

— Qu'est-ce que tu vas faire ?

— Tirer sur la serrure, répondit Pipe, catégorique.

Le tir n'avertirait pas seulement Grant, Michaels et toutes les personnes alentour qu'il était armé, cela leur ferait aussi savoir que, quels que soient leurs plans, ils étaient foutus.

Owl s'avança et prit Cora par le coude pour la tirer vers l'arrière afin de se placer devant elle. Après avoir remercié son ami d'un signe de tête, Pipe se tourna vers la porte. Cela faisait un moment qu'il n'était pas allé au stand de tir, mais il était bon tireur, il l'avait toujours été. Levant son arme, il visa la serrure. Tira...

Et jura aussitôt, lorsque la balle ricocha.

Il s'accroupit et vit Owl plaquer Cora au sol. Bien sûr, il était bien trop tard pour essayer d'esquiver une balle. Heureusement, aucun d'entre eux ne fut touché par le projectile.

— Putain ! jura Owl.

Pipe était trop énervé pour répondre.

— Qu'est-ce qui s'est passé ? s'enquit Cora, déconcertée, tout en se relevant lentement.

— La porte est blindée, répondit Pipe.

— Oh, merde. C'était prévu, non ? Je me demande combien d'autres personnes ont été piégées ici.

Il se posait la même question, mais pour le moment, il était plus préoccupé par la manière de ficher le camp. Il espérait qu'un des employés, ayant entendu le coup de feu, viendrait enquêter, mais il doutait qu'ils aient autant de chance. Grant et Michaels avaient manifestement anticipé la chose et la pièce devait, en plus, être insonorisée. C'était l'endroit idéal où enfermer quelqu'un qu'on ne voudrait pas voir errer dans les parages... ou qu'on désirerait mettre hors d'état de nuire.

Le sentiment d'urgence le frappa de plein fouet. Il se dirigea vers la première rangée de chaises et tira sur le fauteuil inclinable en cuir. Peine perdue. En l'examinant, Pipe se rendit compte qu'il n'allait pas pouvoir le déplacer. D'énormes boulons le maintenaient en place.

Il entendit Cora tousser derrière lui, mais il ne tourna pas la tête, trop concentré sur la recherche d'un outil pour tenter de percer le placo.

Parvenu au sommet des « gradins », Pipe jeta un coup d'œil au projecteur sur le mur. À sa grande déception, il n'y découvrit rien d'utile.

— Euh, Pipe ? l'appela Owl.

— Oui, fit-il sans se retourner.

— On a un problème, répondit son ami.

À cet instant, Pipe se retourna et vit Owl qui conduisait Cora vers l'un des sièges. Fronçant les sourcils, il s'approcha d'eux.

— Qu'est-ce qui ne va pas ?

— Je ne me sens pas bien, expliqua Cora en toussant à nouveau, plus fort.

Puis ce fut au tour d'Owl de tousser.

Et Pipe se rendit compte alors qu'il respirait lui-même plus vite que d'habitude et que sa tête tambourinait. Il avait été confronté à de nombreuses situations stressantes au cours de sa vie et n'avait jamais eu ce genre de réaction. Bien sûr, il n'avait jamais été responsable de la sécurité d'une femme dont il ne voulait pas se passer, aussi pourrait-on probablement lui pardonner la réaction extrême qu'il avait maintenant.

Il secoua la tête et le regretta aussitôt, car il trébucha. Il avait le vertige.

Cora gémit et Pipe s'agenouilla devant son fauteuil, attrapant son tee-shirt.

— Remonte-le sur ton nez et ta bouche, ordonna-t-il en tirant sur le tissu pour essayer de l'aider.

Elle releva la tête, et il vit que ses joues s'étaient presque vidées de leurs couleurs. Mais elle lui obéit, tout en ouvrant des yeux comme des soucoupes.

— Qu'est-ce qui se passe ? demanda-t-elle.

Pipe n'arrivait plus à remuer ses membres de façon contrôlée, pour tirer sur son propre tee-shirt et se couvrir le nez et la bouche. Lorsqu'il se retourna, il vit qu'Owl avait fait de même.

Regardant autour de lui, il tenta de déterminer la cause de la soudaine faiblesse de ses membres. Il ne vit rien.

— C'est du gaz, dit Owl en toussant plus fort.

— Du gaz ? répéta Cora, qui se releva sous le coup de l'inquiétude.

Pipe l'attrapa et la ramena sur la chaise.

— Reste calme, ordonna-t-il.

— Que je reste calme ? répéta-t-elle, presque hystérique. Comment peux-tu dire ça ? On est en train de se faire gazer !

Pipe toussa pour essayer de chasser la sensation de vertige, mais sans succès.

— Est-ce qu'on va mourir ? demanda Cora.

— Non, la rassura Pipe, même si, honnêtement, il n'avait aucune idée de ce qu'avaient prévu les connards qui les avaient enfermés dans cette pièce.

— Je ne sens rien, dit Owl. Pas d'odeur, pas de goût et on ne voit pas de vapeur.

Quelque chose s'immisça dans l'esprit de Pipe. L'un des membres de son escouade SAS avait un passe-temps sortant de l'ordinaire. Lorsqu'ils n'étaient pas en mission, il avait un atelier dans le jardin de sa petite maison. C'était un artiste, qui fabriquait les plus étonnantes figurines en métal. Certaines étaient petites : Pipe en avait une dans son chalet au Refuge. Mais sa spécialité, c'étaient les sculptures grandeur nature. Surtout des animaux. Pipe et lui avaient parlé une fois du processus de création, et son compagnon avait parlé pendant près d'une heure des tenants et aboutissants de la soudure et de son fonctionnement.

La seule chose qui lui revenait maintenant, c'était que le gars avait utilisé du gaz argon pour protéger le métal sur lequel il travaillait.

Il ne se souvenait pas exactement de ses propriétés ni de son utilisation, mais il se souvenait parfaitement de la conversation qu'ils avaient eue sur les dangers inhérents à ce gaz. Son compagnon avait plaisanté en disant que c'était probablement l'un des meilleurs produits à utiliser si l'on voulait faire perdre connaissance à quelqu'un. Son achat était légal et il était facile de s'en procurer.

Le gaz argon était inodore, insipide et totalement transparent.

Était-ce ce gaz qu'on utilisait là pour les neutraliser ? Il l'ignorait, mais c'était une supposition aussi valable qu'une autre.

En parlant de suppositions, Pipe avait du mal à faire autre chose que d'essayer de ne pas vomir ses tripes.

— Pipe ? demanda Cora dans un filet de voix.

Il tenta de l'atteindre et faillit tomber.

— La vache ! Viens ici, mon amour, ajouta-t-il en ouvrant les bras.

Cora se jeta pratiquement sur lui et Pipe retomba sur ses fesses, mais il la serra fermement contre lui, pendant qu'elle enfouissait son visage couvert de tissu dans son cou. Il la sentait trembler contre lui.

— Putain, mec, maugréa Owl en s'affalant dans le fauteuil voisin de celui de Cora.

Pour la première fois de sa vie, Pipe était vraiment

terrifié. Il avait connu des situations effrayantes dans sa carrière précédente, mais rien n'était pire que l'éventualité de voir Cora blessée. Il se sentait vaciller et savait que ce n'était qu'une question de temps avant qu'ils ne soient vaincus par le gaz. Une fois qu'ils seraient inconscients, il ne faisait aucun doute que le garde du corps reviendrait… et qui savait ce qui leur arriverait alors. Ce qui arriverait à Cora.

Ridge Michaels avait déjà kidnappé une femme et lui avait infligé des sévices qu'il préférait ne pas imaginer. Impossible de prévoir ce qu'il ferait à sa Cora.

Car elle était à lui. Sienne. Désormais, maintenant qu'il fallait aller à l'essentiel, Pipe savait ce qui était vraiment important. Cora. Ses amis.

Il avait toujours regardé la mort dans les yeux, prêt à donner sa vie pour le bien de tous, pour la sécurité d'autrui. Et il ne doutait pas que les hommes qui se battaient à ses côtés ressentaient la même chose. Mais la situation était différente à présent. Il ne voulait pas mourir. Il ne voulait pas qu'Owl meure. Et il ne voulait surtout pas qu'il arrive quoi que ce soit à Cora.

Dans une ultime tentative d'action, Pipe parvint à sortir son téléphone de sa poche arrière. De ses doigts tremblants, il cliqua sur le nom de Stone. Il devait informer son ami de ce qui se passait. Obtenir de l'aide.

Mais en regardant le fil de leurs échanges, il fronça les sourcils.

Oui, il avait déjà essayé de contacter Stone et le message n'était pas passé. La vache, il n'avait plus les idées claires. Il fallait qu'il se lève. Qu'il agisse. Mais il n'arrivait pas à bouger. Ses membres étaient lourds, sa tête le lançait et il était au bord du vomissement.

Levant les yeux, il vit Owl assis dans le fauteuil, la tête en arrière, les yeux fermés. C'était une bonne idée. Il était tellement fatigué. Une sieste lui ferait du bien.

Pipe se pencha en arrière, tout en gardant Cora dans ses bras. Elle se pelotonna contre lui et il sourit. Oui, il aimait qu'elle se blottisse contre lui. Il se souvenait très bien de ce matin. Sauf que maintenant, bizarrement, leur lit était beaucoup plus dur qu'avant.

Cela n'avait pas d'importance. Il était tellement fatigué qu'il aurait pu dormir n'importe où.

Il allait fermer les yeux un instant, puis se lever et faire ce qu'il était censé faire. Parce qu'il devait vraiment faire quelque chose... mais bon sang, impossible de se rappeler quoi. Il était tout simplement trop fatigué. Et étourdi.

La pièce était plongée dans un silence de mort quand Pipe sombra dans l'inconscience, une Cora amorphe dans les bras.

* * *

Stone s'efforçait de ne pas paniquer. Il continuait d'espérer voir tout à coup réapparaître Owl, Pipe et Cora. Mais plus le temps passait, plus il savait qu'il se berçait d'illusions. Quelque chose avait mal tourné dans cette maison, et il ne doutait pas que ses amis étaient en danger. Il devrait appeler le 9-1-1... mais que leur dirait-il ?

Il pourrait mettre à exécution leur menace à Michaels et demander une vérification de son domicile.

Toutefois, quelque chose soufflait à Stone qu'il n'avait pas le temps pour ça. Michaels avait le droit de refuser l'entrée de son domaine aux flics, et il leur faudrait beaucoup trop de temps pour obtenir un mandat de perquisition. Non, il devait entreprendre quelque chose maintenant.

Les mains de Stone se mirent à trembler et il ne put

s'empêcher de penser à une autre situation où il s'était senti aussi impuissant. Lorsqu'Owl et lui avaient été faits prisonniers.

À une époque, il avait été un fils de pute arrogant qui ne pensait pas que quiconque puisse avoir le dessus sur lui. Puis il s'était retrouvé pris en otage. Torturé. Cette expérience l'avait changé. Il s'était mis à douter de ses capacités.

Il lui fallut un moment pour se remettre les idées en place et se débarrasser des souvenirs de la douleur et de la terreur absolue qu'il avait ressenties en étant prisonnier.

Il se redressa sur son siège. Il ne devait plus se contenter de rester assis sur son cul. Pipe, Owl, Cora, et même Lara, si elle était encore en vie, avaient besoin qu'il trouve une solution. Qu'il fasse quelque chose.

Il se rendit compte qu'il tenait son téléphone si fort que ses doigts picotaient. Une idée lui vint. Il n'avait aucune idée de l'identité du mystérieux interlocuteur qui ne cessait de leur sauver la mise, mais peut-être qu'il aurait une idée sur la façon de joindre ses amis. Ses doigts volèrent sur le clavier.

Stone : Je n'arrive pas à joindre Pipe ou Owl. Ils sont déjà à l'intérieur et mes textos et mes appels ne passent pas.

Inconnu : Merde. OK, donnez-moi une seconde.

Stone ignorait pourquoi cette personne avait besoin de temps, mais il se sentait déjà mieux d'avoir partagé avec elle ce qui se passait.

Après ce qui lui sembla une éternité, mais ne dura en réalité qu'une minute ou deux, son téléphone vibra de nouveau.

. . .

Inconnu : Ce salopard a un brouilleur de signal, mais je l'ai désactivé. Essayez de les joindre à nouveau. Tout de suite.

Stone n'avait aucune idée de la façon dont cette personne avait pu détecter le brouilleur de signal, de là où elle se trouvait, mais il n'allait pas l'interroger à ce sujet. Il était également un peu agacé par l'attitude autoritaire de l'inconnu, mais comme il l'aidait, Stone n'allait pas se plaindre.

Stone : Owl, dégage de là ! Maintenant !

Il attendit un moment, mais Owl ne répondit pas. Pipe non plus, lorsqu'il lui envoya un texto. Stone écrivit à Inconnu.

Stone : Ils ne répondent pas. À quelle heure le FBI est-il censé arriver ?

Inconnu : Continuez d'essayer. Vous devez les faire sortir de là. Je ne sais pas quand le FBI arrivera et Carter Grant ne doit pas se trouver en présence d'une femme, sous aucun prétexte.

Stone serra les dents. Comment les faire sortir ? Il ne disposait d'aucune information. L'arrivée d'Owl et de Pipe avait-elle mis toute la maisonnée en état d'alerte ? Pour ce qu'il en savait, il y aurait une dizaine de personnes prêtes à l'éliminer à la seconde où il essaierait d'entrer. S'il lui arrivait quelque chose, cela pourrait signifier la fin de tout espoir pour ses amis.

Il continua à essayer de joindre Pipe ou Owl. Il téléphona, il envoya des messages. Il essaya Cora. Sans succès.

Mais ses appels ne tombaient plus directement sur la boîte vocale, et les textos semblaient passer. C'était à la fois encourageant et terrifiant. Terrifiant, car ses amis ne répondaient toujours pas.

Il choisit de se concentrer sur la petite lueur d'espoir, ce qui lui donna la motivation nécessaire pour continuer à essayer.

Pipe et Owl étaient intelligents, ils trouveraient un moyen de déjouer Michaels. Et quand ils y seraient parvenus, Stone les attendrait pour les faire dégager de là.

19

———

Cora se sentait comme une vraie merde.

Elle n'avait plus connu ça depuis une nuit, au début de sa vingtaine, où elle était allée dans un bar, pour s'apitoyer sur son sort, et où elle avait forcé sur la boisson. Elle n'avait aucun souvenir de la manière dont elle était rentrée chez elle, mais lorsqu'elle s'était réveillée, le lendemain matin, elle avait une gueule de bois d'enfer. Il lui avait fallu presque deux jours pour se remettre de sa nuit de beuverie, et elle s'était juré qu'on ne l'y reprendrait plus.

Et pourtant, elle était là. Aussi nauséeuse et désorientée qu'à l'époque.

Sauf qu'elle ne se souvenait pas d'être allée dans un bar. Ni d'avoir bu quoi que ce soit.

Puis, en un éclair, la mémoire lui revint.

Lara. Sa venue en Arizona. Ses étreintes passionnées avec Pipe.

Le manoir. Mister Carrément Glaçant. La porte verrouillée. La sensation de vertige et de confusion et puis... rien.

Cora ouvrit les yeux et fixa un vieux plafond en stuc.

Elle grimaça. Elle se trouvait dans un putain de manoir, et ils avaient de vieux plafonds en stuc tout moches ? C'était ridicule.

Elle se redressa lentement et regarda autour d'elle.

À son immense soulagement, elle vit Pipe allongé à sa droite. Puis elle paniqua, car son torse ne bougeait pas, puis elle sentit le soulagement l'envahir à nouveau lorsqu'elle réalisa finalement qu'il respirait. Cette succession rapide d'émotions lui fit tourner encore plus vertigineusement la tête.

En regardant de l'autre côté, elle vit Owl dans le même état. Ils étaient allongés sur un sol en béton, et elle frissonna en réalisant la température glaciale qui régnait dans la pièce.

Son examen convainquit Cora qu'ils se trouvaient dans un sous-sol. Il y avait des fenêtres, seulement elles étaient minuscules et situées tout en haut des murs. La pièce n'était pas immense, mais ce n'était pas non plus une cellule. Il y avait une porte dans le mur en face d'elle, et des toilettes – sans porte – à l'extrême droite.

Se déplaçant lentement, parce que chacun de ses muscles lui semblait douloureux, Cora rampa jusqu'à Pipe. Elle posa une main sur sa poitrine pour s'assurer qu'il respirait vraiment et poussa un soupir de soulagement en sentant son torse se soulever et s'abaisser. Il avait l'air différent dans cet état, inconscient et vulnérable. Elle n'aimait pas ça. Il avait fait tout ce qu'il pouvait pour la protéger lorsqu'ils s'étaient retrouvés enfermés dans cette pièce, mais même son soldat des Forces spéciales ne pouvait la protéger d'un ennemi aussi invisible qu'un gaz toxique.

Honnêtement, elle était choquée qu'ils soient encore en vie. Il aurait pu se passer n'importe quoi pendant qu'ils étaient inconscients, ou le gaz lui-même aurait pu les tuer.

En fait... pourquoi les avait-on déplacés ? Si Mister Carrément Glaçant voulait les tuer, l'endroit où il commettrait son crime avait-il vraiment de l'importance ?

En observant à nouveau la pièce, elle aperçut quelque chose qu'elle n'avait pas remarqué auparavant, à quelques mètres de Pipe.

Une canalisation dans le sol.

Elle frémit en songeant à son utilité. Et cela répondait à la question de savoir pourquoi CG avait pris la peine de les déplacer.

Non. Ils n'étaient pas morts pour l'instant.

Elle se promit de faire tout ce qui était nécessaire pour protéger Pipe pendant qu'il en était incapable lui-même, bien que ce soit probablement une idée stupide. Que pouvait-elle faire ? Elle n'était qu'une petite nana dodue, pas très instruite. Mais d'un autre côté, ne lui avait-on pas répété toute sa vie qu'elle devrait finir droguée ou sans-abri ?

Or elle n'était ni l'un ni l'autre. Elle était travailleuse, débrouillarde, têtue.

Sa détermination se renforça. Elle n'était pas sans défense, et il était hors de question qu'elle laisse un connard comme Ridge Michaels leur faire du mal, à Pipe ou à elle.

Un petit bruit la prit tant au dépourvu qu'elle sursauta, puis se retourna si vite que la pièce tourbillonna quelques secondes. Elle plissa les paupières pour se concentrer sur l'objet derrière elle. Un lit. Comme elle était par terre, elle ne pouvait pas voir ce qui se trouvait dessus, si tant est qu'il y ait quelque chose. Elle n'était pas sûre de vouloir le découvrir. Si Ridge s'imaginait utiliser ce lit pour satisfaire ses fantasmes sexuels avec elle, il découvrirait qu'elle n'allait pas se laisser faire sans combattre.

Se déplaçant lentement et aussi silencieusement que possible, Cora se leva. L'appréhension l'envahit lorsqu'elle avisa une masse sous les couvertures. Elle dut faire un bruit, car la masse bougea soudain. La personne qui se trouvait là tourna la tête, faisant du même coup tomber les couvertures remontées sur son visage.

Cora cilla, incapable d'en croire ses yeux.

Puis elle poussa un cri étranglé et bondit vers le lit.

— Lara !

Son amie était en train de dépérir sur le matelas. Sa chevelure blonde s'étalait mollement sur le mince oreiller. Elle avait le regard vide, mais c'était Lara. Vivante.

Les larmes montèrent aux yeux de Cora. Ils l'avaient retrouvée. Elle ne l'aurait jamais admis à voix haute, mais elle commençait à douter de revoir un jour sa meilleure amie. Elle n'aurait plus jamais pu lui parler, rire, dîner avec elle. Mais Lara était là. *Vivante.*

— Lara ! s'écria-t-elle encore, en s'asseyant sur le bord du matelas tout en ramenant la couverture sur elle.

Son amie ne dit rien. Elle ne bougea pas. Elle continuait à regarder droit devant elle, comme si elle ne voyait pas Cora assise là.

Cora entendit Pipe et Owl commencer à s'agiter sur le sol, mais elle ne pouvait détacher ses yeux de sa meilleure amie. Les larmes ruisselaient sur ses joues. Qu'est-ce qui n'allait pas chez Lara ? Pourquoi ne répondait-elle pas ?

Cora posa une main sur son épaule et la secoua doucement, mais les yeux de Lara refusaient de se focaliser sur quoi que ce soit.

— Oh, mon Dieu, qu'est-ce qu'il t'a fait ? chuchota Cora en remarquant pour la première fois le corps de Lara.

Son amie portait une chemise de nuit à fines bretelles spaghetti que Cora n'avait jamais vue auparavant. La tenue semblait bizarre sur son amie, car Lara détestait tout ce qui était en dentelle. Elle trouvait que cela grattait trop. Elle dormait toujours avec un tee-shirt XXL. Cette chemise de nuit avait de la dentelle tout autour d'un décolleté si plongeant qu'il ne cachait rien de ses seins.

Mais ce furent les ecchymoses qui retinrent le plus l'attention de Cora.

Elle en avait partout. Autour du cou. Sur le haut de ses bras. Ce qu'elle voyait de sa poitrine était couvert d'ecchymoses. Quoi qu'il se soit passé, ça avait été affreux.

Mais le pire, c'était que les bleus, manifestement à divers stades de guérison, avaient tous des couleurs différentes. Elle n'avait pas été battue une fois, mais plusieurs. Encore et encore.

Le cœur de Cora se brisa. Elle voulait crier. Tuer Ridge pour avoir infligé ça à son amie.

Il n'en fallut pas davantage pour tarir ses larmes. Le chagrin disparut, remplacé par la colère. Elle n'avait jamais été aussi en colère de sa vie. Ni pendant son enfance, quand elle essuyait rejet sur rejet. Ni quand elle avait été victime de brimades. Ni quand on l'avait licenciée injustement parce qu'elle avait repoussé les avances de son patron.

Lara ne méritait pas ce qui lui était arrivé. Personne, d'ailleurs, et surtout pas Lara. Elle était le genre de femme qui accordait toujours aux gens le bénéfice du doute. Elle leur faisait volontiers confiance. Elle était la créature la plus gentille que Cora ait jamais rencontrée. Elle était pure.

Cora n'avait aucun doute sur le fait que ce qui s'était passé ici allait changer son amie à jamais. Et cela la remplit d'une rage absolue.

— Cora ?

Elle s'essuya les joues d'un mouvement d'épaule avant de se tourner vers Pipe qui se tenait à côté d'elle. Owl s'était assis, cherchant manifestement à retrouver ses repères.

— Ça va ? lui demanda Pipe.

Cora secoua la tête, mais répondit par l'affirmative. Elle ne pouvait pas faire face à l'inquiétude et au chagrin qu'elle voyait dans ses yeux.

— Il y a quelque chose qui cloche chez Lara, constata-t-elle en regardant son amie.

Ce fut Owl qui intervint.

— Recule, laisse-moi la voir.

Sans penser à lui demander s'il avait une formation médicale, Cora se leva et s'éloigna du lit, sans quitter Lara du regard. Elle sentit le bras de Pipe lui enlacer la taille, mais avec un détachement aussi soudain qu'étrange, comme si elle flottait et observait ce qui se passait d'en haut.

Owl se pencha et porta ses doigts à la gorge de Lara pour prendre son pouls. Comme elle avait fermé les yeux, il lui souleva les paupières pour vérifier ses pupilles. Après quoi il palpa doucement ses mains, ses bras, puis rabattit la couverture pour atteindre son ventre.

Sa chemise de nuit était chiffonnée, et ils virent qu'elle était complètement nue sous le léger vêtement. Owl s'empressa de tirer la chemise de nuit vers le bas, préservant sa pudeur du mieux qu'il pouvait, mais pas avant qu'ils aient vu les bleus sur son ventre et à l'intérieur de ses cuisses.

Sans parler des croûtes… séchées… sur son corps.

Cora serra les poings. La colère l'envahit à nouveau, si vite et si fort que tout ce qu'elle fut capable de faire, ce fût de continuer à respirer.

— Doucement, mon amour, murmura Pipe.

Mais elle avait besoin de frapper quelque chose pour tenter de dissiper la fureur qui coulait dans ses veines, alors elle se retourna contre lui.

— Doucement ? Tu as vu ça ? s'écria-t-elle en désignant Lara allongée sur le lit.

— Oui, répondit Pipe, d'un ton trop calme.

— Elle a été violée ! Quelqu'un s'est branlé sur elle ! L'a blessée ! Ce sont des marques de doigts sur ses cuisses. Sur sa gorge ! Quelqu'un a battu mon amie. Elle ne mérite pas ça !

Elle hurlait maintenant, en repoussant Pipe pour ponctuer ses mots.

Il enroula les mains autour de ses poignets et l'attira brutalement contre lui.

Cora hoqueta en se retrouvant plaquée contre son torse. Pipe l'enveloppa si étroitement de ses bras qu'elle avait du mal à respirer. Mais la manœuvre fonctionna. Sa colère reflua aussi brusquement qu'elle était montée. Cora se sentit vidée de sa substance. Le visage enfoui contre son torse, elle laissa de nouveau couler ses larmes.

— Il lui a fait du mal. À Lara. La personne la plus gentille que je connaisse... Il lui a fait du mal !

— Je sais. Et il va le payer. Je t'en donne ma parole.

Cora refoula ses larmes. Elle n'avait pas le temps de pleurer. Pas maintenant. Plus tard, peut-être... probablement... mais pour l'instant, elle avait besoin de se ressaisir.

— Elle n'a pas d'os cassés, constata Owl. Vu son engourdissement et la dilatation de ses pupilles, je dirais qu'elle a été droguée.

Cora se retourna entre les bras de Pipe pour se tourner vers leur ami.

— Est-ce qu'elle va s'en sortir ?

C'était une question stupide. Owl n'était pas médecin, même s'il semblait avoir une certaine formation médicale.

Pourtant, il répondit sans hésiter.

— Oui.

Le mot était ferme, et en l'entendant, Cora se sentit bien plus légère.

— D'accord, je peux… je peux la nettoyer ? demanda-t-elle.

En réponse, Pipe la lâcha et se dirigea vers les sanitaires d'où il revint, quelques secondes plus tard, muni d'un gant de toilette mouillé qu'il lui tendit sans un mot. Cora se rendit de l'autre côté du lit et entreprit d'essuyer doucement son amie. Owl et Pipe tournèrent la tête lorsqu'elle souleva la chemise de nuit, accordant une fois de plus à son amie presque comateuse le respect qu'elle méritait.

Cora fit de son mieux et se sentit un peu rassurée lorsqu'il n'y eut plus aucune trace de ce que quelqu'un avait laissé sur la peau de Lara. Elle ne put s'empêcher de se pencher et de murmurer :

— Réveille-toi, Lara. S'il te plaît. C'est Cora. Je suis là. Je suis avec des amis et on va te sortir de là. Mais tu dois te réveiller et nous parler. D'accord ?

À sa grande surprise, Lara tourna lentement la tête vers elle… et Cora aurait été prête à jurer que son amie l'avait reconnue.

— C'est moi, insista-t-elle. On a toujours dit qu'on serait là l'une pour l'autre contre vents et marées, hein ? Eh bien, je pense qu'il s'agit d'une sacrée tempête, non ?

Lara cligna des yeux.

— Pouvez-vous nous parler ? demanda Owl.

La tête de Lara roula lentement sur l'oreiller, pour se tourner vers Owl. Elle le fixa sans dire un mot.

— C'est Owl. Il est avec moi. Son vrai nom est Callen, mais les gens l'appellent Owl parce qu'il a une vue très aiguisée, lui expliqua Cora.

— Harceleuse, lâcha Pipe avec un petit sourire, dans le dos d'Owl.

Cora n'avait pas honte des recherches qu'elle avait effectuées sur les hommes du Refuge. D'ailleurs, ce n'était pas comme si ces informations n'étaient pas en accès libre, à condition de bien chercher.

Mais au son de la voix de Pipe, Lara gémit.

— Doucement, c'est bon. C'est Pipe, lui dit Cora. C'est mon homme.

Au petit son qui monta de la gorge de Pipe, Cora leva les yeux. Il semblait surpris par ses paroles.

Elle fronça le nez.

— Je me suis trop avancée ? demanda-t-elle d'un ton penaud.

— Non, pas du tout, répondit Pipe.

Malgré le lit entre eux, ils avaient bizarrement l'impression d'être seuls au monde.

— Tu lui fais peur, dit Owl à Pipe. Recule.

L'intéressé obtempéra immédiatement.

— Tout va bien, dit Owl à Lara. Personne ne vous fera plus de mal. Vous m'entendez ? Je ne le permettrai pas.

À la surprise de Cora, Lara sortit un petit bout de langue et se la passa sur les lèvres avant de lâcher, d'une voix éraillée :

— J'ai mal.

— Je sais, et dès que ce sera possible, on va régler ça. Pipe va trouver un moyen de nous sortir d'ici et on va vous soigner. D'accord ?

Cora retint son souffle. Elle ne ressentait aucune jalousie en constatant que Lara avait répondu à Owl plutôt qu'à elle. Elle était ravie que son amie soit seulement en mesure de parler.

En réponse aux paroles d'Owl, le bras de Lara se tendit au-dessus de l'étroit lit. Elle lui agrippa le poignet.

— Ne partez pas. Plutôt mourir...

Sa voix n'était qu'un mince filet, mais ils percevaient tous le désespoir dans ses mots.

— Je ne vous quitte pas d'une semelle. Jamais de la vie. Et personne ne mourra. Vous m'entendez ? Mais vous devez vous battre pour moi, Lara.

— Fatiguée…, lâcha-t-elle en fermant les yeux.

Cora remarqua cependant qu'elle n'avait pas lâché le poignet d'Owl.

— Je sais, dit-il doucement. Reposez-vous pour l'instant.

Lara acquiesça et poussa un long soupir.

Cora pinça ses lèvres et souleva la couverture pour en recouvrir le corps de Lara.

Son amie tourna à nouveau la tête vers elle et ses yeux se rouvrirent. Elle avait toujours l'air dans les vapes, et l'idée que quelqu'un ait pu droguer son amie faisait resurgir sa colère meurtrière. Mais Cora fit de son mieux pour rester calme.

— Je savais que tu me trouverais. Mais… tu aurais dû rester loin de ce type.

Cora se pencha tout contre le visage de son amie.

— Jamais de la vie. Tu m'as sauvée quand on avait quinze ans. J'aurais remué ciel et terre pour te sauver à mon tour. Je t'aime, Lara.

En réponse, celle-ci ferma les yeux et détourna la tête.

Cora ne le prit pas mal. Lara ne devait pas avoir les idées claires. Sans parler de son traumatisme. Rien de ce qu'elle avait dit ou fait ne surprenait Cora, vu les circonstances.

— Et vous, ça va ? demanda Pipe.

— Mal à la tête et je me sens un peu vaseux, mais ça va, répondit Owl, sans se lever du lit parce que cela signifierait que Lara devrait le lâcher.

Cora tomba un peu amoureuse de lui à cet instant. Pas d'un amour semblable à celui qu'elle éprouvait pour Pipe, mais d'un amour énorme et reconnaissant parce qu'il avait compris que Lara avait besoin d'une ancre pour le moment. Et parce qu'il était parfaitement disposé à être cette ancre.

— Cora ? demanda Pipe.

— Pareil, lui indiqua-t-elle. Alors, c'est quoi, le plan ?

La question était sortie avant qu'elle ait pu y réfléchir à deux fois. Ce n'était pas juste de mettre ce genre de pression sur Pipe, mais elle n'avait honnêtement aucune idée de la suite à donner aux opérations. Ils se trouvaient dans un sous-sol, avec des fenêtres trop petites pour être escaladées, et une femme à moitié habillée et à moitié consciente. Elle avait l'impression que leurs options étaient limitées.

Pipe ouvrit la bouche pour dire quelque chose, mais il s'interrompit en entendant son téléphone vibrer.

— Attendez, ils n'ont pas pris nos téléphones ? s'étonna Cora en cherchant le sien dans sa poche arrière – toujours là ! Tu as ton arme ? demanda-t-elle aussitôt à Pipe.

Il avait sorti son téléphone et faisait défiler l'écran, mais il secoua la tête.

— Non. Mon flingue a disparu.

— Oui, évidemment, soupira Cora.

Puis une voix que Cora reconnut sortit du haut-parleur du téléphone de Pipe.

Stone.

— Parle, ordonna Pipe.

— Putain de merde ! Dieu merci, tu réponds enfin. Qu'est-ce qui se passe là-dedans ?

— On a été enfermés dans une pièce, gazés, et maintenant on se trouve au sous-sol avec une Lara droguée, résuma Pipe.

— Merde. Bon, écoutez : ils ont brouillé les réseaux cellulaires, c'est pour ça je n'ai pas pu vous contacter plus tôt, dit Stone.

— Je sais. On s'en est rendu compte quand on a été

enfermés dans la première pièce. Est-ce qu'ils ont merdé et coupé leurs brouilleurs ?

— Non. Tu te rappelles cet inconnu qui nous a aidés à retrouver Jasna et Reese ?

— Oui ? fit Pipe d'un air soupçonneux.

— J'ai reçu un message après votre départ et il m'a raconté tout le bordel. Il m'a prévenu que vous étiez en danger et qu'il fallait vous faire sortir.

— Oui, j'ai reçu les quarante-sept messages où tu me disais ça. Et on l'aurait fait si on avait pu. Alors, qu'est-ce qui s'est passé avec le brouilleur ? demanda Pipe.

— L'inconnu l'a bloqué. Ce qui explique pourquoi on peut se parler, là.

— Merde alors, chuchota Cora.

Elle s'éloigna du lit pour s'approcher de Pipe. Passant un bras autour de sa taille, tandis qu'il tenait son téléphone devant eux, elle écouta Stone à ses côtés.

— Quoi qu'il en soit, écoutez bien : ce Grant, il est recherché par le FBI. Pour plusieurs meurtres, entre autres. Il a des alias à la pelle. C'est un type dangereux, Pipe, souligna Stone même si c'était inutile. Il fait du mal aux femmes. Il prend son pied. Et il finit par les tuer. Vous devez sortir de là tout de suite.

Cora tiqua, surprise. Mister Carrément Glaçant était effectivement glaçant. Elle était contente que son radar interne ne lui ait pas fait défaut, mais il était un peu trop tard pour en avoir confirmation.

— On va avoir besoin de ton aide, Stone, dit Pipe. Il faudrait que tu fasses un peu de reconnaissance. On est dans une sorte de sous-sol. Il y a des fenêtres, mais elles sont petites. Trop petites pour qu'on puisse sortir. La pièce où on est a une porte, mais j'imagine qu'elle est verrouillée et renforcée comme celle de l'étage. On ne peut pas sortir sans aide.

— D'accord. OK, je vais passer par-dessus le mur et examiner la propriété pour voir ce que je peux trouver. Oh, merde !

Il y eut un bruissement, puis ce fut le silence.

Cora retint son souffle. C'était éprouvant pour les nerfs. L'inquiétude de Stone était nettement perceptible dans son ton.

— Qu'est-ce qu'il y a ? Qu'est-ce qui ne va pas ? demanda Pipe.

— Quelqu'un arrive par la rue, chuchota Stone. J'ai dû sauter par-dessus le mur d'enceinte. Je ne pense pas qu'on m'ait vu.

— Cache-toi. Tu vois qui c'est ?

De longues secondes s'écoulèrent avant que Stone reprenne la parole, chuchotant toujours.

— Ce n'est pas Michaels. Ce type est trapu. Cheveux blonds. Grand. Il se dirige tout droit vers la Jeep. Merde, il crève les pneus.

Cora ferma les yeux et s'appuya sur Pipe. Il était son roc en ce moment. À chaque minute qui passait, les choses semblaient empirer. La voiture étant hors d'usage, ils ne pourraient pas s'éloigner rapidement de la maison.

— C'est Carter, déclara Pipe.

— C'est bien ce que je pensais, fit Stone.

— Qu'est-ce qu'il fait maintenant ?

— Il prépare une diversion, répondit Stone. Il a ouvert le réservoir d'essence pour y fourrer un chiffon.

— Il va tout faire exploser, comprit Pipe.

— Probablement. Attendez... oh. C'est intéressant.

— Qu'est-ce qu'il y a ? s'enquit Pipe dont l'impatience était patente.

— Il passe un appel. Tu penses que… Il ne doit pas savoir que le brouilleur a été désactivé. S'il est sorti pour utiliser son téléphone, c'est qu'il a dû penser qu'il ne fonctionnerait pas dans la maison.

— C'est possible, reconnut Pipe.

Ils entendirent alors un bruit en arrière-plan qui incita Owl, toujours focalisé sur Lara, à relever la tête.

— Qu'est-ce que c'est ? aboya Pipe.

— Un hélicoptère, répondirent Owl et Stone en même temps.

— C'est notre issue de secours, dit Pipe avec fermeté. Tu dois aller à l'hélicoptère, Stone. Lara ne peut pas marcher, donc l'extraction va être délicate.

Pour la première fois depuis le début de l'appel, Stone parut confiant.

— Dix minutes, dit-il. Je vous attendrai. Owl ?

— Je suis là, dit l'interpellé.

— Tu te souviens de ce qu'on a fait quand on a réalisé que les secours étaient enfin arrivés ?

Cora vit Owl se redresser du lit.

— Oui.

— C'est votre porte de sortie. J'aimerais pouvoir être là pour vous aider, mais je serai dans le cockpit et je t'attendrai, copilote. D'accord ?

— Marché conclu, répondit Owl.

— Dix minutes, répéta Stone. Fais ce que tu as à faire pour sortir de là, Pipe. Si tu ne le fais pas…

Sa voix s'éteignit.

Cora leva les yeux vers Pipe. Lèvres pincées, il hocha la tête.

— OK. Dix minutes.

Sur quoi il raccrocha et regarda Owl.

— Quel est le plan ?

Quand Owl lui eut expliqué comment leur sauvetage s'était déroulé, des années plus tôt, Cora eut des doutes sur leurs chances de réussite. Mais ils n'avaient littéralement pas d'autre choix.

— Tu es d'accord pour la prendre ? demanda Pipe en désignant Lara de la tête.

— Absolument, répondit Owl.

Cora le regarda qui retirait délicatement sa main de celle de Lara et se débarrassait de son tee-shirt. Avant qu'elle puisse demander ce qu'il faisait, Owl avait retiré la couverture et enfilait précautionneusement le tee-shirt par la tête de son amie.

— Écoute-moi, mon amour, dit Pipe en la saisissant par les épaules pour l'obliger à se tourner vers lui. Quoi qu'il arrive, sache que la nuit dernière, avec toi, a été la plus heureuse pour moi depuis très longtemps. Tu comprends ?

Cora acquiesça.

— Et si ça se passe bien, je vais te donner la famille que tu as toujours voulue. Ça te pose un problème ?

Avait-elle un problème avec le fait que Pipe constitue sa famille ? Bien sûr que non. Elle secoua la tête.

— Tant mieux. Alors, allons-y.

Prenant une profonde inspiration, Cora se dirigea vers la porte, puis commença à la marteler de ses poings tout en criant à pleins poumons.

20

———

Il fallait que ça marche. Il le fallait. Sinon, ils étaient tous foutus.

Cora n'avait jamais pensé que cela lui arriverait. Lorsqu'elle avait décidé d'essayer de gagner un rendez-vous avec l'un des propriétaires du Refuge, elle ne s'attendait pas à se retrouver ici. Depuis son voyage au Nouveau-Mexique, en passant par ses relations avec les femmes du Refuge, jusqu'à sa présence ici en Arizona avec Pipe, sans oublier la meilleure partie de jambes en l'air de sa vie, le fait qu'elle soit tombée amoureuse, qu'on l'ait gazée, qu'elle ait retrouvé Lara vivante – mais dans un état bien pire que ce qu'elle avait imaginé – et qu'elle joue maintenant le rôle d'une vie entière.

Cora criait autant qu'elle pouvait, tout en tambourinant à la porte si fort qu'elle en garderait des bleus sur les mains. Il fallait que quelqu'un vienne enquêter sur ce qui s'était passé avant que Mister Carrément Glaçant ne fasse exploser leur Jeep. Car il fallait s'attendre sinon à ce qu'il tue Pipe et Owl, et s'enfuie avec Lara et Cora dans la confusion provoquée par les camions de pompiers et les voitures de police qui ne manqueraient pas d'arriver en masse.

Et elle ne doutait pas que Mister Carrément Glaçant s'en prendrait à Lara et elle. C'était un violeur et un meurtrier, et elle se refusait à imaginer ce qu'il ferait s'il parvenait à les kidnapper toutes les deux. Elles ne connaissaient pas les détails de tout ce qu'il avait fait subir aux femmes qu'il avait tuées par le passé, mais Cora avait une imagination vivace, surtout après avoir vu l'état de Lara.

Alors qu'elle tambourinait à la porte et criait de toutes ses forces, elle se rendit compte que ce n'était probablement pas Ridge qui avait fait du mal à Lara. Oui, il était possible qu'il soit rentré du club de strip-tease tous les soirs et qu'il l'ait embêtée, mais le vrai danger était plus probablement Mister Carrément Glaçant. C'était peut-être lui qui avait convaincu Ridge d'emmener Lara en Arizona. Ça la rendait malade de penser que ce genre d'abus avait été prémédité.

Il fallait qu'ils sortent de cette foutue pièce.

Cora regarda Pipe tout en continuant à crier. Il se tenait derrière l'ouverture de la porte, les muscles prêts à entrer en action. Pour les défendre tous. Avant qu'elle ne commence à jouer la comédie, ils avaient parlé de ceux qui pourraient se présenter. Ils espéraient que le premier à arriver serait Arlo Harvey, le second garde du corps. Ou littéralement tout autre employé. S'ils ignoraient ce qui se passait au sous-sol sous leur nez, ils ne seraient pas préparés à ce que Pipe attaque quand la porte s'ouvrirait.

Mais si Mister Carrément Glaçant entendait l'agitation en regagnant la maison, il serait prêt, lui.

Même si sa gorge lui faisait mal, Cora ne s'arrêta pas de crier. Elle hurlerait jusqu'à l'épuisement s'il le fallait. Elle donnait le spectacle de sa vie, ce qui n'était pas une exagération.

Enfin, après ce qui lui parut une éternité, elle entendit le pêne dormant racler l'acier tandis que quelqu'un déverrouillait la porte.

Son cœur battait à mille à l'heure lorsqu'elle jeta un coup d'œil à Pipe. À sa grande surprise, il lui adressa un signe de tête rassurant. Il était là, sur le point de combattre à mains nues celui qui se trouvait de l'autre côté de la porte, et il la rassurait !

— S'il vous plaît ! Laissez-moi sortir ! Mon amie a besoin d'aide ! Je crois qu'elle est en train de mourir ! cria Cora, tout en reculant pour laisser Pipe passer devant elle.

Les muscles tendus, il fixait intensément l'ouverture de la porte.

À sa grande surprise, au lieu d'attendre que la personne sur le seuil entre dans la pièce, il s'élança vers l'avant dès que l'ouverture fut suffisamment large, tendant le bras pour tirer la personne à l'intérieur.

Le cœur de Cora se noua lorsqu'elle vit Pipe se battre avec Mister Carrément Glaçant. La seule personne qu'ils ne voulaient pas voir arriver.

Pipe et CG tombèrent au sol en grognant et le combat commença. Cora savait que Pipe avait espéré maîtriser rapidement celui qui était entré dans la pièce, mais il fut clair d'emblée que CG ne se laisserait pas faire facilement. En fait, alors qu'ils échangeaient des coups, il semblait d'une expérience au combat au corps à corps bien supérieure à la moyenne.

Mister Carrément Glaçant répondait par un coup à chaque coup porté par Pipe. Au Refuge, Cora avait eu l'impression que rares étaient les hommes capables d'égaler Pipe quand il s'agissait de se battre. Mais il lui fallait toute sa concentration pour ne pas être terrassé ou mis hors d'état de nuire par un coup dans les reins.

Owl sauta dans la mêlée, faisant de son mieux pour aider Pipe, mais Mister Carrément Glaçant était un monstre tout en muscles. Il repoussait les deux hommes comme si de rien n'était. Aucune femme n'aurait la moindre chance contre ce type ! Cora était certaine qu'il avait un passé militaire ou une formation en arts martiaux. L'idée qu'il ait touché Lara la fit grincer des dents et lui donna envie de vomir.

Les hommes haletaient, sans proférer une parole, alors qu'ils se battaient véritablement pour leur vie. C'était étrange. Et brutal. Pipe et Owl n'y allaient pas de main morte, mais Mister Carrément Glaçant non plus. Ils se battaient sans ménagement, faisant tout ce qu'ils pouvaient pour abattre l'autre.

Cora poussa un cri lorsque Mister Carrément Glaçant donna un coup violent dans la tempe de Pipe qui le fit reculer et l'assomma momentanément. Il lança ensuite un coup de pied dans l'estomac d'Owl, qui l'envoya valdinguer sur le sol, où il atterrit rudement sur les fesses.

Dans la seconde qui suivit, il tourna son attention vers elle, ce qui arrêta les battements de son cœur. Le regard qu'il lui lançait faisait froid dans le dos.

S'il mettait la main sur elle, il se servirait d'elle pour faire reculer Pipe et Owl. Elle le savait aussi bien qu'elle connaissait son nom.

Mister Carrément Glaçant se précipita sur elle avant que Pipe ou Owl ne puissent se relever et attaquer. La vie de Cora défila devant ses yeux et elle fit la seule chose qui lui vint à l'esprit...

Elle esquiva.

De façon surprenante, le bond de Mister Carrément Glaçant le fit trébucher devant elle.

Sans réfléchir, elle lui sauta sur le dos comme si elle était une sorte de championne de lutte.

Se souvenant de ce que Pipe lui avait dit au Refuge... il y avait, quoi, deux jours ? Trois ? Elle n'en était pas sûre, mais son conseil retentissait dans sa tête aussi clairement qu'alors.

« Mais je te garantis que quelqu'un te lâchera sur-le-champ, si tu lui plantes un doigt dans l'œil. Ça te donne le temps de t'éloigner et d'aller chercher de l'aide. C'est le but que tu dois chercher : ne pas rester plantée et te battre, mais t'éloigner. »

Elle poussa un hurlement féroce qui monta du plus profond de son âme et lui attrapa les cheveux d'une main tout en lui enroulant ses jambes autour de la taille. Puis elle fit pivoter son autre main, visant l'œil droit de Mister Carrément Glaçant avec son pouce.

Le bruit que fit cet œil lorsqu'elle en perça le globe oculaire lui donna envie de vomir. Sans parler de la sensation d'écrasement contre son pouce. Mais au lieu de lâcher prise face à son hurlement de douleur, Cora poussa plus fort et tourna la main pour faire bonne mesure.

Afin de s'assurer que ce connard soit le plus handicapé possible, elle lui lâcha les cheveux et utilisa son autre main pour lui enfoncer son index dans le nez.

C'était répugnant... mais pas autant que le liquide de son globe oculaire qui se répandait sur son pouce et coulait le long de son poignet.

Mister Carrément Glaçant hurlait et s'agitait de douleur.

Cora se sentit submergée par une vague de satisfaction, mais ce triomphe fut de courte durée, car CG tendit la main derrière lui et saisit une poignée de ses cheveux. Il la tira littéralement par-dessus son épaule et la projeta à travers la pièce.

Tout se passa très vite. La tête de Cora palpitait, là où il avait arraché une partie de ses cheveux, mais elle s'en rendit à peine compte qu'elle percutait le mur. Rudement.

Si fort que sa vision vira au noir pendant quelques secondes, puis un bourdonnement sonore dans ses oreilles vint bloquer tout autre son.

Elle s'affaissa contre le mur, essayant de se repérer. Merde. Elle avait mal. Partout. Sa tête, ses fesses sur lesquelles elle avait atterri, son bras.

Elle bougea légèrement et poussa un cri de douleur en réalisant qu'elle ne pouvait pas bouger son bras droit sans avoir l'impression d'être sur le point de s'évanouir. Baissant les yeux, elle vit une énorme bosse au milieu de son avant-bras droit. Il était tellement déformé qu'elle comprit qu'elle se l'était cassé. Elle n'avait jamais eu de fracture auparavant, mais elle avait vu un homme tomber dans un escalier et son bras ressemblait beaucoup au sien.

Puis elle vit sur sa main le sang et les glaires de l'œil de Mister Carrément Glaçant, ce qui lui donna un haut-le-cœur.

Elle entendit enfin un bruit et se rendit compte que c'était Owl.

— Cora ! lui criait-il. Ça va ? Merde ! Parle-moi !

Clignant des yeux, elle tourna la tête vers le combat qui avait repris après que CG s'était débarrassé d'elle. Owl et Pipe distribuaient les coups de poings et de pieds, encore et encore, avec, semblait-il, une fureur accrue depuis qu'elle avait été blessée.

— Ça va, lâcha-t-elle d'une voix un peu faible.

Se tournant vers le lit pour vérifier l'état de Lara, elle vit que son amie semblait toujours inconsciente. Elle n'avait pas bougé, malgré la lutte acharnée qui se livrait à quelques mètres d'elle. Cora fronça les sourcils, inquiète, mais ses pensées se tournèrent à nouveau vers le combat, lorsqu'elle entendit un bruit étrange.

Elle prit une brusque inspiration devant le spectacle qui s'offrait à elle.

Quelques secondes plus tôt, le combat battait encore son plein, entre coups de poing et de pied, et Mister Carrément Glaçant s'efforçait de repousser à la fois Pipe et Owl. Désormais, Pipe avait enfin pris le dessus. Agenouillé derrière CG, il lui avait passé un bras autour du cou, tandis qu'Owl lui bloquait fermement les bras pour qu'il ne puisse pas se libérer.

Le son qu'elle avait entendu était le gargouillis qui montait de la gorge de CG, sa respiration rauque pour tenter désespérément de faire entrer de l'air dans ses poumons.

Cora se dit brièvement qu'elle devrait être plus perturbée par la scène qui se déroulait devant elle, mais lorsqu'elle considéra l'état de Lara et fit le vœu silencieux que son homme tue ce bâtard.

Du sang coulait sur le visage de CG, là où elle avait essayé de lui arracher l'œil. De là où elle se trouvait, il lui sembla qu'elle avait peut-être réussi. Tant mieux. Bien fait pour ce psychopathe.

Pipe laissa bientôt tomber le corps amorphe de Mister Carrément Glaçant.

Alors qu'Owl se tournait vers le lit pour s'occuper de Lara, Pipe lâcha :

— Il faut qu'on y aille.

Si Cora l'avait pu, elle se serait aussitôt précipitée vers Pipe. Il avait les cheveux hérissés, le tee-shirt déchiré, il respirait difficilement, avait du sang sur les bras – pourvu que ce soit le sang de Mister Carrément Glaçant et pas le sien – et sa lèvre, également ensanglantée, était enflée à cause des coups qu'il avait reçus à plusieurs reprises au visage. Mais il était littéralement l'homme le plus sexy qu'elle ait jamais vu de sa vie.

— Cora ? demanda-t-il en faisant deux pas vers elle.

Il s'agenouilla et l'examina attentivement, comme s'il pouvait voir à travers ses vêtements si elle était blessée. Il inspira brusquement en découvrant son bras.

— Je crois qu'il est cassé, dit-elle, sans reconnaître le timbre de sa propre voix.

Pipe lui palpa l'arrière du crâne avant de poser son front contre le sien, si doucement qu'on aurait pu les croire au milieu d'une soirée romantique plutôt que dans le sous-sol de la maison d'un kidnappeur, après avoir été drogués et blessés.

— La vache, murmura-t-il.

— J'ai fait ce que tu m'as dit de faire, chuchota-t-elle. J'ai visé les tissus mous.

— Tu t'es bien débrouillée, mon amour, dit-il.

Ces quatre mots signifiaient plus que Cora ne pouvait l'exprimer. Elle s'attendait à ce qu'il soit furieux contre elle pour s'être mise en danger et blessée par la même occasion. Au lieu de quoi, il comprenait qu'ils avaient été dans la merde jusqu'au cou et qu'elle avait fait ce qu'il fallait pour leur donner, à Owl et lui, une chance de venir à bout de la menace.

— Il est mort ? murmura-t-elle.

— Non.

Cora cligna des yeux.

— Pourquoi non ?

À sa grande surprise, Pipe recula et la regarda, l'air sérieux.

— Parce que contrairement à ce connard, je ne suis pas un meurtrier.

— Mais on ne peut pas le laisser s'en tirer, protesta-t-elle.

— On appellera la police dès que possible. Pour l'instant, mon principal souci est de vous emmener, Lara et toi, loin d'ici et chez un médecin.

C'était irréfutable. Du moins pour ce qui était de s'assurer de la sécurité de Lara. Pour sa part, elle n'aimait pas les médecins. Elle ne les avait jamais aimés et ne les aimerait jamais.

— À propos, cela fait douze minutes. Il faut qu'on y aille, intervint Owl.

Pipe acquiesça, mais sans regarder son ami. Il se leva, puis tendit la main à Cora. Elle se mit debout avec son aide et ne tarda pas à tanguer.

— Qu'est-ce qui te fait mal ? demanda Pipe, inquiet.

— Euh... tout mon corps ? répondit Cora sans réfléchir.

À sa grande surprise, Pipe la souleva comme si elle ne pesait rien. Elle poussa un cri et lui passa son bras valide autour du cou.

— Je te tiens, dit-il d'un ton apaisant. Owl, ça va de ton côté ?

Tournant la tête vers le lit, Cora vit qu'Owl tenait Lara dans ses bras. Ils étaient à peu près de la même taille, si bien qu'elle avait l'air un peu incongrue dans ses bras, mais vu le poids que Lara avait visiblement perdu, Owl n'aurait pas de mal à la porter.

— Oui, répondit-il sèchement à Pipe.

Sans ajouter un mot de plus, Pipe se dirigea vers la porte. Ils se trouvaient effectivement dans un sous-sol. La pièce où ils avaient été enfermés était enclose dans un espace plus vaste. Le reste du sous-sol était rempli de cartons. Il n'était pas étonnant que personne n'ait su que Lara se trouvait là : on avait l'impression que personne n'y était allé depuis des lustres. Ils montèrent une volée de marches et débouchèrent dans un couloir.

Bizarrement, ils ne rencontrèrent personne. La maison était complètement silencieuse et apparemment vide.

Jusqu'à ce qu'une femme tenant un véritable plumeau et portant un tablier sorte d'une pièce devant eux et s'arrête net. Elle les dévisagea avec stupeur, bouche ouverte en signe de choc. Cora eut ainsi la confirmation que la plupart des employés avaient probablement été tenus dans l'ignorance de ce qui se passait au sous-sol. Ils ignoraient les mauvais coups que Ridge Michaels et son garde du corps tramaient sous leur nez.

— Où est l'héliport ? aboya Pipe d'une voix grave et agressive.

Percevant la menace, la femme sursauta et pointa du doigt le couloir.

Pipe la frôla en passant devant elle. Les jambes de Cora manquèrent de la heurter au visage, mais l'employée recula dans la pièce d'où elle venait de sortir.

En regardant par-dessus l'épaule de Pipe, Cora vit un Owl torse nu sur leurs talons. Les jambes nues de Lara rebondissaient pendant qu'il marchait, et bien que le tee-shirt qu'il lui avait enfilé fasse plusieurs fois sa taille, il n'était pas assez long.

La haine monta à nouveau à l'intérieur de Cora. Lara avait vécu l'enfer, et elle ne savait pas si elle détestait en plus Mister Carrément Glaçant ou Ridge Michaels.

— La vache ! jura Pipe.

En se retournant, Cora vit ce qui perturbait Pipe. Entre le moment où ils étaient arrivés à la maison et maintenant, une tempête s'était levée. Le vent soufflait tellement de sable qu'ils auraient pu se trouver au milieu du Sahara au lieu de Phoenix.

— Stone peut voler dans ces conditions ? demanda Cora avec inquiétude.

Ce ne fut pas Pipe qui répondit, mais Owl, qui se trouvait derrière elle.

— Les doigts dans le nez. Allez, on se bouge.

Pipe se pencha et réussit à ouvrir la porte sans faire tomber Cora, puis sortit dans le maelström.

Cora ferma aussitôt les yeux : le sable frappait son visage comme de petits morceaux de verre. Elle se blottit du mieux qu'elle put contre Pipe.

Par-dessus le bruit du vent qui hurlait autour d'eux, elle entendit le bruit familier des rotors d'un hélicoptère. Écarquillant les yeux, elle découvrit, à sa grande surprise, que le gros appareil était tout proche. Les pales des rotors soulevaient encore plus de sable autour d'eux.

Avant qu'elle ne s'en rende compte, Pipe l'avait placée sur l'un des sièges arrière de l'hélico, puis s'était hissé sans effort à côté d'elle. Il l'aida à se déplacer avant de se retourner vers la porte pour prendre Lara des bras d'Owl. Son ami grimpa alors d'un bond dans l'hélico. Pipe revint s'asseoir à côté d'elle et, aussi délicatement que possible, cala Lara sur le siège restant à sa droite, l'attacha, puis l'entoura d'un bras afin de la maintenir en place.

— Vous en avez mis du temps ! hurla Stone depuis le siège du pilote.

— Désolé, on a eu des problèmes ! lui répondit Pipe, criant lui aussi.

Owl se tourna sur son siège à côté de Stone pour fixer Lara un instant, puis il croisa le regard de Cora.

— Elle va s'en sortir, lui dit-il fermement.

On aurait dit qu'il voulait en dire plus, mais Stone lui cria de se « bouger le cul » pour qu'ils puissent se tirer de là.

Sans un mot de plus, Owl se tourna vers l'avant. Sous les

yeux de Cora, l'homme qui semblait parfois si hésitant se transforma en quelqu'un qu'elle n'avait jamais vu.

Même sans son tee-shirt, il respirait l'assurance lorsqu'il installa ses écouteurs et commença à actionner manettes et boutons.

— Tenez bon ! lança Stone à Pipe et Cora. Ce ne sera pas un décollage en douceur !

Un mouvement dans sa vision périphérique incita Cora à tourner la tête. Elle vit plusieurs hommes qui agitaient les bras et criaient quelque chose, mais elle ne les entendait pas. Ils sortaient de la maison en courant, droit vers l'hélicoptère.

Mais c'était l'homme à l'arrière du groupe qui retint son regard.

Mister Carrément Glaçant. Il ne criait pas. Il ne courait pas vers eux. Il se tenait simplement à la porte, à fixer l'hélicoptère comme si son regard suffirait à le faire s'écraser et brûler.

Le sang coulait encore sur son visage, mais son expression était vide. C'était littéralement l'homme le plus froid et le plus effrayant que Cora ait jamais vu. L'idée qu'il ait pu s'approcher d'elle ou de Lara lui glaçait le sang. Pas étonnant que le FBI l'ait inscrit sur sa liste des personnes les plus recherchées. C'était une menace pour la société, et toute femme assez malchanceuse pour croiser sa route courait un danger extrême. Elle le sentait jusque dans sa moelle.

— C'est parti ! hurla Stone.

L'hélicoptère fit une embardée et Cora glapit tout en cherchant quelque chose à quoi se raccrocher. Elle trouva Pipe.

— Bon sang, ce truc est nul, grogna Owl, presque sur le

ton d'une conversation anodine, alors qu'il s'efforçait d'aider Stone à piloter l'hélico.

— Lorsqu'on parlera avec Brick de l'acquisition d'un appareil pour le Refuge, ce sera pour viser un Bell. Peut-être un 505. Ce R66 est très bien par temps calme, mais quelle merde dans des conditions comme celles-ci, renchérit Stone.

Pipe lui avait indiqué, avant le décollage, qu'elle devait mettre une paire d'écouteurs pour qu'ils puissent se parler, mais pour l'instant, Cora n'était pas sûre d'avoir envie d'entendre ce que ces ex-Night Stalkers avaient encore à dire.

Les deux hommes continuèrent à critiquer le petit hélicoptère privé qu'ils avaient « emprunté » tout en luttant contre le vent et le sable.

Pipe l'entoura de son bras libre et Cora fut soulagée. L'avoir à ses côtés rendait la situation un peu moins effrayante. Comme elle n'avait qu'un seul bras utilisable, elle attrapa la main de Pipe sur son épaule lorsque l'hélicoptère trembla. Elle n'était jamais montée dans ce type d'appareil et ce vol était terrifiant. Elle avait confiance en Stone et Owl, elle avait lu des articles sur les célèbres pilotes de Night Stalkers, lorsqu'elle avait fait des recherches sur le Refuge, mais elle ne comprenait pas comment ils pouvaient rester en l'air avec le sable qui tournoyait et le vent qui soufflait si fort.

Lorsqu'elle regarda la maison dont ils venaient de s'échapper, alors qu'ils s'élevaient toujours plus haut, elle remarqua que Mister Carrément Glaçant n'était plus là. Il avait disparu et un frisson la parcourut.

Elle regretta soudain que Pipe ne l'ait pas tué, n'ait pas fait en sorte qu'il ne soit plus jamais là pour les hanter.

Pipe se pencha légèrement vers elle, et Cora enfouit de

nouveau le nez dans son cou, pour inhaler son odeur familière. Alors même qu'il s'était passé tant de choses en si peu de temps, cet homme ne l'avait jamais laissé tomber. Au moment crucial, il avait fait tout ce qui était en son pouvoir pour s'assurer qu'elle était en sécurité. C'était plus que ce que n'importe qui avait fait pour elle au cours de sa vie entière. Sans doute qu'un psychologue, quelque part, la mettrait en garde, lui dirait que son attachement pour Pipe naissait d'une espèce de complexe du sauveur, à cause du manque d'affection dont elle avait souffert en grandissant. Qu'il était impossible qu'elle soit vraiment amoureuse de lui… mais il aurait tort.

Les oscillations de l'hélicoptère dans la tempête lui donnèrent la nausée et elle ferma les yeux. Son bras hurlait de douleur, ses fesses lui faisaient mal à l'endroit où elle avait atterri, et sa tête l'élançait après avoir heurté le mur.

Mais elle était vivante, et ils avaient retrouvé Lara. Elle referait tout à l'identique si cela aboutissait à ce qu'elle se trouve là où elle était en ce moment. Effrayée, mais en sécurité.

Comme s'il pouvait lire dans ses pensées, Pipe lui parlait doucement. Elle l'entendait à peine par-dessus la conversation d'Owl et de Stone qui cherchaient à les sortir de là sans s'écraser.

— Tout va bien. Je suis là.

Oui, c'était en effet le cas. Elle était blessée, Lara était manifestement traumatisée, et ils pouvaient encore mourir dans un horrible accident d'hélicoptère, sans parler des poursuites dont ils risquaient d'être l'objet pour le vol de l'hélicoptère… mais Cora s'en fichait. Ils s'occuperaient des conséquences de ces dernières heures plus tard. Pour l'instant, elle se contentait d'être en vie, aux côtés de l'homme qu'elle aimait.

21

___

Cora était assise sur la terrasse du chalet de Pipe au Refuge. À sa grande surprise, il avait remplacé les deux fauteuils séparés par une causeuse rembourrée, peu après leur retour. Pour pouvoir s'asseoir plus près d'elle, avait-il expliqué. C'était adorable, prévenant, et même un peu difficile à croire. Cora n'avait jamais eu d'homme qui souhaite se tenir à ses côtés. Et il lui était difficile de s'habituer à la gentillesse de Pipe.

Son bras était dans le plâtre et on lui avait donné des antidouleurs pour son coccyx fêlé. Elle s'était littéralement cassé le cul. C'était ridicule. Mais Pipe lui avait procuré un coussin d'assise et les médicaments réduisaient considérablement la douleur.

Le vol en hélicoptère avait été terrifiant et douloureux, mais ce qui avait été encore plus effrayant, c'était les canons d'une dizaine d'armes braqués sur eux à l'atterrissage. Owl et Stone avaient réussi à se poser sur l'héliport d'un hôpital local, mais comme l'atterrissage n'était pas autorisé et que personne ne savait qui ils étaient ni ce qui se passait, la police avait été appelée.

Il avait fallu près d'une heure pour tout régler – avec l'aide de Tex, de Brick, des parents de Lara et même de l'ancien commandant d'Owl et Stone –, mais ils avaient finalement été autorisés à entrer dans l'hôpital.

Cora avait pu ressortir de l'hôpital le soir même, après avoir passé des radios et s'être fait plâtrer le bras, tandis que Lara était restée deux nuits. Owl ne l'avait pas quittée d'une semelle. Chaque fois qu'il essayait de se lever, Lara paniquait. Sans que l'on comprenne pourquoi, elle s'était attachée à lui et, lorsqu'il n'était pas dans son champ de vision, elle devenait hystérique.

Ses parents étaient venus à l'hôpital, mais leur présence ne l'avait pas beaucoup calmée. Manifestement heureux de la voir et de savoir qu'elle était en vie, ils n'en demeuraient pas moins désemparés par tout ce qui s'était passé. Ils se sentaient coupables d'avoir ignoré les appels à l'aide de Cora... une culpabilité qui avait empiré devant le refus de Lara de les voir s'attarder. Il faudrait du temps pour que leurs relations se rétablissent, si elles se rétablissaient un jour, devinait Cora.

Owl n'avait pas été effrayé par le besoin manifesté par Lara de l'avoir à ses côtés. Il avait fait preuve d'une patience inépuisable, lui tenant la main pendant deux jours d'affilée, ne la lâchant qu'à contrecœur pour aller aux toilettes de temps en temps.

— Ça va ? demanda Pipe.

Moins d'une semaine s'était écoulée depuis leur calvaire dans le sous-sol, et Pipe lui posait cette question au moins vingt fois par jour. N'empêche, cela ne la dérangeait vraiment pas. Car cela signifiait qu'il se souciait d'elle, ce qui était le meilleur remède possible.

— Oui. Je réfléchissais, c'est tout, lui dit-elle.

— À quoi ?

— À lui. À Mister Carrément Glaçant.

Pipe se rapprocha et lui passa un bras autour des épaules. Il ne pouvait pas l'attirer sur ses genoux avec son coccyx cassé, mais il n'hésitait pas à la toucher chaque fois qu'il le pouvait.

— On va le retrouver.

Si Cora appréciait sa confiance, elle ne la partageait pas tout à fait. Après tout, le FBI n'avait encore jamais réussi à mettre la main dessus. Pourquoi en irait-il autrement cette fois-ci ?

— Ils le retrouveront, insista Pipe, comme s'il pouvait lire dans ses pensées. Quelqu'un comme ça ? Quelqu'un de maléfique jusqu'à la moelle... il commettra une erreur.

— C'est juste que... il va faire du mal à une autre femme. Ou à plusieurs.

— Oui, soupira Pipe.

Il n'en dit pas plus, mais Cora eut beau détester qu'il confirme ses pires craintes, elle appréciait qu'il ne balaie pas ses inquiétudes d'un revers de main.

— Tex n'a pas trouvé d'autres informations ? demanda-t-elle.

— Non. Et il est toujours très énervé que l'Inconnu ait piraté ses ordinateurs. Tu ne le connais pas, reprit-il après le soupir amusé de Cora. Il se targue d'être le meilleur des meilleurs en matière de technologie. Et cet anonyme n'a pas seulement réussi là où lui a échoué – par trois fois maintenant –, il l'a fait en piratant le système de Tex pour obtenir des informations.

— Mais il nous a aidés. Il a brouillé les signaux téléphoniques pour que tu puisses parler à Stone. Et il a découvert qui était vraiment Mister Carrément Glaçant.

— Je sais. Mais n'empêche que Tex est fumasse.

— C'est qui, à ton avis ? demanda Cora.

— Je n'en ai aucune idée.

— Pas même une supposition ?

Pipe soupira.

— Pas quelque chose de réjouissant. J'en ai parlé avec les gars. Au début, on pensait qu'il s'agissait peut-être de quelqu'un de notre passé. Un de nos coéquipiers, un commandant, une personne avec qui on a travaillé. Mais Stone a soulevé un excellent point, qu'on ne doit pas ignorer... il s'agit très probablement de quelqu'un lié au Refuge.

Cora sursauta.

— Vraiment ? Comme qui ?

— Cela pourrait être n'importe qui. Robert, Jess, Savannah, Ryan, Jason, Luna... même l'un de ceux qui livrent la nourriture et les provisions ici. N'importe qui susceptible d'avoir su ce qui se passait avec Reese, puis Lara.

— Sérieusement ? Tu vois Robert en pirate informatique ? demanda Cora avec un petit rire.

— Chacun garde des choses pour soi. Mais je pense que Stone a raison. Il faut que ce soit quelqu'un qui sait ce qui se passe ici au Refuge.

— Tu es en colère ? demanda Cora.

Pipe haussa les épaules.

— Oui et non.

— J'aime bien l'idée d'avoir un bienfaiteur anonyme qui veille sur nous, déclara Cora en s'appuyant sur Pipe, satisfaite.

Ils n'avaient pas encore discuté de la durée de son séjour ici, mais le moment approchait où ils devraient parler de l'avenir. Elle n'en avait pas vraiment envie, car elle ne voulait pas affronter la réalité. Mais elle était en train de guérir, et il lui faudrait prendre des décisions concernant son travail et sa vie à Washington.

Pour compliquer les choses, il y avait Lara. Devenue une

personne complètement différente de celle qu'elle était avant l'Arizona. Cora ne la blâmait pas, pas le moins du monde. Son amie, qui avait subi un traumatisme, allait devoir y faire face pendant longtemps. Cora ferait tout ce qui s'avérerait nécessaire pour l'aider à guérir.

Mais pour l'instant, elle ne guérissait pas du tout. Elle ne quittait pas le chalet d'Owl.

Lorsqu'elle était sortie de l'hôpital, il avait été évident qu'elle reviendrait au Refuge avec eux. En fait, ils avaient décidé de faire le trajet en voiture, car Lara n'était pas très à l'aise avec les groupes de personnes. Elle n'ouvrit pas la bouche de tout le trajet et paniquait toujours dès l'instant où Owl n'était plus dans son champ de vision.

Cora n'était pas jalouse. Avait-elle envie que Lara s'appuie sur elle parce qu'elles étaient meilleures amies ? Bien sûr. Mais Cora n'avait rien contre le fait qu'elle considère Owl comme son espace de sécurité, car c'était un homme bon. Et il y avait quelque chose dans ses yeux quand il regardait son amie qui soufflait à Cora qu'il ferait tout ce qu'il faudrait pour l'aider.

C'était ce qu'elle désirait pour Lara. Par conséquent, elle n'était pas fâchée qu'Owl soit à ses côtés. Si Cora était en colère, c'était parce que son amie était brisée au point de ne pouvoir être laissée seule. Et elle était triste que son amie ait vécu ce qu'elle avait vécu. Mais elle n'était pas jalouse d'Owl.

— Tu vas me parler de l'enquête ? demanda-t-elle à Pipe.

— Je ne suis pas sûr d'en avoir envie, lâcha-t-il finalement en guise de réponse.

— Je sais, admit Cora.

Pipe était son protecteur. Il l'avait prouvé plus d'une fois. Il voulait l'empêcher de voir ou d'entendre quoi que ce soit de bouleversant. Mais elle avait eu le temps d'accepter ce qui s'était passé et besoin de savoir tout ce que la police et le FBI avaient appris.

Il soupira.

— Tu sais que Ridge Michaels a été retrouvé mort dans la maison.

— Oui. Coup de feu à la tempe.

— Ce n'était pas un suicide, ajouta Pipe.

Cora sursauta et leva les yeux vers lui.

— Ah bon ?

— Non. L'angle n'était pas le bon. Et le coup a été tiré dans la tempe gauche, alors que Michaels était droitier. Il y a eu quelques articles à ce sujet, mais juste au moment où ça a commencé à faire du bruit, il y a eu le kidnapping de cette célèbre actrice hollywoodienne, une course-poursuite de quatre heures pour empêcher son kidnappeur de l'emmener hors de l'État. Et c'est ce qui a dominé l'actualité.

— Oui, convint Cora en hochant la tête et en se reposant à nouveau contre Pipe.

— L'hypothèse, c'est que Grant l'a tué, après notre arrivée. Pour l'empêcher de parler.

— Logique, remarqua Cora.

— En plus, comme on le pensait, les autres employés ignoraient ce qui se passait sous leur nez. S'ils l'avaient su, je suppose qu'ils seraient tous morts à l'heure qu'il est. Une partie de leur ignorance est sans doute liée au fait qu'ils étaient habitués aux bizarreries des riches pour lesquels ils travaillaient. Ils étaient habitués à Ridge, savaient qu'il fréquentait les clubs de strip-tease lors de ses visites. Et ils n'avaient aucune raison de penser que quelqu'un était retenu prisonnier au sous-sol.

— Et le home cinéma ? Ils savaient qu'il était utilisé pour gazer des gens avant de les transférer dans la salle du sous-sol, là où Mister Carrément Glaçant pouvait faire tout ce qu'il voulait ? demanda Cora, un peu excédée.

— Ils prétendent n'en avoir eu aucune idée.

— Et le gaz ? Personne n'a rien remarqué de bizarre en lien avec ça ?

— Bon, comme je l'ai pensé sur le moment, c'était du gaz argon. On peut se le procurer légalement. Il est utilisé en permanence pour la soudure. Ce n'est donc pas comme si la présence de plusieurs bouteilles dans le placard jouxtant le home cinéma avait quelque chose d'inquiétant.

— Bon sang, Pipe, si je rentrais à la maison et que je découvrais dix bouteilles d'argon dans un de nos placards, tu peux être sûr que je me demanderais ce qu'il fiche là, d'autant plus que tu ne fais pas de soudure, répliqua Cora, qui s'emportait un peu.

Il gloussa, et le son la fit sourire, malgré la gravité du sujet.

— Bien vu. Mais encore une fois, je ne suis pas un milliardaire truffé d'excentricités que mes employés sont payés pour ignorer. Et... je n'ai pas non plus d'employés.

— Peu importe, murmura Cora.

Mais elle sourit lorsque Pipe lui déposa un baiser sur la tempe. Elle aimait cela. Elle aimait être assise sur la terrasse, dans le noir et le froid, blottie contre Pipe. En le regardant, personne ne l'imaginerait du genre à faire des câlins, mais elle ne pouvait s'empêcher d'aimer le fait qu'avec elle, il était bel et bien ce genre de gars.

— Quelle a été la conclusion sur les dépenses inconsidérées de Ridge ? Il devait savoir qu'il se ferait prendre. Parce que, sérieusement, aucune femme ne dépenserait autant dans un gentlemen's club.

— Tout n'est que spéculation, vu qu'il est mort, mais le consensus est qu'il était juste assez arrogant et gâté pour penser que personne ne trouverait rien à redire dans les dépenses sur ses cartes. Après tout, elle aussi est assez riche. S'il ne connaissait pas ses habitudes de consommation, il pouvait supposer qu'elle aimait le shopping comme n'importe laquelle de ses semblables. Et apparemment, le paternel en avait assez que son paresseux de fils ne travaille pas et couvre son nom de honte. Il lui a coupé les vivres, au point que Ridge n'avait plus d'argent pour payer ses soirées devant des lap-dance et des strip-teaseuses qui secouaient leurs seins sous son nez. On ne sait pas si c'est Grant qui lui a suggéré d'amener Lara en Arizona, ou s'il l'a fait de sa propre initiative.

— Et... quoi ? Il pensait juste que Lara faisait du crochet toute la journée ou quelque chose comme ça ? Il ne savait vraiment pas qu'elle était droguée au valium et aux antidépresseurs et retenue en otage dans son sous-sol ?

— On ne le saura jamais, mais je dirais qu'il était au courant de tout ce qui se passait. Grant travaillait avec lui depuis un moment, et j'ai entendu dire qu'il avait sauvé la vie de Michaels, une fois. Le fifils à son papa était allé s'acheter de la drogue dans un quartier malfamé et, quand le dealer lui a sauté dessus, Grant l'a flingué.

— Mince, vraiment ? Et les flics n'ont pas découvert qui il était, à ce moment-là ? C'est affreux.

Pipe haussa les épaules.

— Grant est bon dans son domaine. La vidéosurveillance prouve que Michaels a été attaqué et que Grant a agi en légitime défense.

— Autant d'occasions perdues de mettre ce connard hors d'état de nuire, lâcha Cora en soupirant.

— Oui. Le FBI et les autorités locales passent le terrain et la maison au peigne fin. Ils ont déjà trouvé un corps enterré dans le jardin et s'attendent à en trouver d'autres.

— Mon Dieu ! C'est atroce. Je me sens très mal pour toutes les femmes qui ont eu la malchance de croiser Mister Carrément Glaçant. Et il est toujours dans la nature, murmura-t-elle. Qu'est-ce qui va se passer s'il décide de se venger ? Je l'ai vu quand on est partis avec l'hélico, Pipe. Il était furax. Il avait un air... Tellement froid. Tellement déterminé.

— Il ne touchera pas un cheveu de ta tête ni de celle de Lara, grogna Pipe.

— Tu n'en sais rien.

— Si, répliqua-t-il. Tout le monde ici au Refuge est au courant de ce qu'il a fait et de ce dont il est capable. Brick a rencontré la police de Los Alamos, donc ils sont au courant. On a des caméras partout, et après ce qui s'est passé avec Alaska, on est encore mieux préparés qu'avant à l'éventualité que quelqu'un essaie de se faufiler dans notre forêt pour atteindre le centre. Et... s'il se montre ici ? En s'imaginant plus malin que nous ? Il découvrira exactement l'entraînement qu'on a tous reçu. Lara et toi, vous êtes en sécurité. Je t'en donne ma parole.

Cora soupira.

— Je suis tellement en colère, Pipe. Tellement furieuse contre lui. Contre ces deux types. Qu'est-ce qui a donné à Mister Carrément Glaçant le droit de blesser et de tuer autant de gens ? Qu'est-ce qui s'est passé dans son enfance pour qu'il devienne comme ça ? Normalement, je devrais être comme lui. Amère, haineuse, prête à faire du mal aux autres parce que je n'ai pas été aimée dans mon enfance. Mais j'ai décidé de ne pas laisser mon passé déterminer mon avenir. Même si j'admets avoir perdu tout espoir de trouver un jour quelqu'un qui pourrait m'aimer, j'ai décidé qu'il y avait quelque chose de fondamentalement mauvais en moi, qui me rendais impossible à aimer. Mais je ne me suis pas tournée vers une vie de criminelle pour autant. Je n'ai pas pourchassé et kidnappé qui que ce soit, avant de lui faire subir des choses innommables et de le tuer. Et Ridge ? Il avait tout. Lara aurait fait n'importe quoi pour lui. Et il a profité d'elle. Il l'a changée. Je ne sais pas si elle sera un jour la même personne qu'avant.

— Impossible, lâcha Pipe.

Cora fronça les sourcils.

— Je ne dis pas cela en mal, mais la vie nous change. Le bon comme le mauvais. Elle ne peut pas revenir en arrière et effacer ce qui s'est passé, même si elle le souhaite. Elle doit vivre avec les décisions qu'elle a prises et aller de l'avant. C'est ce qu'on fait tous. Peu importe ce qu'on traverse, on n'a pas d'autre choix que d'aller de l'avant. Grant a fait le choix de réaliser ses fantasmes et Michaels celui de mettre sa morale de côté en échange de seins et de fesses dans un club de strip-tease.

— Ça craint, marmonna Cora.

Pipe lui déposa un nouveau baiser sur la tempe.

— Oui. Mais Lara va s'en sortir. Tu veux savoir comment je le sais ?

— Comment ?

— Parce qu'elle t'a, toi. La seule personne qui a compris que quelque chose n'allait pas. Qui a fait tout ce qui était en son pouvoir pour obtenir de l'aide. Qui s'est jetée dans la gueule du loup, pour ainsi dire, pour la sauver. Elle finira par s'en rendre compte. Pour l'instant, elle doit faire face aux effets du sevrage et aux souvenirs de ce que ce malade lui a fait subir. Cela prendra du temps, mais elle y arrivera, car elle a sa meilleure amie à ses côtés et nous tous, ici au Refuge, qui comprenons les SSPT et ce qu'elle traverse.

Il prit une profonde inspiration, puis poursuivit :

— On n'en a pas parlé, et ce n'est peut-être pas le

meilleur moment, mais je veux que tu restes, mon amour. Ici. Avec moi. On te trouvera une activité qui te plaira. Ou tu peux rester à te prélasser toute la journée sur ma terrasse. Je m'en fiche. Je sais juste qu'avec toi à mes côtés, je suis une meilleure personne.

Les larmes montèrent aux yeux de Cora.

— Pipe..., murmura-t-elle.

— Et j'ai réfléchi à mon prochain tatouage. Où serait le meilleur endroit pour te faire tatouer, ton image à toi, sur ma peau.

— Quoi ? fit-elle, interloquée, en se tournant vers lui.

— Un loup, avec un passe-partout autour du cou. Des barbelés tout autour. Tu es la clé. Je suis le loup. Tu m'as fait confiance pour t'aider quand tu en avais le plus besoin. Et je garderai cette confiance au péril de ma vie. Le fil barbelé parce que, d'une manière ou d'une autre, on a réussi à franchir tous les murs que l'autre a érigés pour tenir les gens à distance, et ce fil protégera aussi ce qu'on construira à l'avenir. On est faits l'un pour l'autre, mon amour. Et si tu ne veux pas rester ici, je retournerai à Washington avec toi. Je veux juste que les choses fonctionnent entre nous. Plus que je n'ai jamais voulu quoi que ce soit dans ma vie.

— Je le veux aussi. Et je n'ai aucune envie de retourner à Washington. Enfin, j'y retournerai, si Lara décide que c'est là qu'elle veut vivre... mais il n'y a rien là-bas à quoi je sois attachée. Si je ne revois jamais cette salope d'Eleanor, ce ne sera pas trop tôt.

Pipe sourit, et elle adora la façon dont ce sourire modifiait toute son attitude.

— On pourrait lui envoyer une photo de mariage ? Pour lui jeter au visage qu'elle a perdu ?

Cora s'immobilisa.

— Une photo de mariage ? murmura-t-elle.

— La vache. Ça m'a échappé. Mais ce n'est pas comme si on n'en avait jamais parlé, admit Pipe avec un sourire. Cora Rooney... je veux t'épouser. Peut-être pas aujourd'hui. Peut-être pas demain. Mais un jour, quand tu sauras au plus profond de ton cœur que tu peux me faire confiance pour toujours assurer tes arrières et ne jamais te laisser tomber.

— Oui ! s'exclama Cora, se déplaçant pour s'asseoir à califourchon sur ses genoux.

Son coccyx cria en signe de protestation, mais elle ignora la douleur. C'était trop important.

Pipe posa les mains sur sa taille et l'immobilisa, comme s'il savait qu'elle avait mal et cherchait à lui épargner le maximum de douleur.

— Oui ? répéta-t-il, interrogateur.

Doutait-il de sa réponse ? C'est inacceptable.

— Oui, Pipe. J'ai déjà confiance en toi. Dès que je t'ai vu sur cette scène, j'ai senti que tu pourrais changer ma vie, mais je ne me suis pas autorisée à y croire parce que, tu sais... mon histoire. Je te promets que je ne te laisserai pas tomber. Je serai la meilleure petite amie et la meilleure épouse. Tu ne regretteras pas d'être avec moi.

— Comment pourrais-je le regretter ? répliqua Pipe, les sourcils froncés par la perplexité. Et je sais que tu ne me laisseras pas tomber. Tu serais incapable de le faire, ajouta-t-il en lui prenant délicatement une joue dans le creux de sa paume. Tu sais, à un moment, dans ce sous-sol, quand on n'arrivait pas à avoir le dessus sur ce connard, j'ai pensé... que c'était fini. Je t'avais laissé tomber. Et Lara. Mais l'instant d'après, je vois ton pouce dans son œil et du sang dégouliner sur son visage, et je te jure, Cora, que mon amour pour toi a été si absolu que j'ai été littéralement pétrifié pendant un instant. Je ne me serais jamais pardonné de lui avoir donné l'occasion de t'attaquer, mais quand j'ai compris que tu étais prête à te battre, que tu nous soutenais... ça a énormément signifié pour moi.

— Merci de ne pas m'avoir crié dessus ou dit que j'aurais dû garder mes distances. Rester en sécurité, rétorqua Cora.

Pipe ricana.

— Oui, OK. Quand je t'ai vue faire ce qu'il fallait pour te protéger, c'était à la fois effrayant et sexy. Mais je vais quand même t'apprendre à te battre au corps à corps... si tu en as envie.

— J'en ai envie, lui assura Cora qui lui prit la joue et adora la façon dont il y appuya la tête pendant un moment. Je te veux, Pipe. Pour moi. Je n'ai jamais eu quelqu'un à moi.

— Tu m'as maintenant. Et on va avoir la famille que tu as toujours voulue. On a déjà des oncles et des tantes tout prêts, mais on va aussi avoir une dizaine d'enfants pour les rendre fous.

— Une dizaine ? s'esclaffa Cora.

Il sourit.

— D'accord, peut-être pas tant que ça. Mais comme toi, je veux accueillir des enfants qui ne sont pas des nouveau-nés. Les adopter. Leur donner le foyer et la famille que tu n'as jamais eus.

Les larmes se remirent à couler. Cet homme... Il lui donnait tout ce qu'elle avait toujours voulu. Et elle ne pouvait pas l'aimer davantage.

— Je t'aime, lâcha-t-elle à brûle-pourpoint.

— C'est une bonne chose, car je t'aime aussi, lui dit-il calmement.

— Et je veux que tu te fasses tatouer, mais seulement si je peux me faire un tatouage aussi.

— Tu veux toujours te faire tatouer ? s'étonna-t-il.

— Oui. Peut-être pas quelque chose d'aussi gros que ce que tu prévois de faire. Je ne suis pas fan de la douleur.

Pipe éclata de rire.

— D'accord.

— Je veux un tatouage de dévergondée, lui dit-elle, avant de préciser, en le voyant lever les yeux au ciel. Un tatouage creux de mon dos. Là où tu me touches toujours quand on marche. Où tu pourras le voir quand tu me prendras par-derrière. Et je veux qu'il corresponde au tien. Au loup avec la clé.

Elle sentit le sexe de Pipe durcir sous elle et sourit, ravie de sentir qu'il aimait l'idée.

— Ça marche, murmura-t-il en déplaçant une main pour couvrir l'endroit exact où elle voulait se faire tatouer.

Cora se pencha contre lui en enroulant les bras sous elle et soupira. Ils restèrent assis ainsi pendant une dizaine de minutes, avant que Cora frissonne.

Pipe remua aussitôt.

— Tu as froid, constata-t-il. Il est temps d'entrer.

— Mais j'aime bien être ici, se plaignit Cora.

— Et je ne veux pas que ma fiancée devienne une glace.

Sa fiancée. Elle adorait l'idée. Plus qu'elle l'aurait cru.

Elle se laissa remettre debout, puis sourit lorsqu'il lui prit la main pour la conduire jusqu'aux escaliers. Il avait rechigné à ce qu'elle monte ici pendant quelque temps, après leur retour, craignant que cela ne lui fasse mal plus que nécessaire au coccyx. Et même s'il était un peu doulou-reux d'emprunter l'escalier, elle avait plus envie d'être dans son endroit préféré que d'éviter l'inconfort.

Ils descendirent lentement l'escalier, Pipe en tête pour s'assurer qu'elle ne tombe pas.

Cora n'avait aucune idée de ce qui l'attendait. Elle espé-rait et priait pour que sa relation avec Pipe fonctionne. Elle était bien consciente que les choses avaient été un tour-billon, que lorsque tout reviendrait à la normale et qu'ils ne risqueraient plus leur vie, les sentiments qu'ils avaient l'un pour l'autre pourraient changer. Mais elle en doutait.

Dès leur première rencontre, Pipe lui avait plu, ce qui ne s'était produit qu'une seule autre fois dans sa vie. Avec Lara. Et leur amitié avait résisté à l'épreuve du temps.

La pensée de sa meilleure amie ressuscita la mélancolie de Cora. Elle voulait l'aider, mais elle savait que la meilleure chose à faire était de lui donner du temps et de l'espace pour guérir. Elle serait là pour elle lorsque Lara se sentirait plus à l'aise dans son environnement.

En attendant, elle continuerait à apprendre à connaître les hommes et les femmes du Refuge et, avec un peu de chance, elle trouverait un moyen de contribuer à ce lieu de guérison.

ÉPILOGUE

Pipe regarda la grange en souriant. C'était incroyable comme le fait d'avoir Cora dans sa vie, dans son chalet, dans son lit, le rendait plus heureux que jamais. Il l'avisa dans un coin avec Alaska, Henley, Reese et les autres femmes employées au Refuge. Tout le monde avait travaillé dur pour décorer la grange pour l'occasion.

Tonka et Henley s'étaient secrètement rendus à Los Alamos et mariés lors d'une cérémonie civile. Pour apaiser tout le monde par la suite, ils avaient accepté de les laisser organiser une fête de mariage.

Au cours de l'année écoulée, Pipe avait appris que célébrer les bons moments de la vie était tout aussi important que de travailler. Et plus important que de s'attarder sur les conneries qui s'étaient produites dans leur passé.

Alaska avait tout organisé, et la grange avait un aspect bien différent qu'à l'ordinaire. Les stalles avaient été décorées de rubans et de nœuds, les animaux portaient tous des nœuds colorés autour du cou, qui avaient déjà l'air un peu abîmés. Les chèvres avaient rapidement mangé les leurs et, lorsque les autres animaux s'en approchaient, elles essayaient de les manger aussi.

Melba adorait les gens et l'attention qu'ils lui portaient. Les chevaux ignoraient tout le monde, les chats se cachaient surtout pour éviter le brouhaha, les chiens cherchaient les restes de nourriture tombés par terre. Quant à Scarlet Pimpernickel, la génisse que Jasna avait baptisée – qui d'ailleurs n'était plus une génisse –, elle meuglait bruyamment, histoire que quelqu'un lui accorde de l'attention. Tout était chaotique, comme parfois au Refuge. Mais Pipe n'aurait pas voulu se trouver ailleurs.

Les femmes se dispersèrent. Alaska se dirigea vers une table pour lancer la musique. Reese, dont la grossesse commençait à peine à se voir, se dirigea vers les portes situées à l'extrémité de la grange. Ryan et Carly distribuaient des coupes de champagne remplies de Sprite, tandis que Robert et Luna se tenaient près d'une table garnie d'amuse-gueules et de canapés, qu'ils protégeaient des animaux déambulant ici et là, prêts à aider au service, le moment opportun. Robert avait même utilisé une partie de sa précieuse réserve de gâteaux en forme de sapins de Noël pour préparer une sauce sucrée. C'était le meilleur soutien qu'il pouvait apporter à Henley et Tonka.

— Est-ce que je peux avoir votre attention ? lança Brick d'une voix forte.

Tout le monde cessa aussitôt de parler et se tourna vers lui. Une poignée d'hôtes était présente, mais l'assistance était surtout composée de la famille Refuge.

— J'ai l'extrême honneur de vous présenter Finn, Henley et Jasna Matlick ! déclara Brick, sans attendre.

Reese ouvrit les portes de la grange et Tonka, Henley et Jasna entrèrent, main dans la main.

Ils souriaient tous, même si Tonka avait l'air un peu mal

à l'aise d'être le centre d'attention, remarqua Pipe. Tout le monde savait que ce n'était pas le genre de situation qu'il préférait, mais pour ses femmes, il était prêt à faire n'importe quoi.

Derrière la nouvelle famille trottaient les deux chiens qu'ils avaient adoptés. Wally, un élégant pitbull croisé, et Beauty, un minuscule terrier.

La famille se dirigea vers l'endroit où une petite plateforme avait été érigée. Ils y grimpèrent et Tonka passa immédiatement son bras autour de la taille de sa femme, pour l'attirer à ses côtés. Jasna était trop excitée pour rester en place. Elle arborait un immense sourire et semblait se délecter de l'attention qu'on lui portait.

Tout le monde dans la grange était habillé de façon décontractée, sur l'insistance de Tonka. Jeans et tee-shirts étaient la norme. On était en mars et, bien qu'il y ait de la neige aux alentours de la grange, il faisait très chaud à l'intérieur.

Pipe se dirigea vers l'endroit où se tenait Cora. Elle avait son téléphone allumé et diffusait la cérémonie en direct. Il passa un bras autour de sa taille et posa le menton sur son épaule en l'enlaçant par-derrière. Elle tourna la tête et lui sourit, puis reporta son attention sur son téléphone.

En regardant autour d'eux, Pipe vit Brick qui se tenait près d'Alaska à la table où se trouvait la chaîne Hifi. Elle lancerait la musique dès que les discours seraient terminés. Spike était avec Reese, main dans la main. Stone et Tiny essayaient de rassembler les chèvres pendant les quelques minutes nécessaires au parachèvement de la partie « officielle » de la fête.

Le seul absent était Owl.

Tout le monde savait où il se trouvait : là où il passait le plus clair de son temps depuis deux mois, depuis que Cora et Lara avaient rejoint la famille du Refuge. Dans son chalet avec Lara.

Elle luttait, difficilement, et c'était douloureux pour tout le monde. Il lui avait fallu du temps pour combattre sa dépendance aux analgésiques qu'elle avait été forcée de prendre en Arizona. Elle souffrait de dépression, d'anxiété et avait encore du mal à côtoyer quiconque à part Owl.

Il savait que Cora était dévastée de ne pas avoir pu aider son amie, que Lara se sentait encore mal à l'aise même en sa présence, mais elle s'était juré de faire tout ce qu'il faudrait pour l'aider à guérir. C'était la raison pour laquelle elle était en FaceTime avec Owl, s'assurant que Lara et lui étaient présents pour la cérémonie de Tonka et Henley, même si c'était virtuellement et non en personne.

Lara se sentait vraiment à l'aise qu'avec Owl. Il l'avait installée dans son chalet, le jour de leur retour au Nouveau-Mexique, et ils avaient passé les derniers mois d'hiver blottis l'un contre l'autre. Si Lara n'était pas prête à parler à Henley, leur psychologue attitrée, celle-ci donnait des conseils à Owl pour qu'il puisse l'aider le plus possible.

Pipe détestait que Lara éprouve autant de mal. Et il détestait encore plus les nuits où Cora pleurait dans ses bras parce qu'elle se sentait impuissante à faire quoi que ce soit pour sa meilleure amie. Ce n'était pas une pleureuse, mais l'idée de voir Lara souffrir suffisait à la faire craquer. Malgré tout, Cora refusait de baisser les bras. Elle avait bon espoir qu'un jour, Lara finirait par sortir de la bulle de peur où elle vivait pour l'instant. En attendant, elle continuait de faire tout ce qu'elle pouvait pour que Lara ait l'impression de faire partie du Refuge au même titre que les autres.

Pipe l'en aimait d'autant plus. Son obstination était l'une des choses qu'il adorait le plus chez elle.

— Merci à tous d'être venus, lança Tonka à la foule. Une

cérémonie ici, entre ces animaux qui ont été mon salut quand j'en avais le plus besoin, ça m'a semblé la chose à faire. Avant d'ouvrir les yeux à propos de Henley, je me cachais ici, dans la grange, avec l'impression que les créatures à quatre pattes me comprenaient mieux qu'un humain ne serait en mesure de le faire. Henley a vu clair dans mon caractère bourru et, par sa patience et sa compréhension, elle m'a fait comprendre que ce n'était pas en me cachant que j'allais guérir ma douleur. Elle a partagé son amour et sa fille, et m'a aidé à comprendre que mon passé ne disparaîtrait jamais. Il allait toujours être là, tapi, prêt à essayer de me voler ma joie. Mais il n'a pas à dicter mon avenir. Et mon avenir est ici. Avec ma femme, ma fille, nos amis... et notre nouveau petit, qui sera là à l'automne.

Tonka posa doucement sa main sur le ventre de Henley.

Un petit cri traversa l'assistance, avant qu'on se mette à applaudir avec enthousiasme.

— Tu étais au courant ? demanda Cora en se tournant vers Pipe, qui sourit, mais ne répondit pas. Bien sûr que tu savais, marmonna-t-elle avec un petit sourire, avant de se retourner vers leurs amis.

— Oui, je suis enceinte, déclara Henley lorsque les félicitations se turent. On avait décidé de laisser la nature suivre son cours, et surprise ! Bon, je vais faire court parce que sinon, les chèvres vont prendre le dessus sur Robert et Luna et manger toute notre nourriture.

Tout le monde rit en regardant vers la table : le chef et sa fille faisaient de leur mieux pour la protéger avec des balais, les maniant comme s'ils étaient des chevaliers d'antan brandissant leurs épées.

— Quoi qu'il en soit, je travaille ici depuis l'ouverture du Refuge et j'ai su, dès que j'ai mis les pieds ici, que cet endroit changerait la vie de nombreuses personnes. Mais je ne m'attendais pas à être l'une d'elles. Lorsque la pire chose de ma vie est arrivée, vous étiez tous là pour Jasna et moi. C'est ça, la famille. Et je vous aime tous énormément.

Elle renifla et Pipe sourit lorsque Tonka se pencha pour lui déposer un baiser sur le sommet du crâne.

— Et moi, je suis très heureuse de devenir grande sœur ! s'écria Jasna avec enthousiasme.

Tout le monde applaudit à nouveau et, lorsque le bruit se calma, Tonka tint à croiser les regards de ses amis et copropriétaires du Refuge.

— Ce n'est pas mon truc, les discours, ni d'être le centre de l'attention, mais il n'y a personne avec qui je préférerais célébrer mon mariage que vous tous. Merci pour votre patience à mon égard. Pour votre soutien. Pour avoir toujours été là.

Pipe inclina la tête. Il comprenait les paroles de son ami.

— Et maintenant... mangeons ! lança Tonka.

Il se pencha pour embrasser sa femme. Ignorant ses parents, Jasna sauta de la petite estrade pour se diriger vers Scarlet et lui accorder un peu d'attention. Tous les autres se dirigèrent vers la nourriture, mais Pipe se tourna vers Cora.

Elle éteignit le téléphone et se tourna vers lui. Malgré son sourire, il vit qu'elle était triste pour Lara.

— Elle va s'en sortir, dit-il. Et peut-être que les mots de Tonka vont faire leur chemin. Sur le fait que le passé ne dicte pas l'avenir.

Cora soupira.

— J'espère que oui. C'est juste que... j'ai tellement d'émotions quand il s'agit de ce qui s'est passé. Je n'arrive pas à croire que le FBI n'a toujours aucune idée de l'endroit où se trouve Mister Carrément Glaçant.

Pipe eut envie de sourire devant son insistance à l'appeler ainsi, mais il se ravisa. Il n'était pas non plus heureux que ce salaud coure toujours.

— Ils le retrouveront, fit-il.

— Je sais. Mais je pense que Lara se sentirait beaucoup mieux, plus en sécurité, s'il était derrière les barreaux quelque part. Elle est terrifiée à l'idée qu'il puisse revenir s'en prendre à elle.

Pipe acquiesça. Les autres gars et lui n'étaient pas vraiment ravis de cette perspective. Ils en avaient longuement discuté, et il savait qu'ils feraient tout ce qui était en leur pouvoir pour que cela n'arrive pas. Pour rester vigilants. Ils avaient aussi longuement discuté de l'achat d'un hélicoptère pour le Refuge, de l'installation d'un héliport et d'un petit hangar. Cela signifierait la suppression d'autres projets pour le domaine, du moins pendant un certain temps, mais après que l'incroyable vol de Stone les avait sauvés du manoir en Arizona, ils avaient pris conscience que sans cet hélicoptère, les choses auraient vraiment pu dégénérer avec Cora et Lara, toutes les deux blessées, et Grant revenu à lui aussi vite...

Ce n'était pas une mauvaise idée d'avoir un hélicoptère à leur disposition au Refuge, juste au cas où ils auraient besoin d'être évacués.

— Elle va s'en sortir, insista Pipe. Elle a juste besoin de temps.

Cora soupira. Puis acquiesça.

C'était une des nombreuses choses que Pipe aimait chez elle. Elle était résiliente et lui faisait entièrement confiance. Il s'était juré de ne jamais la décevoir. Cette confiance était un don. Il le savait et le chérissait.

Une semaine après leur retour d'Arizona, elle avait dit quelque chose qui l'avait marqué. Ils parlaient de Grant et des raisons de son comportement. Elle avait alors suggéré qu'elle aurait dû être comme lui. En colère et amère. Et peut-être criminelle. Il se rendait compte maintenant que c'était un miracle qu'elle ne le soit pas. Elle se méfiait des gens, oui, mais Pipe ne pouvait pas lui en vouloir. Et il y avait des moments où elle dérapait et se demandait pourquoi il était avec elle, mais dans l'ensemble, elle était remarquablement bien adaptée pour quelqu'un avec des antécédents tels que les siens.

Il l'aimait. Tellement qu'il en était parfois effrayé. Mais il acceptait aussi la situation. Cora avait fait de lui une meilleure personne. Elle tenait ses démons à distance. Le simple fait d'être avec elle lui ouvrait les yeux sur la beauté qui l'entourait. C'était la vie elle-même.

— Tu sais que je suis allée en ville hier avec Ryan, Alaska et Reese ? lui demanda Cora.

Il était heureux de ce changement de sujet. Il n'aimait pas voir Cora triste. Ce n'était pas une soirée où l'on devait s'affliger. Il s'agissait de célébrer la nouvelle vie que Henley, Tonka et Jasna allaient mener ensemble... avec le nouveau bébé en route. Les choses changeaient au Refuge, et Pipe était heureux de la direction que prenait l'entreprise.

— Oui, répondit-il avec un temps de retard, lorsqu'il réalisa qu'elle attendait sa réponse.

— On n'est pas seulement allées chez ce chocolatier pour t'offrir les chocolats anglais que tu aimes tant.

— Non ? fit-il en haussant les sourcils.

— Non. J'ai rencontré ton tatoueur.

— Vraiment ? s'étonna-t-il en clignant des yeux, surpris.

— Mmm, répondit Cora avec un petit sourire. Et... comme il a encore l'encre qu'il a utilisée pour ton nouveau tatouage, je lui ai demandé de faire le mien.

Pipe se figea.

— Quoi ?

— Je me suis fait faire le même tatouage que toi. Juste là où je t'avais dit. Dans le creux de mon dos. Mais il est beaucoup plus petit que le tien, parce que bon sang, Pipe, ça fait mal.

Sans un mot, Pipe saisit la main de Cora et l'entraîna vers les portes de la grange.

Cora s'esclaffa.

— Pipe, attends, on ne peut pas partir !

— On peut et on le fait. Tu aurais dû attendre pour me le dire, si tu ne voulais pas que je t'emmène directement au lit.

Elle s'esclaffa à nouveau. Puis elle tourna la tête et lança :

— Alaska ! On s'en va !

— Tu lui as dit ? demanda celle-ci si fort que tout le monde se tourna pour la regarder, elle, puis Cora.

— Oui !

— Amusez-vous bien ! lança Alaska.

Ryan et Carly levèrent le pouce à leur intention, et Reese se contenta de sourire.

Lorsqu'ils furent sortis de la grange, Pipe grogna :

— Je n'y crois pas que tu l'aies fait sans moi.

— Je sais que tu voulais être là, et j'en avais envie aussi, mais j'ai pensé que ce serait plus amusant si c'était une surprise, déclara Cora.

Pipe grogna.

Il aurait voulu être là pour la soutenir lorsqu'elle se faisait tatouer pour la première fois, mais il était touché au plus haut point qu'elle ait opté pour le même dessin que lui sur son omoplate.

— C'est encore rouge, l'avertit-elle alors qu'il l'entraînait vers leur chalet. Ça va donner une croûte dégoûtante.

— Les tatouages n'ont rien de dégoûtant, lui dit Pipe.

— Tu sais ce que je veux dire, marmonna-t-elle.

Pipe baissa les yeux et vit qu'elle souriait alors qu'il les faisait marcher beaucoup trop vite sur le terrain du Refuge.

— Comment va ton bras ? demanda-t-il.

— Bien.

— Et tes fesses ?

Comprenant la raison de sa question, elle sourit jusqu'aux oreilles.

— Tout va bien.

— Pas de douleur ?

— Non. Juste un petit pincement ici et là. Mais rien en ce moment, se hâta-t-elle d'ajouter.

Pipe grogna. Cela faisait longtemps qu'il n'avait pas fait l'amour à sa femme. Il l'avait dévorée à pleines dents le mois dernier. Il l'avait fait jouir avec ses doigts, et réciproquement. Mais à cause de son bras et de son coccyx en voie de guérison, il n'avait pas voulu lui faire l'amour et risquer de la blesser encore. Cela étant, avec cette histoire de tatouage, il ne pouvait plus s'empêcher de la prendre.

Dès qu'ils entrèrent dans le chalet, il grogna :

— Au lit.

Cora rit en se dirigeant vers leur chambre.

Pipe prit une profonde inspiration, dans le but de se contrôler. Son sexe palpitait, comme s'il savait qu'il n'avait plus qu'à patienter quelques minutes avant de s'enfoncer dans le fourreau étroit et humide de Cora.

Puis il s'élança à la poursuite de la femme qu'il suivrait littéralement jusqu'au bout du monde.

* * *

Dix minutes plus tard, Pipe fixait intensément le tatouage dans le bas du dos de Cora tandis qu'il enfonçait son membre dans son sexe humide. Elle était sur leur lit, en appui sur les coudes et les genoux, et il l'avait déjà léchée jusqu'à son premier orgasme. Elle était aussi excitée que lui, trempée avant même qu'il l'ait touchée.

La peau autour de son tatouage était un peu enflammée. Il connaissait l'image par cœur, car il l'avait dessinée avec le tatoueur, jusque dans les moindres détails. Le loup, la clé autour du cou, le fil de fer barbelé. Tout était parfait.

Sa femme l'aimait assez pour se faire tatouer son symbole sur son corps.

Il l'aimait en retour. Tellement qu'il n'arrivait pas à l'exprimer avec des mots. Alors il le lui montrait. Il la prit à coups lents et réguliers, savourant son humidité et sa chaleur. Ses contractions autour de lui chaque fois qu'il se retirait, comme si elle ne voulait pas le voir partir.

Il essayait d'être doux. Même si elle était guérie, il ne voulait rien faire qui pourrait la blesser à nouveau, mais Cora n'était pas d'accord. Elle commença à onduler, faisant claquer ses fesses contre lui à chacun de ses coups de reins.

Avec les ondulations de ses fesses, ce tatouage, juste sous ses yeux, se gravait dans sa psyché. Il passa les doigts sur le point sensible de son corps. Une giclée de liquide séminal facilita encore les va-et-vient de sa queue.

— La vache, murmura-t-il.

Cora éclata de rire sous lui, et il le sentit autour de son membre. Cette femme était parfaite. En tout point. Et elle était à lui. Ils n'avaient pas parlé de mariage depuis la nuit sur le toit-terrasse. Ils apprenaient à se connaître comme ils n'avaient pas pu le faire pendant les premiers jours de leur idylle. Et tout ce qu'il apprenait sur sa Cora ne faisait que le convaincre du bien-fondé de son désir de passer avec elle le restant de ses jours.

Elle lui correspondait parfaitement. Il lui avait fallu plus de quarante ans pour la trouver, et beaucoup de chagrin de leur côté à tous les deux, mais maintenant qu'elle était là, il n'allait pas la laisser partir. Jamais. Bague au doigt ou pas, elle était à lui, tout autant qu'il était à elle.

— Pipe, gémit-elle sous lui.

— Quoi, mon amour ?

— Plus vite. Plus fort, ordonna-t-elle.

— Je ne veux pas te faire de mal, dit-il.

— C'est moi qui vais te faire mal si tu ne me baises pas correctement, grogna-t-elle.

Pipe sourit. Il donna un peu plus d'élan à son coup de boutoir suivant et fut récompensé par le gémissement de plaisir de Cora. Il aimait les sons qu'elle émettait. Il aimait tout ce qui la concernait.

En se concentrant une fois de plus sur le tatouage dans son dos, Pipe se laissa enfin aller. Il lui fit l'amour comme il en avait envie depuis trois mois. Cela faisait trop longtemps qu'il n'avait pas senti la chaleur de son sexe. Il remuait les hanches vite, plus vite, et Cora répondait à chacun de ses coups de reins. Elle était magnifique.

Alors que les muscles internes de Cora se contractaient autour de lui, Pipe se dit qu'il ne la méritait pas. Avec tout ce qu'il avait fait, tout ce qu'il avait vu, il n'aurait jamais dû être récompensé par une femme aussi extraordinaire. Mais il passerait le reste de sa vie à essayer de mériter son amour. Sa loyauté. Sa confiance.

— Oh ! Je vais jouir ! haleta Cora.

Elle n'avait pas besoin de le lui dire. Il le savait. Passant la main sous elle, il lui tapota le clitoris.

Elle tressaillit et commença aussitôt à jouir.

Souriant en pensant à sa sensibilité et au constat qu'il savait comment la toucher pour la faire exploser, il saisit ses hanches et la baisa jusqu'à l'extase. Elle était plus étroite, plus humide, et avant qu'il soit prêt, Pipe sentit un picotement dans ses bourses. Il plongea aussi loin que possible entre ses muscles en train de pulser, puis s'immobilisa à la première giclée de sperme.

Le plaisir qu'il éprouva en se déversant en elle le surprit, tout comme lors de leur première nuit ensemble à Phoenix. Un orgasme était un orgasme, c'était du moins ce qu'il avait toujours pensé. Mais il se trompait. Il y avait quelque chose de tellement élémentaire dans le fait de jouir dans le corps de la femme qu'il aimait. De si animal.

Un de ces jours, il jouirait sur son dos, directement sur ce tatouage.

Mais ce n'était pas pour ce soir. Il allait la remplir encore et encore, jusqu'à ce qu'ils soient tous les deux si épuisés qu'ils ne puissent plus bouger.

Elle se déplaça sous lui et Pipe grimaça en se retirant lentement. La dernière chose qu'il souhaitait, c'était de quitter son corps, mais il ne voulait pas qu'elle reste à genoux, à exercer une pression sur son bras ou son coccyx plus longtemps que nécessaire.

Avant de la laisser se coucher sur le flanc, il la maintint immobile, pour regarder les gouttes de sperme s'écouler de ses replis. C'était plus érotique que tout ce qu'il avait vu, et Pipe sentit son sexe tressaillir. Bon sang, il venait de jouir et il avait encore envie d'elle.

Après avoir jeté un dernier coup d'œil au cadeau que constituait son tatouage, il l'allongea doucement sur le côté, pour la prendre aussitôt dans ses bras.

Cora soupira contre sa poitrine.

— J'en déduis que tu as aimé ma surprise.

Pipe poussa un soupir amusé.

— Tu crois ?

Elle gloussa et lui embrassa le torse.

Il en eut le souffle coupé. Non, il ne méritait vraiment pas cette femme.

— Je t'aime, dit-elle doucement.

— Moi aussi, répondit-il.

Ils restèrent ainsi quelques minutes, avant que Cora ne lève la tête pour voir son visage.

— Pipe ?

— Oui, mon amour ?

— Merci.

— De quoi ?

— De tout. De m'aimer, de me croire. De ne pas être un crétin. Tout ça.

Pipe sourit.

— De rien.

Elle soupira à nouveau et baissa la tête contre son torse. Plusieurs minutes s'écoulèrent, et au moment où Pipe descendait une main le long de son flanc pour la toucher et attaquer le deuxième round, Cora fit entendre un petit ronflement.

Un large sourire aux lèvres, Pipe soupira. Ses plans pour un marathon de sexe devraient attendre. Cora était épuisée. Elle avait aidé Alaska et les autres à préparer la fête de ce soir et rendu visite à Lara dès qu'elle le pouvait. Pipe avait l'impression qu'elle allait finir par se rendre malade à force d'aider les autres. Elle n'avait rien à prouver, les autres l'aimaient déjà. Elle faisait vraiment partie du Refuge. Elle s'en persuaderait avec le temps. En attendant, il veillerait sur elle et s'assurerait qu'elle se repose quand elle en aurait besoin.

Pipe remonta la couverture autour d'eux et ferma les yeux en tenant dans ses bras la femme la plus précieuse et la plus extraordinaire qui soit. La vie était pleine de rebondissements, et même si, par le passé, il n'avait pas compris pourquoi il avait dû endurer ce qui lui était échu, il le comprenait maintenant. Il avait besoin de ces expériences pour être l'homme que sa femme méritait. Sans son passé, il ne serait pas celui qu'il était aujourd'hui.

Tournant la tête, il embrassa la tempe de Cora, souriant lorsqu'elle marmonna quelque chose et se pelotonna contre lui. Être l'homme que Cora méritait était l'objectif de sa vie. Un objectif qu'il prenait avec le même sérieux que son serment militaire.

— Je t'entends penser beaucoup trop fort, se plaignit-elle en marmonnant. Arrête. Repose-toi, Pipe.

— Oui, madame, murmura-t-il avec un autre sourire.

Blottie dans un coin du canapé d'Owl, Lara regardait la télévision d'un air absent. Elle se sentait vide. Engourdie. Un peu plus tôt, elle avait regardé l'appel FaceTime de Cora avec Owl, sans ressentir grand-chose, si ce n'était une pointe de culpabilité pour avoir empêché Owl de faire la fête avec ses amis.

Elle n'aurait pas demandé mieux que de se secouer pour sortir de l'étrange état dans lequel elle se trouvait, mais elle ne parvenait pas à trouver le moyen de le faire.

Elle laissait tomber tout le monde, mais elle ne parvenait pas à s'en préoccuper.

Ses parents étaient venus lui rendre visite à l'hôpital de Phoenix, et même s'ils avaient dit toutes les paroles adéquates, Lara savait qu'ils avaient été soulagés lorsqu'il avait été décidé qu'elle irait au Refuge avec Cora. Ils avaient appelé Owl pour prendre de ses nouvelles, mais Lara ne leur avait pas parlé depuis son arrivée au Nouveau-Mexique.

Les policiers l'avaient poussée à leur dire ce qui s'était passé dans cette maison. Elle en avait été incapable. Elle leur avait raconté la chose dans ses grandes lignes. Oui, elle était partie en Arizona de son plein gré, avant de rapidement déchanter, une fois sur place. Mais Ridge lui avait confisqué son téléphone. Elle avait été enfermée au sous-sol presque dès le début, et n'en était sortie qu'occasionnellement, histoire de sauver les apparences. Mais toujours droguée... et puis cet homme, celui qu'elle connaissait sous le nom de Carter Grant, lui avait fait du mal.

Mais elle n'avait pas développé. Elle en aurait été incapable. Ce qu'elle avait vécu était embarrassant, horrible et insupportable. Et en parler ne ferait que rendre les souvenirs plus réels.

Elle avait honte, car, bien trop vite, chaque fois qu'il s'était présenté avec des pilules, elle les avait prises de bon gré. Volontiers. Elle en avait besoin pour entrer dans le monde flottant où elle savait à peine ce qui se passait et où Carter ne lui faisait pas mal quand il la touchait.

Maintenant qu'elle était libérée de cette maison, elle aurait dû aller bien. Être soulagée. Reprendre le cours de sa vie. Mais comment le pourrait-elle, sachant que Carter était toujours en liberté ?

Les derniers mots qu'il lui avait dits tournaient sans relâche dans sa tête.

« *Tu es ma préférée. Je ne renoncerai jamais à toi. Tu es à moi.* »

Elle frissonna.

— Tu as froid ? demanda Owl.

Sans attendre sa réponse, il se leva pour prendre une autre couverture sur le dossier du canapé. Elle avait toujours froid. Owl avait augmenté le chauffage dans son chalet, mais elle n'arrivait pas à se réchauffer.

Lara ne comprenait pas Callen Kaufman. C'était la première personne qu'elle se souvenait d'avoir vue lorsqu'elle avait été sauvée, et elle s'accrochait à lui comme un enfant souffrant d'anxiété lors des séparations. Il avait immédiatement représenté la sécurité pour elle, et même si son état s'était un peu amélioré au cours des derniers mois, elle paniquait toujours lorsqu'il n'était pas là.

Il y avait quelque chose chez cet homme qui lui donnait la sensation d'être protégée. À l'abri.

Et c'était tout ce qu'elle pouvait espérer. Elle en avait fini avec l'amour. Avec le fantasme du bonheur éternel. Elle ne souhaitait rien d'autre que de la chance aux hommes et aux femmes qui avaient été si extraordinaires qu'ils l'avaient laissée rester ici au Refuge, mais son désir d'être aimée, d'avoir une famille un jour était mort de façon spectaculaire.

Le bonheur éternel n'existait pas. Les films de Disney et les comédies sentimentales étaient une escroquerie. Les romans d'amour rien d'autre que des fantasmes.

Lara se promit que, dès qu'elle le pourrait, elle partirait pour l'Alaska afin de vivre dans un de ces chalets en autarcie. Elle cultiverait sa propre nourriture, chasserait pour se procurer de la viande, s'éclairerait à la bougie. Cela vaudrait mieux que d'être sempiternellement blessée par les gens. Par les hommes.

Owl étala la couverture duveteuse sur elle, et Lara se força à le regarder et hocher la tête.

— Je l'ai déjà dit et je le répèterai autant de fois que tu auras besoin de l'entendre : tu es en sécurité ici, Lara, murmura-t-il.

Lara baissa les yeux. Il était évident qu'Owl croyait ce qu'il disait, et même si elle lui faisait confiance autant qu'elle pouvait faire confiance à qui que ce soit pour l'heure, et qu'elle l'utilisait sans aucun doute comme béquille, elle savait au fond d'elle qu'elle n'était pas en sécurité.

Et toute personne qui l'approchait ne l'était pas non plus.

L'autre jour, elle avait entendu Owl parler à l'un de ses amis – elle ne savait pas lequel – à la porte. Même s'ils s'étaient entretenus à voix basse, essayant de lui cacher leur conversation, elle avait entendu.

Carter était toujours dans la nature. La police n'avait pas réussi à le retrouver. Ridge était mort, ce qui la soulageait un peu, mais le véritable danger, c'était Carter. Il l'avait toujours été. Et il était en liberté. Il allait venir la chercher.

Elle devait partir. Se cacher. Parce que quoi qu'il arrive, Carter ne connaîtrait pas de repos tant qu'il n'aurait pas remis la main sur elle. Il l'avait revendiquée, qu'elle le veuille ou non, et il lui ferait payer son évasion de cette prison souterraine tordue faite d'humiliation et de douleur.

Plutôt mourir que de retomber entre ses griffes.

En attendant, elle allait reprendre des forces. Elle essaierait d'aller mieux, de supporter des périodes plus longues sans Owl à ses côtés. Une fois qu'elle serait assez remise, elle disparaîtrait.

Cora s'en sortirait. Elle aussi s'était trouvé un protecteur, ce qui faisait la joie de Lara, mais la peinait en même temps. Son amie lui manquerait. Toutefois, elle serait plus en sécurité sans Lara.

Elle prit une profonde inspiration. Pour commencer, elle devait d'abord se sortir du gouffre de désespoir dans lequel elle était tombée, du moins en apparence. Elle devait convaincre tout le monde qu'elle allait bien, afin de pouvoir partir. Elle ignorait où elle serait à l'abri d'un monstre comme Carter, mais elle refusait d'entraîner les autres dans l'horreur qu'était devenue sa vie.

Elle leva les yeux vers Owl et lui sourit timidement.

Il inclina la tête afin de l'examiner.

— On peut regarder un film ? demanda-t-elle.

— Oui ! Absolument, s'empressa-t-il de répondre.

C'était la première fois qu'elle demandait quelque chose, et il était évident qu'Owl était prêt à lui donner tout ce qu'elle voulait. Elle n'aimait pas lui mentir, or, en prétendant aller mieux, elle mentait. Mais c'était pour son bien. Il l'avait protégée quand elle en avait eu le plus besoin, et il était temps qu'elle lui rende la pareille.

Owl s'installa à l'autre bout du canapé et son attention passa continuellement du film à la femme assise à un mètre de lui. En réalité, elle était à des kilomètres. Oui, elle avait demandé à regarder un film, première suggestion depuis qu'il l'avait amenée dans son chalet après sa sortie de l'hôpital de Phoenix.

Mais elle n'allait pas bien. Elle avait peut-être demandé à regarder un film, mais elle le regardait d'un œil distrait. Elle était perdue dans ses pensées, comme elle l'avait été la plupart du temps ces derniers mois.

Owl avait tout essayé pour l'aider, mais rien ne semblait fonctionner. Elle ne voulait pas parler à Henley ni à ses parents, les rares fois où ils avaient appelé. Même les visites régulières de Cora ne semblaient pas faire de différence.

Alors oui, le fait qu'elle prenne l'initiative et demande quelque chose d'aussi simple qu'un film était un grand pas en avant... mais ce n'était pas sincère. Lara avait toujours cette lueur hantée au fond des yeux. Elle était profondément traumatisée par ce qui lui était arrivé dans ce sous-sol, et cela faisait mal au cœur à voir.

Il ne savait pas pourquoi il avait cette femme dans la peau. Peut-être était-ce le regard qu'elle lui avait lancé lorsqu'elle s'était brièvement connectée avec lui dans ce sous-sol. Un mélange de terreur. De désespoir. De résignation.

Il avait ressenti la même chose lorsqu'il avait été otage. Chaque jour apportait son lot d'horreurs, et il ne pouvait s'empêcher de penser que Lara et lui se ressemblaient comme deux gouttes d'eau.

En la regardant une fois de plus, Owl serra les dents. Elle préparait quelque chose. Il ne savait pas quoi. Mais il le sentait... et tout ce qu'il pouvait faire, c'était continuer à lui promettre qu'elle était en sécurité.

Cette femme méritait plus que de se borner à survivre. Plus qu'une vie dans la peur. Plus qu'un pilote d'hélicoptère brisé comme lui pour lui tenir lieu de gardien.

Il ferait tout son possible pour la libérer des griffes des peurs qui habitaient ses entrailles. Ensuite, il la libérerait pour qu'elle trouve le bonheur éternel que, d'après Cora, elle cherchait depuis toujours.

Lui-même n'était pas un prince charmant, loin de là. Mais s'il pouvait aider cette femme à vaincre les démons qui vivaient dans sa tête, peut-être, oui peut-être, pourrait-il trouver un moyen de se débarrasser de ceux qui vivaient aussi dans sa tête à lui.

* * *

Carter Grant, alias Carl Glick, alias Connor Smith, alias Daniel West, alias une centaine d'autres alias, était assis dans le motel délabré de Central Avenue à Albuquerque... et il réfléchissait à son prochain mauvais coup.

Son œil l'élançait, ce qui le mettait en rogne. Il était difficile de s'habituer à ne plus voir qu'à moitié. Le patch qui recouvrait son œil droit abîmé incitait les gens à garder leurs distances, ce qui était une petite bénédiction. Mais cela attirait aussi l'attention et ça, il détestait.

Au cours des mois qui avaient suivi l'implosion de son arrangement douillet, il avait ramassé quelques prostituées qui fréquentaient le quartier, les avait droguées et s'était servi d'elles à sa guise. C'était vaguement agréable.

Mais aucune d'entre elles n'était Lara.

Elle, elle était parfaite. Blonde, belle, délicate. Avec une peau si douce. Contrairement aux filles de la rue. Leur vie difficile se voyait sur leur corps.

Non. Lara était la bonne. Il voulait la récupérer. Et il la récupérerait. Il savait où elle était. Dans les montagnes près de Los Alamos. Mais il ne pouvait pas entrer dans le complexe de luxe où elle se cachait pour la ramener. Pas avec le genre d'hommes qui dirigeaient l'endroit.

C'étaient d'anciens soldats professionnels, tout comme lui. Il savait à quoi s'en tenir, car il avait reçu un entraînement similaire. Les hommes qui l'avaient combattu dans le sous-sol de la propriété des Michaels étaient bons. Vraiment bons. Mais il les aurait vaincus tous les deux si cette salope ne lui avait pas sauté sur le dos pour lui crever l'œil.

Carter se vengerait. D'elle. Des hommes. Et il récupérerait sa Lara.

Son sexe tressaillit dans son pantalon quand il imagina ce qu'il lui ferait, une fois qu'elle serait de retour dans son lit, qui était sa place prédestinée. Carter ne prenait pas son pied en violant. C'était trop facile. Il aimait voir la peur dans les yeux de ses femmes. Il aimait les toucher, leur faire mal. Les marquer de ses poings... de son sperme, pour qu'elles sachent à qui elles appartenaient. C'était son truc.

Et Lara était sa femme idéale. Sa captive idéale. La terreur dans ses yeux était enivrante. La façon dont sa peau pâle marquait... magnifique.

Il ouvrit son jean et sortit sa queue pour se masturber en repensant à son passé récent. À sa Lara.

Lorsqu'il eut terminé, Carter se nettoya avec impatience et ferma sa braguette.

Il avait beaucoup de choses à planifier. Il devait se trouver une cachette, un endroit où il pourrait vivre la vie qu'il voulait avec Lara. Il avait volé beaucoup d'argent à Ridge Michaels tout au long de sa carrière, avant de lui tirer une balle dans la tête. Il en avait plus qu'assez pour vivre confortablement. Loin des regards indiscrets. Mais avant de se terrer, il avait besoin de Lara. Et il fallait qu'il se venge des hommes qui l'avaient privé d'elle.

Oui, Carter avait beaucoup de choses à planifier... mais à la fin, Lara serait de nouveau à lui. Il brûlait d'impatience.

* * *

Comme vous l'avez deviné, nous n'avons pas fini de voir Carter ! Il sera de retour... et Owl devra utiliser toutes les compétences acquises dans l'armée pour assurer la sécurité de Lara. Et malgré tout, cela risque de ne pas suffire... Découvrez ce qui va se passer dans *Un soutien pour Lara*.

DU MÊME AUTEUR

<u>Autres livres de Susan Stoker</u>

Le Refuge

Un soutien pour Alaska

Un soutien pour Henley

Un soutien pour Reese

Un soutien pour Cora

Un soutien pour Lara (6 Feb)

Un soutien pour Maisy (1 Oct)

Un soutien pour Ryleigh

<u>Sauvetage à Eagle Point</u>

Un sauveteur pour Lilly

Un sauveteur pour Elsie

Un sauveteur pour Bristol

Un sauveteur pour Caryn

Un sauveteur pour Finley

Un sauveteur pour Heather (2 Jan)

Un sauveteur pour Khloe (7 Mai)

<u>Silverstone</u>

Pour la confiance de Skylar

Pour la confiance de Taylor

Pour la confiance de Molly (1 Décembre)

Pour la confiance de Cassidy (1 Mars 2024)

<u>Delta Force Deux</u>
Un refuge pour Gillian

Un refuge pour Kinley

Un refuge pour Aspen

Un refuge pour Jayme

Un refuge pour Riley

Un refuge pour Devyn

Un refuge pour Ember

Un refuge pour Sierra

<u>*Hawaï : Soldats d'élite*</u>
Un paradis pour Élodie

Un paradis pour Lexie

Un paradis pour Kenna

Un paradis pour Monica

Un paradis pour Carly

Un paradis pour Ashlyn

Un paradis pour Jodelle

<u>Mercenaires Rebelles</u>
Un Défenseur pour Allye

Un Défenseur pour Chloé

Un Défenseur pour Morgan

Un Défenseur pour Harlow

Un Défenseur pour Everly

Un Défenseur pour Zara

Un Défenseur pour Raven

Ace Sécurité

Au Secours de Grace

Au Secours d'Alexis

Au Secours de Bailey

Au Secours de Felicity

Au Secours de Sarah

Forces Très Spéciales Series

Un Protecteur Pour Caroline

Un Protecteur Pour Alabama

Un Protecteur Pour Fiona

Un Mari Pour Caroline

Un Protecteur Pour Summer

Un Protecteur Pour Cheyenne

Un Protecteur Pour Jessyka

Un Protecteur Pour Julie

Un Protecteur Pour Melody

Un Protecteur pour l'avenir

Un Protecteur Pour Les Enfants de Alabama

Un Protecteur Pour Kiera

Un Protecteur Pour Dakota

Forces Très Spéciales : L'Héritage

Un Sanctuaire pour Caite

Un Sanctuaire pour Brenae

Un Sanctuaire pour Sidney

Un Sanctuaire pour Piper

Un Sanctuaire pour Zoey

Un Sanctuaire pour Avery

Un Sanctuaire pour Kalee

Un Sanctuaire pour Jane

Delta Force Heroes Series

Un héros pour Rayne

Un héros pour Emily

Un héros pour Harley

Un mari pour Emily

Un héros pour Kassie

Un héros pour Bryn

Un héros pour Casey

Un héros pour Wendy

Un héros pour Mary

Un héros pour Macie

Un héros pour Sadie

Un héros pour Annie

Autre

Un moment suspendu : Recueil de nouvelles

AUDIO

Un paradis pour Élodie

À PROPOS DE L'AUTEUR

Susan Stoker est une auteure de best-sellers aux classements du New York Times, de USA Today et du Wall Street Journal. Elle a notamment écrit les séries Badge of Honor: Texas Heroes, SEAL of Protection et Delta Force Heroes. Mariée à un sous-officier de l'armée américaine à la retraite, Susan a vécu dans tous les États-Unis, du Missouri jusqu'en Californie en passant par le Colorado, et elle habite actuellement sous le vaste ciel du Tennessee. Fervente adepte des fins heureuses, Susan aime écrire des romans où les sentiments laissent place au grand amour.

http://www.StokerAces.com

facebook.com/authorsusanstoker

x.com/Susan_Stoker

instagram.com/authorsusanstoker

goodreads.com/SusanStoker

www.ingramcontent.com/pod-product-compliance
Lightning Source LLC
Chambersburg PA
CBHW060222100726
47907CB00003B/465